夕映えのなかに 下

Im Abendrot

吉田道昌

本の泉社

夕映えのなかに（下）

第四章　闘う人びと

第五章　百済野の学校

「コリアン」という表記について　本作品では、国名や固有名詞、また民族名として呼称するとき以外は「コリアン」としています。作品の時代に応じて「在日朝鮮人」や「朝鮮人」「韓国人」など正確に記すべきでしょうが、統一性と便宜上、また南北統一の願いも込めて、「コリアン」としました。ご了解ください。

夕映えのなかに　（下）

第四章

闘う人びと

教育困難校

秋、万太郎に木下さんから電話があった。

「教育困難校の実態に直面しているよ」

応援に来てほしいという気持ちが感じられる電話だった。教育困難校というのはどんな学校なのか、早速実態を知ろうと万太郎はその学校に出かけた。

木下さんの口は重かったが、困難な現実が潜んでいるようだった。万太郎は小学生の頃、ちらちらと耳にしたが、本当のことは何一つ知らない被差別部落の実態がそこに横たわっている。

「ぼくもこちらへ転勤して手伝いましょうか」

厳しい状況で実践している木下さんと共に、教育実践に取り組んでみようか、万太郎のなかにそんな思いが芽生えた。

万太郎は教育委員会に転勤希望を出した。

教育委員会は市内のいくつかの学校に「教育困難校」という呼称をかぶせていた。「教育困難校」とは校区にスラムや被差別部落があり、被差別の現実が教育に現れている学校だという。教育実践の視点から言えば同和教育推進校であり、同和教育とは部落差別をなくすことを目指す教育のことなのだと万太郎は理解した。矢田中学校も重い差別の現実から、生徒による教員への暴力事件も起きて新聞に載ったこともある。「教育困難校」へは、転勤しようという教員は極めて少なく、人事異動は困難をきたしていた。しかたなく教育委員会は、大阪の事情に疎い他県出身の新任教員を配置して、なんとか教員数を確保してきた。他県出身の新卒教師たちはなんの予備知識もなく、多分に牧歌的な学校を思い描いて赴任し、いきなり部落差別の現実の前に立って愕然とする。

万太郎は「教育困難校」という表現を別の意味でとらえる。教育行政、教員、世間から、なおざりにされ忌避されてきた学校だとすれば、それは「校区の父母や生徒たちが必要とする教育を受けられない教育欠損学校」という意味になってしまう。

一九六六年四月、万太郎は転勤した。北アルプスの春山から帰ったばかり、雪焼けの鼻の皮がぼろぼろとむけたまま、全校生徒の朝礼で生徒たちにあいさつした。受け持ちクラスは二年生だった。

教室が足りないために、小さな運動場の片隅に建てられたプレハブ校舎が万太郎のクラスの教室になった。教室が足りなくなったのは生徒数が増えたためで、なぜ増えたのか。それは部落解放運動が「越境通学は部落差別だ」と、激しい行政闘争を展開してきたことに由来している。

校区の部落外に住む人たちのなかには、地元の学校を忌避して、居住地外の校区に子どもの住民票を移し、越境通学させる親たちがたくさんいた。親は教育条件やレベルの高い学校でわが子を学ばせたい、高校進学率の高い有名校に行かせたい。その結果が越境通学となった。部落解放運動は、この実態を差別だと判断した。同和校の教育条件を改善し、越境通学を無くす行政闘争はそこから始まった。それを受けて行政は越境通学禁止を推進し、同和校の教育条件を改善する施策に取り組み始めた。

万太郎のクラスには、住宅団地の市営住宅と府営住宅に住む子、旧農村地域の農家の子、新興の文化住宅や商店街の子、そして同和地区の子、少数の在日コリアンの子がいた。

プレハブ教室の教壇に立った万太郎は、生徒たちに呼びかけた。一緒に楽しいクラスをつくっていこうや。

生徒たちは万太郎の話をよく聞いた。子どもたちは素朴だ。身体の小さな義雄は、勉強は苦手だがユーモアがあって、クラスの雰囲気を和ませる。

「きょうも赤字やあ」

「赤字」が口癖だ。授業中にこのひょうきんな声が飛び出す度に、万太郎もみんなもどっと笑う。

ある朝のホームルーム、義雄が天井を指差して叫んだ。

「センセー、あんなん、書いてある」

「ありゃあ、誰だあ、あんなところへ」

女性器の図がプレハブの天井にチョークで書いてある。みんな大笑いだ。はて、誰がどうして、こんなラクガキを書いたのか。生徒が書いたとは思えない。どこかで使った古のプレハブ校舎を解体して運んできたものだから、その過程で誰かが書いたものか。

授業は落ち着いた雰囲気で、楽しかった。世間の評価とはまったく逆ではないかと思う。休憩時間になると毎日のように職員室の万太郎の机の横に女の子たちがやってきて話しかける。職員室も出入りがオープンだ。若い教員のほとんどは地方大学を出て、いきなりこの学校に赴任してきた。彼らは不満だった。底辺に置かれた学校に、事情も何も分からない地方出身者をいきなり放り込むとはどういうことだ。

「腹ぁ立つ。腹ぁ立つ」

会津若松からやってきた若さんは、この言葉が口癖になっていた。特定の人に腹を立てているのではない。彼は生徒からは慕われていた。教育行政への不信と怒りが彼のぼやきだった。

「この学校からどの学校へ転勤しても栄転だ」

高校進学率も教育内容もレベルが高いと思われている有名校には学習熱心な生徒が集まり、ＰＴＡ予算も潤沢で学校への寄付も多く、教育条件は整う。出世をもくろむ教員はそこを昇進のステップにする。

矢田中学校には熱心な組合活動家が二人いた。活動家の一人、寛さんは教組支部の副支部長をしていた。

生活指導、同和教育、教科指導の核になる教員は、教育委員会から要請され、自らも志願して転勤してきた人たちだった。国語教育の実践で知られていた村田さんは、温厚な人柄で、教務主任を務めていたが、彼は、万太郎にこんなことを言った。

「社会党の国会議員で、松本治一郎という人がいるんですよ。蟹の横這い拒否をした人でね。天皇に拝謁するときは天皇に尻を見せては不敬になると言われていて、みんな退出するときには蟹の横這いのように横向きに歩いて退出する習慣があったんですよ。松本さんは、蟹の横這いのようなことは、人間のやることではない、そういう行為は、天皇をまたもとの神にするような行為だ、と批判し、尊族あれば賤民ありと、横歩きを拒否したんです。衆議院議長になったときです。松本さんは部落解放の父と言われています」

和歌山大学を出た新任教員、岸やんはひょうひょうと学生のようにこだわりがなく、毎日万太郎のところに来ては、雑談をしかける。彼は口癖のように言う言葉がある。

「ミネルヴァのフクロウは夜になって飛び立つ」

知恵の象徴、ミネルヴァのフクロウは黄昏に飛び立つ。哲学は未成熟な形成期から生まれて成熟していくのだと彼は言った。

この学校には、学閥組織の動きは片鱗も見られなかった。

万太郎はこの学校にも登山部をつくった。募集をすると十数人の生徒が入部してきた。

早速五月の連休に、前任校の淀川中学校登山部と金剛山での合同登山を行った。矢田中学は沢のルート、淀川中学は尾根のルート、異なるルートをとって山頂で出会い仲良く交流し弁当を食べた。部員のなかに田嶋君という昆虫少年がいた。山を歩きながらも彼の目は虫を探している。休憩になると、木立や草やぶを見回る。

「これはコメツキ。先生、見ててよ」

と言うと、彼は小さな甲虫《こうちゅう》を掌の上で引っくり返した。虫は腹を上に、じっとしていたが、いきなりピョンと跳ね上がり、背中を上にして元通りになった。

「甲虫は外側の固い翅の内側に、飛ぶときに使う柔らかい翅を仕舞い込んでて、それを飛ぶときに出して飛びます。世界では三十七万種、日本では一万種います」

万太郎はクラスの子の家庭訪問をした。学校では同和地区のことを「ムラ」と呼んでいた。ムラは大和川沿いにあり、古くからの粗末な家々が押し合うように軒を連ねていた。部落解放運動の成果で、ムラはずれには鉄筋の改良住宅も立ち始めていた。

夏休みに、二学年の宿泊林間学舎を吉野山で行うことになり、万太郎はその企画を担った。

参加希望の生徒たちが吉野山の宿坊に入る。午後は歴史研究班、植物研究班、昆虫観察班、登山班に分かれて班活動を行う。万太郎は登山班を率いて、緑の海を奥の千本まで登った。西行庵で、万太郎は野外活動講習会のキャンプで覚えた歌を子どもたちに教え、宿坊への帰り道は歌いながら歩いた。

歌に合わせて足並みそろえ、下山してきた登山班を見て、教員たちは仰天した。こんな光景、見たことない。

夜は宿坊大広間でキャンドルサービスをしてレクレーション大会だ。電灯を消した真っ暗な部屋、生徒たちはドボルザークの「遠き山に日は落ちて」を歌うなか、一本のろうそくの灯が入ってきた。灯は、別の一人の生徒の手にあるろうそくに移されて二本の灯となり、そこから、順々に移され広がり、全員のキャンドルに灯が点った。生徒たちの顔が浮かび上がる。一人の灯は小さくても、みんなの灯が集まると明るくなる。儀式が終わると、みんなで歌い、ゲームをし、楽しい集いになった。

翌日、クラスごとに吉野山の歴史遺跡を訪ねて歩く。桜林のセミ時雨。心に残る林間学者となった。

夏休み、登山部十二名は、金剛山から、葛城山、二上山へと縦走した。クラスのハイキングは、高野山の麓の玉川峡へ出かけ、川遊びをした。

万太郎は、もう一つ陸上競技部を創設し、登山部の生徒と陸上競技部員と一緒に体力トレーニングすることにした。陸上競技の経験のない万太郎だが、技術書を読みながら生徒と練習を重ねていくうちに、生徒たちの秘められた力が引き出されてきた。秋の大阪市の中学校陸上競技大会に参加すると、入賞する子が数人出た。昆虫少年田嶋君も入賞した。

夜、ムラの会館で部落解放同盟矢田支部主催の、老人たちの集会があり、見学をかねて万太郎は参加した。集会は、識字教室で文字を習ってきたムラの老人たちの発表会だった。大部屋はほぼ満員。演壇に立って老人たちは一人ひとり自分の生い立ちを語る。子どもの頃のムラの生活、自分のしてきた仕事、学校へ行けなかったこと、識字学級に通って文字を覚えたこと、その弁舌に万太郎は舌を巻いた。

ひときわ弁の立つ女性がいた。

「私は、若い頃、言われたことがあるんです。あんたほどのキリョウなら、いくらでも仕事がありますやろ。そう何度も言われました。体です。そんなこと私はできません。できません。なんで部落に生まれたら、そうなりますねん。なんで教育も仕事も差別されなきゃならないんですか。そこから私は運動に入りました」

別の老婦人が演壇に立った。

「子どもの頃は、醤油が無くなったら、隣へ行って醤油ちょうだい言うて、もろてくるんです。助けおうて暮らしてました。井戸も共同で使《つこ》うとりました。今はそこに共同浴場ができてます。運動の成果です。住宅はひどいもんでした。部落外の地区では大きな畑を持って農業もやってはります。けれど、わてらのムラには農地はおまへん。仕事は行商です。野菜の行商や鉄クズの収集でした。隣ムラの屠場で働く人もいます」

被差別部落の生徒の通う学校を忌避して、進学率の高い大阪市内の有名中学校へ越境通学させる親たちがいたことを語った老人がいた。

「大阪市教育委員会は越境生徒の調査を行い、小学生の約八パーセント、中学生の約一二パーセントが、自分の居住区から別の校区の学校へ籍を移して通学していることが判明しました。さらに部落の中学生の高校進学率は一般の率から比べるとはるかに低かったのです」

老人たちの弁舌の豊かさと内容に、万太郎は目をみはった。

万太郎は矢田中学校の資料を調べてみた。同和地区生徒の全日制高校進学率三三パーセント、公立高校への進学率は一〇パーセントだった。

一九六五年、同和対策審議会答申が出されたが、現場の教員たちには「同和教育」を創造する意欲も実践も未だ乏しかった。

矢田中学では、同和地区に建てられた市民会館へ、週に三日、夜の補充指導を行う取り組みを始め、教員が交代で出かけて指導に当たったが、学校における実践はまだ何も行われていない。

部落差別の歴史はいったいいつ頃から存在するのだろうか。万太郎は近在の被差別部落の位置を調べてみた。矢田のムラは江戸時代の大和川のつけ替えで今の位置の大和川右岸堤防下に移転したと聞いた。大和川つけ替え前のムラは大和川の底に眠っているらしい。

古代の「五色の賤」というのは、律令制に基づく賤民身分だった。官有賤民の陵戸《りょうこ》・官戸《かんこ》・公奴婢《くぬひ》、私有賤民の家人《けにん》・私奴婢《しぬひ》、この五つの身分が定められた。陵戸は奴隷ではないが、他は奴隷または奴隷的な存在であった。それぞれ同じ身分間での婚姻を強制されていた。この賤民制度は、九世紀には解体していった。そして中世から近世にかけて、現代に連なる被差別身分がつくられた。いずれも支配の道具として、身分制度がつくられていったのだ。

江戸時代には士農工商の外に被差別の身分が確立されたが、幕府が倒れると、明治四年政府は、身分差別の名称を廃し、身分職業とも平民同様とすると、解放令を布告した。続けて、「学事奨励に関する仰せ出され書」は一般人民の教育を受ける権利と義務を定めた。「必ず邑《むら》に不学の戸《こ》なく、家に不学の人なからしめん事を期す。人の父兄たる者、宜しくこの意を体認し、その愛育の情を厚くし、その子弟をして必ず学に従事せしめざるべからざるものなり」

しかし被差別の実態は続いた。部落の子どもたちをはじめ、貧農、炭鉱労働者の子どもたちなど、学校に行けずに労働に従事せざるをえない子が多くいた。差別はどうして起こってきたのか、つくられてきたのか、万太郎はもっと調べてみたいと思う。

万太郎のクラスのミツルはいつも一人ぼっちだった。母と二人で引っ越しをしてきて、ムラの近くの家賃の格安な「文化住宅」に暮らしていた。母は昼間、仕事に出ている。学校から家に帰るといつも一人。

冬が近づいてきた夕方、ミツルのお母さんが学校にやってきた。

「ミツルが店で万引きをするのです。叱っても聞きません」

万引きが常習化していると言う。お母さんは困り果てていた。数日後また万引きをしたという報告が母親からあった。万太郎はミツルを廊下で呼び止め、いきなり頬を一発たたいた。衝動的な行為だった。ミツルは怯えた。同時に万太郎の心に苦い思いが湧いた。自分は暴力的指導に批判的だったのに、なぜ頬を打ったのか。万太郎は、ミツルの父親に成り代わって叱ったのだと、弁明する気持ちが湧いたが、しかしミツルの心を聴くことも、彼がどんな思いで毎日を生きているかも知ろうともしなかった。万太郎は、ミツルの心の空洞を埋めることをしないで権力的な叱責をした自分の罪を意識した。

　正月、届いた年賀状のなかに、大きな文字で「もっと光を」と書いたハガキがあった。

「もっと光を！　ぼくの目が見えなくなりました」

　ただそれだけ書いてある。淀川中学新聞部と登山部に所属していた正明。小さな体にザックを担ぎ、汗を垂らして山を歩いていた正明。雲を眺め、星を見詰めるのが好きだった彼が卒業後初めて連絡を取ってきた、それが「もっと光を」だった。彼は大学に進学していたが、突然失明した。絶望的な思いがハガキに表れていた。万太郎はハガキの住所をもとに、長屋の一軒のドアを叩いた。彼は一人でいた。見えない目で万太郎を見つめて語る彼の思いを、万太郎はただ聞くばかり。万太郎は、暗澹たる思いで正明と別れた。

　北陸地方の山々にも雪がたくさん積もった。万太郎は福井の加越国境のスキー場にはまだ一度も行ったことがなかったから、休日に雁が原へ一人でそりを担いで出かけた。麓の民宿に泊まって、翌朝ゲレンデ行きのバス停に行くと、来るバスは満員で乗れない。同じくスキー板を担いでバスを待っていた五人の小学生たちが、歩こう歩こうと言って歩き出したから、万太郎も仲間に入れてもらった。彼らは五年生、短いそりを肩に担いで、にぎやかにしゃべりながら、ゴム長の音を立てて歩く。万太郎が自分は陸上競技部の顧問をしていると言うと、子どもたちは選手だと思い込んだらしい。万太郎の顔を見ては叫ぶ。

「せんぱいー」

「あにきー」

　彼らは、自分たちの担任の先生の自慢話を始めた。

「おいらのクラスの先生はおいらの親分」

「おいらの先生はおいらの兄貴」

「先生は鉄棒ができるよ」

「大車輪するよ」

「おもしろいお話をいっぱい知っているよ」

どんなに楽しい先生なのか、どんなに魅力的な先生なのか、どんなに大好きな先生なのか、自慢話を聞きながら、万太郎は笑いが止まらなかった。

スキー場への坂道を登る。雪が深い。ゲレンデに着くと、五人の坊主は、さっそくゲレンデの上まで上がって、そりをつけ、滑り出した。速い速い。万太郎の前を滑り降りながら、

「せんぱいー」

「あにきー」

叫びながら通過していく。

万太郎も一緒に滑り、お昼になった。ゲレンデの雪の上に腰を下ろし、彼らと一緒におにぎり弁当を食べた。彼らも大きなおにぎりが一個だった。午後もしばらく一緒にすべって、彼らは「家が遠いから」と言って帰っていった。姿が見えなくなるまで、振り返っては手を振り叫んでいた。

「せんぱい、さよならー」

「あにきー、さよならー」

五人の姿の消えたゲレンデは急に寂しくなった。

三月、一年間受け持ったクラスは解散だ。万太郎はお別れのクラス演芸会を呼びかけた。学級委員長の福島と弘子が中心になって企画準備し、出し物を発表し合うことになった。

ゲーム、歌が出た。最後に弘子と和美が、クラスの友だちをネタにした愉快なコントを演じた。

二人は市場に出かける。いろんな果物や野菜が売られている。

「今晩の献立何にしようかしら」

「カレーライスにしようかな」

「あのサツマイモ、おいしそう。買おうかしら」

「ああ、あれ、あのサツマイモは予約済なのよ。だめだめ」

みんな大笑いだ。サツマイモは明夫のニックネームだ。明夫はつき合っている女の子がいる。

「果物、何を買おうかしら」

「果物？　だめだめ、赤字よ、赤字よー」

「赤字」は義雄がいつも言う言葉、また大笑いだ。弘

子と和美が次々繰り広げるコントに、みんなは腹を抱えて笑った。

万太郎は岩波新書の『部落の女医』という記録を読んだ。著者は二十二歳の小林綾さん、一九五〇年、彼女は奈良県明日香村の隣の無医村で、診療所の新米医師となり、そこで部落差別の実態を知る。当時、未解放部落と呼ばれていたムラ。綾さんの赴任したところは橿原市と桜井市にまたがる古い歴史の地、六九四年に持統天皇が飛鳥浄御原宮から移って建設した藤原京はこの地域にあった。

綾さんの文章は温かい。ムラ人たちは若い女性医師を、わが娘の如く慈しんだ。この地域のムラは、履物をつくることを職業としていて、履物表《おもて》はシュロの葉を硫黄でいぶして漂泊する。ムラのなかにはいつも硫黄の匂いが漂っていた。ムラ人たちはよく働いた。小学生は子守りをし、履物づくりの手伝いをした。医師の診療を受けることができなかったムラには結核患者が多く、発見が遅れていた。

「親方の家で女の人たちは、食事の用意をするひまを惜しんで表を編みました。夜遅くまでおしゃべりしながら編んでいる板の間に、村の若い衆が遊びにきました。そしてロマンスの花を咲かせ、嫁を選びました。夏も冬も仕事場はにぎやかです。男女間では割合に民主的な空気がありました。まるで万葉時代から残っているような明るいおおらかな雰囲気が感じられます。

……

一九五二年から、村はヒロポン中毒の渦に巻き込まれました。村中の青年がヒロポンに侵されたのではないかと思われるほどでした。夜遅くまで、靴をつくったり手袋を縫ったり、草履をつくったり、親方の家で四、五人ずつ固まってする仕事ですから、職場ぐるみヒロポン常用になってしまい、みんな注射器でヒロポンをうつ。ヒロポン中毒者には生活保護は適用してくれません。

ヒロポン中毒の人が夜中に火事をおこし、大阪では子どもを川に投げ込んだ。世論が高まって全面禁止の法律ができました。本当に地獄のようでした。群集心理に動かされやすい部落は、中毒の温床に最適なのでしょう」

ヒロポンは販売もされていた。倦怠感や眠気、疲労を飛ばし、気分を高めるために、戦時中、特攻に出撃する兵士はヒロポンを打ったりした。敗戦後は、萎える精神を昂揚させようとし、依存症の中毒患者は五十万人とも百万人とも言われた。

ヒロポンは覚醒剤、アヘンは麻薬、常用すればどちらも人を狂わす。一八四〇年、清国でアヘン戦争が起きた。ケシの実からつくられるアヘンには鎮静作用がある。中国ではパイプで吸う習慣があった。イギリスはそれを利用し、市場拡大を図った。イギリス東インド会社はイギリス領インドでアヘンを栽培精製し、中国に密輸した。アメリカ商人も加わって、中国には二百万人を超えるアヘン吸飲者がつくりだされた。清朝は輸入禁止令を出したが、腐敗しきった官僚機構に阻まれた。アヘンは、イギリス領インド政府に莫大な収入をもたらし、中国茶を輸入することによってさらに莫大な茶税収入を得た。かくしてアヘン戦争が起きた。イギリスは世界最強の艦隊を送り、清朝は敗北する。


日本敗戦後のヒロポン流行は、生活破綻や精神の混迷、社会秩序の乱れを背景に大流行し、もっとも底辺の民に被害が集中した。

小林綾さんは十年間、その被差別部落の診療所で医療活動にたずさわった。

「私がしたことは中途半端で、何一つ完成したものはありません。私は、解放運動の闘士も自分の子どものことについてはどんなに弱い心を持っているかを知り、また教育もない貧乏な人たちの飾らない美しい心を見ました。私自身の弱さや、愚かさを知る度に、心の痛みと共に、弱い人間が決して孤独ではないということを学んだと思います」

大和の万葉の里にも、いつの時代からか被差別部落が点在している。

春休み、淀川中学校の美術の教員コンちゃんは、定年までまだ数年あるのに退職し、再婚した。家に遊びにおいで、招きがあって万太郎が行くと、奥さんと奥さんの姪の陽子さんという若い女性がいた。

「ベトナム戦争がたいへんだよ。アメリカは枯葉作戦で森を枯らしているし、ソンミ村事件は皆殺しだよ。無抵抗の村民五百人、子どもを二百人ほど虐殺してる。あまりにひどい」

　コンちゃんは怒っていた。

「ジョーン・バエズがベトナム戦争反対の歌を歌ってる。レコードを持っているよ。聴く?」

　陽子さんがレコードに針を置いた。日本でもベトナム反戦運動は盛んになっており、アメリカのジョーン・バエズの反戦歌は万太郎も耳にしていた。

「この歌は今、人々をつないでいるんや。万ちゃんは、同和校へ転勤したんやな。珍しいものを見せてあげよう」

　コンちゃんはそう言いながら机の引き出しから一枚の和紙に刷られた古地図を取り出した。江戸時代の浪速《なにわ》の地図で、版木で刷られていた。万太郎が地図のなかの地名を一つひとつ見ていくと、浪速の各地の被差別部落のところに当時の差別名称が書かれている。こんなにも被差別部落があったのか。それを地図に書くなんて、あまりに露骨だ。そのとき、頭にひらめくものがあった。この地図の浪速、大阪市内に当たるところは、平安時代までは海あるいは潟であり、陸地になったのは鎌倉室町の時代だ。さすれば、浪速の被差別部落はもともと存在していなかったことになる。江戸時代、海から陸地になったその新地に幕府は新田開発を奨励し、二千余町歩の田地を造成している。古地図が伝える大阪市内の被差別部落は、意図的にこの過程でつくられていったのだ。

「この古地図、記念にあげるよ」

　万太郎は貴重な資料をコンちゃんからもらって帰った。

　万太郎の担任する生徒たちは三年生になり、新しいクラス編成になった。

　放課後は運動場で、登山部員も加わった陸上競技部の練習を毎日行う。土曜日は、長居公園に出かけて、一周二キロのコースを一緒になって走り、タイムをとった。

　学校はのどかだった。授業の合間の十分間の休み時間にも、職員室の万太郎のところへ生徒がお話にやってきた。日曜日に、クラスハイキングに出かけた。いつも万太郎の周囲に生徒がいた。

夏休み、三年生の林間学舎は大峰山で行うことになり、万太郎はプランを練った。山に囲まれた谷間の村、洞川《どろかわ》の、修験者の旅館に宿泊し、登山は修験道の山上ヶ岳の隣の稲村ヶ岳を目指す。山上が岳は古《いにしえ》より修験道の聖地として女人禁制を維持してきた。かつて河内や大和では男の子は数え年十五歳になれば山上ヶ岳に登って禊《みそぎ》をし、それが大人になるイニシエーションになった。山上ヶ岳の女人禁制は続いており、戦後、これに異を唱えた女性たちが、女性も登る権利を持っていると主張して、登山を強行しようとしたことがあったが、修験者たちは、歴史を守れと、ピケを張って阻止をした。

林間学舎の日が来た。下市口からバスで洞川の宿に着くと、予め使用の許可を受けておいた村の中学校の校庭に出かけて、薪を組み営火の準備をした。夜は、大キャンプファイアだ。入浴と食事が済むと生徒全員は営火場に集まった。陽が落ち、谷は闇に包まれると、トーチが燃え、火の儀式が始まる。歌が湧き起こり、ゲーム、踊り、寸劇が繰り広げられた。燃える火に生徒たちの顔が浮かび上がる。日頃は見せない教員たちの隠し芸もおもしろい。日体大出身の若い体育の教員、ゼンゴさんは、学生時代にやってきた「エッサッサ」を披露した。「エッサッサ」は大正時代の体操学校から続く日体大伝統の勇壮な応援スタイルだ。ゼンゴさんは上半身裸になって、片足を前に出し、腕を曲げて走行スタイルになると、エッサッサのかけ声と共に両腕を交互に振る。初めはゆっくりと、次第に力を入れて激しく叫ぶ。

イェーサッサ　イェーサッサ　エッサエッサ

エッサッサ

「これは、月明かりに獅子が月に向かって咆哮する様を表現したものです」

とゼンゴさんは言った。

「全員でやろう」

万太郎は声をかけ、教員生徒全員立ち上がり、火を囲んで腕を構えた。「エーッサッサ」……。燃え上がる営火、谷間に声が響き渡った。
営火の最後は静かに星空を眺めるひととき。
「フクロウの声を聞こう」
耳を澄ますと谷川のせせらぎの音が聞こえた。
翌日は、男女合同で稲村ヶ岳に登った。森の中の山道、アオバトが鳴いていた。
日をおいて、登山部の夏の山行は、金剛・葛城・二上山へ縦走した。

万太郎は秋の運動会に、三年生男子全員による手旗信号の団体演技を企画した。遠くのものに手旗で情報を伝える技術は、身振りで意思を伝える原初的な方法の発展形だが、子どもたちは冒険につながるものを感じて面白がった。

まず手旗づくりだ。学校予算で赤と白の布、細い竹棒を買ってきて、生徒たちで作成した。どんな言葉を表現するか。万太郎は、高村光太郎の詩「道程」を元に一つの文章をつくり、練習に入った。カタカナを頭に浮かべ、その字の形に腕を動かす。運動会当日、指揮台に立った代表生徒の叫ぶ声に応じて、グランドに広がった男子生徒は手旗を振った。布地の立てるかすかな音も、大勢集まると、生徒たちの意志を表すように力強く聞こえ、手旗体操は見事にそろった。

三学期、万太郎は卒業式の答辞指導の担当になった。代表だけが答辞を読むのでなく、全生徒でつくる答辞を万太郎は学年会で提案し、了承を得た。

答辞は、最初に代表生の男女二人が発表し、最後の場面で各クラスが短い文章を群読する。代表は生徒会役員の武田君と中さんになった。群読の文章は、詩集のなかの一節を各クラスで選定することにした。万太郎は詩集を用意し、各クラスに貸し出して選定を任せた。朗誦する詩の一節が決まると、生徒たちは練習を始めた。卒業式が近づくにつれて群読の声は高く響くようになった。

卒業式の日、万太郎は有島武雄の『小さき者へ』のなかから一文を抜き出し、模造紙に書いて校門前に掲示した。

小さき者よ。
不幸な　そうして同時に幸福な、
お前たちの父と母との祝福を胸にひめて
人の世の旅にのぼれ。
前途は遠い。そうして暗い。
しかし恐れてはならぬ。
恐れない者の前に　道は開ける。
行け。勇んで。
小さき者よ。

大和川から吹いてくる風はもう冷たくはなく、空は青く澄んでいた。卒業式は講堂で始まった。卒業証書授与が終わり、在校生の送辞につづき答辞になった。校長は演壇に立ち、卒業生の顔を慈愛深く見下ろした。武田君と中さんは生徒席の前に並んで立ち、三年間の想いを交互に読み上げていった。そして最後の群読になった。卒業生全員起立。

A組は小熊秀雄の詩の一節。

ここに理想のレンガを積み
ここに自由のせきを切り
ここに生命の畦をつくる……

B組が続く。深尾須磨子の詩。

われらは高らかに
血涙こめて人類の平和を叫べ
晶子の歌声に唱和する
君　死にたまうことなかれ……

C組は丸山薫。

だからと言って
手をこまぬいてはおれないのだ
みずからの意志と汗と腕の力とで
遠くの春を呼び寄せるのだ……

群読が終わると、卒業生全員の声が湧きあがった。

魯迅の小説『故郷』の最後の一節。

希望とは、地上の道のようなものである。
もともと地上には、道はない。
歩く人が多くなれば、それが道になるのだ。

演壇の校長の目に涙が光っていた。地味で無口、誠実な原田校長は、最底辺と言われたこの学校の教育条件の実態を、市教育委員会事務局に単身乗り込んでいって大声で訴え、抗議をしたこともあった。学閥に依拠して「出世街道」を歩む校長たちとは異質の人だった。

卒業生は就職する子がたくさんいた。ミツルは小さな工場へ就職した。義雄は親の仕事を手伝うことになった。

春休み、万太郎は、北さんと、淀川中学校登山部員だった宮谷の三人で雪の立山に登った。弥陀ヶ原に雪洞を掘って泊まった。翌日アイスバーンの雪面を登り、立山に登頂して下山した。

午後九時、大阪行きの夜行列車を待っていた。ふとコンコースに置かれたテレビを見ると、遭難のニュースが出た。鹿島槍ヶ岳で大学山岳部が遭難、万太郎の後輩たちだ。万太郎と北さんは帰阪を中止し、糸魚川駅に向かった。糸魚川駅で一晩寝て、翌朝大糸線の始発電車で信濃大町に行き、バスで鹿島部落に入った。狩野家に行くと、警察と地元の救助隊のメンバーが出発するところだった。二人は隊に加わり、深い雪の長ザク尾根を登った。遭難した五人は、急峻な雪壁であるダイレクト尾根から鹿島槍ヶ岳登頂に挑んだが、午前中氷雨に濡れ、登るにつれて気温が急激に下降、猛吹雪になった。五人のうち二人は稜線にある無人の山小屋に逃れ、残り三人は行方不明になった。救助隊は、鹿島槍ヶ岳頂上で二人を発見、もう一人は黒部側のハイマツ根方で発見、いずれも凍死していた。

遺体を下ろす作業は困難を極めた。遺体を寝袋に入れ、小屋にあった丸木にくくりつけて前後を肩に担いで運んだ。長ザク尾根をどう下ろすか。急峻で狭い尾根を担いて下ろすことは危険極まる。救助隊は相談して、遺体を、爺が岳と鹿島槍との鞍部から雪の大斜面を滑り落とし、それを下で回収する方法をとった。雪崩が起きにくい午後三時過ぎに作戦を開始、三遺体を大斜面に落とす。日は暮れ、ライトをつけての作業になり、無事に遺体を収容して、シバ橇で、尾根を降ろしていった。崖は遺体をザイルで吊り下げて降ろす。救助に駆けつけてきた学生部員たちの力を得て、無事鹿島部落に運ぶことができた。

翌日、大町で遺体の検視が行われた。万太郎も加わった。遺体の皮膚に凍結して付着した服をハサミで切って除去する。彼らの肌着はコットンだった。コットンの肌着は濡れると水分を保持し、体温を奪う。春や秋の高山での雨は、命取りになることが多い。

山から帰ると新学期、矢田中学校三年目だ。万太郎は再び二年生の担任になった。

五月の連休、登山部は吉野から明日香へ、古代の街道を探る。竜在峠を越えていく道は万葉の時代から江戸時代も使われていた。途中で野営した。翌日、通る人もいない古道を行く。竜在峠は松尾芭蕉の句で有名だ。

ひばりより空にやすらう峠かな

冬野という集落の尾根道でイノシシの群れに出会う。親子連れだった。飛鳥川の源流に出て、石舞台から駅に向かった。

夏休み、登山部は比良山系を縦走した。一日目、八雲ヶ原で野営、二日目、武奈ヶ岳に登り、蓬莱山まで、空と山のはざまを、琵琶湖を左に眺めながら歩く。キャプテンは浅井、彼は健脚だ。陸上競技部員としても活躍している。

「みんな、後ろを振り返って見ろ。武奈ヶ岳があんなに遠くに見えるぞ」

「よう、歩いたなあ。あの武奈ヶ岳からここまで歩いてきたんやなあ」

縦走登山には、この「振り返る」がつきもので、いつも印象的だ。

秋、登山部は和泉山脈の和歌山県側から大阪側へ、岩湧山を越えた。南海電車の御幸辻駅から登る。夕方、森のなかでテントを張って食事を済ませ、火を焚き歌った。それから寝袋に入った。

真夜中、わあわあ騒ぐ声がする。目を覚ました万太郎は、テントから顔を出して外を見た。暗闇のなかに懐中電灯の光が交叉する。

「そっちへ行った、そっちへ行った」

「でかいぞ、でかいぞ」

生徒たちの興奮した声が森に響く。

テントのすぐ近くに、小さな流れがあった。そのなかに、体長二十センチほどのマスが数匹いた。生徒たちはそれを見つけて全員マス獲りをしているのだ。時刻は夜中の十二時を回っている。どうしてこんなところにマスがいるのか。察するに、下流の養鱒場から逃げたマスが、谷川を上り、とうとうこんな上流の流れにまで遡上してきたのだろう。

「今何時だと思う。明日は頂上を越えて歩かなければならないんだぞ」

叱って寝かせたものの、どうしてマスがいるということを生徒は知ったのだろうという疑問が湧いた。テントから流れまでは、十メートル以上距離がある。何に気づいて起き出し、流れを見に行ったのか。なんとも不思議だ。

翌日雨になった。ポンチョを着て歩く。寒さと疲労で、子どもたちの口数が少なくなった。大柄な体の、知的障害のある子がバテた。万太郎は自分の荷物を頑健な生徒に分けて担いでもらい、バテた子を背負って山を越えた。麓の河内長野の街に着いたときは、疲労困憊だった。子どもたちは雨に濡れて、体が冷えきっていた。万太郎の目に銭湯の文字が飛び込んだ。

「銭湯へ行くぞ」

万太郎は叫んで、生徒たちを風呂屋へ連れていった。銭湯で体を温めさせよう。脱衣場で、子どもたちはザックを置き、濡れた服を脱いで浴槽に飛び込んでいった。それに驚いた入浴客のおじさんが怒った。

「脱衣場が濡れてべとべとじゃあ。迷惑千万、どこの学校かあ、名前を言え。教育委員会に言うぞ」

男はかんかんになっている。番台のおばさんはそっと万太郎に言った。

「いいよ、いいよ、気にせんでな」

体が温まり、生徒たちは元気になった。服は濡れたままだが、なんとか家路につくことができた。

登山部は近郊の山々を次々と登った。四年目夏、登山部十五名は、奈良と三重の境にある高見山から大台ケ原山まで連なる台高山脈を、明神岳まで縦走する。淀川中学卒業生の宮谷がこのときもサポートで参加してくれた。この山系は、明神岳から大台ケ原まで深い樹林で、未知なる自然が残っている。

東吉野村から高見山を目指し、途中で幕営。翌日高見山に登り、国見岳へ尾根道を行く。三重県側の山道を歩いているとき、突然ブッシュから無数の黒い粒が空に舞い上がった。

「なんや、なんや」

それは見る間に数を増し、黒雲のようになって頭上を覆った。唸り声がする。

「蜂だ、伏せろ」

万太郎は大声で全員に叫んだ。生徒たちは、荷物を背負ったまま、狭い尾根道に腹ばいになった。蜂の大群は、上空を飛び回っていたが、やがて尾根の向うに姿を消した。マートが山道に伏せるとき、足を岩に打ちつけ怪我をしたが大事に至らず。国見山頂上の岩場で万太郎がつかんだ石積みの間に、マムシの姿が見えた。あわてて手を引っ込めた。

「気をつけろ、マムシいるぞ」

明神平は尾根上に広がる小さな草原、そこが二泊目のキャンプ地だ。テントを張り、枯れ木を集めて飯盒で飯を炊く。夕飯を済ませた頃、急に辺りに霧が立ち込め始めた。不思議な霧だ。霧はみるみる濃くなった。日が暮れても、霧の勢いはやまず、数メートル先が見えない。たちこめる濃霧、闇は深い。生徒たちはテントのなかにいた。八時を過ぎた頃だった。動物の鳴き声がこだまし始めた。長く引っ張って尻上がりに声が高くなる。鳴き声は一匹ではない。数匹が鳴き交わす。鹿だろうか、サルだろうか、キツネだろうか、いずれでもない。

稜線の東側は三重県、西側は奈良県、声は霧のなかを三重から奈良、奈良から三重へと移動し、テントの間近まで迫ってくる。生徒たちは、おびえながらも正体を見ようとテントから出て、懐中電灯を照らすが、濃霧にさえぎられて光は届かない。万太郎はライトを持って声に近づこうとしても、不審な鳴き声は、右に左に移動する。

「ニホンオオカミかもしれんぞ」

万太郎は小さな声で生徒たちに話し始めた。明治の終わり頃、ニホンオオカミの死骸一頭が、猟師からイギリス人に売り渡された。そのオオカミのいたところがこの山系だ。今の声は、ひょっとするとニホンオオカミの生き残りかもしれん。ニホンオオカミはすでに滅びたとされているが、生き残っているという説もある。

万太郎と生徒たちはテントのなかでしばらく身を潜ませていた。九時頃やっと声がしなくなり濃霧も消えた。

部落解放運動

万太郎は全国水平社運動関係の資料を読んだ。

一九二二年三月三日、京都岡崎の公会堂に全国各地から集まった二千人の代表は全国水平社の設立を宣言し、「水平社宣言」を採択した。宣言文は奈良の西光万吉が起草し、米田富が読み上げた。西光、米田の住む奈良県柏原は、明日香村に接している。

柏原の、阪本清一郎、西光万吉、駒井喜作の三人は、創立趣意書「よき日の為に」をもって呼びかけた。

「全国に散在する吾が特殊部落民よ、団結せよ」

そのときの様子を水平社の機関紙第一号は伝える。

「三千の会衆、皆声をのみ面を俯せ、歔欷《きょき》の声四方に起る。沈痛の気、堂に満ち、悲壮の感、人に迫る、やがて天地も振動せんばかりの大拍手と歓呼となった」

これまでの運動がなんらの効果も上げなかったのは、すべて我々と他の人々が人間を冒涜してきたからだ、人間をいたわるかのごとく見せて堕落させてきたからだ、何よりも人間を尊敬することによって自らを解放することなのだ。宣言は胸ふるわせて呼びかけた。

「兄弟よ。我々の祖先は自由、平等の渇迎者であり、実行者であった。陋劣《ろうれつ》なる階級政策の犠牲者であり、男らしき産業的殉教者であったのだ……。

我々は、かならず卑屈なる言葉と怯懦《きょうだ》なる行爲によって、祖先を辱《はずか》しめ、人間を冒涜してはならぬ。そうして人の世の冷たさが、どんなに冷たいか、人間をいたわる事が何であるかをよく知っている吾々は、心から人生の熱と光を願求礼讃するものである。

水平社は、かくして生れた。人の世に熱あれ、人間に光あれ」

水平社の活動家には、アナーキズムやボリシェビキの思想に希望を託す人が多かった。一九三八年、戦争遂行の国家総動員法が敷かれ、挙国一致、全国民が火の弾となる体制が整えられていくと、社会主義者、無政府主義者、自由主義者、反戦思想家は次々と弾圧されていった。全国水平社は一九四二年、解散を拒否して消滅の道をたどる。

戦後、水平社は再起し、部落解放全国委員会から部落解放同盟と名を変え、各地の被差別部落に次々と支部を結成した。それはその地域が被差別のムラであることを公言し、自覚と誇りを持って社会改革の活動を表明することでもあった。

「差別は、部落の悲惨な生活実態の反映であり、差別行政の結果である」

部落解放同盟は要求を掲げて行政に対して闘争を始めた。矢田支部は、運動を担ってきた人たちの活動拠点になった。

大阪市教職員組合東南支部と部落解放同盟矢田支部とは、連帯して教育条件を整えていく運動体を結成した。そうして生まれたのが「矢田教育共闘会議」だった。

「矢田教育共闘会議」は、学力を保障する教育条件整備を要求に掲げ、さらに新しい学校建設を提起して、大阪市教育委員会と交渉を重ねた。ついに大阪市は要求を受諾、かつてない新しい学校構想が生まれた。

「理想の学校をつくろう」、矢田中学の教員たちは、全国の先進的な学校の教育実践や教育条件に学ぼうと各地に跳んだ。資料を調べ、青写真をつくり、新しい学校建設計画のもと、運動を展開した。

三十人学級、複数学級担任、低学力の生徒への促進指導、地域の文化センターを兼ねて、演劇、コンサート、映画上映もできる講堂建設、体育館の独立、食堂棟をつくって完全給食、校舎廊下の配置も生徒の行動を考えてデザインする。こうして青写真ができていった。

理想を目指して教育の底を引き上げる。それは他者の劣悪な教育条件をも引き上げることにつながるだろう。

世界は混沌としていた。アメリカの本格的な攻撃に始まったベトナム戦争は泥沼の戦いになっている。万太郎は本多勝一のルポ、『戦場の村』や『北爆の下』、『朝日ジャーナル』などを読むにつれ怒りが湧く。学生の全共闘運動は猛烈な勢いで全国に拡大していた。

万太郎は、コンちゃんの家でジョーン・バエズを一緒に聴いた陽子と、一月に結婚した。

式が済むと志賀高原へ新婚旅行に出て、その帰途、島崎藤村ゆかりの木曽路を旅した。冬日はどっぷり暮れて暗かった。妻籠宿に向かうタクシー運転手は、藤《ふじ》乙《おと》という旅籠《はたご》を紹介してくれた。藤乙旅館に入ると、ばっさまが笑顔で奥から出てきた。二人は突然の泊り客、他に誰もいない。ばっさまは囲炉裏に榾《ほだ》を足しながら、島崎藤村の思い出話をしてくれた。藤村の詩「初恋」のモデルと言われる「おゆうさん」はばっさまの親戚にあたるという。話は小説『夜明け前』に移っていった。宿場の深い闇、人の姿は絶えていたが数多の旅人の魂を感じる。翌日、ばっさまは、筆を持ってきて和紙に歌をさらさらと、見事な字で書いて手渡し、別れを惜しんでくれた。

妻籠り妻籠りせば濡れまじを
雨と霧とに袖そぼちつつ

ばっさまに教えてもらった「おゆうさん」の墓はすぐ近くだった。お参りしてから江戸時代、参勤交代で使われた中山道の脇本陣に行くと、修復の最中で、管理をしている村人がこけらの切れ端を記念にくれた。街道に連なる古い家並み、江戸時代の宿場の完全復元が行われており、住民たちはそこに未来を賭けていた。妻籠宿は山と山に挟まれ、農業をするにも土地は狭く、養蚕は衰え産業はなく、未来を何に託すか。村の選択は、開発ではなく、歴史的文化財の宿場を完全復元して残すことだった。宿場をまるごと現代社会のなかに残すことによって「癒しの村」を生み出し、都会からの旅人が心安らぎ、住民も安心して暮らしていけるように、歴史遺産に現代人の心のオアシスをつくる取り組みだ。それは日本の開発路線とはまったく異なるものだった。その考え方と実践はヨーロッパの古都に連なる。万太郎は妻籠の未来が楽しみになった。

ザックを背に、万太郎と陽子は妻籠の街並みを楽しみ、旧中山道を歩いて馬籠に向かった。アララギ川を渡り、馬籠峠を越える。誰一人会わない。峠を下ると島崎藤村の故郷があった。だが馬籠は妻籠のような江戸時代からの家屋は残っていない。かつての大火によって焼けたのだ。藤村記念館を見学して、藤村の長男である楠雄さんの民宿・四方木屋《よもぎや》に飛び込んだ。そこで思いもしなかった楠雄さんとの出会いがあった。楠雄さんは四方木屋を経営しつつ、藤村記念館の館長もしている。風貌は晩年の藤村そっくりだ。宿泊客はほかになし。囲炉裏を囲んで、ちろちろ燃える火を見ながら楠雄さんと話す。話は藤村の小説談義になっていった。

「『破戒』なんですが、部落解放運動では、『丑松になるな』と、丑松の生き方を否定的に言う人がいます。丑松は闘わずに逃亡する、敗北主義だということでしょうね。藤村の考えはどうだったんでしょうか」

被差別部落出身の小学校教員、瀬川丑松が主人公である小説『破戒』、それは一九〇六年に世に出ている。丑松は師範学校を優秀な成績で出て、北信の小学校の首席訓導になった。生徒の信望厚く、慕われる教員だった。父は、自分の出身を隠せと厳命していた。丑松はそれを守った。だが被差別部落出身を隠さず闘う先輩、猪子蓮太郎の思想と行動に影響を受け、破戒を決意する。苦悩の末、丑松は生徒の前で土下座して出身を明かし、アメリカのテキサスに新天地を求めて旅立つ。

明治四年に解放令が出て、制度上は平等になってはいたものの、差別は隠然と社会のなかに残り続けていた。差別と闘うのでなく、丑松は教師を辞める道を選んだ。このことから部落解放運動では、「丑松になるな」

という言葉が、闘いからの逃亡を戒めてよく使われるようになった。

「信州でも被差別部落は多いんですか」

「あちこちにあります。信州、上州、甲州、武州に多いです。小説『破戒』の学校は飯山です」

「藤村は、明治の時代にどうして部落差別をテーマにしたのでしょうか、部落解放運動がまだ起こらなかった時代ですね。何かきっかけがあったんでしょうか」

「明治期に、ルソーなどの影響で自由民権運動が起きていますが、西洋思想、トルストイやドストエフスキー、ツルゲーネフなどロシア文学などからも、父は刺激を受けていたんだね。丑松の最後の行動は敗北主義的だが、丑松は生徒から慕われる優秀な教員だったから、真実に生きようとしたんだね。真実に生きることと、自分を隠すということとが自分のなかでぶつかったんだね。因襲の厚い壁を打ち破る術を持たなかった」

「結局、教師を辞めて丑松はアメリカを目指しますが、ぼくは自由を求めるという生き方としてはそういうチャレンジもあっていいと思います。敗北とは思わない。デモクラシーの国へ移民として行って、人生を切り開いていくのもチャレンジですから、因襲社会に生きるよりもいいと思います」

「アメリカ移住は否定することではないだよ。しかし、デモクラシーのアメリカにも、人種差別はあるだで」

「部落問題をテーマにした動機は何でしょうか」

「『千曲川のスケッチ』にも、上田の町はずれの屠場を見に行く話がある。『屠牛』という章でね。そこに昔の屠殺のやり方で、牛や豚を殺して肉にする描写があって、明らかに父はそこから何かを感じ取り、考えていったと思うだね。『千曲川のスケッチ』が明治三三年、『破戒』は明治三七年に書いている。父は明治三二年から小諸義塾の教師を六年間勤めていたから、そのときの体験が小説のベースにあるんだね」

「丑松が独り立ちするとき、丑松の父が言った言葉がありますね。自分たちの祖先は古《いにしえ》の武士の落人《おちうど》だ、貧苦こそすれ罪悪のためにけがれたような家ではない、だが素性は隠せ、一旦の怒り悲しみにこの戒めを忘れたらこの世から捨てられると思え、と。この戒めがずうっと丑松を縛るわけですが、猪子蓮太郎という人物に出会って大きな影響を受けますね。この人は師範学校の教員で、被差別部落出身、丑松はその人を師として仰ぎ、この人の存在が戒を破る行動につながっていったんでしょうね。丑松の同僚の教師が猪子についてて、社会にでしゃばって思想を吹聴するより獣皮でもいじっていたほうがいい、とけなしますねえ。それに対して丑松が激高して、猪子先生は死を賭して人生の戦場に上がって社会と闘っているんだと言う。けれど同僚教師は丑松を部落民だといいふらし、校長も丑松を放逐しようと企む」

「猪子蓮太郎のモデルは長野師範学校の教員だった人で、部落民だということで排斥されたりもするが、一生教員を貫いて功績のあった人です。当時の信州教育界にも新平民であることから教職を追われた人がいたから、テーマはそういうところから着想したのだろうね。明治の初めに解放令が出されて、表向きは平等社会と言いながら、因襲社会は根深く存在したでねえ。

父は、自由民権運動の影響を受け、因襲社会からの人間解放を描いた。抑圧からの自己解放は、父自身のテーマでもあったでね」

「丑松が学校を辞めるとき、生徒たちが校長のところへ、先生を辞めさせないでくれと嘆願に行きますね。子どもたちは、瀬川先生が新平民であろうと、いいではないか、生徒のなかにも新平民はいる、そう言って校長のところに要求に行きました。ぼくは、この子どもたちの行動を書くことで、丑松のやってきた教育の力を伝えていると思いました。丑松は敗北主義者ではないです。子どもたちに受け継がれています。子どもたちが壁を壊す生き方をする。丑松自身がアメリカへ行くのも、日本という因襲の強い社会から跳び出して国境を越える、差別の壁を越えるということでもあると思います。僕はそこに藤村の希望を感じます。けれども土下座は敗北です」

「どうだい、ちょっと飲むかい」

楠雄さんは立っていって一升瓶を持ってきた。

「木曽の酒だで、飲みましょ」

木曽の酒は腹にしみた。

「藤村に、『藁草履』という小説がありますね。小説の舞台は野辺山高原で、ニックネームが藁草履という男が主人公です。藁草履はよく走る馬を持っていて、草競馬にはよく出場します。佐久から野辺山のほうへ、八ヶ岳の東面には広大な馬の牧場があったんですねえ。今は牛の牧場ですが。馬の牧場は軍馬が必要な時代に盛んになったと思うのですが、古代からすでに甲信地方には馬牧の伝統があったんですね」

「甲斐、信濃は馬の産地で、昔から農耕馬は欠かせないから、農家の一部に馬小屋をつくって、馬と一緒に生活しているでね。戦国時代や、近代の軍国主義の時代には、軍馬が大量に必要とされたからね」

「観音菩薩の化身と言われている馬頭観音の石碑が信濃にはやたら多いですね」

「家族同然のように飼っていた馬が亡くなると、馬頭観音の石碑をつくったね」

「古代朝鮮の高句麗が滅んだとき、たくさんの高句麗の難民が日本海から越に入り、近江を通って倭へ行った人たちと、信濃と甲斐、さらに武蔵に入った人たちがいました。騎馬民族の高句麗人が馬の文化を導入したのではないかとぼくは思います」

「ははーん、あるいはそういう仮説も考えられるね」

万太郎は酔いが回ってきて、楠雄さんが藤村に見えてきた。囲炉裏は温かく、馬籠の夜はしんしんと更けていく。

「ぼくは高校生の頃から、藤村の小説や詩を愛読してきましたが、ここで藤村さんに会えるとは」

楠雄さんはカラカラと笑った。

翌日、楠雄さんは一枚の色紙を万太郎にプレゼントしてくれた。「木曽路はすべて山のなかである」、色紙の墨書は小説『夜明け前』の冒頭句だ。確かにこれは藤村の字だ。

楠雄さんに別れを告げ、二人は、国鉄の落合川の駅まで六キロの山道を歩いて帰途に就いた。

二人の新居は道明寺天満宮のすぐ近く、東に石川が流れ、北に国府遺跡や高校時代に発掘を手伝った遺跡もある。

学校へ出勤すると事件が起きていた。

教職員組合支部の役員選挙で組合員に配られた、同僚の寛さんらの推薦ハガキが、事の発端だった。「同和教育」の名で労働強化が行われ、現場が苦しくなっていないか、推薦ハガキにはそういう訴えが書かれていた。部落解放同盟がそれを問題視した。教員の労働条件を改善することと、差別からの解放を目指す教育とを対立させることとは、部落解放教育の否定であり、差別ではないか。

問題提起は教職員組合になされた。解放同盟矢田支部はハガキに名を連ねた関係教員との話し合いを求めた。

矢田中学分会の組合員は分会会議を開いて話し合った。この問題は関係教員だけの問題ではない。私たちみんなの問題だ。解放同盟からの提起を真摯に受け止めて、話し合いに応じようではないか。寛さんは弁明した。

「私も部落差別を絶対容認できません。差別は分裂支配の手段です。けれど私たちが選挙ハガキに書いたのは、同和教育の名を借りて締めつける行政への批判です」

「けれど、同和教育によって労働条件が悪くなるという論理は、人権教育をすれば職務が増え、教員が苦しくなるということですよね。実際に私たちは苦しくなっていますか。苦しくなるような同和教育をしていないではありませんか。部落解放運動がこれまで血涙を流してやってきた運動のせいで、私たちの労働条件が悪くなったというのは正しいですか。私たち自身を問うべきではないですか。部落解放同盟と話し合いをしましょう。私たちは皆同じですから」

分会会議は寛さんを説得した。寛さんは分会員の熱い説得を受けて、話し合いに応じようと一時は考えた。だがこの問題に対して寛さんたちの所属する政党は「部落解放同盟の要求には応じるべきではない」という方針を下ろしたのか、分会会議の途中で席を外して外部電話を受けてきた寛さんは「話し合いに応じない」に一転した。結局政党に所属していない関係者は話し合いに応じ、寛さんは話し合いを拒否した。事態は動き、落解放同盟支部員は直接行動に出て、寛さんたちはムラの市民会館に行くことを余儀なくされた。

市民会館にはムラの人たちが集まり、糾問が始まった。しかし寛さんたちは無言を貫き、問題解決に至る話し合いの糸口は芽生えず、事態はいっそう部落大衆の怒りを掻き立てた。

戦前の全国水平社の時代、部落出身者に対する差別事件が起きると、差別した当事者を水平社は直接糾弾した。それは行政や法的機関の人権意識の希薄さに伴う無策故の直接行動だった。水平社は軍隊内の差別にも糾弾を行った。が、それらは部落大衆の覚醒を生んだものの、一般大衆の差別意識は恐怖感を伴って根強く残った。戦後再起した部落解放運動は、差別を生み出し差別を放置してきた政治への闘争に軸足を置いた。個別の差別事象には、その事実を当事者同士で確認し、教育的な意識変革をもたらすやり方へと質を転換した。

戦後、教職員組合は行政に対して、民主教育の推進を掲げ、激しい闘争を繰り返したために、「官」側からの弾圧は過酷だった。部落解放同盟との連帯は生まれたものの、被差別部落の子どもの実態に教員はどれほど向き合ってきたかを考えると、お寒い限りだった。被差別の側から見ると、畢竟教員も「官側」であった。

万太郎はムラの人たちのなかに座っていた。眼前で展開しているのは、教育労働者への厳しい批判だった。夜が更けていく。同盟支部書記長セツさんは大衆の怒りが暴発するのを避けるために、あえて叫んでいた。

「手を出すな。指一本触れるな」

部落解放同盟支部の指導部は、互いの理解をもってこの問題を解決したいと考えていた。教職員組合の万太郎たちも、当事者の教員も、平和的に解決したいと思っていた。だが事態は硬直化し、集会は深夜に終わった。

そこから共産党と部落解放同盟との対立が激化した。寛さんたちは、拉致・監禁・脅迫を受けたとして告訴し、部落解放同盟を厳しく非難する党の報道が連日全市に行われた。怒りと憎しみが渦巻いた。部落解放同盟との連帯をめぐって、教組のなかは真っ二つに割れ、対立が深刻化した。

混迷のなかで矢田中学校分会は、万太郎を分会委員長に選んだ。

矢田教育共闘会議の集会があった。教職員組合員と解放同盟員の前で、セツさんは思いもよらない演説をした。

「オレたちは、虐殺された小林多喜二の悔しさに思いを馳せることができるか。多喜二の苦しみ、多喜二の母親の悲しみを自分のこととしているか」

セツさんは以前、大阪湾の沖仲仕をしていた。沖仲仕は酷薄な労働条件のもとで働く荒くれ男たちだった。その労働環境を改善するためにセツさんは労働組合をつくる活動をした。沖仲仕は沖に停泊した船から荷をおろし、荷を積み、艀《はしけ》で運ぶ港湾労働者だ。彼らは親分子分の関係で結ばれ、酒と博打《ばくち》と女に喧嘩《けんか》、仁義と任侠を売りものに生きていると噂された。労働は死を賭し、命がけだった。セツさんはその体験をする中で、小林多喜二の人生に出会った。

小林多喜二は秋田の貧農の家に生まれる。父母は農閑期には土方に出た。食えなくなった一家は北海道小樽に移住し、姉は火山灰会社で働き、毎日真っ白になって帰ってきた。妹は石炭カスの捨て場へコークスを拾いに行った。多喜二はプロレタリア作家となり、日本共産党に入党して『蟹工船』『党生活者』などの小説を書いた。

一九三三年、多喜二は特高警察の拷問によって虐殺された。警察は心臓麻痺だと主張し、どこの病院も特高を恐れて、遺体の解剖を拒んだ。遺体を引き取りに来た母は、多喜二を抱きしめ、「もう一度みんなのために立たねか」と号泣した。

小林多喜二は書いていた。

「北海道では、どの鉄道の枕木も一本一本労働者の青むくれた死骸だった。築港の埋め立てには脚気の土工が生きたまま人柱のように埋められた。鉱山《やま》ではモルモットより安く買える労働者を入れ代り立ち代り使い捨てた」

枕木の下の労働者の死骸、そのなかには併合した朝鮮から連れてこられた人たちの遺骸も多かった。

セツさんはよく言った。

「山よりでっかいシシは出ん」

山よりも大きなシシはいない。どんなに問題が困難でも、相手が強大であろうとも、恐れることはない。しかし軽率に判断するな。慎重によく見よ、現象をよく認識し理解せよ。

底辺の労働者の苦難の現場を生きてきたがゆえに、彼の言葉には凄味があった。

セツさんは、被差別部落内部に巣くう暴力団とも闘っていた。組長とセツさんはたった一人で対峙した。

セツさんの心のなかには小林多喜二がいる。闘争では火の玉のように激しいセツさんだが、ふだんは心優しい人だった。あの夜、糾弾を受けている関係者に温かい飲み物を出し、温かい言葉で語りかけていたら、事態は変わっていたかもしれないと万太郎は思いもする。怒りの爆発を抑え、ガス抜きをしないといけないことを、セツさんは誰よりもよく分かっていたと思う。

糾弾集会のとき、セツさんの激しい言葉の裏には、陥る危険への配慮も潜んでいた。糾弾は人間の尊厳を守る行為として本来なされるものだ。だが高揚する大衆の怒りは、冷静さを欠くこともある。

万太郎の心に無念の思いが湧く。寛さんたちは、自分の心で、自分の判断で、事態を収拾させることができたはずだ。万太郎や同僚が、寛さんに、「私たちも、あなたと同じ立場に立つ、一緒に解決に向けて努力しよう」と働きかけたとき、寛さんの顔に浮かんだ苦悶と葛藤の色、結局それは抑えられてしまった。

部落解放同盟矢田支部の支部長マサヨシさんと書記長セツさんは関係者らによって告訴され、検察庁の取り調べ、裁判闘争へと事態は動いた。

分会委員長の万太郎にも検察庁の事情聴取があった。

「糾弾集会のとき、関係者は、自分の意思で帰ることができましたか」

検察官が問う。あのとき、緊迫した空気が会場に立ち込めていた。帰ろうと思えば帰れたけれど、席を立つ力を引き留める空気が現場にはあった。そのときの状況を言葉で説明できるものではない。事情聴取が終わると、取調官は聞き取った内容を取調官の主観で文章化した。

「お聞きしたことを文章にしました。読み上げますから、事実ではないと思うならその個所を指摘してください」

万太郎はそれを聞いた。確かに部分部分は自分の言ったことではあるが、文章化したものは微妙に自分の言葉ではなくなっている。取調官の作文だ。これは違う。だが、それを否定して改めてどう表現するのか。万太郎は葛藤したが言語化できなかった。

その後、長い裁判闘争が始まった。

折しもベトナム反戦運動は世界を揺るがし、日本の大学、高校では学生運動が火を噴き、全共闘の闘いが広がっていた。九州水俣のチッソを告発する公害闘争が展開されていた。

別の大事件が起きた。校長・教頭になるために賄賂が贈られていたという教育汚職の贈賄事件が大阪市で発覚したのだ。教育委員会指導部長は長年実権を振るい、学閥組織の先輩後輩の関係を利用して、教員人事と教育現場に影響を与えてきた。組合活動に熱心な者は管理職には採用されない。校長になりたいのなら組合を脱退し、先輩の有力者に忠誠を尽くす、これが暗黙の常識になっていた。

事件は、現役の校長らの逮捕となり、賄賂を受けていた校長は降格された。教育長は責任を感じ、和歌山の白浜で命を絶った。

大阪市教職員組合は闘いを開始した。それは教員自らを打つ闘いとなり、「学閥解体闘争」に発展した。教員人事は公正を失っている。元師範学校系、一般大学系、それぞれの学閥同窓会組織があり、それらの組織が対立しながら教員人事に影響を与え、自派の教員を管理職に登用させてきた。

大阪中の島の中央公会堂で、大阪市教職員組合主催の弾劾集会が開かれ、公会堂は満員になった。組合員も学閥組織に加入して先輩後輩の関係性をつくり、人事に影響を与えているならば、民主教育をつくっていくことはとてもできない。万太郎はその構造を知りながら批判をしてこなかった。加担者であったのだ。

出世街道をもくろむ教員がいる一方で、底辺校で地を這うように実践している教員がいる。この学閥構造を糺していくのは教職員組合しかない。大阪市教組は運動方針を掲げた。「学閥組織から脱退しよう」。

教組活動の生きている学校では分会会議を開き、学閥組織からの脱退届を書いて組織に送った。

ベトナム反戦運動

ベトナム戦争は苛烈陰惨を極めた。ジャーナリスト本多勝一の現地からのルポルタージュを万太郎は読んだ。本多がベトナム最前線に入ったのは一九六七年の三月だった。米軍のヘリコプターに同乗して前線のジャングルの泥地に降り立つ。爆弾とバルカン砲の音が響きわたる中でも、ジャングルのセミは鳴いていた。

戦場に入った沖縄出身のカメラマン石川文洋も書いていた。

「ベトナム戦争に対する考え方は日本本土と沖縄とではかなり違う。沖縄の人々は、本土の人よりも身近にベトナムを感じ、真剣に考える。それは自分たちと同じように地上戦に巻き込まれたベトナムの民衆の悲劇を体で理解できるからだ。沖縄戦の経験を通して、ベトナムの人びとの苦しみを、自分たちの身に置き換えることができるからだ」

一九六五年、小田実や鶴見俊輔、高畠通敏、開高健などが中心になって、ベトナム反戦の市民運動「ベトナムに平和を！　市民連合（べ平連）」が生まれ、市民のデモは全国二百を越えた。

「私たちはふつうの市民です。もし、あなたがベトナム戦争に反対するなら、一緒に歩きましょう」

「べ平連」の活動家たちは、米空母の停泊している横須賀の基地に出かけ、米兵にビラを配り、脱走を呼びかけた。

「われわれは、第三次世界大戦の始まりになり得るかもしれない戦争を感じ取っています。米兵のみなさん、

1、上官や大統領に、戦争反対の手紙を書きましょう。

2、兵舎のなかで集会を開き、大衆的なデモに参加しましょう。

3、サボタージュをしましょう。

4、脱走しましょう。

5、良心的兵役拒否をしましょう」

呼びかけに応えて、横須賀港の空母イントレピッドから四人の兵士が脱走した。一九六七年の秋だった。べ平連の活動家は、彼らを日本の官憲とアメリカの組織から守り、日本のどこかに匿《かくま》って秘密裏に海外に逃がす活動に奔走した。さらに海外への逃げ場所を探し、「反戦アメリカ軍脱走兵援助日本技術委員会」を立ち上げ、脱走兵を受け入れてくれそうな国を当たった。すべては隠密に行われた。スウェーデンのパルメ首相は、ベトナム戦争を強く批判していた。小田実はスウェーデン政府機関に乗り込んで脱走兵の受け入れを要請、それが認められるや隠れ家から脱走兵をスウェーデンへ送り出した。バルメ首相は、プラハの春に対するソ連の武力弾圧、南アフリカのアパルトヘイト、スペインのフランコ政権による独裁政治をも批判し、反核運動にも尽力した。米軍脱走兵は二十名に及んだ。

意外な事実が浮かび出た。ベトナム戦争に日本人の青年が兵士として従軍していたのだ。清水徹雄、彼は米軍を脱走し、べ平連に助けを求めた。べ平連は、彼の声明を発表した。

「私は、アメリカ陸軍兵士として、ベトナムで戦った日本人です。私はアメリカ陸軍を離脱し、日本にとどまって、平和な市民としてくらす決意をかためました。私がアメリカ陸軍を離れる決意をしたのは次のような理由からです。

第一に、日本人である私は、平和憲法を持つ日本で、自由に、平和な市民として暮らすことができるはずであり、そうなることを望んでいます。

第二に、ベトナム戦争は意味のない戦争です。それに日本人である私がどうしてベトナムで殺し合わなければならないのか。この戦争は、無意味でクレイジーな戦争です。

第三に、ベトナム戦地へ行って、初めて戦争の恐ろしさを知らされました。目の前で、アメリカ軍兵士はロケット弾で殺されました。

アメリカ陸軍離脱を決意するまでに、ずいぶん考え悩みぬきました。他にもアメリカ軍に入り、戦い苦しんでいる日本人がいるとすれば、私が一つの先例になればと思います。

戦争のことをもっと真剣に考えるべきだった、平和憲法を持つ日本人としてあまりにもたやすくアメリカの軍隊に入った、そのことを深く反省しています。日本に帰って、自由に、平和な市民として暮らしたい、日本国憲法は、私が平和に暮らせるように守ってほしい。日本の市民、日本の政府が、私の行動を支持してくれるよう希望します」

彼の行動は日米に衝撃的な問題を提起した。なぜ米軍に入隊したのか。それは、ビザの延長をしなければならなくなり、そのためには徴兵検査を受けて兵隊に行ったほうがアメリカで暮らすうえで有利ではないかと考えたからだった。アメリカは、外国人も兵士に仕立て上げる。べ平連が脱走を支援した兵士のなかには、韓国人、ドイツ人、台湾人もいた。

清水は米軍兵士になった。日本の主権は米軍兵士に及ばない。日本とアメリカとが結んだ安保条約によって、アメリカ軍は日本に基地を持ち、アメリカ合衆国兵士は自由に日本に出入りすることができる。しかし、日本は、軍備と戦争の放棄を高らかにうたい上げた平和憲法を持っている。彼は、戦争を放棄した平和憲法国家の一員であるにもかかわらず、アメリカ軍の兵士になってベトナム戦争に参加した。大きな矛盾だ。脱走したら、アメリカは日本政府に彼の逮捕を要請するだろうか。祖国に帰って平和に暮らしたいという日本人を日本の官憲は逮捕し、アメリカに送るだろうか。もし日本政府がそうすれば、憲法をないがしろにすることになる。

アメリカ政府は、彼を自国の兵士として、そして脱走兵として扱おうとしていた。日本政府は、アメリカ政府に追随するだろう。両政府の「法」的根拠は「日米安保条約」だ。そうするとどうなるか。日米安保に従うならば、憲法にそむくことになる。いったいこれはどういうことなのか。日本国憲法が試され、戦後の民主主義が試されていた。

清水は、脱走して日本国憲法に守られ、日本社会で暮らす道を選択した。しかし逮捕されてアメリカに送還されるかもしれない。小田実は考えた。彼を普通の一市民として日本社会で生きる道を歩ませたい。

一大議論が巻き起こった。

「べ平連ニュース」に、「日本国憲法と清水君への疑問」という一文が掲載された。筆者は「岐阜べ平連」の主婦、加納和子さんだった。

「武力の放棄を示した憲法第九条は、『日本国民は……』と始まっています。そして、憲法第十二条には、『この憲法が国民に保障する自由及び権利は国民の不断の努力によってこれを保持しなければならない』と国民の責任をはっきり明言してあります。清水君は日本国民として他国の国権によるベトナム戦争に直接参加した後に、日本国憲法に救いを求められたわけですが、戦争に参加した時点においてすでにこの憲法を自ら犯したことにならないでしょうか。

憲法九条によって日本国民は、不断の努力という責任を持たされています。ベトナムで武器を持って戦ったことは、清水君個人としてこの第九条にふれる行為をしたのです。

憲法を犯した者を、憲法において守ろうとする論理に強い抵抗を感じます。私たち日本国民は、国家が犯している戦争協力を防ぐべく、あらゆる努力をしなくてはならない。これが憲法の真の精神ですし、べ平連参加者の信条としなくてはならないでしょう。平和憲法を持たないアメリカ兵士の脱走とは根本的に区別されるべきものです。

アメリカ国家の外国人徴兵が、国際法上の明らかな違反行為であるのなら、堂々とアメリカの法廷において、国際法違反の闘争を繰り広げていただきたい。日本国内における幾多の安保違憲法廷論争のように。私たちべ平連は、国際法律学者、その他あらゆる力を動員して、その闘争のために援助すべきではないかと思うのです。清水君もその闘争のなかで、権利というものは与えられたものではなく、自らの努力で獲得し、またそれを自らの手で守るべきものと感じとることができましょう。それはまた、憲法を犯した者の義務でもあると思います」

小田実たちは、この意見はまっとうなものだと思った。が、では清水が救いを求めているのに応えないでいいのか。

「中野べ平連」の市民たちは「清水徹雄君を守る署名」を新宿西口で始めた。すると百名近くの人びとに取り囲まれた。

「米軍と契約した者は、その責任をとらなければならない。そのために米軍に引き渡すべきである」

「好きでアメリカに行ったのなら、男らしくベトナムで死ぬべきだ」

「日本国憲法を売った者を日本国憲法で保護する必要はない」

「アメリカで徴兵を拒否せず、ベトナムへ行って泣きつくなんて、ふざけるんじゃない」

小田実たちは惨めだった。小田たちは議論した。

「では清水君をベトナムで戦わせたいのか。それとも日本で守りたいのか」

「ベトナム戦争を支持するのか、どうなのか」

「憲法をとるのか、安保条約をとるのか」

議論は分かれた。小田は考えた。

清水君の提起した問題を自己のものとしてとらえられない人は、真に市民運動をやっているとは言えない。ぼくたちは、清水君のとった行動の真の意味を、真摯な態度で自分自身の問題として考え直すことを訴える。清水君はふつうの市民として、ふつうに仕事をし、ふつうに暮らそうと願っている。彼を護らねばならない。それができるのは市民だ。市民の力だ。

ジャーナリストが動き、弁護士たちは「清水君を守る弁護団」をつくった。

「反戦と変革に関する国際会議」で、鶴見俊輔が意見を述べた。

「それぞれの社会で、社会成立の契約をつくり直し、それらの連合によって、人類の新しい社会契約を実現すべきです。国家によってあやつられている多数者に譲ることなく、少数者が確信を持って世界的規模での助け合いを、個人と個人、集団と集団との間で進めていく。その方法を今後起こりうるさまざまの可能性を思い浮かべながら、議論し、工夫していきたいです」

一九六八年十二月十四日、アメリカ大使館のスポークスマンが発表した。

「米国政府および在日アメリカ大使館は、慎重に検討した結果、清水君の逮捕を日本当局に要求しないことに決定した」

この決定にベ平連代表、吉川勇一は述べた。

「これは日本の国民の側の完全な勝利です」

弁護団は声明を出した。

「日本人自らが、日本国憲法が、日米安保条約に優位していることを貫徹した」

ベ平連は、イントレピッドの四人以後も、十数人の米兵を無事に国外に脱走させていたが、何人かの脱走兵の逮捕者も出した。

ベ平連の基本はデモ行進にあった。その発端は一九六〇年安保にあった。生まれてこのかた一度もデモに参加したことのない中学校の美術教師・小林トミが友人と相談して、「誰でも入れる声なき声の会です。皆さんお入りください」と、白い横断幕を広げて二人だけで歩き出したところ、そこに加わる人が出てきて三百人になった。それからこのデモが全国に広がった。一方で全学連のデモは国会突入を図り、警官隊とぶつかって樺美智子が殺されるという悲劇も起きた。六〇年安保には宗教団体や農業関係の団体も反対運動に加わっていた。

ベ平連は、組織に所属していない市民が自発的意思でつながり、ベトナム戦争に反対する全国展開になっていった。

ふつうなら考えられない脱走を呼びかけ、脱走してきた外国人兵士を個人の家に何日間も匿う。それは尋常なことではない。そして彼らを密かに世界のどこか安全なところへ逃がす。そのとんでもないことを彼らは実行した。その意志とエネルギーに万太郎は驚嘆する。このようなことができたのは、ベトナム戦争の悲惨な現実を日本の市民が我が身に引き寄せて知ったからだった。日本や世界のジャーナリストが戦場に入り、命をかけて取材しルポを書き、戦場カメラマンが写真や映像で伝えた。

たった一人の闘いもあった。首相官邸前で由比忠之進は、日本政府が行った北ベトナム爆撃支持に抗議して、焼身自殺をはかった。七十三歳のエスペランチストで平和運動家だった。彼は佐藤首相あての遺言書を残していた。

「今アメリカは、日本が第二次大戦中に中国で犯した過ちをベトナムで繰り返している。この遺書は、ベトナム民衆の苦しみが一日も早く解消されることを心から望んでしたためた。佐藤首相は、アメリカ大統領が北爆を止めて、和平交渉を開始するように要請していただきたい」

戦争を止めるために、由比は自分の命をかけて行動した。そういう人物が日本に現れた。

矢田南中学校創立

一九六九年、学力の遅れているムラの生徒の学力促進のため、教育委員会は矢田中学に教員加配を行い、指導体制が組まれた。国、数、英の三教科では、生徒を抜き出して小グループをつくり、促進指導の教員が教える。万太郎は国語の指導にたずさわった。

原田校長が重いガンに侵されて入院しているという報告が職員朝礼であった。無口な校長だった。大阪市中学校の秋の陸上競技大会に、万太郎が陸上競技部の生徒を引率して長居競技場へ行き、観客席に座って出場生徒を見守っていたとき、入院しているはずの校長が一人離れたところに座って黙って応援してくれていた。病院を抜け出て応援に来てくれていたのだ。

校長は新しい学校の実現を見ることなく命尽きた。ムラの解放運動家たちは追悼集会を開き、「孤高の校長だった」と讃え、死を悼んだ。

一九七〇年四月、矢田南中学は矢田中学校から独立し、新設校として開校した。矢田中学から何人かが新設校に籍を異動した。万太郎もその一人だ。他校からの転勤者と大学卒業した新任とで、新しい学校の教職員が構成された。

校舎はまだ完成していない。完成までの半年間ほどは、プレハブ校舎を校区内の原っぱに建てて授業をした。草の庵のようだったが、思いがけず楽しい日々だった。男子生徒は教室の窓をまたいでポンと外の原っぱに出る。草の香りが漂ってくる。バッタが跳ねている。カマキリがいる。大和川の堤はすぐそこだ。ムラの子のカズが、家から持ってきた変わったオモチャの人形を万太郎に見せた。手に取ると、人形がケタケタケタと笑い声を立てたから、思わず爆笑した。原っぱの仮校舎は牧歌的で、教師と生徒との間に距離がない。この雰囲気は懐かしい。万太郎は自分の中学時代を思い出した。隣の神社の巨木が校舎の屋根まで枝を伸ばし、門も塀もなく、生徒は休み時間に神社で遊んだ。仮校舎もそんな自由な解放的な雰囲気がある。学校の原点はこういうところにあるのだろうかと万太郎はふと思う。

草の校舎で、教師と生徒たちで新しい学校の校則を考えることにした。校則は何のためにある？

学校の周りに塀をつくるかどうか、これは教員で話し合った。野原校舎のように、塀はつくらないという案も出たが、理想論であるとして、結局、子どもたちの安全を守る意味で周囲をコンクリート塀で囲むことになった。

男子から頭髪の自由化の要求が出てきた。それを実現するには手続きを踏んで、要求をみんなのものとしなければならない。賛成生徒たちは署名運動を始めた。生徒会代議員会で話し合われた。これまで中学生は丸刈りというのが校内規則だったが、自分の頭髪をどうするかは個人の権利ではないか。各学級で頭髪自由派と丸刈り派の討議が行われた。最終的に生徒会は頭髪自由という意見に一致した。頭髪自由化の要求は職員会議に提出され、職員会議はその要求を受け入れた。この結果を保護者に知らせると、ムラの父母から「生徒と教師とで決定していいのか」という意見が出てきた。そこで父母の討論となり、多くの父母の同意を得て自由化が決まった。次に制服や制帽はどうするという問題が出てきた。必要か必要でないか、これは時間をかけて考えることにした。その他の校則も生徒の討議と、保護者の意見も交えて議論を進め、必要最小限の取り決めにしようということになった。まず校則ありきではなく、生活に必要な約束事として積み上げていくことにした。

新しい校舎は秋十月に完成し、新校舎に移った。講堂、体育館は未完成だ。

万太郎は生徒会の指導担当になり、生徒の力で、生徒のなかに起きてくるさまざま問題を解決していく生徒会を目指した。生徒全体にかかわる問題は生徒総会で討論を行う。

校歌については、愛唱歌を生徒たちで創作し、それを歌う中で校歌が生まれてくるという過程をたどることにした。

志を持って赴任してきたベテラン教員たちを、黒沢明の映画になぞらえ、万太郎は「七人の侍」と呼んだ。人数は七人を超える。「七人の侍」は、新任教員を育てる役割も担う。

バイカル湖の西にあるブラーツクに抑留された経験を持つヤヒコさんは、二年前に矢田中学に転勤してきて、新しい学校建設のリーダー的役割を担ってきた。彼は満州国の建国大学の学徒で現地召集され、敗戦後シベリアに抑留、強制労働を強いられたが無事帰国した。社会科の教員になった彼は、人間はいかにして生きてきたかに視点を置く授業を創造した。米軍の治世下にある沖縄の人々の暮らしも授業に入れ、沖縄研究を目的に何度も渡航を計画したけれど、アメリカの施政権下にある沖縄に入るにはパスポートが要り、危険分子の烙印を押されていたヤヒコさんにはパスポート発行は認められなかった。

社会科の女性教師タカさんは、大阪大空襲のとき、京橋駅に爆弾が落ち、電車の乗客が多数死んだときの体験者だった。タカさんは生徒指導で力を発揮し、教育推進の牽引車になった。

英語科のアキラさんは一年前に矢田中学に転勤してきた。外国語大学の中国語科を出て、西成のあいりん地区、スラム街の学校で生徒に体当たり指導をしてきた体験を持つ。アキラさんは深い抱擁力で生徒の心をつかんでいく人だった。

ヒロシさんは障害児教育を担当した。学校演劇の脚本家であり、詩人でもあった。素朴でとらわれのない人柄は愛嬌がある。ヒロシさんは学校へ一枚のレコードを持ってきて職員室でみんなに聴かせてくれた。

「冬の夜、毎日これを聴いてる。フィッシャー・ディースカウの『冬の旅』や」

ミチオさんは社会科担当で、学生時代に演劇部に所属し、教員になってからも演劇部の指導をしてきた。在日コリアンの作家・金達寿《キムダルス》作の『朴達《パクタリ》の裁判』を演劇部でやったときの体験を万太郎に語ってくれた。金達寿は、日本の古代の朝鮮文化について、日本の各地を歩きながら緻密な研究を積み重ね、驚くような史実を明らかにしていた．

「パク・タリは、留置場のなかで一緒になった政治犯、思想犯から、戦争や朝鮮の歴史を教えてもろたんや」

理科のブンパクさんは、公害や環境問題について強い関心をもち、「水俣病を告発する会」に入っていた。彼はその運動を万太郎に伝えた。水俣病は惨憺たる被害が出ていたが、なおも事実を隠ぺいし、責任を逃れる会社に裁判闘争も起きていた。「告発する会」は、加害者のチッソの株を一株購入し、株主総会に乗り込んで会社を糾そうという運動を起こしていた。

万太郎は、水俣病に関係する著作から、さらに日本の公害の原点である足尾銅山鉱毒事件と田中正造の闘い、渡良瀬川の遊水池となった谷中村滅亡にかかわる文献を読むにつれ、富国強兵のために大企業を保護し、民衆の被害には目をつぶる政治は、明治から現代へと続いていることを知った。万太郎は、ブンパクさんに続いて、チッソの一株を買い、「告発する会」に入った。

矢田南中学校初代の飯田校長は、戦後の在日コリアンに対する民族教育弾圧事件の生き証人だった。日本の敗戦後、植民地朝鮮は解放され、多くの在日コリアンは祖国に帰還しようとした。だが、朝鮮半島は南北に分断され戦場となる。在日コリアンは日本国内に残り、自分たちの子どもは自分たち民族で育てようと、民族学校をつくった。

朝鮮人の民族学校を建設する運動は全国で行われ、五百校を超えた。だが文部省はそれを認めず、閉鎖を強行した。抵抗運動は激化し、アメリカ占領軍、連合国軍総司令部は非常事態を宣言した。日本の武装警官隊は実力を行使して抵抗運動を弾圧した。これが世に言う阪神教育闘争だった。飯田校長はその渦中を体験してきた。

「七人の侍」は実際には十数人に及ぶ。体育科の四人の教員たち、成《なり》さんはサッカー国体選手、陸上競技のタカアキさんは陸上競技選手、柔道のショウスケさん、体操のヨネさん、彼らも「七人の侍」であった。

新任の青年教員たちも、先輩教員と共に教育創造の力強い担い手になった。

「矢田」へ、研究家、作家、運動家がやってきた。まず国分一太郎が来た。万太郎は駅まで迎えにいった。万太郎は、教員になってまっさきに国分の本『新しい綴り方教室』を読んでいたから、旧知の師に会うように親しみがわいた。国分は戦前、小学校教員として生活綴り方教育を推進し、児童文学も著したが、彼の著作『教室の記録』は危険思想とみなされ、「アカ教員」であると断定されて、職を追われた。その後、軍の報道部員として中国戦線に送られ、日本軍に侵略されている中国をルポルタージュしたことがもとで拘置所に入れられ、敗戦を迎えた。戦後国分は、生活綴り方教育と国語教育の再興と創造に奮闘していた。

ムラの市民会館で開かれた「国分一太郎を囲む会」で彼はこんなことを言った。

「被差別部落は『しずめ』の役割を持つ、と言われていますね。私は、『しずめ』ってどういうことかなと思っていたんですが、魚を釣るとき、ウキの下につけるシズ、すなわちムラは重しのシズなんですね。水の下に隠れて、ウキが水面に立つように下から引っ張っている」

国分一太郎は、貧困にあえぐ東北農民の子どもたちに、なぜ現実はこうなっているのかを考え、科学する力を生活綴り方によって育てることを提唱した。『山びこ学校』(無着成恭編)が出版されたとき、その最後に国分は解説を書いた。

「山形県山元中学校男女四十三人の生徒たちは、一九三五年生まれと、三六年生まれの子どもたちである。だからその大部分は三四年の東北の大冷害・凶作の年に母親の胎内にはらまれたことになる。そのせいもあろうか、学校のなかでいちばん少人数の学年であった。六人きょうだい以上が二十九人おり、八人きょうだい以上でも二十人いる。そのうち戦死や病死で父を失ったもの八人。小学校に入学したときから戦争のなかに生き、太平洋戦争敗戦後に新制中学生になった。山元村の子どもたちは、山仕事、百姓仕事、家事手伝い、弟妹の世話などで、学校に行くことは妨げられた」

現実はなぜこうなっているのか、本当はどうあるべきなのか、「山びこ学校」の子どもたちは、人間の真実を探り出す。

国分一太郎は被差別のムラから興る教育に注目した。

「気をつけなければならないことは、どんなに教師が解放の思想に傾倒していても、それだけで教えることができるものではないということです。何を教材にするか、教材から何を読みとるか、その力を教師は養わねばなりません。そして教育方法を生み出し、活用しなければ学力がつくはずがないのです」

観念的、教条的にお題目を唱えるようでは教育にならない。識見を持ち、教材を研究し、生徒に届く教育技術と方法を見出していくことだ。国分の言葉は教員たちに重く響いた。文字を習う識字学級がムラで行われている。それについても言及した。

「識字学級は生活綴り方の実践にも通じます。文字を奪われた人が、大人になって文字を取り戻す、それは人間としてよみがえっていくことであると思います」

東北訛りの国分一太郎の言葉は土の香りがした。

矢田のムラへ、小説家の野間宏もやってきた。野間は召集を受けてフィリピン戦線で戦い、小説『真空地帯』を書いて、日本の軍隊内の、非人間的な差別と暴力の実態を暴いた。

治安維持法に問われ、陸軍刑務所に入れられもした野間は戦前、大阪市役所に勤めていた。そのときに被差別部落の実態を知り、それ以来深い関心を持っている。狭山事件は部落差別に基づく冤罪事件であると、自身で調査も始めていた。ムラの活動家や教員たちを前に、野間宏の、とつとつとかみしめるような語り口は、解放運動の闘士の雄弁とは違って印象的だった。

「部落の人はよく、ムラの暮らしについて、『ここは味がええ』と言います。この言葉には、深い意味が含まれています。ムラのなかでは助け合う風潮が当たり前で、ムラはムラ人によって守られているのです」

野間は水平社にも参加したことがあった。大正十二年に起きた奈良の「水国事件」は、水平社と大日本国粋会との闘争だった。被差別部落の婚礼行列に対して指で差別的な行為をした人がいた。それが発端となった。右翼の国粋会は日本刀や銃をもち、水平社も竹槍などを持って、総勢三千人を越える人たちが激突した。警察と軍隊が出動して事態は収まったが、謝罪を要求した水平社に対して、国粋会は聞き入れなかった。

一九七〇年十一月、大阪厚生年金会館でチッソ株主総会が開かれた。万太郎は総会に出かけていった。大阪には多くの水俣出身者が住み、「大阪・水俣病を告発する会」の中核になっていた。

会場前に来ると、「告発する会」の群れの前で、ずんぐりした体格の若者が激しい口調で演説をしていた。そこへ白装束に身を包んだ原告団の患者や家族が現れ、厳粛な雰囲気になった。原告団の患者たちは、チッソの毒によって殺された家族の遺影を胸に抱えていた。会場が開かれると、声明《しょうみょう》を唱える原告団に続いて「告発する会」の会員たちが入場した。会場の前半分は、すでに会社側の総会屋で席は埋まっていた。被害者たちは後部座席の中央に座り、支援者は彼らを護衛するように周りを囲んだ。場内は少し薄暗かったが、原告団の胸の遺骨箱や遺影、白装束が、霊魂のように浮かび上がった。

壇上にチッソの社長や重役が並んで座った。総会が始まる。緊張感が走り、万太郎は固唾をのんで壇上を見つめた。議長らしき人が何か叫んだ。と同時に前の席からウォーと叫び声が上がった。スピーカーを通して声が響いた。

「これをもちまして議案は承認可決されました」

場内にどよめきが起こった。一瞬置いて後部座席から怒声が湧き起こり、白装束の席からは裂帛の声が上がった。

「欺瞞だ、欺瞞だあ。ペテンだあ」

「チッソは責任をとれえ。死者を踏みにじるのかあ」

はるばる水俣からやってきた被害者たちは、数分で門前払いをくわされ、総立ちとなった支援者の憤怒は演壇にむかってなだれを打った。万太郎もそのなかにいた。前には総会屋がぎっしりと席を埋めている。そのときだった。演壇の脇から、青い制服に身を固めた屈強な集団が躍り出てきて、抗議する人たちに襲いかかった。会社に雇われた二十人ほどのガードマンたちは、殴り、蹴り、打ち倒し、会場は修羅場となった。「告発する会」を指揮していた若者が座席の上に立ち上がって叫んだ。

「引けえ、引けえ」

急いで原告たちは外に逃げ、「告発する会」会員たちも後に続いた。万太郎の近くで逃げ遅れた学生がガードマンに顔面を殴られ、眼鏡が飛んで、血が噴き出た。万太郎は学生を助けようと走り寄ると、ガードマンは万太郎に襲いかかり、頭髪をわしづかみして引きずり、股間を蹴り上げた。ズバッという髪の毛の抜ける音がした。

万太郎が会場から脱出すると、原告たちは襲撃から逃れ、姿はもう見えなかった。

「ひどい目に会ったよ」

家に帰った万太郎は次第を陽子に話し、体を調べてみると股間は内出血し、頭は毛髪が束になって抜けた痕があった。

石牟礼道子の『苦海浄土』は祈りのごとく、魂のむせび泣きが胸に染みる。万太郎は『苦海浄土』から自主教材をつくろうと、国語科のみんなと相談した。

水俣の方言が浜の香りのようにつまった石牟礼道子の文章は、不知火海の漁民の調べであり、漁民の魂が、見事に表れている。

水俣病の原点には、足尾銅山鉱毒事件と渡良瀬川沿岸の谷中村滅亡がある。荒畑寒村の『谷中村滅亡史』は、国の富国強兵政策によって足尾鉱毒事件は起こり、大資本を擁護する国によって谷中村が滅亡したすさまじさを満腔の怒りを持って告発していた。

「政府は鉱業主と相結んで、いかに多大の便宜と利益とを提供せしぞ。いかに平民階級を凌辱せしぞ。明治十四年、栃木県知事藤川為親氏が、渡良瀬河岸の魚族の斃死を見て、初めて鉱毒問題の先鋒をなすや、政府は実に鉱業主の利益のために、藤川氏を島根県に追いたりき。爾来星霜流るる二十有余年、この間、政府は自ら鉱業主のために、鉱毒被害民をして示談調停せしめ、恫喝脅迫して沈黙を守らしめ、あるいは情を訴えんとする被害民を捕らえて獄に投じ、数千円の金をもって大森林を払い下げ、これがために水源の荒廃を来すや、数百万円を出して河川を修理し、しかして到底蔽《おお》うべからざる資本家の罪跡を埋没せんがために、ついに谷中村を買収せんとするに至れり。

谷中村の滅亡は、世人に何ものを教えたるか。正義の力弱くして、よるべからざることとなるか。人道の光り薄くして、頼むべからざることとなるか。否否、資本家は平民階級の仇敵にして、政府は実に資本家の奴隷たるにすぎざること、これ実に谷中村滅亡がもたらせる最も偉大なる教訓にあらざるや」

国語科の教員は、『苦海浄土』のなかの、胎児性水俣病になった孫の杢太郎へ語りかける、爺の語りに心魅かれた。

杢太郎はテテなし子、母は胎児性水俣病の杢太郎が生まれたときに逃げていった。

「こやつぁ、ものをいいきらんばってん、ひと一倍、魂の深か子でござす。

じじばばより先に杢のほうに、はようお迎えの来てくれらしたほうが、ありがたかことでございます。この子ば葬ってから、一つ穴に、わしどもが後から入って抱いてやろうごたるとばい。

杢よい。かんにんせろ。かんにんしてくれい。

分かるか杢。お前や、そのよな体に生まれてきたが、魂だけは、そこらわたりの子どもとくらぶれば、天と地のごつお前のほうがずんと深かわい。

泣くな、杢。じいやんのほうが泣こうごたる。杢よい。お前が一口でもものが言えれば、じいやんが胸も、ちっとは晴れるって。言えんもんかいの。

杢よい。こっち、いざってけえ。ころんちころんち、転がってけえ。

杢よい。お前こそがいちばんの仏さまじゃわい。じいやんな、お前ば、拝もうごだる。お前にゃ煩悩の深うしてならん。

　あねさん、こいつば抱いてみてくだっせ。軽うござすばい。木でつくった仏さんのごたるばい。よだれ垂れ流した仏さまじゃばって、あっはっは、おかしかかい、李よい。じいやんな、酔いくろうたごたるねえ。ゆくか、あねさんに。ほおら、抱いてもらえ」

「あねさん」は石牟礼道子、文章に言霊《ことだま》を感じる。万太郎は朗読しながら何度も声が詰まった。この文章を教材にしよう。

　青年教師の修さんは黒島伝治の短編を自主教材候補に挙げた。

「ぼくは黒島伝治の『二銭銅貨』を推薦します。子どもたちにコマ回しが流行って、藤二はコマがほしいのだけれど、家が貧しくて買ってもらえない。兄のお古をもらうんだけれど、紐は新しいのを買ってほしい。それで母にねだって母と紐を買いに行き、短いけれど二銭だけ安い緒を買ってもらう。少しでも節約したい。それが悲劇のもとになります」

　物語は、二銭の節約によって子どもが命を落とす悲しい顛末《てんまつ》となる。これも教材の候補となった。『山びこ学校』の作文や、『原爆詩集』からも候補が上がった。

　授業の創造は他の教科でも始まっていた。

　地元のムラ出身の新任の女性教師は、大学で学んできた理科の「仮説実験授業」を、全教師を対象にやってみせた。

「『知っている』と思っていることも本当に知っていることなんでしょうか。自分の頭で知識として知っていることは、本当はどうなんでしょう。その過程を授業にしていくのが『仮説実験授業』です」

　彼女は教師たちに一つの問題を出した。

「この結果はどうなるか、Aか、Bか、考えてください」

教師たちはAかBか、予想し仮説を立て、発表し合い、異なる仮説を聞く。そして、もう一度仮説を立てて発表し合う。最後に「実験」をやってみた。「実験」の結果はどうだったか。

「こうして、仮説を検証していく授業です。本当はどうか。本当にものがちゃんと考えられる人間を育てていこう、それを仮説実験授業でやっていこうとしています。この教育実践は、認識論、組織論にもかかわってきます。権威を持っている人、権力を握っている人の言うことが正しい、あるいは無難だろうと従っていけば、どうなるか、とんでもないことになってしまう。そういう意味からも根源的に考えるこの授業法は画期的です」

彼女の声は希望に満ちていた。

「社会科でも他の教科でも、仮説実験授業は授業改革の役割を持つと思います」

知識を説明し、覚えさせるだけの授業ではない。異なる考えを聞き、常識にとらわれず、自分の頭で考え、ときにはコペルニクス的転回をもたらす授業こそが真実に迫る。

全教科で、それぞれ授業の創造が始まった。

悔恨をベースに

一九六七年に出版された白鳥邦夫の『ある海軍生徒の青春』と『私の敗戦日記』は、敗戦という奈落の体験が一個の精神に及ぼした激震をつづっていた。

軍人を育成する海軍経理学校の生徒だった白鳥は、敗戦に直面した。一九四五年八月一五日正午、生徒千数百名は、軍服に短剣を腰に吊るし、焼けつく太陽のもとに整列した。ラジオから天皇の声が流れる。だが雑音によってよく聞き取れず、夜になって教官から「無条件降伏」を伝えられた。伍長が終戦の詔勅を読み上げると、号泣が湧き起こった。

翌日、経済学博士の教師が言った。

「日本の敗北は経済学的には明白であった」

昨日まで、自分の学問はナチス的な国家社会学なりと言って講義をしてきた教師が、一夜明けて、ころりと態度を変えていた。学校の機密書類は急遽焼却、銃は沼に埋め温存を図った。

二十日、校庭に集合した生徒たちに校長が訓辞を垂れた。

「いかに敗戦とはいえ、我々までは滅びていない」

専任監事が言った。

「秘密裏に連絡を取り合って、二十年後には必ず起て。二十年間の休暇を与える」

愛国者の白鳥は二十年後に決起を期そうと心に決める。白鳥は長野の故郷に帰り、山にこもって虚脱の生活を送った。

新しい年が来て、「天皇の人間宣言」があった。

「天皇ヲ以テ現人神トシ、カツ日本国民ヲ以テ他ノ民族ニ優越セル民族ニシテ、延テ世界ヲ支配スベキ運命ヲ有ス、トノ架空ナル観念ニ基クモノニモ非ズ」

白鳥は、巨大な裏切りだと思う。だがそれは白鳥を解放した。信ずるものはもう何もない。

白鳥は翌年、旧制松本高校に編入学した。そこには自由な校風があった。白鳥はこの校風に反発したが、やがて思想は大きく変わっていった。

白鳥は、サークル誌『名もなき花』、後の『山脈《やまなみ》』を創刊する。第十一号に彼は書いた。

「私たちは『生き残った世代』である。物心ついて以来、『ヘイタイサン、バンザイ』で育ってきた私たちは、生を受けたことを誇りにできる生き方をしてきたであろうか。断じて否《いな》。『生き残った』けれども、生きるに値する生き方の経験をしていない。青春に値する青春を生きて来なかったのだ」

一九四八年、白鳥は長野県上里村の小学校教員になった。六年生担任、生徒は四十八人。「六年生になって」という題で作文を子どもたちに書かせた。

それを読んだ白鳥先生は仰天した。みんな同じような作文ばかりだ。そこで白鳥先生は大きな紙に「好きなことをしよう」と書いた。

「自分の好きなことだけするんだ。腹が減ったら好きなときに弁当食べろ。パッチン（メンコ）もいいし、木登りもいいぞ。掃除がいやならするな。暁子さん、たまには学校休め。したいことを、したいときにして、したくないことは決してするな。ただし、ごまかしたり、人のものを盗ったり、ケンカするのは厳禁するぞ」

保夫が発言した。

「むちゃだ。おら、反対だ」

「反対なら反対でいい。しかし、自分の考えを隣の人に押しつけてはいかん」

教室が騒然となる。保夫は泣きべそ。抱き合って喜んでいる三人組の男子。嘉代が発言する。

「戦争に負けたんだから何をしてもいいのだと思います。やってみて間違ったら直せばいいんです」

生徒たちは歓声を上げて飛び出していった。教室は終日からっぽ。ターザン遊びをする子がいる。

数日すると、三人組の男子が授業に出席。白鳥先生は、一人でも授業に出てきたら授業を進める方針だ。そのうち、男子は全員教室に復帰した。それから女子が帰ってきて、教科書を取り出した。

白鳥学級の「好きなこと運動」は他の教員や子どもたちから問題となった。パッチンはするし、朝会に出席しない。掃除もしない。

児童会の委員が回ってきて白鳥学級の成績をつけ、グラフに書いている。「おら、はずかしい」と言う子が出てきた。職員会議で女の先生が発言した。

「パッチンをしているクラスがありますが、もし事実ならすぐに止めていただかないと、自分の組に影響します」

男性教師が発言。

「それは白鳥君の指導性の問題だ。自由といっても相手はまだほんの子どもだ」

白鳥先生は応える。

「大義名分論に反抗するのが私の仕事だ」

白鳥学級の子どもはクラス自治会で、賛成反対の論を張り、理論を鍛えた。

白鳥は長野県教組に加盟し、教組の青年部臨時総会に代議員として出席した。民族独立も人権の確立も自由の問題だ。自由のないところに道徳はない。白鳥邦夫は、不戦反戦を誓い、「日本戦没学生記念会わだつみ会」の会員になって、夏休みに、児童の家を一人ひとり訪ね、親の話を聞いた。

一九六五年、敗戦から二十年目、武器を持って決起することを約していた白鳥は、神戸の元海軍経理学校へ行った。銃を埋めた沼はもう見当もつかない。誰一人同窓生は訪れなかった。

一九七一年、万太郎は初めて日本教職員組合の全国教育研究集会に参加するために分会員二人と東京へ出かけた。何もかも驚きだった。まずは全国教研のしくみだった。初め都道府県教組の教研集会で現場の実践や実態が発表討議され、そこから選抜されたレポートが全国教研の研究討議にふされ、再び全国の学校へ還元されていく。雪深き僻地、農村漁村の学校、スラムにある都会の学校、炭鉱町の学校、それらの報告を聴きながら、教員、学者研究者が、同じ平面に立って討議する。分科会は、各教科、人権と民族、平和教育、障害児教育などあり、万太郎は「国語教育」の分科会に参加した。講師団に国分一太郎がいた。

最終日の全体集会は、各分科会の報告があった。それが終わったとき、ハプニングが起きた。一人の女性が演壇に駆け上がり、演説を始めた。

「私は学校へ行けませんでした。それなのに形式だけの卒業で、卒業証書という紙切れ一枚もらい、それを持っているために夜間中学に入学できませんでした。臭い、ばか、貧乏とののしられ、学校に行きたくても行けず、今ようやく勉強したいと思ったら、法律が立ちふさがり、私の道をじゃまします。日教組の先生、私のようなかけ算の九九もできないような人間でも中学卒業生だと認めますか」

会場は静まり返った。「形式卒業」、初めて聞く言葉だった。貧困のために学校へ行けなかった。それなのに、卒業証書は出された。今自分は、本当に勉強しようと思い夜間中学に行ったけれど、形式卒業生故に断られた。

このハプニングは万太郎の心に衝撃を与えた。

続いて大阪で全国夜間中学研究大会が開かれ、「形式卒業生」十人が叫び声を上げた。

「教育行政関係者よ。オレたちはこれでも中学校の教育課程を修了したと言えるのか。世の中にはオレたちみたいな『形式卒業生』はいっぱいいるはずだ。そのなかには夜間中学に救いを求めるものもいる。なぜそういう人を温かく迎え入れないのか。オレが夜間中学を知ったのは二年前だった。夜間中学に行こうと決意したが、困難だった。オレは職人で一家を支えていた。母は寝たきりだった」

学校教育の現状を抉る重い問いかけ、要求だった。形式卒業生を夜間中学に受け入れよ、何よりも形式卒業生にならないような学校教育をつくれ。

学校教育の原点を問う夜間中学運動だった。その年、天王寺夜間中学の開校が予定されていたが、教育汚職事件のために開校は延期された。

全国に夜間中学をつくろうという運動は、高野雅夫という男性が核になっていた。彼は戦時中、満州の満蒙開拓団に生まれた。一九四五年八月九日、ソ連が怒涛の如く満州に攻め入り、高野の父は戦死した。満蒙開拓団は逃避行に入り、高野も母と共に逃げた。途中で赤子は殺され、幼い子や老人は捨てられた。高野も途中で母とはぐれてしまった。なんとか帰国船に乗り込むことができて帰国できたものの行くところなく、東京の山谷で「浮浪児」となった。高野はナイフをもち、ドロボウ、カツアゲ、スリ、手当たり次第やった。ゴンチという子と仲間になった。十五、六歳の頃、チンピラグループに襲われ、ゴンチが刺されて死んだ。飢えと寒さと暴力のなかで、死の淵にいたとき、バタ屋のコリアンのじいさんに助けられた。じいさんの食べさせてくれた煮込みうどんは腹わたに沁みた。じいさんと一緒になった高野はリヤカーを引いて屑集めをした。小学校に行けず文字も知らず、自分の名前も書けなかった。ある日、じいさんは屑のなかから、いろはカルタを見つけ、それを使って、自分の名前の読み方と書き方を教えてくれた。名前が書けたとき、嬉しくて転げ回った。じいさんが神様に見えた。そのじいさんも、ある朝起きると、冷たくなっていた。

高野は「文字と言葉」を獲得する闘いに立ち上がった。そして、「夜間中学」の存在を知る。高野は荒川九中二部に入学した。二十一歳になっていた。高野の人生は、人間としての誇りと権利を奪い返す闘いになった。一九六四年三月、高野は九人の仲間と共に荒川九中二部を卒業した。当時、夜間中学は全国で二十五校あり、生徒は五百名ほどいた。

その夜間中学を廃止するようにという勧告が行政管理庁から出てきた。高野は、命にかけても夜間中学を守らねばならないと動き出す。まず荒川夜間中学のドキュメンタリー映画をつくり、その上映の全国行脚を始めた。その旅のなかで高野は「水平社宣言」に出会う。それは高野の血の流れを変えるような衝撃だった。

一九六八年、高野は大阪教職員組合、部落解放同盟、大学などを訪れ、大阪に夜間中学校開設を訴えた。その翌年、天王寺夜間中学校が六月に開校する。入学したのは八十九人だった。入学生代表のすし職人が挨拶した。高野も挨拶した。

「私は七年前、二十一歳で夜間中学に入学し、初めて差別のない社会を知って感激しました。ところが憲法や教育基本法では、すべての人に義務教育の権利が保障されていることを知りました。私の感激は怒りに変わりました。自分だけが卒業したらいいという考えでは、百二十万人以上の、義務教育の終わっていない人を差別したことになる。差別されているのは、オレたちだけではない。オレたちが何もしなかったら、被差別部落、在日朝鮮人、釜ヶ崎、沖縄スラムなどの仲間たちを差別したことになる。大阪の夜間中学校の歴史をつくっていってほしい。文字やコトバは生きるための、たたかうための、武器なのだ」

高野の闘いに触発され、大阪の教員のなかから立ち上がる人たちが出てきた。

衝撃的な報せが立て続けに万太郎に届いた。マッサンが自死したという。淀川中学の卒業生からの報せだ。

マッさんは高校三年のとき、ふらりと母校の淀川中学校に万太郎を訪ねてきた。彼は、意見を聞きたいと言った。内容はマルキシズムに関することだった。彼は迷い、葛藤していた。だが、万太郎はその問いに答えることができなかった。その後音沙汰はなく、マッサンは大学へ進学した。大学には全共闘運動の嵐が吹き荒れた。そして彼の自死の報が届いたのだ。

続いて二つ目の悲報が来た。矢田中卒業生のミツルが自死したという。母一人、友なく、孤独を紛らせるために万引きを繰り返していた彼。訃報は卒業生から伝えられた。彼の孤独と心の空虚を想像する。あのとき頬をたたいたこと、胸がうずいた。「罪」の文字が頭をよぎった。ミツルの求めていたのは優しさだった。

愛だった。なぜそれに気づかなかったのか。なぜ感じ取れなかったのか。

さらなる訃報が来た。矢田中学三年で担任し、卒業して就職した男子生徒、ミーホーが過労死したという。知らせは当時の学級委員長だった武田が持ってきた。小柄な体、ウサギのように穏やかな子だったミーホーがクラスで注目されたのは、彼の作文を万太郎が教室で読み上げたときだった。生活綴り方の実践記録に出てくるような素朴な生活描写が、クラスのみんなに感銘を与えた。卒業後彼は小さな工場で働き、仕事は深夜十二時にまで及んだ。小さな体は、過労に耐えきれなかった。武田は、ミーホーの追悼作文集を出せないものかと万太郎に提案した。だが、もう作文は残っていない。提案は実らなかった。

時を置いてまたまた悲報が届いた。矢田中学陸上競技部の一員としてひたすら走っていたセッキンが自死した。部活動のとき、セッキンと一緒に何度か万太郎は長距離を走った。彼の一家も地方から大阪に出てきた。セッキンは家族を助けるために就職したが、万太郎はその後のことを知らない。ミツルもミーホーもセッキンもムラの周辺に建てられた家賃の安いアパートに住んでいた。被差別部落には共助の暮らし、闘争と連帯が存在する。だが、ムラの周囲の安価な土地にひしめくように建てられた簡易住宅地には運動は存在せず、底辺の生活者は貧困、孤独に耐えている。万太郎は、彼らの話を聞くというささやかな支援すらもしてこなかった。悔恨が胸を打つ。

戦後、教員の心に湧き起こった「悔恨」がある。高知県の教員だった竹本源治は「戦死せる教え児よ」という詩を書いた。万太郎の学生時代、学生自治会の委員になっていたサンペイが、涙声で朗読してくれたあの詩。

逝いて還らぬ教え児よ。
私の手は血まみれだ！
君を縊《くび》ったその綱の
端を私は持っていた。

しかも人の子の師の名において。
嗚呼《ああ》！
「お互いにだまされていた」の言い訳がなんででできよう……

この詩は、日教組運動に衝撃を与えた。

一九七一年、日教組委員長になった槙枝元文は、戦時中は、岡山県の教員だった。ある日、校長に呼ばれ、「県からの命令で、少年航空兵と満蒙開拓少年義勇軍の志願者を一名ずつ推薦せよとのことだ。適任者を選抜してくれ」

と言われた。

槙枝は困惑する一方で名誉なことだとも思い、教室に行って希望者はいないかと尋ねた。すると、ほとんどの生徒が手を挙げた。少年航空兵になりたいという生徒が圧倒的だった。それもそのはず、教師たちは常日頃から教室で「聖戦」の話をしてきたのだ。

「君たちは二十歳になったら徴兵検査を受ける。甲種合格して軍隊に入り、戦場に行けば、お国のために勇敢に戦い、天皇陛下万歳と称えて名誉の戦死を遂げよ。そして、白木の箱に納まって靖国神社にまつられるのだ。これが日本男児の本懐だ」

推薦する生徒は、次男三男で身体堅固、成績優秀な者だった。選ばれた生徒の両親は槙枝に言った。

「先生、うちの息子を選んでくれてありがとうございます。どうせ数年後には軍隊に取られる身です。こんなに早く、しかも少年航空兵とは一門一家の名誉です」

召集令状は槙枝にも来た。槙枝は敗戦まで内地で軍務に服した。

戦争が終わり軍が解体されると、槙枝は再び教職に戻った。槙枝の頭にずっと離れなかったのは、自分が選んで送り出した二人の生徒のことだった。教え子二人は無事に帰ってきただろうか。学校に帰任すると、役場に行き、二人の教え子の消息を調べた。結果は、少年航空兵を志願した教え子はマレーシアに行く途中、撃墜されて戦死、満蒙開拓少年義勇軍に入った教え子は生死不明となっていた。

衝撃を受けた槙枝は、戦死した少年航空兵の家にお供えの花と線香を持って訪問した。玄関で待っていた母親は、槙枝の顔を見るなり飛びかかってきた。

「先生はなんということをしてくれたんですか。お国のために軍隊に行けとか、一家一門の名誉だとか言って、私の息子を指名し、まだ徴兵検査を受ける歳にも達していない子を戦場に送り出して……。先生が余計なことをしなかったら、いま元気で一緒に暮らしていたはずです。その責任は先生にあります」

母親は、あふれる涙を拭おうともせず、

「あの子を返して」

と叫び続けた。

槙枝はただただ「申し訳ありません」と深く頭を下げるしかなかった。

戦時中、小学校教員を務め、教え子を戦場へ送り出してきたことへの痛烈な反省を行動に表した人、金沢嘉一もその一人だった。彼もまた、戦場へ出ていった自分の教え子のその後を調べ、何人の子どもたちが死んでいったのか、消息を求めて親を訪ねている。親の悲嘆、金沢の悔恨、それがその後の金沢嘉一の生き方となった。金沢嘉一は校長職に就いたが、政府・文部省による教育の国家統制に反対し、教員への勤務評定を拒否した。

教員としての戦争責任を心に秘めている教員たち、この重い課題が日教組の「教え子を再び戦場に送るな」というスローガンになっていったのだった。

一九五一年、血の叫び、「不滅のスローガン」は生まれた。

万太郎は矢田南中学校にも登山部をつくった。入部生徒は十数人、女子部員もいる。夏休みの登山は早速秘境探検を目指した。吉野川源流の三之公《さんのこ》谷を遡行しよう。三之公谷は、台高山脈の奥地に入り込んでいる秘境の谷で、南北朝時代の「かくし平の行宮跡《あんぐう》」がある。谷崎潤一郎の小説『吉野葛』に南北朝時代の「かくれ里」伝説として登場する。この谷の源流は台高山脈に発しており、明神平に近い。

白雲立ち上がり、蒼天に山の風が呼ぶ。生徒たちと共に吉野川に沿って、源流の川上村入之波《しおのは》に入った。

川上村は吉野林業発祥の地で、約五百年間にわたって植林が進められてきたが、三之公谷源流には、未だ手つかずの天然林が残っている。ブナ、モミ、ツガ、トガサワラの原始林だ。

三之公谷の清流は、脚を入れてもすねまでの深さで、川底は砂地、裸足になって水に入ると、冷たく快適だった。谷が大きく蛇行するところを越え、昔、追っ手を逃れて身を隠したのもなるほどと思えるところに、杣《そま》小屋があった。無人の奥地だと思っていたのだが、人が小屋から現れた。彼は突然子どもの甲高い声が谷に響いたから驚いた風だった。ここに住んで林業をやってるという。

「昔はここから材木を筏《いかだ》にして流したんでのう」

オヤジはその方法を説明してくれた。丸太などを使って川の水を堰《せき》止め、そこに筏を浮かす。水が溜まると筏に乗り、川の堰を切る。すると、溜めていた大量の水がどっと下流に流れ出す。人が乗った筏はその水に乗って下流に流れ下る。

「危険な仕事でのう。すごい勢いで水は落下していくから筏乗りが命を落とすこともあった」

オヤジさんの話は驚くような内容だった。谷崎潤一郎が、「八幡平の山男の家に泊めてもらって、兎の肉を御馳走になった」と書いていたのはここかもしれない。登山部はさらに上流に上って河原にテントを張った。

翌日、川の中を遡る。水は膝下まで、川底はやはり砂利、じゃぶじゃぶ音立てて行った。台高山脈の尾根に突き当たるところに大きな滝があった。明神の滝だ。ほぼ垂直に数十メートル上から水が落ちてくる。そこから台高山脈の尾根に至る道がなく、原生林の薮は深かった。

「ヒルやあ！」

生徒の一人が叫んだ。首筋にヤマビルがくっついて血を吸っている。

「いかん、みんな自分の身体を調べろ」

「うわあ、足首にヒルやあ。血を吸ってる」

身体の露出しているところに、ヤマビルは食いつく。みんな全身を調べてヒルを取った。

「大阪府立大学の中尾佐助教授がヒマラヤの秘境ブータンへ入ったことがある。馬に荷物を乗せて山を越えて行ったときに、猛烈なヤマビルに襲われたんや。ヒルは足から這い上がってくるし、木の上から落ちてくるし。馬の鼻の穴に何匹もくっついて血を吸ってぶら下がっていた。人間が近づくと人間の体温を感知して木から落ちてくるんだよ。中尾佐助はヒマラヤ山麓から中国雲南省を経て西日本まで照葉樹林帯が続いていることから、稲作以前の文化はこの照葉樹林の中から生まれたという仮説を立てた。いわゆる照葉樹林文化論やな。照葉樹林で暮らしていた人々は木の実や芋を採取する生活をしていて、それから農耕生活へと移り変わっていった。照葉樹というのは、杉や松のような針葉樹と違って、葉っぱが広くて、深緑色をしている。ここら辺りも照葉樹林やな」

ヤマビルの谷から脱出だ。急いで同じルートを戻り、八幡平で二泊目の夜を過ごした。翌日は水のなかを、ばしゃばしゃ音を立てて下った。アオバトが鳴いていた。アーオー、アオー、森の精のような不思議な声だ。常緑広葉樹林に好んで住むという緑色の鳥。

登山部の山行はみずみずしい感性を呼び戻す体験になった。

万太郎はムラの周辺を散索した。

ムラ周辺には在日コリアンも住んでいる。居住者数はそんなに多くないが、コリアン団体の支部もある。

一本の道が白々と続いている。その道を渡来人が歩いてくる。幻は遠く古代に遡る。

古代、矢田の西には難波大道が通っていた。住吉大社はその街道近くにあり、住吉津《すみのえのつ》、難波津、共に朝鮮半島からやってきた船が着いた。倭から遣隋使、遣唐使、遣新羅使、遣渤海使が海を渡った。

部落解放の教育を考えていくうちに、コリアンの子らに対する教育が浮上した。

大阪にどうしてこんなにたくさん在日コリアンがいるのか、なぜコリアン学校へ行く子と、日本の学校に行く子とに分かれているのか。教職員の研修会で話し合い、日本に渡ってきて日本で生きてきた在日一世に話を聞こうということになった。飯田校長は、朝鮮奨学会の李殷直《イウンジク》氏を講師に推薦した。

李殷直氏は矢田南中学校にやってきた。完成した講堂で、講演は始まった。全生徒と教職員、何人かの地域の人も聞いた。

講師は静かに生徒に話しかけた。

「私は一九一七年、植民地朝鮮の全羅北道に生まれ、今は五十三歳になります。小学校を卒業してから朝鮮の日本人商店で住み込みの小僧として働いていました」

朝鮮には日本の神社がつくられ、日本人化が進んでいた。朝鮮人は日本語を教え込まれ、日本名を名乗らされ、日本人としての教育を強制された。さらに徴兵制によって、若者は日本軍の兵士として戦地に送られた。李少年は日本本土へ行こうと決心して渡ってきた。十七歳だった。東京の硝子工場で働きながら夜間商業学校で学び、卒業すると作家を志望して日本大学に入り文芸学を専攻した。卒業して就いたのは編集の仕事だった。

話は分かりやすく、生徒たちを惹きつけた。戦時中の一九三九年に、李氏の作品が芥川賞の候補になったこともあった。

日本の敗戦、植民地朝鮮が解放されると、李氏は在日同胞の民族教育の事業にたずさわり、コリアン子弟に奨学金を出す育英事業に従事した。講演は熱を帯び、差別され支配されてきたコリアンの歴史を語るにつれ、声は憤りに震え、拳を演壇に打ちつけ、裂ぱくの気合がこもった。

「私たち民族は『半日本人』にされてきました。私たちには私たちの国があり、長い歴史があり、豊かな文化がある。私には私だけの誇り高き名前がある。そのことを自覚しなければ自分に誇りを持つことはできないのです。自分をだめなものとして、おとしめていては自分を解放することはできないのです。自分を解放することなしに民族の解放はない。日本人のみなさん、コリアンのみなさん、お互いをよく知り、尊敬し合い、連帯することを希望します」

李氏の顔には穏やかな慈愛の笑みが浮かび、講演は終わった。胸襟を開き、率直に生徒たちに語りかけることができたのは、眼前に被差別のムラの子がおり、ムラには解放の炎《ほむら》が燃えており、コリアンの子らもそこに入っているからだった。講演は生徒たちの胸を打った。ムラの子らは、自分たちは差別される身分に置かれてきたが、自分たちもコリアンを差別することがあったのではないかと問うた。

講演は大きなきっかけをつくった。三年生の一人のコリアンの男子生徒が、担任ヤヒコ先生に支えられて立ち上がった。彼はクラスで訴えた。

「ぼくたちが本名を名乗れる学校にしてほしい」

彼は通名の日本名を使ってきた。コリアンの本名を名乗れないできた。だが、コリアンであることを隠して日本人のふりをして生きることは、自分を二つに裂くことだ。ムラの子は部落民であるという自覚を持って、差別に負けない力をつけ、差別のない社会をつくる生き方をしようとしている。では僕はどうすればコリアンとしての自覚を持つことができるのか。

「ぼくの本名はハン・マンブです。これからハン・マンブと呼んでください」

クラスで彼は本名を宣言した。拍手が起こった。級友と担任に支えられた本名宣言は、彼にとっての革命だった。彼の学力は遅れていたが、意識は高かった。

教師集団の議論が始まり、低学力のコリアン生徒にも学力保障の取り組みを広げようと決議された。そしてサークル「コリアン友の会」を学校内に結成することになった。

「コリアン友の会」の活動は放課後に行う。「友の会」用の教室が用意され、そこにコリアン生徒は集い、母国語や文化を学習する。日本人教師では教えることのできない母国語学習には朝鮮人学校の高校生に来てもらうことになった。

「友の会」には十名以上の子どもたちが集うようになった。朝鮮人学校の高校生が来てくれる日は週に一度、「友の会」の子らにとって嬉しい日だ。お姉さん女子高生の白い民族衣装はすがすがしく、まぶしかった。コリアンとしての自覚と誇りを育むことは、生きる力を育てることでもあった。

新たな企画を万太郎は考えた。朝鮮人学校の生徒たちを招いて交流会をしよう。在日コリアンの民族学校の生徒たちの心を知ることは、「部落子ども会」の子らにとっても、「コリアン友の会」の子らにとっても力にもなるだろう。万太郎は朝鮮人学校の東大阪朝鮮中級学校を訪れて相談し、計画を実行に移した。

その日は秋晴れ、在日朝鮮人学校の中学生と高校生百名近くが、バスでやってきた。未知との遭遇ともいえる交流会は実に鮮烈な感動をもたらした。第一部の全体交流会は講堂で行われた。

朝鮮人学校の生徒たちは民族楽器カヤグムを演奏し、民族舞踊の花を咲かせた。女子生徒はにこやかに笑顔を絶やさない。高らかに吹奏楽部が演奏した。矢田南中学生徒たちは驚嘆した。彼らは民族の伝統文化に誇りを持ち、大切にしている。では自分たちは、どんな伝統文化を表現できるのだろう。

交流会第二部は全教室で行われた。朝鮮人学校生は各クラスに分かれて入った。一つのクラスに朝鮮人学校の生徒は四、五人。進行はクラスの日本人生徒が行う。朝鮮人生徒は、自分の本名を黒板に漢字で書いて発音した。

「日本語の音読みと少し違います」

「似ているけど違いますね」

中国から朝鮮半島に伝わった漢字の発音と、さらに日本に入った漢字の音読みとは、長い年月によって違いが生まれているんだ。

「日本の学校に行かないで、どうして朝鮮人学校に通うようになったんですか」

日本人生徒の質問に、コリアン生徒は、親や祖父母の歴史を語った。女子生徒はチマチョゴリを見せながら、

「これが私たちの制服です」

と言った。胸張って微笑みを絶やさず語る姿は、日本人生徒の心を打った。

どんな暮らしをしているのか、将来にどんな希望を抱いているのか、どの教室も和やかな雰囲気で笑顔があり、通い合うものがあった。

クラスでの交流会が終わり、別れの言葉を交わすと

朝鮮人学校生徒たちは校舎からパラパラとグランドに出てきた。矢田南中学の生徒たちは教室の窓に群がり、身を乗り出し叫んだ。

「ありがとう。お元気で」

「バイバーイ、また来てねえ」

校門に向かってゆっくり歩む朝鮮人の生徒たちは、何度も校舎を振り返っては別れを惜しんだ。

「さようなら、アンニョンヒ　ケセヨ」

「ありがとう、カムサンハムニダ」

教室の生徒たちは、彼らの姿が見えなくなるまで手を振り叫び続けた。

友情が芽生えていた。教員たちの胸に込み上げてくるものがあった。他民族の人と文化に出会う意義は大きい。学校は閉鎖社会になりがちで、閉鎖度が大きければ大きいほど異文化から遠ざかり、偏見や差別を生む。異文化と交流することは共生社会への入り口なのだ。

「三年に一回、国際文化交流を実施しよう」

それが教師たちの思いとなった。


万太郎は、古代の渡来人をテーマに授業をした。現代の在日コリアンとは異なる古代のコリアンの話。

「古代、日本と交流のあった最も近い国は朝鮮でした。古代の朝鮮はいくつかの国に分かれていて、百済、新羅、高句麗、加羅（任那）という国がありました。地図でいうとこの辺りです」

万太郎は黒板に大きな日本地図をぶら下げた。朝鮮半島が九州の上に一部入っている。

「表日本、裏日本という言葉がありますね。表日本と言うと？」

「太平洋側」

「では裏日本は？」

「日本海側」

「この地図を上下逆にしてみます。朝鮮から日本列島を見てみましょう。どう見えますか？」

「わあ、全然感じが違うよ。海の向こうに日本が長く横たわっている」

「日本海側が表日本で、太平洋側が裏日本やんか」

「ほんまや、ほんまや」

「じゃあ、朝鮮半島から船で日本へ行こうと思います。どういうルートをとりますか？」

「いちばん近い九州へ行く、対馬を経由して。山陰地方も近い」

「古代の日本の政治の中心が倭だとすると、朝鮮半島からどういうルートをとりますか？」

生徒たちは地図を逆さに見ながら想像する。

若狭湾から上陸する。関門海峡を通って瀬戸内海から大阪に上陸する。古代の朝鮮半島から、漢字、仏教、鉄の製造技術、陶器づくり、彫刻、建築の技術、たくさんの技術、文化が伝えられた。

「安住の地は朝鮮語では『安宿』です。それが『アスカ』です。飛鳥。河内の古市地域が『近つ飛鳥』、大和が『遠つ飛鳥』、二つの飛鳥がありました。そこに朝鮮からやってきた人たちがたくさん住みました。この矢田は『百済郡』の南の端に位置します。ここを通って、飛鳥に渡来人は向かいました」

歴史を遡れば、逆の難民の移動もあった。自然災害によって日本側の食べ物が乏しくなったとき、朝鮮半島へ日本から難民となって海を渡った人たちもいる。人々は自由に行き来した。遣隋使、遣唐使の歴史も深い。奈良時代、鑑真和上が七五四年にやってきた苦難の歴史、中国との切っても切れないつながりも古代からあった。

卒業式と修学旅行の改革

新しい学校の、第一回卒業式をどうするか。職員会議で議論になった。

「いったい卒業式とは何？」

明治以来の日本の学校の卒業式は、「卒業証書授与式」というのが正式の呼び名とされている。

どうしてこのような形式になっているんだろう。戦後すぐに池田潔が『自由と規律』でイギリスの学校生活を紹介したが、イギリスには日本のような卒業式は存在していなかった。

学校長式辞、卒業証書授与、教育委員会・ＰＴＡの祝辞、在校生送辞、卒業生答辞、式歌斉唱、これらに合わせて生徒たちは、何度も起立・礼をし、直立不動の姿勢を強いられる。「証書を授与される」、この考え方をどうとらえるか。

「国民すべてが義務教育を受け、それによって国をつくるんだから、国民は就学の義務を負うというんだろう？　だから卒業式はその義務を履行した証明として証書を授与されるんじゃないか」

「教育を受ける義務、勤労の義務、納税の義務、これが三大義務です」

「しかし、教育は権利でもありますよ。生存権、参政権と共に、教育を受ける権利ですよ。お上《かみ》から授けられるものではないです」

「お上が授けるのだから、校長が行政を代表して証書を代表生徒に授ける。生徒は『授与される者』として深々とお辞儀をする。教育は国家が国民に授けるという考えが延々と続いてきたんですねえ。国家的行事なんですよ」

「けれど、そんな型通りの、魂のこもらない式でいいんですか。祝福という要素もあるんではないですか。みんなで三年間を振り返って、乗り越えてきたことを祝う場でもあるんじゃないですか」

「卒業式の理想は、学校生活をみんなで振り返り、これからの新たな未来に向けて、自分たちはいかに生きていくべきか、一人ひとり思いを新たにする場にすべきですよ。形式的な受け身の儀式はやめましょうよ」

「しかしやっぱり卒業式は教育行政の現場機関として執行するもので、生徒主催の祝う会は別に行うものではないですか」

「池田潔が書いているように、イギリスのパブリックスクールでは特に卒業式なるものがなく、卒業する前日に生徒主体のパーティをやっていますね。かがり火を焚いて、生徒たちは大合唱を行い、続いて『蛍の光』を歌う」

「日本の場合は、明治から学校教育の目的が富国強兵にあったから、校舎の形も兵舎の形で、遠足、修学旅行も軍事教練から発していると教育学者は言っています。敗戦まではどの学校にも奉安殿がつくられ、天皇の御真影と教育勅語の謄本が納められ、式日には校長が教育勅語を読みました。だから卒業式も全国画一化した国家行事だと、国民は思い込んでいるんじゃないですか」

卒業式とは何なんだ。討議の末に現れてきたのは、卒業証書授与式という形式ではなく、卒業生一人ひとりが自己を発表する、自己表現を主体にする卒業式だった。

中学時代を振り返り、これから自分はどのように生きていこうと思うか、全員が自分の想いを語る、生徒がつくる卒業式にしようではないか。

生徒会でも協議し、一つのスタイルが生まれた。

演壇に一つのクラスずつ上り、一人ひとり自己の思いを表明していく。ステージでの発表形式や内容は、クラスで話し合って決める。発表できないという子や、やりたくないという子もいるだろう。その子らはクラスで支えていこう。

こうして「卒業宣言」という新しい卒業式のプランができ上がった。生徒のつくった愛唱歌の合唱で始まり、卒業生一人ずつの「卒業宣言」。そうして校長の「贈る言葉」、在校生の「贈る言葉」、最後は生徒がつくったもう一つの愛唱歌の全員合唱でしめくくる。卒業証書は、卒業式の後の最後の学級会で、学級担任が生徒一人ひとりに手渡す。

その日が来た。「卒業宣言」が始まり、思い出を語る子、教師たちへの感謝の言葉を言う子、友だちへのエール、これからの生き方の決意、さまざまな宣言が新しくできた講堂に響いた。言葉を発することができない子や、泣き出す生徒に級友が寄り添い、励ましながら語らせていく光景が現れた。

校長の「贈る言葉」は、教職員の思いを反映して語られた。最後の愛唱歌合唱は、生徒のつくった歌詞のなかから音楽科の教師が曲をつけたもの、その名は「平和を求めて」。

式後、生徒たちはホームルームに戻り、担任教師から一人ひとり、贈る言葉と共に卒業証書を受け取り、学校を出発していった。

三月末、万太郎は帰宅の途に就き駅にやってきた。改札口を入ると、プラットホームに若い女性が、駅を隔てる木柵のほうを向いて立っている。夕陽が体を染めていた。誰かと見れば、同僚の女性ではないか。そのとき、歌声が柵の向こうから聞こえた。子どもの声だ。柵の向こうを見ると、なんと卒業した生徒たちが十数人、柵に沿って並んで歌っているではないか。女性は、生徒たちの担任だった。沖縄の大学を卒業して矢田南中学校に赴任してきた彼女は、二年間の勤務を終え、この日退職して沖縄へ帰っていくところなのだ。万太郎は改札口を入ったところから気づかれないように、彼女と子どもたちの様子を見ていた。生徒たちが歌っていたのは、卒業式で歌った愛唱歌『平和を求めて』だった。柵の向こうから首を出し、先生に向かってほとばしるように歌っている生徒たちの顔を観て、万太郎の胸に熱いものが込み上げた。歌い終わった生徒たちが口々に叫んだ。

「先生、元気でねー。私たちを忘れんといてねー」

「沖縄でがんばってなあ」

沖縄出身の若い女性教員にとってこの二年間は試練だったろう。故郷の沖縄は、未だアメリカの施政権下にあり、米軍基地の島になっている。沖縄から大阪の学校に赴任するにも、パスポートが必要だった。彼女が同僚にもらした思いがある。それは沖縄が受けてきた差別と犠牲についてだった。その思いを職場の同僚たちは受けとめて、沖縄返還を求める教職員組合のデモに全職員で参加してきた。

万太郎は気づかれないように、彼女の立つホームとは反対の、河内方面へ行く電車ホームに向かった。

四月、新学期が始まり、万太郎は二期生の三年生を教えることになった。五月には、改革を進めてきた修学旅行がある。

大阪の中学校の修学旅行は、ほとんどが富士箱根、東京方面を目的地にしてきた。それでいいのだろうか。どんな修学旅行を生徒たちは望むのだろう。修学旅行改革は、前年の一学期に、生徒の希望を聞いてみることから始まった。アンケートを取ってみると、美しい自然のなかで過ごしたい、信州の高原のようなところがいい、という意見が多く返ってきた。大阪市内はもうどこにも雑木林や緑野は残っていない。なんとかして信州の美しい自然のなかへ生徒たちを連れていきたい。アンケートをもとに信州案を職員会議に提出すると全員賛成になった。万太郎は改革計画に入った。風薫る五月、場所は信州の高原、各クラスは別々のロッジに分かれ、一ロッジに一学級が連泊して自然に浸る。ロッジは森のなか、ロッジが三日間の我が家になる。この条件を満たしたのは、戸隠高原の越水ヶ原だった。万太郎は同僚と現地を訪れ、ロッジの主《あるじ》たちに集まってもらってプランを提案した。ロッジの主たちは大歓迎だ。

「生徒たちは三日間ロッジと山の掟を守って、ロッジで暮らし、ロッジの家族になる。ロッジの主が生徒のオヤジ、教員は影になる」

万太郎がそう言うと、ロッジの主たちは大喜びだ。

行動計画は、瑪瑙《めのう》山・飯縄山への登山、牧場と鏡池をめぐる探索ハイク、餅つき、キャンプファイヤ。星の観察をしたい子はロッジの天体望遠鏡を使うこともできる。こうして夢の修学旅行計画が生まれた。生徒たちはその日が来るのを楽しみにしていた。

輝く五月が来た。修学旅行だ。大阪駅から信州への修学旅行専用列車は走り出した。旅行先を信州へ変えた他の学校も一緒だ。

列車が木曽路に入ると、車窓から緑の森の風が入ってきた。車掌の車内放送が木曽路の案内を始めた。

「木曽路はすべて山のなかである。あるところは岨《そば》づたいに行く崖の道であり、あるところは数十間の深さに臨む木曽川の岸であり、あるところは山の岸をめぐる谷の入口である」

おう、島崎藤村の小説『夜明け前』ではないか。

いくつもトンネルをくぐり抜け、浦島太郎伝説のある木曽川の岩場「寝覚ノ床」が眼下に見えるところで車内放送は伝説を伝え、列車は超スローになった。残雪の中央アルプスや御嶽山が見えた。

長野駅からバスで戸隠高原に入る。森は青葉の香りに満ち、カッコーが鳴いていた。入村式は白樺林の広場で行われ、各ロッジの主たちが歓迎の挨拶を述べてくれた。

「三日間、山の生活です。山の空気をいっぱい吸ってください。山には山の掟があります。ここでは山の掟を守ってもらいます」

生徒代表が挨拶をして、各クラスはロッジの主について、それぞれの小道をたどり、林のなかに入っていった。万太郎のクラスはチロル風の「ロッジ・タンネ」、樅の木の香りがプンとした。ロビーにギターが置いてある。生徒の一人が感激の声を上げ、ギターを手に取った。子どもらの体は柔らかく解き放たれていく。ロッジのロビーに集まった生徒たちに、ロッジのオヤジが奥さんと二人の幼児を紹介した。

「私の妻と子どもです。みなさんは私の家族です」

オヤジは、山の掟を話し、生徒たちとロッジでの暮らし方の約束を交わした。夕食は温かくておいしい。ロビーでの団らんのとき、オヤジはどっかとあぐらをかいて山の怪談をした。夜、トイレに行けなくなるよ。天体望遠鏡を外に持ち出して星の観察をする子もいた。森の闇は深い。

二日目、オヤジはサブザックを担ぎ、クラス生徒の先頭に立ってゆっくり瑪瑙山を目指した。頂上は見晴らしがよい。西に戸隠山、北に黒姫山がそびえている。健脚組は飯綱山まで足を延ばした。昼食は、大きなおにぎりだ。下山して夕方、ロッジの広場で餅つき、男子が杵でつき、女子が丸め、黄粉《きなこ》餅にして食べた。終日カッコウが鳴いていた。夜は、ロッジの前の広場でのキャンプファイアだ。オヤジがギターを弾き、山の歌を歌ってくれた。

三日目は戸隠高原探索ハイクだ。グループ単位で牧場、神社、杉並木、鏡池をめぐった。

夕方、オヤジたちと別れの集いをして帰途につく。長野駅で乗った夜汽車はコトコト音を立て、生徒たちは座席に収まってクークー眠りこけていた。

信州修学旅行は、その後大阪の他の学校にも広がっていった。

夏休みが来た。万太郎は登山部員を連れ、大峰山脈の弥山《みせん》岳から流れ下る弥山谷遡行《そこう》にチャレンジだ。天川村でバスを降りると、川迫川に沿って林道を遡り、途中から弥山谷に入った。白川八丁と名づけられた美しい河原がある。真っ白な砂地に清冽な水、ここをキャンプ地にした。源流は弥山の狼平、双門の大滝はその途中の弥山峡谷にかかっている。二日目、遡行を開始。途中から谷は急峻になり、万太郎は危険を感じて引き返すことにした。双門の大滝は見ることができなかった。夜、キャンプファイヤ。森の声を聴きながら流木を焚く。星空が美しい。

乗鞍高原合宿

登山部の山行が終わり学校に戻ると、生活指導部長の更井さんの表情が険しい。

「夜中に徘徊してシンナーやボンドを吸引している連中がいるんや。学校の窓ガラスを夜中に割られた」

三年生の五、六人の男子が先輩の子分になり、シンナー遊びにふけっているという。先輩というのは、三年前の矢田中学卒業生で、職についていない。

シンナー吸引グループには、ムラの子、住宅団地の子、在日コリアンもいた。男性教員たちは夜のパトロールを始めることにした。夜の十時頃まで校内と周辺を巡視する。しかし根本的な指導にならない。

二学期に入ると、彼らによる教員への暴力事件も起きた。ムラには反社会的組織も存在する。その組織は部落解放運動や同和教育に反感を抱いていた。それが一部生徒に影響を与えた。生徒の「荒れ」は、社会の状況を微妙に反映していた。

シンナーグループは教員を攻撃した。万太郎の背後から組長の息子が角材を打ち下ろした。

解放同盟支部長マサヨシさんに万太郎は相談した。

「どうしてこういう反抗的な行動が生まれてきたのか、困惑しています」

マサヨシさんが言った。

「新しいりっぱな校舎ができた。けれど、いくらりっぱでも、教育が子どもに届かず、新たな問題の原因になるのなら、根本から考え直すことだ」

子どもの心をつかむことができず、同和教育が教条的な指導になっているのではないか、一人ひとりと心を通わす指導になっているか。その指摘はうなずけるところもあった。

「そんな教育なら、新しい校舎なんか壊してしまえ」

過激な言葉がマサヨシさんの口から飛び出した。

劣悪な教育条件の時代から、新しい学校建設は悲願であった。だが今、問題は人間と人間の関係だ。白紙から考えよ、万太郎はマサヨシさんの言葉の奥にひそむものを考えた。新しい校舎ができる前のプレハブ校舎のときは、教員と生徒の距離が近かった。生徒は教室の窓から外に出て、土を踏んで遊びもした。虫を教室に持ち込む生徒もいた。いたずらしても面白がる教師の笑顔があった。生徒との暮らしに遊びがあった。りっぱな校舎や施設をつくっても、一人ひとりの生徒と教師の間に距離ができ、血の通った関係性がつくれないのなら、大きな器は邪魔になる。マサヨシさんは言う。

「部落解放総合計画では、居住環境を良くし、改良住宅が建てられているが、その住宅も隣近所とのつながりがつくりにくい構造になっていては、住民同士がバラバラになって共助がなくなる。だから、共助の村になるようにしなければならないのです。みんなが集い憩える『教育の森』をつくる計画もあります。この地区に緑豊かな森をつくるんです。最も重要なのは、人間と人間の関係です。荒れている生徒は教師に対する不信感があります。生徒は教師を信頼し親しみを持っていますか」

部落解放教育を、スローガン的にとらえていないか。国分一太郎さんも言ったことだ。人間の心が生きて通い合わない限り、子どもの心は育たない。子どもたちが夢中になって自己を発揮するものがあるか。自分らしさを思いっきり発揮するものがあるか。また大人社会の状況が子どもに反映しているかもしれない。分断、対立、敵対意識、不信、非難、憎悪が、子どもたちに影響していないか。

学校生活に、子どもが思いきり打ち込むもの、心や体を潤すものが必要だ。あの「山びこ学校」には、学びを楽しみ、助け合う喜びがあった。

では、どうすればオレたちの学校をオアシスにできるのか。

夜中の巡視やシンナーグループへの補導は教員たちを苦しめた。このままでは生徒たちも教員たちもダウンする。事は急を要する。事態を憂えた解放同盟のマサヨシさんとセツさんはこんな提案をした。

「グループを学校と地域から一時切り離して、シンナー・ボンドを断つための合宿をどこかで行ってはどうか。シンナーに溺れる環境から別の環境に移して生活を立て直し、教師との関係を築くことができないか」

教師たちは疲弊し自信が揺らいでいる。今の状況が続けばますます彼らは荒れ、教育が機能しなくなる恐れがある。彼らを地域と学校から離して、自らを見つめ現実を乗り越える力を生み出す合宿、それは可能か。

教員たちは相談した。合宿なんて不可能だ。教員に不信感を持っている生徒を集めて、どこかへ連れて行く、それは無理だ。だが、何も手を打たなかったら、それこそ学校は大荒れになるぞ。やれるか、やれないか、やってみないと分からない。ムラも支援すると言っている。よし、やろう。

二代目の三枝樹校長は、ニックネームがゲバコンドルだ。ゲバルトコンドルの名は生徒がつけたらしい。頭の禿げ方、風貌はまさにコンドルだ。ゲバコンドル氏は、荒れる生徒の状況、合宿の目的、必要経費などの計画案を持って、市教育委員会に出かけていった。野外活動教育の実践と普及で長く活躍してきた校長は、粘りに粘って市教委の支援を獲得してきた。

合宿地は万太郎に託された。こういう「非行生徒」が合宿することのできるところはどこにあるだろう。万太郎は、候補地を挙げてみた。白馬村、野辺山高原、八千穂高原、乗鞍高原、人里を離れていて周辺とのトラブルが起きないところはないのか。現地を訪れ、合宿にふさわしい場所があるかどうかまず調べてみよう。現地の人には、合宿の内容を伝えて理解を得る必要もある。年配の女性教員、タカ子さんも調査に入ることになり、二人は、直接信州に出かけ、各地を歩き回って調べることにした。白馬村に行くと、スキー合宿の宿はあったが、人家に近すぎる。さらにシンナー、ボンドの吸引をしてきた連中であるという話になると、急に警戒感が湧いて、話が進まなくなった。野辺山高原では牧場地帯を歩き回ったが、宿泊施設になるところが見つからない。八千穂高原では村の新しい宿泊施設が開いていたが、費用がかかりすぎる。最後、乗鞍高原に行った。鈴蘭のバス停で降りてあちこち探していると、昔の小学校分教場のような古い木造の平屋が見つかった。管理人の奥さんが、ここは今、梓川村の林間学舎用の施設ですと言った。建物は明治か大正のものと思われ、室内も外の板壁も年輪を刻んでいて、ロビーには囲炉裏もある。施設の周囲には他の建物はない。

「うちの旦那はここの管理人ですけれども、徳本峠《とくごう》小屋の番頭もしていて留守がちです」

お腹の大きな奥さんは少し旦那に不満そうな口ぶりだった。彼女は東京で美術の教員をしていたが、山が好きでこっちに来て旦那と結ばれ、いま妊娠四か月だと言う。

合宿の話を切り出すと、そういう生徒たちだったらどうぞどうぞと、梓川村役場と相談して、受け入れの手続きを整えてくれた。食事は自炊、生活に入用なことは一切自分たちでするということで、宿泊費用は特別安くしてくれた。彼女はつわりがひどく、部屋にこもりっぱなしで、ロッジは気兼ねなしに使うことができる。宿舎の前には手の切れるような冷たい小川が流れていて、この水で洗濯もできる。

学校に戻ると計画実行に取りかかった。難問は、シンナーを吸引している連中に、どのようにして合宿に参加しようという気を起こさせるかということだ。親にも賛同してもらわねばならない。マサヨシさんは、

「ムラの子は、こっちの青年部で説得する」

と言ってくれた。ムラの子が参加するとなれば、他の地区に住むシンナー仲間も参加に応じるだろう。合宿には、ムラのおっちゃんが二人、世話役でついてくれることになった。一人は、マサヨシさんの弟で、これまでも夜中にグループがボンドをやっているところへ行って、吸引をやめるように働きかけもしてくれていたマサユキさんだ。マサユキさんはそのとき、体当たり作戦に打って出た。

「シンナーを吸ったら、幻覚が見えるって、ほんまか」

「うん、おっちゃん、ほんまやで。おっちゃんもやってみたら分かるわ」

「ほんまか。ほんなら、おっちゃんもやったる。おっちゃんもやったるから、そしたらお前ら、シンナーやめるんやぞ」

マサユキさんは、一緒に地面に腰を下ろし、ビニール袋にボンドを入れて吸引した。

「おっちゃん、幻覚見えたか？」

「うん、そうやなあ。頭がちょっと変やったなあ。どうや、おっちゃん吸うたど。どうや。お前ら、シンナーやめたらどうや」

そのときに、このおっちゃんは信頼できるという関係ができた。

マサユキさんは、彼らに合宿の話を出して説得した。このまま吸引続けたら、体ぼろぼろになる。合宿に来い。

「おっちゃんが一緒に合宿に行くんやったらオレらも行く」

こうして彼らの合宿参加が確定した。彼らの兄貴分ヒロも、マサユキさんの働きかけで参加することになった。

もう一人のムラのおっちゃんは大きな体のセイゾウさん、今は仕事がないし、生徒のためならエンヤコラと、合宿に来てくれることになった。教員たちは大いに勇気づけられ、善は急げ、夏休みの終盤から合宿を決行した。期限は定めない。

生徒六人に兄貴分のヒロ、世話をする教員は万太郎とタカ子さん、そこにマサユキさんとセイゾウさんが加わった。一行はマイクロバスで大阪から信濃に向かい、夕方乗鞍高原に入った。西の空に夕映えの乗鞍岳がそびえ、高原はもう秋の気配が漂っている。ロビーの石油ランプに火を灯した。山小屋の暮らしの始まりだ。

シンナー・ボンドを断って、まずは健康を取り戻そう。健康になって「荒れる生活」を転換するのだ。炊事、洗濯、掃除、風呂焚き、共同生活だ。

山小屋の夜が明けると、山小屋の前のせせらぎの水を汲み、食事をつくった。午前中は山小屋のすぐ上にある広場でソフトボールをする。快晴の乗鞍高原は快適で、心地よい汗をかいた。タカ子さんは、食材を買いに麓の安曇村の売店へ乗り合いバスで行った。

当分午前中はソフトボールだ。それから行動範囲を広げていった。一之瀬牧場から白樺の小径を登り善五郎の滝へ散策する。さえずる小鳥、今まで味わったことのない自然への埋没だった。心地よい疲れは、こういう暮らしもあったのか、彼らは初めての体験だった。

白骨温泉まで歩いて入浴に行く。旧道のブッシュを漕ぎながら小さな尾根を越えていった。白骨温泉にはプールのような露天ぶろがあり、白い湯に浸かって、歓声を上げて泳いだ。

心が落ち着き、体力がついてくると、本格的な登山を開始する。

「今日は、乗鞍岳頂上まで歩いて往復するよ」

彼らは素直にうなずいた。二人のおっちゃんは、ロッジでのんびり日向ぼっこして過ごした。合宿所から西の青空にそびえる頂上まではるかな距離がある。草原のスキー場を通過し、旧登山道を、クマザサをかき分けていく。位ヶ原で樹林地帯を抜けると、標高三千メートルの大きな山塊が前面に広がる。蒼天に向かって一歩一歩、宇宙のなかにある頂上へ。タカ子先生が朝つくってくれたおにぎりを頂上で食べた。彼らはよく歩いた。夕方下山、五右衛門風呂を沸かして入る。

日を置いて、さらに大きな挑戦をした。西穂高岳登山だ。快晴の上高地までバスで行き、樹林の道を登った。尾根に出て西穂山荘から岩尾根を歩いた。岩稜を登ったり降りたり緊張する。慎重に足を運び西穂高独標の岩峰まで来たとき、ヒロが言った。

「こんな危ないとこ、やめとこや」

これまで無茶なけんかをしてきたヒロが弱音を吐いた。万太郎もこれ以上進むのは危険だと判断したから、引き返すことにし、ルートを焼岳へ変える。焼岳鞍部の小屋から火山の岩石のなかを登ること半時間、ガラガラと石が崩れる。ここも途中で危険を感じ、断念して上高地に下った。みんなよくがんばった。シンナー・ボンドを吸って荒れていた連中とは思えない。

山麓の農村で稲刈りが始まり、管理人の星野さんが久しぶりに奥さんのもとに帰ってきた。

「実家が稲刈りだで、帰ってきただ」

　実家は梓川村にある。それを聞いた万太郎は提案した。

「稲刈り、生徒たちにやらせたいですが、できませんか」

「いいだよー。手伝ってくれると、助かるだよ」

　秋晴れ、バスで山を下りた。星野さんの実家は島々駅から北へ少し行ったところだった。鎌で刈るのは、実家の人と星野さんが行い、刈り取った稲束をワラで縛って稲架《はざ》に干す作業を生徒たちで行った。休憩時間に用意されたお茶と白いおにぎりのうまさ、心に満ちてくるものがある。赤とんぼが飛んできて肩に止まり、のどかな信州の秋だ。夕方、心地よく疲れて乗鞍高原に戻った。

　彼らはまともに学校で勉強をしてこなかったから、基礎学力が劣っている。少し勉強するか。彼らもその気になり、午前中は基礎的な勉強をすることにした。

　シンナー、ボンドを絶ってひと月近くになった頃、夕食後の憩いの時間にセイゾウさんがみんなに声をかけた。

「おっちゃんの体を見てみい」

　セイゾウさんはシャツをぬいで、上半身裸になった。見ると。筋肉質の裸の胸にも背中にも刃物で切られたような大きな傷跡があった。

「おっちゃんな、若い頃、ヒロポンを打ってたんや。ヒロポン中毒や。この傷はヒロポン打って、けんかしたときに受けた傷や」

「ヒロポンて、何？」

　生徒たちの初めて聞く話だ。

「戦時中な、兵隊がヒロポンを注射器で打って出撃していったんや。ヒロポンは覚せい剤やな。特攻隊もヒロポン打って出撃した。精神を興奮させるんやな。死ぬことが怖くなくなる。わしらが若いとき、大流行したんや。ムラのもんは一般の人よりヒロポンに狂わされた。やめれんようになる。中毒で、仕事もできんようになった。体も精神もぼろぼろや。ほんでけんかする。ドスで殺し合いもする。この傷はそのときの傷や。殺し合いのケンカをして、切られた。それからおっちゃんは、仕事もまともにできんようになった。

お前らやってきたシンナーも同じやぞ。ぼろぼろになるだけやぞ」

おっちゃんは、シンナー、ボンドを断つ覚悟を促した。彼らはおっちゃんの体の傷を黙って凝視していた。

十月に入ると、高原の秋は一気に深まり、風は冷気をはらむ。気は香りを含み、白樺の葉は散り始めた。彼らの口から、家に帰りたいという声も出てきた。

マサユキさんが言った。

「家に帰っても、絶対シンナー、ボンドはやらないという決心がついたら、帰ってもいいんや」

今後に向けての決意を文章に書くことになり、山小屋の夜のひととき、ランプの灯の下で彼らは鉛筆を持った。数日かけて考え考え書いた。外は漆黒の闇、寂寥感が込み上げてくる。合宿の感想と今後に向けての決意を書き上げると、山小屋で発表会を開いた。

乗鞍岳がモルゲンロートに輝く朝、三十六日間の合宿は終わり、高原に別れを告げた。管理人の星野おばさんが見送ってくれた。みんなは元気な赤ちゃんが生まれますようにと祈った。

抑圧に抗して

一九七一年、東京・麹町中学校に在学していた男子生徒が、高校や大学の学園闘争の影響を受け、中学校で「全共闘」を名乗って活動を行ったと、内申書に書かれた。受験した高校はことごとく不合格になった。被害生徒は損害賠償請求訴訟を起こし、裁判闘争支援の運動は全国に広がった。

高校入試のための内申書に、担任教員は成績や人物評価を所見に書く。万太郎もクラスの子らの顔を頭に浮かべながら、語りかけるように、その子の長所、秘められた可能性などを所見欄にしたためてきた。

では、麹町中学校のその担任は、生徒の進学を閉ざすであろうことを予測して、内申書に書いたのだろうか。事実を書いたと言えばそうかもしれないが、不合格になるだろうと予測して書いたとすれば、これをどう考えるか。人間は育つ中で、万引きすることもあるだろうし、暴力を振るうこともあるだろう。それを取り立てて担任教員は内申書に書くだろうか。万太郎は裁判闘争を支援する会に入った。

家永三郎の日本史の高校教科書を文部省は検定不合格とした。この検定に対して学者や教員から批判が巻き起こり裁判闘争に発展していた。日本の教育がふたたび国家の統制下に置かれつつあることを予感する。

矢田南中学分会では管理職を除いて教職員全員が教職員組合に加盟していた。若い教師たちの教育創造の意識は高い。分会は、日本教職員組合の開催する全国教育研究集会に毎年数名が参加することを決め、送り出した。全国の学校の教育実態や研究・実践は、閉ざされた学校では知ることができない。全国各地の子どもたちの実態、親たちや地域の状況、子どもたちと向き合う教員の苦難の実践に学びたい。血のにじむ実践、僻地に光る教育、それらに学ぼう。

数日に及ぶ教研集会が幕を閉じると参加者は学校に戻り、全国教研の研究実践を分会に還元し、現場に活かす。全国教研は毎年場所を替えて行われた。冬のさなか、全国教研に参加しようと仲間と共に乗る列車の旅は緊張感を伴いながらも夢があった。万太郎は、山形市で開かれた全国教研の「人権と民族」の分科会で、「コリアン友の会」の実践を報告した。冬休み中だから、研究会場は学校の講堂と教室を借りての開催だ。暖房はなく、寒い寒い研究会だった。

福岡県立伝習館高等学校の三人の教師が懲戒免職処分を受けるというショッキングな事件が起きていた。処分の理由は、三人の教師は授業で教科書を使わず、学習指導要領を逸脱し、成績の一律評価をした、したがって学習指導要領違反、法律違反であると、三人を教育委員会は免職にした。

教育統制もここまで来たか。処分された彼らは情熱を持って教育に取り組んできた人たちだ。授業で教科書を使わなかったということが免職の理由になるのか。教師がオリジナルの独自教材を開発し、教科書を併用する。そういう授業は多くの熱心な教師が行っている。教科書を使わなかったという判断基準は何か。それでは創造的な授業はできなくなる。

万太郎の高校時代、歴史の授業は、べらべらと教科書の歴史的事項を説明する授業だった。歴史を考える授業ではなく、いつどこで何があったかを暗記するだけだった。肝心の近現代史は完全に骨抜き、省略された。ところが伝習館の教師は「考える歴史の授業」の資料を準備して創意工夫した。それに対して教育委員会は、教科書を使わなかったからと言って免職を断行した。骨抜き授業をする教員は安泰。

教科書を使わない授業は、戦前にも行われていた。宮沢賢治もその一人だ。

大正十年、宮沢賢治は県立花巻農学校の教諭になった。賢治の授業は何物にもとらわれない独創的なものだった。

「宮沢先生の授業は、いつも教科書をみることなく、本は机の上においただけで話をするというふうでした。君らは岩手県で農業をするのだから、岩手のことをもっと知ればいい、そう言って、アジアやヨーロッパの話、芸術や宗教の話、地質や天文の話など、自然観、人生観、世界観、宇宙観を話しました」

賢治の教え子はそう振り返る。生徒の疑問や知りたいこと、興味を持っていることについて、賢治は授業を行い、また学校から出て、実地に現物に触れる学習をした。それは教科書を超える授業であっただろう。

伝習館三人の教員は、「過激派」のレッテルを貼られて処分された。戦前の生活綴り方の教員たちが僻地に飛ばされり、クビにされたりした、あの時代の再来だ。

「この事件は重大な事件だな」

と解放塾でセッさんが言った。プレハブづくりの「解放塾」では十数人の若者たちが自学自習をしている。何人かの高校生は部落解放の目的を持って、医師になろう、教員になろう、と大学進学を目指している。現役の大阪市大の学生がボランティア教員として支援に来ていた。未来を担う若者を育てる夢を抱いている塾長セッさんの眼差《まなざ》しは優しい。

「直接柳川に行って事実はどうなのか、話を聞いてみたらどうだろう」

セッさんの提案で、ムラの青年数人と、教組分会員数名とで現地に行くことになった、万太郎も加わり一台のワゴン車に乗って山陽道を福岡の柳川に走った。柳川は北原白秋の故郷でもある。

柳川に入り、柳下村塾という伝習館闘争の拠点に到着した。はるばると大阪からやってきた一行を、柳下村塾の塾長、武田さんは感激して迎え入れ、顚末を縷々話してくれた。伝習館高校の複数の教員を、「偏向教育を行っている」と誹謗する怪文書が摘発の前に市内でまかれた。その怪文書に偽情報がつけ加えられていた。教科書を使用しなかった根拠は、プリントや新聞の切り抜きを授業で使ったことだった。さらに問題なのは、処分された教員たちを教組も革新政党も守らなかったことだ。

「三人はクビになり、糧道は完全に断たれたのです」

武田さんの声には静かな怒りがこもっていた。

「何をもって偏向教育と言うのか。教科書の上っつらと断片的知識を教えるだけの授業が大勢を占めている日本の学校に一石を投じた人がやられる。日本は戦中と変わらないです」

暗澹とした気持で万太郎たちは救援センターを辞した。

大阪に帰ると、解放塾に行った。セツさんを交えて、参加者は感想を出し合った。伝習館高校の三人が偏向教育をしたという認識への疑問、懲戒免職という強権的教育行政への批判が次々と出た。

セツさんが言った。

「三人の教員は生徒に受け入れられていたし、生徒の願望にも合致していた。だから、三人の教師は狙われて足をすくわれた。本当の教育は、国のお仕着せじゃできない。三人の教師は本当の教育をしようとして懲戒免職にされた」

報告集会が終わり、解放塾を出ようとした万太郎にセツさんが声をかけた。

「万ちゃん、阿蘇に登ってきたかい」

「みんなまっしぐらに帰阪を急いだから、登りたかったけれど、行きませんでしたよ」

「気の効かん連中じゃなあ。ちょっと寄り道すりゃ、行けるのに」

林竹二の授業の写真集が出版された。授業を受ける生徒たちの、なんと美しい表情だろう。斎藤喜博の授業の写真集と共通するものがある。

宮城教育大学の学長、哲学者の林竹二は、全国の小中学校で、「人間について」のテーマを持って飛び入りの授業を行っていた。一九六六年からその数二百四十回に及ぶ授業の全国行脚だ。

「もう学校教育は破産してしまった。根本から変わらない限りだめだ。学校教育の閉塞状況のなかで、子どもが自殺したり自閉症になったり、荒れたりしている。授業観の根本的な転換が要る。授業は、一定のことを教えて覚えさせる仕事ではなく、深いところにしまい込んである、形態の異なる子どもの大事な『たから』を探しあてたり、掘り起こしたりする仕事なのだ。教師は、日常のなかで差別教育に鈍感になっている」

林竹二は、兵庫県の定時制高校の湊川高校や尼崎工業高校で、貧困や被差別のなかで生きる生徒たちに授業をした。生徒たちは林竹二の問いかけに惹き込まれ、思索した。

「湊川で奇跡が起きたとしか言いようのない事実にぶつかった。それを奇跡と私が考えたのは、そこに出てきたいろいろな事実が、私の力によって成就されたものではないからだ。第一回の授業にたいして衝撃的な反応を示した田中君や朴君は、二年間持続的に変わっていって、まったく別人のようになった。その変化は私がつくり出したものではない。幸か不幸か、私には人間に働きかけて計画的にそれを変えるような技術の持ち合わせはない。人間の深いところに一つの事件が起き、それがきっかけで持続的に人間が変わっていく、そのような重大な変化をつくり出したものが自分の力だと、もし私がそう考えるとしたら、私は即刻地獄に墜ちるだろう。彼らの上に現れた驚くべき変化は、彼らの内にある生命力が、自分を変える力が働き出したことによってつくり出された結果だ。

人間すべての内部に、こういう力が備わっているのを信じなければ、教育は可能にならない。この力を信じないで、人を変えることができると考えるとき、教育は調教にすりかえられる。日本の学校では、教育が無くて、調教が大手を振ってまかり通っている。生命に対する畏怖という思念なり心情が、日本の教師にはほとんど欠落している」

林竹二は、ソクラテスの問答法を、授業を考える一つのモデルにした。人が持ち合わせている借りものの意見、いわばレディメイドの意見、実質的には世間の通念、それをドグサと言うが、それをそのまま通してしまえば問答は成立しない。ドクサを吟味にかけることから問答が始まる。ソクラテスは、相手が意見を出すとそれをきびしく吟味にかける。相手はその吟味に自分を委ね、否定されることで、世間一般の、通り一遍の考え方から抜け出すきっかけをつかむ。そして自分の意見の維持しがたいことを腹の底から納得して、通俗的なものの見方や感じ方から解放されていく。それがソクラテス的反駁法であり、問答法なのだ。林竹二は、ドクサを吐き出して自己を清めることが教育の課題であるとした。授業のなかでドクサを吐きださせる問いを発し、きびしく追究する。そういう林竹二を、生徒たちは「やさしい」と言った。

竹内敏晴は、林竹二に誘われて湊川高校に入り、自身も授業や演劇を行って湊川の生徒に触れた。竹内も宮城教育大学教授だった。

「大学闘争は、からだの反乱であり、近代の崩壊の巨大な地滑りの胎動だった。大学において鎮圧されたからだは、十年後、より前論理的な、感性的な、根源的なからだのレベルにおいて火を噴く。高校生は学校を見捨てて街へ散り、家庭に閉じこもり、そこで崩壊する方向を選び始めたとき、校内では中学生のエネルギーが噴出し始める。だが今、かれらは『ことば』をほとんど持たない。ことばが沈黙するとき『からだ』が語り始めるという人間の心身の危機的状況にかれらは立っているのだ。家庭や社会を巻き込んだからだの反乱は、やがて、いっそう苛酷な管理体制によって鎮圧され、少年のからだが、外見上更に無気力化されてゆくならば、やがて、小学校とか幼稚園とかのレベルで、再び火を噴くに違いない。その徴候は、もうすでに現れている。そのとき、暴力化するにはあまりに力弱く幼いからだは、自閉し、自傷し、分裂し、自殺するという形に追い込まれることを私は恐れる」

日本国の敗戦は、竹内敏晴が一高の生徒だったときにやってきた。世界は急転し目の前にあるのは幻影のようだ。戦時は確実にやってくる戦死だけを見つめて生きてきた。が、今はもう生きてもいい。死ななくてもいい。竹内敏晴は、中国文学者・竹内好の「中国における近代意識の形成——魯迅の歩いた道」という講演を聴いて思う。

「今この時代、教師を殴りとばさなければ気がすまない『からだ』が、学校にさまよっている。従順な受験戦争の戦士たちが、権力と企業のために『他人のためのからだ』に仕立て上げられている。登校を拒否し対話を拒絶し、自分に閉じこもり、人びとから逃げ出し、母親のからだに逃げ込み、果ては自殺に追い込まれてゆくたくさんの『からだ』。

一九二五年、往復書簡のなかで、一人の学生が魯迅に問うた。

『教育は人間に対してどれほどの効果があるものでしょうか。私にはどうしても解りません。世界各地の教育、その人材を育成する目標はどこにあるのでしょうか。国家主義、社会主義……を唱える人たちの案出している教育とはどういうことなのでしょうか。多くの環境に適合する人を、個性を損なってもかまわずにこの環境に順応させることでしょうか、それともなんとかして各人の個性を尊重したほうがいいのでしょうか』

魯迅が応えた。

『今日の教育なるものは、世界のどの国にしろ、環境に適合する道具を数多くつくる方法にしかすぎぬのが実情です。天分を伸ばし、おのおのの個性を発展させるなどは、今はまだその時代になっていないし、おそらく将来、そういう時代が来るかどうかも分かりません。私は、将来の黄金世界にあっても、おそらく反逆者は死刑に処せられるだろうし、それでも人々はそれを黄金世界と思っているのではないかと疑います』

魯迅の予言は、今も生きている。

この絶望に抗い、反乱したからだを内的な調和にまで持ち来し、『人間に成る』仕事をねばり強く手助けしようとしている教師たちが各地にいることも、多少は私も知っている。彼らは、その意味では、この、からだの荒野であるところの日本の教育界に、いわば魂の泉をひらく先駆者たちであるといえるだろう。

教師というものは、学校という舞台、教室という舞台を任され、子どもの心身の育ちをゆだねられる仕事である。それは魂の仕事、魂の泉をひらく先駆者であり、人類の未来にかかわる仕事であると言ってもいい」

竹内敏晴の言葉は万太郎の心に痛く突き刺さった。

浪速区で、児童文学者さねとうあきらの講演会があり、万太郎は同僚の国語科青年教員である妙子さんと聴きに行った。さねとうあきらは『ばんざいじっさま』という作品を書いていた。『ばんざいじっさま』は深い葛藤を引き起こす作品だった。講演会でさねとうあきらは、語った。

「現在という一瞬のために莫大な過去の遺産も、かけがえのない未来も、オニヒトデのように食いつぶして『繁栄』という虚妄のゲームにうち興じている大人世代と、現在の子どもたちの状況は、社会への当然のリアクションなのだ。このようなゲームに手を出して、滅亡のときを早めるよりも、すべてを傍観してしらけていたほうが、種の保存には役立つのかもしれない。もはや絶望することにも絶望した修羅のふるまいとでも言うべきか。そうであるからこそ、いつの時代でも、子どもは未来である」

「コリアン友の会」はアキラさんが担当になり、夏休みに二泊三日の合宿を行った。木曽の御嶽山にある大阪私学の野外活動施設を借りた合宿の参加者は二十人、できるだけこれまで学習してきた母国語を使うようにしようと、あいさつや食事のときの言葉は母国語だ。二日目、御嶽山はよく晴れ、全員頂上まで登った。北アルプスと中央アルプスの山波を見はるかし、みんなで快哉を叫んだ。笑顔のあふれる合宿だった。

家族、同僚、教え子と

万太郎夫婦に男の子が生まれ、耕作と名づけた。よちよち歩けるようになると、家の近くの道明寺天満宮が遊び場になった。幼い子どもにとって世界はすべて発見に満ちている。天満宮の手水所《ちょうずところ》にちょろちょろ水が出ている。それを見つけると走り寄り、水に手を出して、いつまでも流れ落ちる水の感触を楽しんでいる。東屋にやってくると、声を発する。アー、アー、声が天井にあたって跳ね返ってくるエコーを楽しんでいる。

家の近くの石川には大きな吊り橋が架かっていた。吊橋を渡って、玉手山遊園地に行く。遊園地に大きなコンクリート製の長い土管が寝かせてある。息子が頭をかがめれば、管のなかを歩ける。息子はそのなかに入り、アーアーと声の反響を聴きながら、反対側から出てくる。幼い子どもの行動はすべて冒険と探検であり、学びと発見の連続だ。

小山が取り囲み、すり鉢状になった遊園地、尾根の上から、二百メートルほどの長い滑り台が設置されている。上から下まで滑る。景色がつぎつぎと移り変わる。子どもは毎日が学びと発見だった。

親は子どもと一緒にもう一度子ども時代を生きる。まことに楽しい。耕作に続いて一年半後に次男が生まれ、拓造と名づけた。万太郎は信貴山の大和側の中腹に、雑木林を開いた小規模な住宅地が売りに出ているのを知って見に行った。近鉄信貴山下駅から歩いて三十分の山のなか、水道は引かれていない。数件の先住者は近くの溜め池から水を電動ポンプを使って汲み上げ、濾過して飲料水や生活水に使っていた。万太郎は五十坪を購入して小さな家を建てた。家から東に眺望が広がる。龍田川の流れる平群谷、斑鳩、遠く天理の街も見え、大和高原の青垣山が波打つ。家から山道を登れば、広大な信貴山寺に行き着く。通勤や買い物には不便だけれど、春はウグイスが鳴き、夏はホトトギスがさえずりながら大和平野を横切る。夕暮れにはヨタカがキョキョキョキョと歌った。

拓造のおむつはまだはずせなかったが、春の白馬へ家族四人で出かけ、雪の栂池高原に遊んだ。幼い者たちの最初の信州。そりに乗せた拓造の手が雪に触れる度に、拓造は冷たさに顔をしかめた。

子どもたちが長距離を歩けるようになると、休日は大和散策に出かけた。

　耕作が幼稚園に通うようになり、家族で春の蓼科高原に遠出した。ピラタスロープウェイを使って坪庭に上がると、残雪がまだ深い。万太郎は北八ヶ岳の縞枯山まで、長靴を履いた子ども二人と登った。子どもたちは弱音を吐かなかったが、長靴では足は相当冷たかったことだろう。ホテルまでの帰り道は長かった。

　五月の連休は、家族で木曽の妻籠宿で遊ぶ。宿場の案内所で民宿を紹介してもらい、飛び込んだのがその後の定宿《じょうやど》となる「大高取」という屋号を持つ松下家だった。妻籠宿の街並から少し離れ、飯田に越える街道沿いに建つ古民家、仏間の鴨居には昔の槍が掛けられ、仏壇脇に甲冑が置かれている。家の背後は山、下をあららぎ川が流れ、牛舎に乳牛が数頭いる。かいがいしく働く奥さんは、飯田から嫁に来た愛想のいい人だった。腰の曲がったばばさまは、なんとも心優しい人で、手づくりのゴヘイモチをいろりで焼いてくれる。クルミをつぶして混ぜた味噌だれをたっぷりつけて、こんがり焼いたゴヘイモチはとびきりおいしい。囲炉裏の傍に座ると、仕事を終えた宿の亭主の毅さんがどっかと向かい側に座った。

「妻籠の街並み保存運動は、私も一緒にやっています。この村は、畑と言うてもわずかな土地で。ここには産業がないでね。飯田への峠の手前に漆畑という集落がありますが、そこでは木工細工や漆塗りをやっとります。妻籠が生き延びるには、歴史を活かすしかありません。江戸時代の宿場を復元して、心のいやしをもたらす妻籠宿にしようと考えたんです。私の息子は乳牛を飼い始めています。妻籠が未来に生き残る道は、歴史、文化の保存にあります」

　松下家は、万太郎家族の故郷のような存在となり、毎年のように出かけた。夏の妻籠の集落のなかに踊りの輪ができて、木曽節がゆったりと闇に流れていた。着物姿の村人は左右の腕を交互に前に伸ばし、静かに静かに踊る。秋には家族四人で馬籠峠を徒歩で越え妻籠に入った。ススキの原を下っていくと、笠をかぶり脇差を腰に差した男がやってくる。また行くと股旅《またたび》姿の男がやってくる。妻籠の集落に入ると、時代装束をした人びとが街道を埋めていた。嫁入り行列が行く。その日は時代祭だった。村人はこぞって江戸時代の人物に扮し、繰り出していた。

「大高取」は懐かしい。おばばが待ってくれている。子どもたちは囲炉裏の傍に座り、金火箸でほだの火をととのえる。火に当たりながらゴヘイモチの焼けるのを待つ。おばばの目は孫を見るように優しい。

「子どもは、火が好きでのう」

万太郎家族は四季を通じて、信濃に出かけた。

春の小海線に乗ってコトコト、日本の鉄道最高地点にある野辺山駅で降り、八ガ岳を眺めながら牧場の道を風に吹かれる。ヤッホー、ヤッホー、子どもたちは帽子を空高く投げ上げる。

乗鞍高原の番所集落にある民宿「青葉荘」も常宿。小学生の女の子が、裏の小道を一ノ瀬牧場まで案内してくれる。冬はスキー場で雪遊びだ。

夏の海も家族の旅路に加わった。南紀の最南端、串本の海へ橋杭岩を見ながら水にたわむれる。紀伊水道を連絡船で渡って徳島県牟岐の海岸、ウミガメの産卵する浜で遊ぶ。日本海は奥能登の、青く澄んだ輪島の海も、夏の子の楽園になった。

兄の勝ちゃんの家族にも二人の子が育つ。冬は万太郎の家族と二家族、スキーの旅だ。野沢温泉村で農家民宿を営む森さんの家が定宿になった。スキー場で雪に遊び、ゲレンデから帰ると温泉巡りだ。宿のばばさまが、

「ブンド、飲みましょ」

と、手づくりのブドウジュースを入れてくれる。

千曲川沿いに七ケ巻という集落があり、そこに小さなスキー場があった。飯山線をとろりとろりと列車で上り、ひなびた桑名川駅で降りて千曲川のほとりに立つと、川は満々と水をたたえて流れる。七ケ巻集落は対岸にあった。両岸の間に一本の太いワイヤロープが張られ、渡し舟がロープに滑車でつながれている。両岸辺に小さな待合の小屋があった。「乗る人は一斗カンを叩いてください」と書かれた札を見て、錆びた一斗かんにそえられた棒をガンガンと鳴らした。しばらくすると向こう岸に人影が現れ、長い竹竿で水底を押

して舟を動かしてきてくれた。この舟で村の娘は嫁入りし、よそから嫁っこがやってきたと村人は言う。その七ケ巻の民宿に二家族で泊まり、幼い子どもたちはスキーに夢中になった。民宿の風呂は五右衛門風呂だった。

夏休み、万太郎は学校の同僚を誘って、北アルプス穂高岳に登る計画を立てた。数名の若い同僚が参加を希望した。ヤヒコさんから、

「うちの娘も連れていってくれへんか」

と依頼があり、ヤヒコさんの高校生の娘とその友達一人が加わった。その友達はアリの研究をしているという。大学山岳部の後輩で今は教組の執行委員をやっている矢代君がメンバーに入り、淀川中学登山部ＯＢの宮谷と矢田中学登山部ＯＢのマートも加わって、総勢十五人のパーティになった。

アリの研究をしている女子高校生は、上高地にはどんなアリがいるか調べたいと言った。万太郎は一般ルートではなく、登山者があまり通らない梓川の右岸の小径をたどった。休憩の度に、アリの研究家は地面を見つめてアリを探している。彼女は見つけたアリの名前を教えてくれた。涸沢に着くとテントを張り、女性は山小屋に入った。同僚は、持ってきた天体望遠鏡を据えつけて星を観ている。

翌朝、穂高の岩峰はモルゲンロートに染まった。初心者メンバーは、ザイテングラードの岩尾根を奥穂高岳へと登る。万太郎は宮谷とマートを連れて前穂高の第五峰と第六峰のコルから前穂頂上へ、険しい岩稜の難コースに挑み、無事頂上に立った。

「前穂のドテッペン、空はピーカン」

まったく前穂のドテッペンはピーカンと晴れ渡る青空に突き刺さり、頂から涸沢の大雪渓を見下ろせば、いつもながら緊張する。墜落すれば一巻の終わりだ。奥穂高頂上で矢代隊と合流した。アリの研究家は、岩稜の間にアリがいないかと探している。

同僚との夏の山行は毎年の行事になった。翌年は飛騨高山から新穂高温泉に入り、双六岳で幕営して、薬師岳まで縦走する。青年教員の田辺さんは天体望遠鏡

を担いできて、夜は星を見つめていた。岩ツバメが舞い妖精の潜んでいる黒部五郎岳のすそを巻き、お花畑やハイ松の稜線を縫う山旅は天地のはざまの遊行《ゆぎょう》。太郎平は、牧歌が聞こえてきそうだ。眼前にどっかと腰を据えた薬師岳、太郎平にテントを張り、夕暮れ迫る薬師岳に登る。雲海に沈みゆく夕陽を頂の岩に腰を下ろして眺める。全天を茜色に染める夕映えの交響曲は、やがて満天降る星。祈りが胸に湧き、天の声が聞こえる。別の年、同僚と剣岳から黒四ダムへ下った。

淀川中学登山部員だった宮谷と矢田中学登山部員だったマート、二人を連れて万太郎は、富山県側から長野県側へ、北アルプスの秘境を横断した。薬師岳の太郎平から黒部上の廊下に下り、川を下降して、立石から岩苔谷を登った。秘境の高天原に着くと、以前は無かった山小屋が建っていた。点在する池塘とニッコウキスゲの花は変わらない。三俣蓮華岳から高瀬川へ下るルートは道が崩壊し、危険な下りとなった。断崖に立つカモシカと出会う。カモシカは三人を見つめて動かない。ダンスを踊って見せるとカモシカは好奇心からじっと眺めると聞いていたから、万太郎は手足を動かして踊って見せたが、カモシカは不愛想に岩場の陰に消えた。

万太郎にとって残された課題であった黒部川の上の廊下、その完全踏破下降計画を実行に移した。矢田中学登山部OBのナカとマートを伴い三人で、三つ俣蓮華から黒部渓谷に下った。たびたび挑んだ上の廊下の完全遡行と完全下降が成功しなかったのは、いくつかの難所を越えられなかったからだが、それは天候と川の水量が関係している。この年はお盆過ぎて雨が少なく、水量が減っていて、天候にも恵まれた。三人は、岸をへつり、渡渉し、白い河原でびしょ濡れの服を太陽で乾かしながら下った。難所の一つ、上の黒ビンガがやってきた。両岸は切り立つ絶壁、底のしれない深い淵、透明な水底が青く光る。ザイルで確保しながら三人、無事に通過、白く広がる河原に出た。視線を上げると薬師岳の頂上が見えた。金作谷との出会いを過ぎ、日は暮れ、広い河原で四日目の幕営。流木で火を焚く。黒部のど真ん中。上の黒ビンガと下の黒ビンガの深淵に挟まれた秘境中の秘境、森は深く、俗塵から隔絶した聖なる地。万太郎は叫んだ。われら、大地の襞に座して火を焚く。見よ、無窮の空を。

　翌日、渡渉を繰り返し、難所の下の黒ビンガのトロに至る。紺碧の水の深さは何メートルあるのか底が見えない。流れは静かな渦を巻く。不気味だ。ザイルを張るには、対岸までの距離があって難しい。泳ぐしかない。渕を見ておじけづいたナカが言った。

「おれ、泳げない」

「ここは泳ぐしかない。ザックを浮きにする。ザックのなかのものを全部ビニール袋に入れろ。濡れんように。ザックがりっぱな浮きになる。水に入ったらザックを持ったままバタ足をせえ」

　まずマートが泳ぎ渡り、続いてナカ。悲壮な顔をしていたが幸いザックを浮きにして渡ることができた。ザックの浮力は見事だった。

　白い河原を歩く。夕暮れ満水の黒部湖に到着、上の廊下完全下降は成功した。

文化大革命の中国へ

　ムラの若者たちが解放塾で自主的に学習している。将来教員になろうと、中学校時代はヤンチャだったマモル君も真剣に勉強している。中国革命の歴史を勉強している塾生もいた。

　一九七二年、田中角栄の訪中で日中国交回復が実現したときの一部始終が報道されると、周恩来の人柄が強い感銘を与えた。ムラの若者たちは、文化大革命の過激化や権力闘争の報道に触れ、今後中国はどうなるのか強い関心を抱いていた。

　矢田教育共闘会議は訪中団を企画した。中国革命の実態、中国での少数民族や被差別民はどのように人権が保障されているか、それを知りたい。訪中申請に対して中国大使館は、文化大革命の混乱を考慮して、北京や上海訪問は不可、訪中は南中国から武漢まで認めると伝えてきた。

　九月の初め、万太郎は訪中団の一員に加わった。団員は解放同盟矢田支部青年部員と大阪市教職員組合の矢田地区小中学校分会員とで構成された。団長は市教組東南支部の書記長、谷ヤンが勤める。

出発間際九月九日、ニュースが飛び込んできた。毛沢東が死去したという。周恩来すでに亡く、中国政治の混乱が予想される事態のなかでの訪中、危惧はあったが哀悼の心を持って訪中決行ということになった。

団員十人は香港経由で中国に入った。アヘン戦争によってイギリスの租借地となっていた自由貿易の香港は活力に満ちていた。列車の旅。香港を出ていくらか行くと、小さな田舎駅で列車は長く停車した。深圳《しんせん》という駅だった。風景はがらっと変わった。深圳は国境の僻村、木々の茂る中、小川が流れ、遠くに農家がぽつぽつと見える。

最初の訪問都市は広州、市の共産党委員会の人びとが迎えてくれた。そこからリンさんという男性が団つきの通訳になってくれた。彼は日本人よりも日本語が流暢だから、聞けば京都で生まれ育ったという。団長の、谷ヤンは、「悲しみを力に変え」と述べて、毛沢東を悼んだ。

広州の革命遺跡を案内してくれた若い女性は、毛沢東を偲んで、滂沱の涙を流した。喪に服す街は静かだった。紅衛兵の姿はどこにもない。この地方は、広西チワン族自治区で、少数民族自治区のなかではいちばん大きい。中国には五十六の民族が暮らしており、漢族が圧倒的多数を占めている。今は一つの中国になっているが、歴史を遡れば少数民族はそれぞれ自分たちの共同体をつくり国もつくっていた。

中国共産党は一九三一年、瑞金に臨時政権を樹立し、蒋介石の国民党と内戦に入る。中国全土に戦線が拡大すると、少数民族に対する党としての方針が必要になり、共産党は、民族解放、民族自決を党是とした。それ故ほとんどの少数民族は共産党の紅軍に味方した。その協力があって、長征では峻嶮なる山岳、難路、大渡河にも成功した。共産党軍は国民党軍との内戦に勝利し、中華人民共和国を樹立する。かくして少数民族自治区が生まれた。しかしチベット仏教を信仰するチベット人は、チベットは独立しており、われわれのものだと抵抗したために中国軍によって平定された。チベット武力制圧、チベット人の民族自決はどうなっているのか、他の少数民族自治区の自治の実態はどうなのか、訪問団の疑問とするところだ。

ホテルの一室で議論した。ムラの青年たちはこれまで、長征の物語や、国共合作によって国民党と共産党が内戦を停止して共同で日本軍に立ち向かった歴史を学習してきた。ジャーナリストのエドガー・スノーの心躍らせる長征の物語を読み、壮大な革命の叙事詩を知るにつれ、ムラの彼らに中国革命への憧憬の念がつのった。一九三四年十月、紅軍は、徒歩と騎馬による一万二千五百キロに及ぶ大遠征を二年間にわたって行った。そして一九三五年八月一日、帝国主義日本の侵略と戦う民族統一戦線を毛沢東は提唱した。

エドガー・スノーは、ゴビ砂漠の南端の町から歩いて中国に入った。そのとき、悲惨な光景を目撃する。子どもたちが飢え、毎日何千人となく死んでいく。餓死者は五百万人に及んでいた。飢餓は広大な中国の四分の一に及び、大勢の子どもが草を食っていた。ところが金持ちや米商人、金貸しや地主は、私兵に守られて大もうけをしていた。エドガー・スノーは革命の根拠地に入り込み、指導者たちと信頼関係を築く。

そこへもって侵略者日本との戦争の狼煙が上がる。紅軍は町々で大衆的集会を行った。演劇を上演し、金持ちに重い税金を課し、奴隷を解放して、自由・平等・民主主義を説き、漢奸の財産を没収して貧乏人に分配した。

部落解放運動を進めるムラの青年たちはこの長征の物語にロマンを感じる。

「紅軍の支配地域を広げるという目的だけでは人民の心をつかむことはできん。民衆の支持を得るには、理想を民衆に伝える必要がある。抑圧された人びとを解放することを実証しなければ支持は得られん。スノーが書いている。そこで不公平な農地の再配分をし、税金を安くしたり、失業、アヘン、売春、小児奴隷、強制結婚をやめさせたりしながら中国全土を回って、革命の思想や理想を民衆に伝えていったということや」

「しかし、紅軍が少数民族の権利や自治を認めていたのなら、なぜチベットやウイグルが独立できなかったのか」

「毛沢東の少数民族政策は、少数民族独立ではなく中国のなかの自治区にすることなんや」

「少数民族の規模が小さければ、独立することは難しいよ。大国のなかにいるほうが侵略されないで安心できる」

「しかしチベットはチベット仏教を信じ、歴史的にチベット族のものだよ。独立を求めたのに武力で弾圧された。民族自決をなぜ認めないのか、なぜ独立運動を弾圧するのか」

「新疆ウイグル自治区にしても、もとは東トルキスタンと呼ばれる地域で、歴史的に漢民族とは分断していた。言語も宗教も文化も違う。トルキスタンはトルコ系民族なんやな。東トルキスタン併合は、はたしてトルキスタンの人民解放やろか」

「人民解放は、圧制や貧困のなかに置かれた人びとを解放することやね。そこで少数民族は自治州とか自治区とかの形で、自治を保障するということやないか。世界連邦を理想として未来を展望するなら、世界各国が自治州となり、その集合体が世界連邦ということやないか」

「中国政府は、少数民族の地域を自治区にして、全国人民代表会に参加するという仕組みにしているね」

「しかしその自治が少数民族の自治によるものかどうか。ヨーロッパなんかには、ほんとに小さな国が独立して存在しているけれど」

「このチワン族自治区には約四割がチワン族、それより少数のヤオ族、ミャオ族、ベトナム系も住んでいる。けど漢族がいちばん多い。漢族が多数になると漢族が統治していくことになるんやないか。そうなると少数民族は飲まれてしまう」

「民族問題ではないが、広州、広東、香港などには蛋《たん》民《みん》と呼ばれる被差別民がいるはず。水上生活者でね。土地をもたず、船を家として、水上で漁業、水運、商業などをしてきた。蛋民は蛋民以外と結婚できないという結婚差別がある。教育を受ける機会もないから、文盲も多かった。人権が認められたのは、中華人民共和国が成立してからで、多くの人が陸上生活に移行したそうや」

　万太郎はふと思った。

「その蛋民、歴史的には海民じゃないかなあ。古代日本に、海民がいただろう。安曇族もそう」

「中国の蛋民と倭の安曇族とは、関係があったかも？　へえ、おもしろい見方やな」

「中国東北部に、延辺朝鮮族自治州があるね。朝鮮族は中国にはたくさんいて、吉林省、黒竜江省、遼寧省の三省に多く住んでいる。一九世紀に大量に朝鮮半島から移住したらしい。後に日本は満州を建国して移民を送り込んだけれど、その地はもと古代の高句麗・渤《ぼっ》海《かい》の故地や。中国に住む朝鮮族は、日中戦争末期、人民解放軍と合体して独立運動を展開している。朝鮮族自治州では自治権が認められ、中国語と朝鮮語が公用語になっているそうや」

「多民族国家の中国は、圧倒的多数が漢民族だから、各民族の自決権、アイデンティティを尊重して、平和的に国を治めていかねば結局は漢民族の支配する国になってしまうかもしれない。今後の国づくりの大きなテーマだよな」

　議論は尽きなかった。服喪の期間中だからか、北京の混乱があるためか、旅の現地の共産党委員会からは懇談会の呼びかけもない。

　翌日、団は景勝の地、桂林を訪れた。中国の自然を味わうひとときだ。

　美しい漓江《りこう》が流れていた。この地は石灰岩のカルスト台地で、川の両岸には木々の生えた岩峰が水墨画そっくりに地面からにょきにょき塔のように立ち上がっている。高さは数十メートル程度で高くはないが傾斜はきつい。漓江の流れはゆるやかで浅い。川幅は百メートルほどあり、河原には小石がごろごろ広がっている。流れのなかに連結した数十台の竹の筏が、対岸とこちらの岸とをつなぐように止まっていた。どこにも人影はない。筏の上を歩いていったら、向こう岸に渡れそうだ。

　万太郎は、谷ヤン、アキラさんと、ゆらゆら揺れる筏の上を歩いて、対岸に渡った。そこから広い河原を上流に歩いていった。

「ぼちぼち引き返そうか」

谷ヤンは、列車の出発に遅れないように、時刻を気にしていた。三人は引き返して、筏のところに戻ってきたら、なんとあの筏が忽然と消えている。流れていったのか、あるいは筏師が乗って、下っていったのか。

「たいへんや。向こう岸へ渡れないぞ」

「向こうに、橋が見える。あれを渡って戻ろう」

三人は下流に小さく見える橋を目指して河原を走った。息が切れ、汗をぬぐい、とんでもないマラソンになった。列車には間に合った。

次の訪問地は湖南省の長沙、昔の楚の国だ。共産党委員会と挨拶を交わし、街を散策した。みんな喪に服しているのか、ここも静かだ。

リンさんの案内で中学校を参観し、授業を見た。生徒たちはきびきびした動きで発言する。挙手は日本とは違って、机に肘をついたまま、右腕を垂直に立て、掌までぴんと伸ばしている。その姿が気持ちよかった。書道の時間には、男子生徒が見事な字を書いて、その書を訪中団員にプレゼントしてくれた。「源遠流長」の文字、源遠く流れは長し、日中の友好の歴史は古代から存在した。近代の日本の侵略は悲惨だったが、両国の友好の源は遠く、流れは長い。

韶山《しょうざん》の毛沢東の生家を訪ねた。マイクロバスは二時間ほど走り、山間の小さな村に着いた。日本の田舎の雰囲気に似ている。農村に漂う空気は同じだ。田んぼと雑木林の間を登っていくと、小丘があり、簡素な土壁の農家が建っていた。そこが毛沢東の生家だった。成長するにつれ毛の見たのは、帝国主義国の侵略を受けて、争乱と貧困、飢餓が悲惨を極める祖国だった。

毛沢東は、学生のとき、長沙から徒歩で湖南省を横断する無銭の旅に出たことがある。農民から食べ物をもらい、寝る場所を借りて、祖国の実態を自分の目で観た。

団員は感慨にふけりながら、毛沢東の生家から棚田の下のほうを眺めていた。林の陰を十人ほどの人が上がってくる。「韶山詣で」のようだ。

翌日、長沙から武漢に向かう。ホテルを退去し鉄道駅に着いたとき、心に残る小さな出来事があった。一人の若者が息せききって駅の待合室に飛び込んできたのだ。

「忘れ物です」

ホテルを退出するとき、アキラさんが部屋のゴミ箱に不要になった衣類を一枚棄てた。一行が去った後、服務員がそれを発見し、忘れものだと思って走って届けに来てくれたのだ。二十歳頃の若い男性だった。

湖北省武漢まで列車は、ことりことり洞庭湖らしき湖を左に見ながら走った。

武漢は長江のほとりに開けた大都会だった。武漢三鎮と呼ばれ、武昌、漢口、漢陽の三地区からできている。日本軍はここを占領し、軍事基地をつくって重慶を攻撃した。蒋介石政府のあった重慶空爆は、市民の頭上に爆弾を落とす無差別爆撃の最初だった。

リンさんは訪中団を武昌の町工場に案内した。工場はオート三輪自動車を組み立てていた。技術的には遅れているが、自力更生、ものをつくる誇りが工員に感じられた。

武漢市の真ん中を長江がとうとうと流れる。対岸はぼんやりかすんでいる。河は茶色く濁り、ゆるやかに渦巻き水脈《みお》をつくっていた。毛沢東はここで泳いで健在をアピールし、世界を驚かせた。戦時に日本軍が武漢を侵略基地にしたのも、東シナ海から船で長江を遡って来れる要衝であり、長江のさらなる上流に国民党軍の根拠地、重慶があるからだった。

長江のほとり、長い長い中国の歴史に思いをはせる。長江のこちら側は武昌、かすむ対岸は漢口。近くに李白の詩で有名な黄鶴楼が建っている。

日本軍が武漢三鎮を占領していたとき、こんな短歌を詠んだ日本人がいた。

ベートーベンのレコード揃えし喫茶店
漢口中山路の街陰にあり

毛沢東亡き後の権力闘争はどうなっていくだろうか。ムラの青年たちは、アグネス・スメドレーの『大八路軍従軍記』も読んでいた。スメドレーはアメリカの女性記者で、スノーと同じように最前線に入ってドキュメントを書いた。ムラの青年、サッちゃんが言う。

「人民の物は針一本とってはならない、というのが人民解放軍の規律やった。貧農からは、いかなるものも没収しないという規則もある。地主が農民から没収したすべての財貨はただちに政府に引き渡す。こうして農民の支持を受けて、中国革命は成就した」

公平君が応じる。

「借りたものはすべて返すこと、買ったものにはすべて代金を払うことという規則も人民解放軍の軍律にある。人家を離れるときは、すべての戸をもとどおりにすること、という規則もあった。これ、どういうことかというと、人家の木戸を借りて取りはずし、その戸板を即席のベッドにして一夜を外で過ごしても、朝になると、借りた戸をちゃんと元通りにせよ、極めて具体的やなあ。人民解放軍が上海に入ったとき、街の歩道におびただしい兵士が横になって寝ていた。その写真に説明がついていて、こう書いてあった。『市民の親切につけ込みたくないからとベッドの使用を断り、上海の路上に寝込む疲れきった紅軍兵士たち』と。

それに対して、焼き尽くし、殺し尽くし、奪い尽くす、日本の『三光作戦』は陰惨やった」

訪中団は、武漢より北に向かうことはできない。北京では今、何が起きているか分からない。旅はここで終わり、一行は列車に乗って南下し香港を目指した。赤いネッカチーフを首に巻いて、歌いながら街を行進する小学生の隊列は一度見ただけだった。人々の暮らしはなんとものどかに見えた。車窓を眺めながら、ムラの青年たちは部落解放運動を考えていた。列車はコトリコトリとレールの音を立てて走る。

ムラの青年たちと教員たちとの対話が始まった。

「紅衛兵があれだけ過激な破壊行動に出たのはなぜやろか。守旧派とみなすと吊し上げ、孔子廟や仏教寺院も破壊して」

「毛主席から造反有理と言われていたからなあ」

「イデオロギーに流されるんや」

「かつて水平社運動も、アナーキズムや共産主義運動につながっていた。階級闘争なくして部落解放もありえないと」

「だが部落解放運動という大衆運動は、ムラという地域社会を母体にした運動体だからねえ。いろんな考えも存在する。だから足を踏む人に、踏んでる足をどけてくれという運動だと、言ってきたね。すなわち社会的権利を部落民も平等に得る、差別のない社会をつくる運動を基本に置いてきたんだ」

「『解放運動はモノ取り運動ではない』と言ってきた。運動の結果、一定の成果が得られても、それでおしまいということではない。改良住宅が建ち、入居することができた、新しい学校を建設できた、進学率が上がった、運動はもう終わり、そんなもんではない。人間の心はどうなってる、人間と人間のつながりはどうなっているかだ」

「人のなかにある差別意識を解消すること、人権意識を育てること、それは暴力革命ではできない。生き方の問題やから。心の問題やから」

「人間の精神は簡単に変えられるもんではないよ。それこそ人類永久の課題かもしれないよ」

「人間の幸福はモノだけじゃ得られないからね」

「差別の構造いうのは、支配の構造や。釜ヶ崎や山谷を見てみい。炭鉱労働者、水俣を見てみい。どんな社会をつくろうとするか。どんな人生を歩むか」

「部落も、自立のための新しい産業を興すとか、周辺地区と共に自立共助の地区をつくるとか、広く社会に貢献する道筋を推進することやと思うな。部落に閉じこもっていたらあかん」

「民主化した相互扶助社会づくりやな。子どもや青年の自主的な学び場をつくる、生産労働の場をつくる。地方からやってきた困窮者も含めて、自立的にもっと大胆にチャレンジしていくことや」

ムラの青年の意見を聴いていた谷ヤンが口を開いた。

「許芥昱《きょかいいく》という中国系アメリカ人の大学教授がこんなことを書いてるんです。

周恩来は、二千五百年の昔に書かれた儒教の古典・礼記のなかに、究極的に最高の政道を見出した。それが行われるときには、世界は公となり、誰もみな、ものが浪費されるのを見ることを厭うようになり、誰もみな、自分のために貯えなくなり、誰もみな、自分の才能が生かされないでいるのを嫌うようになり、誰もみな、おのれ一人のためにのみ働くことをやめるようになる。礼記から周恩来は考えたというんです。

紅衛兵が毛沢東を崇拝したのは、彼らが毛沢東を、自分たちの感傷的な愛国心の対象たる国家を象徴するものと見たからだというんですね。そして紅衛兵運動が中国大陸の全土にわたって展開され得たのは、周恩来がいたからこそで、周恩来こそ、青年たちの熱情をかき立て、その活力を導くことができる唯一の人物であったと書いているんです」

アキラさんが発言した。

「中国革命は変質しています。革命が変質しているにもかかわらず変質に気づかず、それが革命の普通の形なんだと受け取られている。革命の変質はロシア革命のなかですでに起きた。すべての権力を労働者、農民へと言われた人民による管理が形骸化され、一部ののが実権を握って、強大な権力者国家となった」

今、混沌の中国政治が渦巻いている。列車の窓の外は茫々たる大地、のどかな農村風景が過ぎていく。悠久の大地は不思議に懐かしい。

被差別部落は、長く差別されてきたけれども、ある意味「解放区」だった。しかし、差別は厳然と残っている。

万太郎は、旅のルートが戦時の日本軍の侵略ルートに重なるものがあることに気づいた。

「日本軍の大陸打通作戦というのがあったね。北京からベトナムまで中国を縦断して、三十六万人の日本軍が三本のルートに分かれて進撃した作戦。それが始まったのは昭和十九年の四月。戦争はすでに敗色濃厚になっているのにね。北京から武漢までの作戦に続いて、武漢から長沙、桂林、南寧、そして仏領インドシナ、ベトナムまで侵攻するという作戦。敗戦の前年ですよ。既に日本海軍は壊滅している。それなのに、中国基地からの米軍による本土空襲を防ぐという目的と、東南アジアの資源を日本に運ぶことを目的にして、大陸打通作戦というとんでもないことをやった。日本本土が空襲で焼け野原になっていても、こんなバカげた作戦をやろうとした。皇軍だと自称する日本軍は、蝗軍《こうぐん》だと揶揄されていた。イナゴの軍隊、イナゴが大発生して何もかも食べ尽くす。日本軍は食糧を民家に入って奪う。軍隊ではそれを徴発と呼んでいた。現地人も徴発して、行軍の荷をかつがせた。女性を犯した。馬やロバには砲をかつがせ、一日五十キロも行軍した。あまりの苦しさに耐えきれず自殺した兵士がいた。

結局、昭和十九年の十二月にチワン族自治区のベトナム国境近くまで侵攻してストップ、二十年の五月末、部隊は南京に撤退を始める。そしてついに敗戦を迎えた。なぜこんな阿呆な戦争を決行したのか」

アキラさんが言った。

「インパール作戦と同じですよ。ビルマのインパール作戦も大陸打通作戦と時期が重なる。無謀の極みよ。インパール作戦は、昭和四四年の三月に開始されている。八万五千の日本軍はジャングルのなかをインドを目指し、三万人以上の戦死者と四万人以上の戦傷戦病者を出して敗退した。屍《しかばね》がるいるいと横たわり、白骨街道と言われた。竹山道雄の小説『ビルマの竪琴』は、そこからモチーフをとっていますす。無謀作戦を推し進めた司令官は戦争責任もとらず、命永らえ日本に帰って戦後を生きたんですからねえ」

万太郎は話を次いだ。

「大阪の旧制中学の教員で、詩人でもあった伊藤静雄の教え子が入隊することになり、伊藤先生のところへあいさつに来たんです。教え子は、『先生、ぼくは戦場に赴いたら、殺人であれ強姦であれ、悪徳の限りをやってきます』と言ったそうです。その話を伊藤は、友人の島尾敏雄に話した。島尾は、その話を『戦場へのためらいと恐れをときほぐすための戯言《ざれごと》だ』と言った。どうしてそんな言葉が出たのか。それは日本の軍隊にそういう実態が存在していたからです」

列車は中国の広大な野を行く。訪中団一行は香港に戻った。香港は活気に満ち、旺盛な商店のにぎわいが刺激的だ。イギリスの二階建てバスが走っている。

消えた洞部落

大和三山の一つ、畝傍山の中腹に、江戸時代まで洞《ほら》という被差別部落があった。それが神武天皇陵の建設によって強制移転させられ消滅してしまったという思いがけない歴史を万太郎は知った。

大阪府同和教育研究協議会から、その洞村現地見学会をするという通知が来た。万太郎は興味を抱いて現地に赴いた。畝傍御陵前駅で降りると、五十人ほどの参加者が集まっており、教組支部書記長の谷ヤンも来ていた。眼前に緑の畝傍山がぽっこりそびえ立っている。神武天皇陵はその麓にある。参加者は神武陵の前を通り、畝傍山の麓に立った。畝傍山は標高百九十九メートルの小山だ。その中腹に洞部落はあったという。参加者は、広葉樹に覆われた森の道を登っていった。アケビの蔓《つる》のからまるジャングルの様相を呈しているところに来た。

「この辺りが洞部落です」

案内の研究者が言った。かつて人家もあったと思われる山の北面、広場らしきところだ。

「ここに水場がありますす。洞の村人はここの水を共同で使っていました」

苔むした石があり、きれいな水が窪地に溜まっている。

「地面を掘れば、家の礎石とか食器とか見つかるかもしれませんねえ」

万太郎が言うと、案内人が言った。

「ここは勝手に掘れません。宮内庁の管轄する山ですから。茂みのなかには、何か見つかるかもしれませんが」

洞村跡には、かつて住んでいた人たちの魂が今も浮遊しているような気配があった。薮のなかにも、かつての人の生活を偲ばせるものがあるような気がする。

洞の歴史をもっと詳しく知りたい。万太郎は天理大学の図書館や、橿原市の図書館に出向いて資料を調べた。

江戸時代末まで神武天皇陵は存在しなかった。『古事記』によれば、神武天皇は百三十七歳まで生きたとされ、その墓所は、畝傍山の北のほうの白樫にあったという。『日本書紀』では百二十七歳で没し、畝傍山東北陵に葬ったとある。その後、九二七年の延喜式に記録が残るだけで、公的記録には神武帝は出てこない。実在したのかどうか明らかでない。が、江戸時代元禄期に河内や大和の天皇陵の修復を幕府の重臣、柳沢吉保が行った際、神武帝の第三皇子とされる綏靖《すいぜい》天皇陵の塚山（スイセン塚）が神武陵だろうということになった。それを機に、諸説が出てきて論争が起こった。貝原益軒の説は、畝傍山の東北方角にあるジブデンと呼ばれている田んぼ説だった。谷森臣善、竹口英斎、蒲生君平、本居宣長、川路聖謨、藤田東湖、北浦定政などがそれぞれ論を張った。一八五四年、幕府は、畝傍山麓の田んぼのなかにある「ミサンザイ」と呼ばれていた小さな低い丘を神武陵にすると決定を下した。かくして一八六三年から陵墓工事が始まる。工事費一万五千両、突貫工事が行われ、東西二町、南北一町半の神武天皇陵はつくられた。明治維新が来て、二十二年、神武帝と皇后を祭神とした橿原神宮が畝傍山の南側に建設され、その料地に畝傍山も含められた。明治三十一年、神武陵はさらに拡張されて約二万坪になり、日露戦争に勝利すると橿原神宮の神域は拡張され、神武陵と合わせて広大な「聖地」が出現した。

洞村の生業は下駄表の製造だった。竹の皮や棕櫚の葉を編んで、下駄表にする。棕櫚の葉は、硫黄でくすべて白く晒《さら》した。晒しと型取りが男の仕事で、編む作業が女だった。大正時代の初め、洞部落は、下駄表と麻裏草履の製造職が六十三軒、靴づくりが十一軒、下駄・靴直しが十九軒、小作農二十四軒、自作農三軒、あと行商や人足で、総戸数は二百八戸、人口は千余人であった。

大正四年、天皇が神武陵を参拝、翌年と翌々年、皇太子が参拝した。その日、洞部落に、硫黄の煙を出すことを禁ずという布令が出た。

大正六年、県の役人が来て、重要な通達をした。

「県としては部落の改善に努力してきた。が、この度この洞の位置が南側の畝傍の御料林によって日当たりも悪く、下駄表の乾燥にもよくないから、もっといい場所に移転してはどうかと考えた。宮内省がこの村の領地を買い上げて御料地に編入したいということなので、協力いただきたい。このままここにいても、何かと条件も悪いし差別も退《の》かない。洞の領地を宮内省に献上し、それ相当の御下賜金を受けて移住することが、将来差別をなくすのに役立つ。立退き先は洞の人びとが困らないように責任を持って用意する」

村人たちは話し合った。寄り合いに集まった人たちの声は移住反対が強く、若者たちの多くも反対だった。しかし県庁からの圧力は強く、賛成派は反対派を切り崩した。

万太郎は高市郡役所の書類を調べた。すると洞村移転の理由として、次のような記録があった。

「(洞村は) 神武陵を眼下に見る位置にあり、恐懼《きょうく》に堪えざること」

これは県の役人の言い分とは違う。実はそれが洞部落を消滅させる最大の理由だったのだ。

大正七年、洞村民の総集会があり、そこで御下賜金がでることが伝えられた。移転はほぼ決まった。では、洞村はどこへ移転するのか、移転するところがあるのか。これが大問題だった。周辺の農村に、受け入れる余地も意思もない。県が移転候補地を打診しても、我らが村に部落民が入ることは認めないと、強硬な拒否が出てくる。強い差別意識の上に、移転して来られたら農地も減る、硫黄を使う仕事をされたら刺激臭で居住民が迷惑する、いくつもの忌避の理由が出てきた。

折しも七月、全国を揺るがす米騒動が起きた。米の値段が高騰し、米が食べられない、富山の数十人の女仲仕たちが移出米商へ米の積出しを停止するよう行動に出た。細民二百名が、杖をついた老婆も、子どもの手を曳いた女も市役所に押しかけた。八月、魚津町でも細民婦女の一揆が起こり、たちまち富山全県に救助要請や、米の廉売を要望する動きが起きた。住民らは米の移出を実力で阻止し、米の価格を下げて売らせた。

富山に起きた米騒動はたちまち全国に波及した。旱魃が続き、米がとれない。米価がうなぎ上りに上がっている。第一次世界大戦は終わりを告げたが、米価は戦争前の四倍になった。米騒動は未曾有の民衆暴動となり、工場労働者は労働争議を起こし、炭鉱もストライキに入る。子どもを奉公に出す家が出てきた。

大正七年八月十日の奈良新聞が報じた。

「何処の米屋に行くも販米なしとして、部落民に快く供給せず。ためにその日稼ぎの下級労働者は一升買いをなす能《あた》はざるをもって、各所の米屋を買い歩き、毎夜深更に至るまで食事をとる能はず。なんらか急速に救済方法を講ずるにあらざれば、細民の心理状態は刻々不穏におもむくの兆しあり」

十一日の記事。ある被差別部落の様子が書かれていた。

「全部落下駄表の製造に従事し生計を営めるが、米価の奔騰にともなって、人気《じんき》悪しく、売れ行きほとんど停止せるをもって五百名近くの部落民は今や食ふもの皆無の有様となり、ようやくにして買ひ得たる三等米二合に南瓜を入れ、塩にて味をつけたるものをすする」

ついに奈良の米騒動が起きた。被差別部落の民衆が中核だった。

八月十四日の早朝、

「米価に意見ある者は十四日午後、赤堂へ集合」

というビラが奈良の三条通りほか数箇所に貼られた。

夕刻、興福寺金堂前に群衆は続々と集まってきて千人を超える。中から声が上がった。

「廉売《れんばい》の談判をやろう。法連の米倉庫にたくさん隠しているぞ。安く売らせるんだ」

群衆は鬨《とき》の声を上げて米穀商兼地主の店に押し寄せ、一升四十銭の米を二十五銭で売らせた。群衆は他の米穀商にも押しかけ、騒動は広がり、警官隊が出て、さらに陸軍の奈良連隊まで出動した。首謀者と目された人たちが次々と逮捕され、騒動は鎮圧された。

全国の米騒動にも、警察と軍隊が出て、検挙者の数知れず。政府は米騒動の新聞報道を禁止し、九月に内閣が倒れた。

洞部落では、米騒動の渦巻くところへ移転問題が吹き荒れ、移転の候補地に挙げられた村も「とんでもない、来てもらっては困る」と、移民受け入れ拒否の声が県当局に寄せられ、事態は危機的な状況になってきた。これを解決しなければ、不敬不忠、神武陵を冒涜することになるぞ、県は必死に動いてやっと二つの地区に移住地を確保し、そこへ分かれて移ることになった。移住する土地は六千坪、元の洞村は小作地を入れて三万坪だったから、極端に小さくなった。移住にあたって十三項目に渡る覚書が村長間で交わされた。そのなかにこんな文があった。

「分割領地は新大字《おおあざ》を設置し、元の大字と一切関係なきものとす」

移住者の住む土地の大字は、元の洞の大字とは無関係なものにすること。すなわち洞の名を持ち込むなという宣言だった。

「新敷地譲渡の上は、敷地区域外に建築し雑居するを一切謝絶する」

さらに洞村の人たちの激しい反発を呼んだ条項があった。

「分地料を要求する」

洞の民に対して屈辱と損害と苦痛を与え、なおその上に分地料を払えと言うか、怒りが渦巻いた。

洞の区長は村長に嘆願書を出した。移転する新しい居住区に人が住めるように、排水路をつくったり、堤防をつくったりすると、敷地はさらに少なくなる。それにもかかわらず洞の人はその区域の外に住むなとは、無理も甚だしい。とうてい受け入れることはできない。外国人にも土地所有権、居住権、帰化権が認められている。憲法治下の国民の権利を束縛するような契約をすることは法律上も認められない。

洞村の強い要求によって、差別的条項は最終的に取り下げられた。

そして大正八年、移転地の工事が始まり、宅地の配分が行われた。しかし土地は足りず、大阪その他への移住が勧められた。

移転の日、洞村から荷物を載せた大八車が出発した。翌年、宮内省から奈良県知事に一通の書簡が届けられた。その内容は、墓石と共に墓地内の遺骨もすべて掘り出して移転すること、励行するために警官を立ち合わせ厳重に監視すること、というものであった。洞の墓地には、一切の痕跡も残すな、という。

かくして洞部落は消えた。

畝傍山は古代の藤原京の敷地領内に入っている。六九四年から七一〇年までおかれた藤原京は、唐の条坊制を採用した本格的な都だった。京域は今の橿原市と明日香村にまたがり、畝火山、耳成山、香具山の大和三山に囲まれていた。

『万葉集』巻一に「藤原宮の御井《みい》の歌」と題された歌がある。

「大和の青香具山は　日の経《たて》の大御門《みかど》に　春山と茂《し》みさび立てり　畝傍のこの瑞《みず》山は　日の緯《よこ》の大御門に瑞《みず》山と山さびいます」

大和の香具山は、藤原京の東の大きな門のところに春の山らしく立っている、畝傍のみずみずしい山は、西の門に山らしくある、耳成山の青い草山は、北の門に神々しく立っている、名高い吉野の山は南の雲のある辺りに遠くある。

大和三山は藤原京を守護するように三角形の位置にそれぞれ門をなし、吉野山も含めてこれら東西南北の山によって藤原京は守られている。

その京域に、その後いくつもの被差別部落がつくられ、今に至る。これは何を物語るか。

三里塚闘争

「三里塚へ行かないか」

ムラの若い衆から万太郎に声がかかったのは解放塾でのことだった。

予期しない誘いに万太郎はいささかためらった。三里塚の成田空港建設反対闘争は、学生のセクトも加わって、現地農民の体を張った過激な闘いになっている。万太郎は週刊誌『朝日ジャーナル』を毎週読み、ＴＶニュース報道を見て、命をかけた闘いに胸が痛んだ。

「所属組織とは関係なく、有志として行こうではないか、現場の事実を知ることが大事だ」

と彼は呼びかける。

千葉県成田市三里塚・芝山町の農民を中心とする新東京国際空港建設反対同盟は、先祖から血と汗で耕してきた土地を守ろうと、国家権力と熾烈な闘いを繰り広げている。農地の強制執行に対して命がけで抵抗する農民たちの姿はかつての百姓一揆を彷彿させるものがある。下肥を撒き散らし、体を立ち木に縛りつけて機動隊員に抗う農婦。万太郎は、遠い北総の農民の闘いに同情する。けれど、現地の闘いに参加する気は起きなかった。しかしなんらかの連帯をやれないものか、傍観者でいいのか、心にうごめくものがあった。

　高度経済成長によって航空輸送の需要は急増するなか、羽田のほかにも空港が必要であると、国際空港建設を一九六二年に閣議決定していた。一九六六年、場所は千葉北総台地の三里塚に建設する、とまたもや閣議は決定した。国会ではない、閣議である。

　三里塚の農民たちにとって、寝耳に水の戦慄の決定だった。おれたちの農地を取り上げて空港にする？　何を勝手な、そんな権限を内閣はもっているのか、農民は豪雨を突いて地元の中学校に集まり、空港反対同盟を結成した。委員長には農機具修理を生業としている戸村一作が選ばれた。彼はキリスト者であり画家、彫刻家だった。北総台地には明治期からの御料牧場があった。戸村一作はそこで厩《うまや》番をしたこともある。戦後、御料牧場は民間に移譲され、開拓の鍬が入った。そして現在に至る。

　政府の空港建設案は、北総開発という総合計画の一環に位置づけた。ニュータウンや工業団地の建設なども包含する大規模なものである。三里塚・芝山連合空港反対同盟は、各種の行動隊を結成し、全国からの支援を受けて農地を守る闘いを開始した。支援者に一坪を購入してもらう「一坪運動」も始めた。

　北総台地は千葉県北部の丘陵地帯、高原である。関東ローム層と言われる火山灰地で、古代から「牧」がつくられていた。三里塚はその中央に位置した。明治維新によって職を失った元武士や、土地を奪われた農民、無産遊民と呼ばれた人たち約六千人がこの原野に入植した。一九四五年の敗戦後も、新たな入植者が開拓に入った。彼らは近村の二男三男や、戦争被災者、沖縄からの移住者であった。入植者は養蚕を営み、桑を植え、肥沃で豊穣な農地をつくり上げた。北総台地は、牛、馬、ヒツジ、蚕、木々、鳥たち、多くの生命が育まれる場所になった。

　その土地を取り上げるというのだ。

政府は、日本の経済発展のための壮大な夢のアドバルーンを上げる。が、その結果起きる事態は予測できるか。

空港、工業地帯、ニュータウンができれば、莫大な水を必要とする。全北総一帯の農業は水なくしては成り立たない。その膨大な水は河川に依存する。だが、大空港と関連施設ができれば、河川の水はどうなる。

農民たちは抵抗した。反対運動は全国的な様相を呈し、学生たちが加わり、農家を支援する「援農」も現れた。空港公団側は全国からの警察機動隊を投入し、実力行使を行い、国は土地収用法による強制代執行に打って出た。反対同盟は見張り櫓をつくり、地下壕を掘り、バリケードを築いた。もんぺ姿の婦人行動隊は自分の体を立ち木に鎖で縛りつけて、機動隊の実力行使に抵抗した。逮捕者は千数百人を超え、死傷者が出た。第二次代執行では一万五千三百人の農民と学生が阻止闘争に参加し、警官にも死亡者が出た。農民側の死者、自殺者も次々に出た。機動隊の水平撃ちのガス銃が学生の命を奪った。

ムラの青年たちは、虐げられるものの身に立って、居てもたっても居られない。万太郎は分会委員会で、「三里塚を観に行くこと」を提案した。委員のなかから、危険だと反対意見も出たが、万太郎は、自己の意志で参加することに決めた。

ワゴン車にムラの青年五人と同乗して夜中も走り、翌朝、千葉の北総台地に入った。空はどんより曇っていた。広大な空港予定地には多くの農民や学生、政治セクト、労組員が集まり、各組織の旗がデモ隊列の頭上にひるがえっている。そのなかに黒地に荊《いばら》の冠の図案が紅く浮き出た荊冠旗《けいかんき》が見えた。荊冠旗は戦後、水平社時代のデザインに、希望を表す白い星が挿入され、旗全体は赤地に変えられている。荊冠は、磔《はりつけ》にされるイエスがゴルゴダの丘へ十字架を背負って歩いたとき、頭にかぶせられたものだ。荊冠旗を掲げるデモの隊列は二百人ほどで、全国から自発的に集まってきた被差別部落の有志のようであった。万太郎とムラの青年たちはそのなかに加わった。すでにブルドーザーで表土を削り取られた広大な荒地を反対同盟の農民たちの隊列、セクトや学生自治会、労働組合員の隊列がシュプレヒコールを上げながら激しく渦を巻いた。表土を削り取られた荒地には自然の命の気配はなかった。周囲に小高い丘があり、そこに濃紺の制服にジュラルミンの楯を持った警察機動隊員が整然と待機してデモ隊を見降ろしている。何百人か、何千人か、銀色の楯が鈍く光る。万太郎の頭に、トルストイの『戦争と平和』に描かれたナポレオン軍とロシア軍との戦いが浮かんだ。これは現代の「ボロジノの戦い」ではないか。

三里塚の農民たちには武器はない。農具を持って抵抗するだけだ。人生をかけて開拓し、命を育んできたふるさとを守るために。

雲は低く垂れ、カラスの群れが飛んでいった。この日、機動隊とデモ隊の衝突は避けられた。万太郎たちは、団結小屋の前で戸村一作反対同盟委員長の話を聞く。火が焚かれた。

「この辺りはもと御料牧場でした。ここには十万本の防風林の桜並木があったのです。農民が大事にした木で、桜は春の訪れを知らせてくれました。

私の少年時代、三里塚は牧歌的で、あのバルビゾンのような美しいところでした。ミレーの『落ち穂拾い』や『晩鐘』の絵のような風景でした。パリからバルビゾンまで六十キロ、東京から三里塚まで六十キロ、私は三里塚を『日本のバルビゾン』と呼んでいました。積みワラが高く積まれ、牧場には羊が草をはむ。ルソーの描いたフォンテンブローの絵のような森かげに、夕日が沈んでいく。牧夫が家路を急ぎます。三里塚の秋は、ケヤキやクヌギ、ヌルデが黄葉し、それはそれは、美しい風景でした。この地にたくさんの人が全国から絵を描きにやってきました。私も絵を描くようになりました。ここは心の故郷なのです。

秋のいい日和の日、東京から毎年二頭立ての、菊の紋章のついた馬車がやってきました。皇族は一日中、止め山の初茸狩りに興じ、それを土産に東京に帰って行きました。

戦争が激しくなってから、毎夜のようにB29がやってきて東京は空が真っ赤に燃え上がるようになりました。とうとう天皇一家は信州かこの三里塚かに逃げ出さねばならなくなり、御料牧場内に地下壕が掘られました。

そして日本の敗戦となり、三千五百ヘクタールの天皇家の三里塚牧場は国有財産となり、その十分の一が解放されたのです。その配分を受けて入植したのは、戦地から帰ってきた近隣農家の二、三男、戦災の罹災者、沖縄戦を生き延びた沖縄県人などでした。彼らは一ヘクタールほどの耕地を配分してもらい、そこに合掌小屋を建て、ランプの灯の下で困苦に耐え、開拓に従事してきたのです」

高村光太郎は三里塚を愛し、「春駒」という詩を詠んでいた。

三里塚の春は大きいよ。
見果てのつかない御料牧場にうっすり、
もうあさ緑のじゅうたんを敷きつめてしまひ、
雨ならけむるし露ならひかるし、
明け方かけて一面に立てこめる杉の匂に、
しっとり掃除のできた天地ふたつの風景のなかへ、
春が置くのは生きてゐる本物の春駒だ。
すっかり裸の野のけものの清浄さは、野性さは、
愛くるしさは、
ああ、たてがみに毛臭い生き物の香をなびかせて、
ただ一心に草を食ふ。
かすむ地平にきらきらするのは、
尾を振り乱して又駆ける、あの栗毛の三歳だろう。
のびやかな、素直な、うひうひしい、
高らかに荒っぽい、
三里塚の春は大きいよ。

光太郎が愛した生命あふるるこの緑野を、今ブルドーザーは土を削っている。緑野はコンクリートに覆われるのだ。

戸村一作は反対同盟の委員長に推されてなった。
「二千年前に死んだキリストが、私のなかに生きて動いているのを感じます」

戸村にとって三里塚闘争は、農民と生活を共にし、キリストを実践して生きることだった。

戸村は警察機動隊によって殺されかけたことがあった。一九六八年二月二十六日、機動隊員が学生の頭に警棒を振り下ろす寸前、戸村は学生を守ろうとして学生に覆いかぶさった。瞬間、警棒は戸村の頭に打ち下ろされた。「殺せーっ」の叫び声を上げる機動隊員の警棒は戸村の頭を乱打した。瀕死の重傷を受けた戸村は病院に運ばれた。

戸村は奇跡的に助かり、三里塚に戻ってきた。反対同盟員たちの顔が篝火に浮かび上がる。この光景は、イエスの生まれた夜のベツレヘムの野で、篝火を囲んでいる羊飼いたちの姿だと思う。三里塚の丘が、ゴルゴダの丘に見えた。イエスは十字架に掛けられ、槍で突く執行人が周りを取り囲んでいる。丘の上に立つ十字架は農民放送塔だ。

戸村の話を聞きながら万太郎は、同じキリスト者だった田中正造を思った。足尾銅山の鉱毒が渡良瀬川沿岸に甚大な被害をもたらし始めた明治十二年。足尾の山に銅の精錬場がつくられ、燃料に山の木々が使われた。鉱毒は山の木々を枯らし、足尾の山を丸裸にした。鉱毒を含んだ水は渡良瀬川の川魚を殺し、沿岸の農地を不毛の大地に変えた。十万人の農民の生活が破壊されるに及んで、ついに農民は決起し、川俣事件が起きる。日露戦争の四年前であった。被害農民は政府に請願するために行進を始め、一万数千人の農民が利根川べりの川俣に来たとき、警官隊と憲兵隊が待ち受け、暴力による阻止行動をとった。武器一つ持たない農民たちは多くの負傷者を出しながら、兇徒として罪を問われた。政府は鉱毒問題を治水問題にすり替え、谷中村を遊水池にせんと、村の家屋を破壊する。四百五十戸あった谷中村の残留民十六戸は仮小屋に住んで抵抗を続けた。田中正造は天皇に直訴を試み、水没した谷中から訴えた。そのとき、田中正造は神に会ったという。正造の神は、現実を直視してたじろがない力を与え、絶体絶命のなかでも闘いを続けさせる力だった。

正造は議会で訴えた。

「およそ憲法なるものは、人道を破ればすなわち破れ、天地の公道を破ればすなわち破る。憲法は人道および天地間に行わるるすべての正理と公道に基づきて初めて過《あやまち》すくなきを得べし」

一九一三年、田中正造の最期をみとったのは社会運動家で作家の木下尚江だった。木下尚江も内村鑑三と共に無教会派のキリスト者だった。田中正造が最期に所持していたのは、日記、ちり紙、『聖書』だけだった。

荒畑寒村は『谷中村滅亡史』を著した。文章は火を吐くように激しい。

「老義人田中正造翁が熱誠は、空しく渡良瀬川の水疱と消え去るべきか。墳墓の地を去るを拒める村民が苦衷は、うずま川の渦巻く波と共に滅び去るべきか。たとえ滅び終わるとも、田中翁死するとも、村民ことごとく離散し去るとも、宇宙に歴史あり、人類に言語あるの間、だんじて滅びず、厳として存在するの事実あることを。

谷中村は滅亡せり。悪魔は凱歌を奏しつつあり。されど謂《い》うをやめよ、正義の力弱しと。また謂うをやめよ、国家の権力は大なりと。見よ、今や彼らが陰険残忍なる組織的罪悪は火よりも明らかなる事実として、吾人が眼前に横たわれるにあらずや」

学者であり教育者であった林竹二は、『田中正造、生と戦いの「根本義」』を著した。

「日本は既に滅亡してしまった。政府が企業を庇護して人民の滅びるをかえりみないような、そういう国の在り方、文明の在り方、そういうものが根本から変えられない限り、その滅亡から抜け出すことはできない。そこに田中正造の問題意識がある」

水中に没する谷中村に最後まで踏みとどまったのは十八戸で百余人、正造はそこから谷中の復活を目指した。

「三里塚」は、この谷中村の滅亡史につながる。明治から昭和へ、国家による無辜の民への侵略は、沖縄に、水俣に、三里塚につながっている。

戸村は、この北総台地を開拓した農民たちのなかに沖縄の人たちもたくさんいたと言った。戦前に沖縄から入植した人と戦後に入植した人がいた。解放された御料牧場の厩舎に彼らは住んだ。牛、馬、羊を飼い、荒れ地を起こしてサツマイモをつくった。彼らはよく働いた。だが、多くの沖縄出身者は、三里塚の闘いの前後に去っていった。ほとんどの沖縄人は消えていった。それはなぜだろう。なぜ開拓農民として一緒に最後まで闘わなかったのだろう。万太郎は沖縄の歴史が原因ではないかと考えた。アメリカ軍と日本軍の両方から命を奪われた沖縄の人びとには、米軍基地のない平和な本土に沖縄が復帰するという悲願がある。が、それはいっこうに実現せず、一種の諦観になっている。非戦、非暴力、不服従、それが、沖縄の人々の生存意志になっているのではないか。

篝火を見ながら戸村一作は、三里塚を闘った農婦大木よねの死を語った。

「一九七三年、よねは六十六歳の生涯を閉じました。数奇の運命に翻弄されたよねの生涯は、抑圧と差別からくる辛酸に充ちた日々でした。七歳にして子守りに出され、義務教育も受けられなかった。よねは小作をしながら近隣の農家の日雇いに出て働いていました。二十七歳のとき夫が亡くなり、よねは二坪の小屋に住んでいましたが、一九七〇年の強制代執行で一切を奪われ、機動隊によって路傍に放り出されたのです。よねの遺言は、『おらあ死んだら、滑走路のなかの東峰墓地に土葬してくれ』の一語でした。反対同盟は、同盟葬で遺言どおり葬ることを決めました。よねの骸は冷たい土中に永久に生きています」

万太郎たちは一軒の農家に素泊まりさせてもらい、パンとおにぎりを食べながら語り合った。

「長年そこで暮らしてきた人たちの土地にやってきて、ここに空港と関連施設をつくると通告し、立ち退きを要求する。これが民主主義の国家のやることか」

「機動隊員のなかにも農民の子がいっぱいいるはず。農民同士じゃないか。良心の呵責を感じないのか」

「反対同盟員の子どもたちは、少年行動隊を結成して闘いに参加している。親たちは、少年行動隊は白虎隊ではない、弾除けにするためではない、と言っている。子どもたちは、親たちが自分たちの生命線を守るために闘い、打ちのめされ、傷を負っているのに、何もしないでいいのかと、子どもたちは機動隊や公団に抗議すると言って、闘いに参加するようになった。そういう少年行動隊にも機動隊が襲い掛かっている」

「老人行動隊もできているらしい」

「戸村さんは、大阪の部落にも来てくれたことがあった」

　青年の一人が意外なことを言った。

「戸村一作さんは、狭山事件で死刑の判決を受けた石川一雄被告の無罪を信じ、『囚われ人』という彫刻を農機具の古鉄を使ってつくった。大阪に、沖縄出身の彫刻家で、金城実という人がいる。彼は住吉の被差別部落に住んで部落解放をテーマに彫刻をつくっている。この金城実さんのことを知った戸村一作さんは、大阪へ会いに来た」

　住吉のムラは矢田の西三キロほどのところにある。金城は住吉区の中学校で美術の講師をしていた。

「金城さんは、住吉のムラの解放会館の外壁に、『解放へのオガリ』という巨大な金属製のレリーフを部落の人と共同でつくった。オガルというのは大声で叫ぶことや。戸村さんはそれを見に来た」

　戸村一作は住吉の部落解放同盟の人たちと交流し、夜は金城実、岩井好子らと酒を酌み交わした。三人は腕を組んで、夜の住吉のムラを高歌放吟して歩いた。岩井好子は大阪や奈良に夜間中学校を立ち上げ教育実践をしている。

「オガリ」の前に立った戸村一作は、住吉の夜空を見上げながら歌った。

　日暮れて四方《よも》は暗く　わが霊《たま》はいと寂し
　寄るべなき身の頼る　主よ　ともに宿りませ

　万太郎たちは、世間で報じられていることとは異なる三里塚を知った。現地現場の人と接し、状況を肌で感じ、生きる人の心情を感じることなしに、本当のことは何も分からない。

沖縄返還

　沖縄返還を要求するデモに参加し、腕を組みながら『沖縄を返せ』と歌うとき、万太郎には違和感があった。

かたき土を破りて
民族の怒りにもゆる島　沖縄よ
我らと我らの祖先が
血と汗をもって　守りそだてた沖縄よ
我らは叫ぶ　沖縄よ
我らのものだ　沖縄は
沖縄を返せ　沖縄を返せ

「我らと我らの祖先が血と汗をもって　守りそだてた沖縄よ、我らのものだ　沖縄は」と歌うとき、この「我ら」というのは「本土」のオレらなのか。琉球の民自身ではないのか。万太郎の違和感はそこにある。沖縄の「本土復帰」とか言われてきたが、「本土」という言葉にも違和感を感じる。「本土」は、属国、属島に対して主になる土地を意味する言葉だ。大阪人のオレが、「我らと我らの祖先が血と汗をもって守りそだてた沖縄はオレらのものだ」と、本当にそう言えるのか。谷ヤンが言った。

「いや、この『我ら』は、本土、沖縄の枠を超えた、この国の主権者、人民を表しているんや」

沖縄はもともと独立国だった。江戸時代の一六〇九年に薩摩藩が琉球を併合し、国家としての体面を存続させつつ薩摩が支配し、明治政府になって琉球藩となり、一八七九年に廃藩置県で沖縄県となった。太平洋戦争では沖縄は本土を守るための「捨て石」にされた。本土には戦争前から「沖縄人はおことわり」という札をかかげた店があったし、差別もあった。大阪市内では沖縄出身の人たちが集団で住んでいる地域もある。そこは、沖縄県民が一緒に暮らし助け合う沖縄のムラだ。

教組の役員をする永井君は、いつものカフェでランチを食べながら、万太郎にこう主張した。
「沖縄返還闘争は、沖縄の人たちと本土の人間とが手をつなぎ、アメリカの軍事基地の島ではなく平和の島として取り戻す闘いや。平和国家をつくる視点から見て、沖縄はおれたちの問題や。沖縄の痛みを我らが痛みとして、責務として闘うのや」

「確かにデモをすれば、湧きあがってくる連帯感はある。それでもどこか人ごとのような感じもする。沖縄の人たちの感じている痛みというのを、本当に本土の人間は感じてるのかな。沖縄の人々の体験を、記録で読んだり、映像を見たりして知ることはできたとしても、実感することがない。戦火の下で集団自決があった。集団自決という言葉で何が分かる？　何を感じる？　知識として持っても、それを本当には分かっていない。現地へ行って感じ、沖縄の人に触れて追体験しようと思っても、本土復帰までの二十七年間、アメリカ軍政下の沖縄へ行くことはままならなかった」

一九七二年五月一五日、「沖縄は日本に復帰」の大ニュースがやってきた。返還に際し、日本政府は数億ドルの対価をアメリカに支払ったとも言われる。政府間の密約があったらしい。

満を持して那覇で日教組の教育研究全国集会が開かれた。矢田南中学分会から万太郎ら四人が「人権と民族」の分科会に参加した。

那覇のホール、初日の全体集会でのことだった。全国から集まってきた組合員が席を埋め尽くし、議長が開会を宣言するや、会場の背後からドドーン、ドドーンと砲撃のような音が響いた。すわ、米軍の艦砲射撃か、びっくりぎょうてんして振り返ると、那覇の男子高校生たちが太鼓を胸に抱え、数十人が数列に分かれて、太鼓を打ち鳴らして入場してくる。歓迎の沖縄民舞エイサーだ。

ドドーン、沖縄の民族衣装を着て胸の太鼓を打ち鳴らし、脚を振り上げ、舞いながら彼らはステージに向かって観客席の間を下りてきた。三線《さんしん》の音が響く。その迫力には度肝《どぎも》を抜かれた。一隊は太鼓を打ちながらステージに上がり、一隊は観客席の通路を埋め、ひとしきりかけ声を合わせ、打鼓のリズムに合わせて舞い踊った。日に焼けた高校生の顔もりりしく、華やかに力強く、遠来の教師たちをねぎらい迎える演出だった。

エイサーは祖霊を迎える踊りだと聞く。胸が熱くなった。沖縄諸島全域でお盆の時期に踊られ、迎え入れた先祖の霊を再びあの世へと送り出す、約四百年の長きに渡り琉球に受け継がれてきた伝統芸能エイサー、強い連帯とコミュニティ意識が会場に充ちた。

日教組中央執行委員長が挨拶した。

「沖縄復帰の意味をいまいちど問い直し、これからの平和のたたかいの糧にしてほしい」

沖縄は完全な復帰ではない。巨大な米軍基地はそのままだ。「沖縄」は何を提示し、我々はどのような平和教育を創造するのか。万太郎たちは分科会に参加して、全国の実践研究報告を聞き、数日討論に参加した。

教研集会の最終日に南部戦跡をめぐった。

少年少女たちが戦場に駆り出された悲劇の現場、まずひめゆりの塔に行く。米軍の総攻撃のなか、沖縄師範学校女子部と第一高等女学校の生徒で構成されたひめゆり部隊は、野戦病院の外科壕に配属された。死傷者が次々に運び込まれる凄惨な現場、麻酔なしの手術が応急で行われていた。恐怖におののきながら少女たちは患者を押さえ、切断した手足や死体を処分する。

日本軍は力尽き、ひめゆり部隊に解散命令が出され、少女たちが第三外科壕に集合したとき、米軍のガス弾が撃ち込まれた。

沖縄師範学校の生徒によって編成された鉄血勤皇隊を祀った碑にも詣でた。鉄血勤皇隊は、十四歳から十七歳までの少年だった。伝令や通信の任務を帯び、戦場を走り、敵陣へ切り込み、火薬を詰めた箱を背負って自爆した。十四歳と言えば、中学二年生だ。護郷隊という少年兵の部隊もつくられ、ゲリラ戦を行った。

南部戦跡は、追悼と祈りの地であった。全国の都道府県の碑が並んでいる。一人の老婆がつっと花束を持って走ってきた。花売りだった。老婆は一日こうして、参拝者を見ては走り寄っている。

日本軍が住民に「集団自決」を促したときの、恐怖やみじめさや絶望は、想像しても真実を感じることはできない。それでも精神を研ぎ澄まし、追体験しなければならないのだと思う。

琉球大学の仲宗根政善が書いていた。

「ふと東のほうを向くと、見たこともない白い低い丘があった。緑の旧都首里の変貌した姿であった。天文学的数量の砲弾をぶち込まれ、首里城は吹っ飛ばされ、岩石はうち砕かれて粉をふき、まるで雪におおわれているようであった。世界の人々が沖縄戦のこの惨状を見届けるまでは、木よ、伸びるな、草よ、茂るな。死屍累々としているこの地が、再び人間が住めるようになるとは思えなかった。

大本営は沖縄を本土作戦の捨石にした。住民の犠牲十余万人は将兵の戦死者数を上回り、人口の三分の一に当たる。国を守るとは、いったいどういうことなのか。戦争は誰のために、何のためにやるのか」

帰阪した万太郎は、沖縄の歴史を調べた。

一七九七年、イギリスの探検家ウイリアム・ブロートンの記録を読む。プロビデンス号艦長として彼が琉球にやってきたとき、沖で船が座礁した。

「琉球の人々は、ためらうことなく援助の手を差し伸べてくれた。彼らは見返りなど夢にも考えていない風だった。誠意と礼節を尽くし、気遣って野菜や酒をいそいそと届けてくれた」

一八一八年、琉球に来たイギリスの探検家バジル・ホールは『守礼の邦』という記録を残した。

「彼らは武器を持たず、戦争をしたことがない、敵というものを知らない平和な民だった」

一八五三年から翌年にかけて、アメリカのペリー提督は五回日本と琉球に来た。二百名の軍楽隊、水兵を連れて、首里城に入り歓迎を受けたときの記録がある。

「琉球は筆舌に尽くしがたいほど美しい島だが、住民は日本に虐げられ苦しんでいる。この哀れな琉球人を日本の専制政治の抑圧から救うことほど人道的なことはあるまい。琉球政府を日本の支配から解放せねばアメリカの正義はない」

ペリーの秘書のベイヤード・テイラーは記す。

「この島のような美しく、やさしい景色を未だかつて見たことがない。風光のすばらしい調和、あざやかな樹木の緑、海から吹くおいしく心地よい空気、あたかもパラダイス・楽園のように私を魅了した」

一九五八年に毎日出版文化賞を受けた『沖縄島』という小説がある。沖縄出身の作家、霜多正次は、戦争末期から戦後にかけての沖縄を描いていた。

沖縄で召集され郷土防衛軍に入った清吉は、沖縄人が日本人に差別され、沖縄が「外地」と見られていることを感じた。戦争が終わり一時収容所に入れられていた清吉に、アメリカ将兵が言った。

「沖縄人は日本人ではない。沖縄は日本本土と分離することが当然だ」

薩摩藩に支配されていたとき琉球は、一王国であった。琉球は、日本、中国、朝鮮、シャム、マラッカ、スマトラ、ジャワと交易もしていた。だが、明治になって日本の一県として併合されてから、沖縄人は沖縄県の政治に参与することができなかった。官吏と教員のほとんどは鹿児島県人で占められ、知事や県の部長、師範学校長に沖縄人がなることはできなかった。

清吉の学校の師であった松介は、米占領軍のハーマン少佐からこんなことを聞く。

「君たちの祖父が長く日本への同化を拒んだのは、自分たちが日本人ではないことを信じていたからではないか。日本政府が沖縄県を差別したのもそのせいだったに違いない」

松介はハーマンに反論した。

「米軍は、自分たちを中途半端な民族であると規定することによって、沖縄を占有しようとしているのではないか。沖縄は、日本の近代国家成立と共に、封建性から脱して日本国家として統一されたのだ」

沖縄の人たちが「祖国日本」に対してわりきれない気持ちを持っていることは事実だ。とてつもない犠牲を強いられ、裏切られ、アメリカのスパイ扱いまでされた。日本や日本軍に対する不信感、反発は根強い。薩摩の侵攻に首里城を明け渡して以来、長い年月に渡ってくすぶる諦観と屈辱感もある。戦前、著しい食糧難に陥った沖縄の人々は救荒食にしたソテツのデンプン毒のために食中毒を引き起こしたこともある。悲惨な窮乏状況は、「ソテツ地獄」と呼ばれた。

沖縄を知るにつけ、万太郎は歴史と現実の深い淵に入り込んでいくようだった。戦後、生活基盤を破壊された沖縄の人びとの現実はすさまじい。敗戦後の五年間で、二十万人近い人びとが無償で土地を取り上げられ、棲み家を追い出された。若い女性のなかには、パンパンと呼ばれ、オンリーと呼ばれ、アメリカ兵相手の売春婦になる人もいた。高校生は、卒業しても職はなく、米軍の通訳をしようとした。あきらめはこの島の人びとの習性のようになった。本土復帰の願望もあったが、内奥には本土からの搾取、差別、侮辱への反発もあり、昔の琉球を取り戻し、沖縄が独立する夢もあった。

だが米軍統治は暴力性をはらんでいた。琉球立法院議員の選挙で、日本復帰を主張する野党が勝つと、米軍は圧力をかけた。野党が占めた正副議長を米軍は認めず、本土復帰を叫ぶ教職員会や学生会を弾圧した。米軍統治に逆らえば、沖縄から追放された。あまつさえ沖縄は爆撃機が飛び立つベトナム攻撃の米軍基地となった。

沖縄住民だけでこの支配を跳ねかえすことはとうてい無理だった。本土の心ある民と連帯するしかない。

本土復帰運動はこのような複雑な感情をはらんでいたのだ。

一九七二年、巨大な米軍基地は残されたま本土復帰は成った。

土地接収に真謝《まじゃ》区民が追い出され
乞食宣言したのを忘れず
知念光男

コミューン

若い教員たちは、先輩教員からの励ましを受けて、教育を創造する。校内の役職は、選挙で選ばれた教員によって構成された人事委員会が、全教員の希望に基づいて校務分掌や担当学年や学級担任の原案を考え、管理職の承認を得て決定していた。学級担任は複数制で、ベテラン教員と新任を組み合わせていた。

万太郎と永井君、新任のトシ子さんは同じクラスを担任することになった。トシ子さんは美術科教員で、彼女は一冊の書物を万太郎に手渡した。

「叔父がここに入っているんです」

本の表紙には、『Z革命集団　山岸会』とある。哲学者の鶴見俊輔の推薦文がついていた。その文に曰く。

「革命につきものの内部闘争から目をそらすことなく

研究と実践を続けてきた山岸会から学ぶべきことが多い」

トシ子さんは、そこは農民から始まった運動体のコミューンであるという。学生運動が打ち倒され、目的を失った学生や若者が多くそのムラに入っている。戦争、飢え、貧困、差別、自由の弾圧を経験してきて、農民、山岸巳代蔵はいかにして幸福社会をつくれるかと考えて提唱した。

「その思想をヤマギシズムと呼んでいます。このコミューンの目指すところは、これまでの革命運動では成し遂げられなかった社会を目指す最後の革命という意味で、Z革命と呼んでいます。暴力革命を否定し、農業をベースにして、自然と人間の共生集団を追求しています。『われ、ひとと共に繁栄せん』というのがこの共同体のスローガンです。宇宙自然界は無所有です。戦争のない、飢えることのない、差別のない社会をつくろうという運動です」

闘いなくして社会の改革もない、労働組合運動も平和運動も、部落解放運動も、社会や政治を改革していくためには、団結して闘わねば、頑強な権力体制は変革できない、万太郎と永井君がそう言うと、彼女はもう一つ紹介したいと言って、『不可視のコミューン　自己教育の足跡』という本を出した。雑誌『思想の科学』に連載されたものだと言う。『思想の科学』は、戦後すぐに、鶴見俊輔、丸山眞男、都留重人、武谷三男ら七人の同人が創刊した月刊誌だった。『思想の科学』には、敗戦の意味を問い直す活発な論が発表されていて、戦後社会と政治を科学的に見つめる重要な役割を果たしている。『不可視のコミューン』の著者は野本三吉という人で、横浜の小学校の教員を五年間勤めたが、退職して児童相談所の職員をしている人だった。万太郎は興味を覚え、その本を読んだ。

彼は、五年間、小学校教員として、創造的な実践をした。教育研究のサークルをつくり、徹夜でガリ版を切って実践記録を出した。そのなかで気づく。自分の実践と日本社会をおおう「学校教育」は乖離していると。

「状況は徐々に重苦しく、自由を許さないものに変わってきて、教員や教育への管理体制が強化され始めている。学校教育には、教える専門家がいて、教わるだけの生徒としての子どもがおり、関係が固定されている。子どもから学ぶという教師の発想が年々枯れて、教える人になってしまっている。教師自身がまず民衆から、そして子どもから学ぶ存在でなければならない。徹底した自己教育こそ教師の本質ではないか」

野本は、「学校化社会」という表現をしていた。今や社会が学校化し始めている。

野本は、学校と教育のあるべき姿を考えていた。

「『学校』は生活の場としての『共同体』として、再創造されねばならぬというのが、ぼくの考えなのだが、『共同体』には、二つの基本的な要素がある。それは『生産』と『教育』だ。『生産』とは、人間とモノとの関係であって、『教育』とは、教育し合うことを前提とした人間関係のことだ」

学校を「国家的容器」と言い、その認識に立った野本は教師を辞め、学校と決別した。そして日本列島を漂流しながらさまざまな生活の場に飛び込んだ。だが彼はこう言う。

「ぼくは子どもが好きです。しかし、教師としてしか、ぼくを表現することができないのは間違いだと考えます。教育論はかならず人間論に行き着きますし、そうなれば、ある人間が必死に生きていったということこそが、教育として後に認められるでしょう。つまり、教育的行為とは、生きることそのものだと考えるのです。教育は一定の『共同体』を前提とします。その『共同体』についてのイメージが、ぼくのなかで発酵していなくては、ぼくには教師としてのイメージも湧いてこないのです。何を教えるのか、それがぼくにはありません。それに耐えられない以上、ぼくは『教師』から自らを解き放ち、放浪のなかに放り込む必要を感じたのです」

彼は、ドヤ街の山谷、北海道家庭学校、韓国、沖縄を放浪し、奈良の「心境部落」、武者小路実篤の「新しき村」、京都の「一燈園」、「山岸会」へとさまよった。

野本は、『いのちの群れ』という自らの魂の表現記録も出版した。彼は横浜寿町のドヤ街にある生活館の民生課職員になり、コミューンを展望した。

野本が心魅かれたのは「山岸会」だった。その団体の不可解を『思想の科学』で鶴見俊輔が紹介していた。「ヤマギシカイは、日本の思想の非常に深いところから生まれてきたもののように思う。これを世界の思想史の脈絡のなかに位置づけることは、すぐさま試みないほうがよいようだ。ソクラテスの討論法にも似ているし、中共の洗脳にも似ているし、老子、荘子に似ており、非暴力、平和的手段という点ではガンジーに似ている。技術を中心におく平和思想という点では墨子によく似ており、無限定の共同社会の理想をえがく点では、ゴドウィン、ギュイヨー、クロポトキン、リード、ブーバーらの無政府主義に似ており、またイスラエルのキブツに似ている。しかし、それらのどれかとおきかえて理解することはできない」

『いのちの群れ』に、野本の「生活館ノート」が掲載され、ドヤ街のたくましい労働者の発言が記録されている。

「寿の子どもがよ。どうして学校行きたがらねえか、お前知ってんのか。簡単なことじゃねえか、ドヤの子と呼ばれっからよ。学年が上がるごとに学校行く子、少なくなるじゃねえか。子どもにも分かってくるからだよ。ここじゃ、なんでも金だ、バクチだな。ドヤ行ってみな、あのせまっこい部屋ん中でフダやってんだぜ。子どもだけあっち行ってろってわけにゃいかねえやな。だからよ、おれに言わせりゃ、まずドヤを変えなくちゃならねえ」

ある日、その彼は生活館に来て言った。

「おれね、『爆破』って本読んだんだよ、仕事休んでよ。北海道の牧場のとこよ。あそこ読んで、どうしても行きたくなっちゃってよ。『北試』とかいうとこよ。そこじゃあ金なんかいらねえんだろ、それが本当よ。読んでてよ、たまんなくなっちゃったよ。『北試』ならよ、あそこの土になってもいいぜ」

「北試」というのは、「山岸会」のパイロットファーム、すなわち「北海道試験場」、略して「北試」というコミューンだった。

教員を辞めた野本三吉は、国家の論理を拒絶し、コミューンの論理に立つしかないと考え、「北試」で半年ほど暮らしてみた。

「ぼくは、大自然の呼吸そのもののなかにいるぼく自身が好きだったし、地平線に沈む太陽を、牛追いの馬上から眺めるのがなんともいえず楽しかった。牛や馬やヤギ、それに犬や豚と一緒に暮らすのもよかった。ぼくの生活した牧場は、『山岸会』というユニークな生活集団の実験場でもあって、ぼくはその集団が目指している『無所有』の思想にも惹かれた。ぼくの考える革命とは、『私的所有』を一切捨て去り、無欲、無我執のなかから生まれてくるものだ。北海道では、ほぼ裸で過ごした。実にすがすがしく、ぼく自身が自然そのものであることを、ひしひしと感じていた」

野本は思う。人間が行動を決意し、実際に行動に移すとき、その底には、やむにやまれぬギリギリのカオスの噴出がなければならない。「北試」のパイロットファームで「一体生活」を続けるオトナたちには、酪農家としての自己の生きる道がここ以外にはない、という突き詰めた生活の論理化があるのだろう。個人経営ではどうしてもゆきづまり、共同経営をしても人間関係の矛盾が打破できなかった酪農家が、「これしかない」とつかみ取った何かがある。その行動の原型があるから、ブルセラ病で牛が全滅するというどん底でも、負けることなく分裂することなく、立ちあがっていったのだろう。

だがこの「北試」で生まれ育った二代目にとって「北試」とは何か。二代目にとっては、そこは自らの突き詰めた行動力によって選びとったものではない。さすれば、一代目が、自分の生きた人生、自分を育てた家・親・学校・社会を対象化し、それを振り捨てていったように、一度故郷を離れ、故郷を対象化することが必要だ。それなしには、決して自分自身の自立も、真の故郷も成立しないのではないか。

野本三吉は、「マスとしての人間の生産の否定」に考えが至った。教育とは、「自己教育」のことである。一人ひとりが自立した人間になっていく無限の進行にこそ人生があるのだ。自立できる人間が増していくことのみが、変革である。純然たる個でありながら、世界である、そういう人間の集まりでない限り、何度変革があっても根本的なものにはならないのではないか。

野本三吉は旅に出る。忘れられた故に生き残ってい た「人類の魂」のようなもの、「日本の原像」に触れる旅。その旅のなかで「山脈《やまなみ》の会」が浮かび上がる。白鳥邦夫との出会いだった。

戦後すぐに長野の小学校教師になって子どものエネルギーを解き放って創造に結びつけた白鳥。彼は旧制松本高校生のとき、会誌『山脈《やまなみ》』を創刊して無名の人たちが昭和史を記録するサークル「山脈の会」の活動を始めた。「山脈の会全国集会」は二年ごとに全国各地を回って開催されていた。会の約束は、「日本の底辺の生活と思想を掘り起こして、それを記録する」「無名の民衆の歴史を書く」であり、「君は君の足元を掘れ。ぼくはぼくの足元を掘る」が合言葉となっていた。底辺発掘の作業、無名の民衆の歴史の発掘。野本は思った。「山脈」は日本の底部をつなげていき、民衆の声による文化圏と文化創造を生み出すことになり、それは大きなエネルギーをはらんだものになるだろう。「山脈の会全国集会」では、夜を徹して酌み交わし、語り合う習慣がある。野本は白鳥と向かい合って、体中が溶けてしまうほどに飲んだ。まぎれもなくそこは「相互教育」の場だった。「山脈」には鶴見俊輔もやってきた。

万太郎、永井君、トシ子さんは、学校近くの中華料理店で夕事を食べた。トシ子さんが話し出した。

「早稲田大学の教授で、中国研究家の新島淳良という人が、『子どもを救え』という本や『阿Qのユートピア』という本を出しているんです。そこには文化大革命に対する失望が表れています。新島さんがショッキングだったのは、毛沢東思想をかかげる若い人同士が、残虐な殺し合いを行い、拷問をしているということだったんです。毛沢東の描いていたユートピアはパリ・コミューンだと新島さんは思っていたけれど、ユートピアは、現実の中国にはなかった。

新島さんは、中国から外へ持ち出してはいけないとされていた文書を持ち出して『毛沢東最高指示』という本を出版したことから、中国研究者たちから猛烈な批判を受け、中国への入国も閉ざされています。そのようなときに新島さんはヤマギシカイに参画しています。そのいきさつが『阿Qのユートピア』に書かれています」

魯迅の小説の主人公阿Qは、家も家族もない、出生も名前もはっきり分からない、文字も書けない、最貧最下層の男だった。彼は農家の日雇いで生きていた。阿Qは世間からバカにされるが、虚勢をはって反撃にでることもある。抜け目がなく、自尊心はたいへん強い。ひどい目にあわされて落ち込んでも、気持ちを切り替えて立ち直る。中国に革命が起きた。阿Qは、はしゃいで革命の一員であるかのように行動し、みんなを怖がらせた。だが革命のメンバーたちは阿Qを革命の一員とはみなさず、捕らえて銃殺してしまう。世間の人びとは、阿Qが銃殺にされたのは阿Qが悪いからだと言う。

「新島さんはこう述べているんです。阿Qは、必要なときだけかえりみられて、あとは誰も阿Qのことを思い出さなかった。思い出されたときは殺されるときだった。毛沢東は、文化大革命中に、紅衛兵に『阿Q正伝』を読めと言ったそうです。阿Qは革命を許されなかったが、ホンモノの革命は誰にも革命をゆるすものだ。誰かを排除するユートピアは、かならず現在の病態社会の欠陥をそのまま持ち込むと。

新島さんは、ヤマギシ会に入って『子どもたちの幸福学園』をつくることを思いついたんです。新島さんの娘は小学校のときに、主体を子どもに置く世界一自由な学校であると言われている、教育者ニイルが創設したイギリスのサマーヒル・スクールに希望を抱き、イギリスに渡って、三年間の寮生活を伴う学園生活を送り、日本に帰ってから山岸会の実顕地に入ったそうです」

六〇年の日米安保条約が、警官隊を導入した国会の強行採決で可決されたとき、中国文学者で魯迅の研究家の竹内好は、根拠地のようなものを築きたいと言った。

「政府の強行採決を見過ごすことは、国家権力の独裁制への道を拓くことだ。今は民主か独裁か、どちらの道を歩むかという分岐点にある。掘立小屋のようなのでもいい、根拠地が必要だ」

それを聞いて鶴見俊輔は言った。

「竹内好のよりどころは、個人が個人へと精神革命の志を伝え、受け継いでいくことにある。竹内は根拠地をつくることの必要を考えたが、少人数が自給自足する根拠地を日本に求めることは難しかった。竹内好の影響を受けた新島淳良が、ヤマギシカイに入って活動を続けることで、竹内の根拠地論はわずかに生かされるが、根拠地は一つの場所に固定される必要はなく、日本という内部にある必要さえない」

一九七一年から七三年まで山岸会から出版された『ボロと水』というヤマギシズム運動の季刊誌に、「ヤマギシズムの本質を探る」という座談会の記録が掲載され、哲学者や社会学者、山岸会メンバーが意見を交わしている。鶴見俊輔の論は興味深いものがあった。

「人類に対する憎悪、自分に対する憎悪、それは一種の無窮運動みたいなもんだ。自殺の思想なんだよ。自分はそういう美学はとりたくない。他人を徹底的に責めたいという欲求が働くのは、運動が自滅するときなんだ。ヤマギシ会への私の希望は、腹の立たないものの成しうる革命、非暴力による革命なんだ。ローレンツは猛獣の生態をずっと研究しているドイツの学者なんだが、彼は、猛獣は他の動物を食うとき、怒って食うことはないんだってね。機動隊が学生をぶん殴るとき、全然違うんだね。人間だけがそうする。拷問したり、いじめたり、苦しめたり、けれど動物にはないんだ。動物には本来非暴力ってのがあるんだ。猛獣は、他の種に対して十分に尊敬を持って対しているよね。人間同士としては、決して殺さないという、自らのなかの動物を発掘することをしないとね。

やっぱり国家が敵対するものを殺していったわけだ。国家に対決するにはどういうふうであればいいか、いろいろ考えられなくちゃいけないんじゃないの。山岸巳代蔵死後の山岸会では、それが相当欠けてきている、ぼけてきているって感じがするね。

集団は暴力性を持ちやすい。集団が一枚に固まっちゃったら、集団による強制が出る。考え方の枠が決まっちゃう。違う考え方をしようとする人間を、抑える形になってしまう。そうなると集団は自滅する。集団をつくろうと思ったら、個に返すということを、繰り返し繰り返し、突き放してやっていかなきゃあ。そうしないと集団の自己陶酔が始まるんだよ。大学封鎖の学生運動なんて、ものすごい自己陶酔があるでしょう。そのあと、機動隊がやってきてクシャンとなっちゃう。ヤマギシ会には別の可能性を育ててほしいわけよ。この集団の行き方は間違っているということを、一人でも言い得る強い個人を育て得る集団でなければいけない。

竹内好の根拠地論では、自給自足ができるということなんだ。毛沢東が根拠地を思いついたのは一九二七年、国民党軍に負けて、千人ほどになって井岡山にたてこもる。それでそこが根拠地になった。そこで、遅れたものが進んでいるものを超える方向、弱い者が強い者と渡り合って新しい社会をつくっていく方向をつくり出したんだね。

アメリカの黒人の問題で言うと、今の白人の状況からすれば差別し続けるでしょう。そうすると黒人の生きられる社会基盤がない。そのような状態でも、黒人として自由に生きたいという自分の気持ちがある限り、そこが根拠地なんだ。白人は差別をやめない限り、それに勝つことはできない。

部落解放同盟は一つの根拠地を持っているんじゃないかな。在日コリアンも根拠地を持っている。沖縄の抵抗運動も根拠地だと思うね。世代の再生産ができないと根拠地にはならないね」

山岸会のメンバーがその座談会で発言している。

「そこで生まれた子どもたちが、彼ら自身で自ら学び育って、楽しんで革命運動をやれる、それが確実に定着したら、根拠地としての要素を一つ兼ね備えたと言えるかな。北海道試験場では二世の問題を構想に入れているね。根拠地は人間能力の開発が盛んになるところだと思うね」

「ぼくは水俣へ行って強烈な印象を受けたのは、『お前、水俣病にかかわるのだったら、地獄の底までつき合うか』と言われたことなんだ。それは脅しで言ってるんじゃない。知り合ったらとことんまで知りあおうじゃないか、というわけよ。だから自分は水俣の地に実顕地をつくらにゃあと思っとる。運動も生活も兼ね備えた根拠地だね。そこが水俣病闘争を支える。患者の生活を安定させる。そういう根を下ろさないといかんのじゃないか。何が一番必要かというと、やっぱり魂に触れる政策を自分たちでつくっていかにゃあね。他に頼らずに、自分たちで食うていけるようにしていかなきゃあね。根拠地というのは、うちでは『一体』でやるということやね」

「水俣が根拠地になっていくという場合、人生観なり社会観なりが同じ方向に向いていなければ根拠地も長続きしないでしょう。これをやったらもうかるとか、いい生活ができるとか、そうした安易な考えでは、中途でガラガラ崩れると思う」

「水俣は過疎も過疎、若い人がおらん。若いのは全部都会へ出ちゃう。ぼくは過疎地帯を考えるんだ。皆が逃げ出している、そういうところに根拠地をつくる」

根拠地、そこに存在して自給自足し、社会に向かって開かれているところ、ではオレたちは教育活動を行うことで、どんな根拠地がつくれるだろう。

永井君がつぶやいた。

「おれら学校改革、教育創造を旗印にして日々取り組んでいるけれど、展望はあるのか」

地を這うような生活がつづき、教員と生徒を精神的に解放する創造的な実践はどうすればつくれるのか。苦闘の連続だ。

結局、トシ子さんは学校を去った。

「私は、学校には展望を見出すことができないんです。教職を辞して山岸会のコミューンに参画しようと思っています」

もっと自由に、創造的に

戸塚廉の著書『いたずらの発見』は、学校に子どもの学びのユートピアをつくる営み、戸塚はそれを戦前に行っていた。

戸塚廉が小学校の教員だったのは、大正自由主義教育が昭和の初期まで生き続けていたときだった。戸塚廉の教育は戦争へ向かう国家統制のなかで弾圧されていったけれども、日中戦争勃発頃までは続けられていた。戸塚の『野に立つ教師五十年』が本になったのは戦後になってからだった。第一部は、「いたずらの発見」、第二部は「児童の村と生活学校」、三部は「戦後地域改革とおやこ新聞」。

戸塚廉は「いたずら」を学びの起爆剤にしようとした。「いたずら勉強」は、社会を知り社会を変える勉強に発展する。

戸塚廉は昭和五年、静岡の山の学校の小学校三年生を受け持つや、親へのあいさつ文を謄写版で刷って送った。

「やりたいものをうんとやらせるのが、いちばんいい教育法です。いたずらをするんじゃない、などと言わないで、できるだけ子どものやりたいように任せておいてください。危険なことや、あまりひどい迷惑にならないことでしたら、なるべくいたずらをさせてください。いたずらが子どもにとっては、もっともおもしろい勉強なのですから。きょうから、お話の本を読ませることにしました。毎週二冊ずつ読ませます」

戸塚廉は、親に「教育の一番大事な場所は学校ではなく家庭である」と言い、学校ではどうしても子どもは「よそいき」の行動になるから「よそいき」でない子どもを学校で知るのは難しい。だから学校と家庭とよく連携していこうと訴えた。

戸塚廉は、子どもたちと一緒に荒れ地を起こし、サツマイモやキャベツをつくった。自然を観察し、詩を写す、虫や植物をスケッチする、自画像を描く。手書きで国語の副読本をつくる、教室から出て山のてっぺんや池の堤で勉強する。お話の本は週に二冊、子どもたちに読ませた。「みちくさ」は大歓迎、ウンコの研究をしよう。

朝、学校へ戸塚先生は自転車で行く。朝寝坊したカメオ君が前を行くから後ろに乗せ、登校するみんなに追いついた。田んぼ道で先生は自転車から降り、草を採ってみんなに言った。

「これはウナギツカミ、これはママコノシリヌグイだよ。ほら、くきにトゲが出ているだろう」

「そんなトゲのあるのでお尻をふいたら痛いよう」

坂の下に犬のウンコがあった。

「このウンコはいいウンコか、わるいウンコか」

カズオ君が言った。

「いいウンコです」

「なぜいいウンコだ？」

「かたいウンコだから」

みんながどっと笑う。

「そうだ、いいウンコだな。みんな、けさ、いいウンコしたか？」

「すごくいいウンコだった」

ここからウンコの研究。夏休みの自由研究で、犬はどちらの足を上げてオシッコをするか、と観察する子もでてきた。

戸塚は戦後になって、この勉強が板倉聖宣の仮説実験授業につながっていることに気づいた。いたずらは、科学認識の基礎であると共に、社会変革への道につながる。貧困の問題は教育の問題であり、貧乏をなくすのが教育の最大目標である、戸塚はそう考えた。


「子どもを解放しようとする教師は、子どもの成長をはばむ古い掟と闘わなくては目的を達することはできない」

戸塚はプロレタリア文化運動に参加し、文学サークルをつくる。だが国家権力は新興教育運動を弾圧した。戸塚の教員免許は剝奪され、生活綴り方を実践していた教師たちも弾圧され、職を追われたり僻地に配転させられたりした。

戦後、地域の文化活動を通じて学校と地域をつなぐ活動を行うなかで、戸塚は戦後民主主義の教育について指摘した。

「何か抜けているものがあるのではあるまいか。形は民主的であり生活的であるが、ひとたび意識の深部に強い刺激が加えられると、教師はたちまち封建的な生活意識で怒りわめく。一九三〇年代と一九七〇年代との間に、どれだけの質的な違いができているだろうか」

教育雑誌『ひと』は魅力的な書だった。万太郎は定期購読した。そこに山梨県の巨摩《こま》中学校の記録「ぼくたちの学校革命」が連載され、久保島信保という教員の実践記録が出ていた。巨摩中学校の巨摩は高麗だ。その地は高句麗からの渡来人が住み着いたところだと万太郎は思う。

巨摩中学校は農村の小さな学校だった。久保島は在職十年間を、生徒と教師たちによる学校革命に没頭した。実践のポイントにしたのは、「感情で叱らない。よく話し合う」「テストで脅さない。テストを教師の武器にしない」「教師も生徒も、暴力とたたかうエネルギーを育てる」『解放された学校生活にしていく』『自主的な活動を発展させる」「フォークダンスや合唱で、男女の連帯を深める」「生徒一人ひとりに平等に自由があって、学校の主人公になる」。

久保島は、生徒管理の道具にしない生徒会づくりを行い、生徒の計画で遠足やキャンプを実施し、学級集団を核とした。

修学旅行は奈良と京都、一人ひとり自分で企画し、自分の求めているものを探しに行く旅にした。まだ知らない日本の文化を直接肌で感じ心で吸収する旅、それを生徒が自分でつくる。事前に目的地を研究し、どこへ行きたいかを計画して出かける。道に迷ったら土地の人に聞く。教師たち親たちは、子どもを信頼して、かわいい子に旅をさせた。

子どもたちは朝、それぞれの計画に基づいて旅館を出発し、夕方旅館に帰ってきた。夜はホームルームで、それぞれが体験したことを発表し合った。体験を聞くのは楽しい。夜の十一時まで発表が続いた。

永井さんは、「とてもまねできんなあ」と言う。

「よっぽど生徒を信頼できないとやれんよ」

「親がよく了承したなあ。もし何か起きたらどうするのだという責任論が必ず出てくるからなあ」

「子ども同士の関係性が影響してくると思うよ。一人では計画も行動もできない子がいるから。サポートの必要な子は誰かが一緒に行動するようになると思う。やはり仲のいい子と一緒に行動したいし、興味関心の共通する子らが集まるだろうね。結果としてグループ化が生じるよ。それはそれで自然だし、最初から班をつくるというのではなく、プラン化のなかでグループが生まれるよね」

「巨摩中学校の実践は、学校改革の一つのヒントを与えているね。だがウチの学校で、そういう実践をしようと思えば、生徒と教員の関係をもっと変えて行かねばならんのやないか。もっと親密感とか、信頼感とか」


体育科のショウスケさんが校庭の西側の空き地に畑をつくっていたことを万太郎は知らなかった。彼はトマトの苗を植え、トマトは実をつけた。夏休みの昼、

「万ちゃん、トマト食べるか、おいしいで」

と、大きな赤い実を一つ、万太郎にくれた。

「トマトを丸かじりして、おにぎりを食べる。この昼飯、最高やで」

なるほど、万太郎はトマトを丸かじりして驚いた。

「うまい、ほんまに、こんなにうまいもんか」

「有機栽培や。おいしい」

「学校のなかに、もっと生徒と一緒に、野菜つくれんもんかいな」

「そうやなあ、空き地はいっぱいあるからなあ」

「学校のなかに緑の空間がほしいな。木や草や虫や小鳥がいる校庭。作物が育っている学校園。そういう発想がほとんど存在していないなあ」

校舎という無機質の器のなかで、自然から断絶して授業を受ける生徒、それは檻になっていないか。体が反乱を起こすのも無理はない。

一年生を担任していた万太郎はクラスのゴンタ坊主《ぼうず》に、「夏休みに、キャンプに行こう」と呼びかけた。ゴンタ連がびびるような探検と冒険をさせてやろう。

「吉野川流域にある謎の滝の探検や。スリル満点やぞ」

男子十人が希望した。万太郎は親御さんたちに、キャンプの了解を取った。親たちは大歓迎だった。

路線バスで吉野川を遡って、川上村でバスを下り、彼らにテントを背負わせて、音無川に沿って山道を登った。目的地の謎の滝はこの上流にある。落差五十メートルの滝は「蜻蛉《せいれい》の滝」と古代から呼ばれてきた。滝つぼの構造が複雑で、どこからも滝つぼが見えず、そこには行けない。だから万太郎は「謎の滝」と呼んだ。滝の近くにテントを張った。

夕方まで滝つぼ探検だ。水量は多く、太い束になって落ちてきて、岩壁の奥の見えないところに水が消える。どういう構造になっているのか、滝の上に登って観察しよう。上に登る踏み痕があったからそれを登って滝の上に出て、木々の茂みの間から見下ろした。

滝壺はどうも二段になっているようだ。一段目の滝つぼに落ちた水は、数メートル流れて岩の間から二段目の滝つぼに落下している。

滝の構造がほぼ分かった。そこで下の滝壺から隠れた一段目の滝壺を探ることにした。一段目の滝壺は高さ四メートルほどの岩壁の上にあり、下から見えない。みんなは岩壁に挟まれた二段目の滝つぼの淵を奥まで行って一段目の滝つぼへ岩壁をよじ登ることにした。淵に巨木の丸太が一本浮かんでいる。

「この丸太の上を歩いて奥まで行き、滝をよじ登ると上の滝つぼに行けるぞ」

冒険心の強いコウジは、水に浮かぶ丸太の上を伝ってそろそろと奥まで行った。

「ひやっ、動く、丸太が動く」

水の落下点に行き、壁を登ろうとしたが、手がすべる。万太郎もチャレンジしたがだめだった。

夕食はカレーライス、食べ終わったら夕闇がしのびよった。見上げる空に輝く星、闇は深い。

「夜の蜻蛉の滝を探検しよう。懐中電灯を持って出発」

岸壁に挟まれた滝つぼはどっぷりと暗かった。滝の音が聞こえる。淵の水に星が映り不気味にゆらめく。懐中電灯で照らしながらそろそろと水の落下点まで行く。

滝つぼ探検は、自然への畏怖を掻き立てた。ゴンタ連中は冒険心の塊となり、岩壁をよじ登ろうと試みたが、誰もよじ登れなかった。

翌日、吉野川の本流にキャンプを移動した。川幅は二百メートルほどある。真夏の日がじりじり照りつける。上流から子どもの声が聞こえた。見ると、流れが岩場と岩場に挟まれて幅が狭くなっており、二メートルほどの滝になっているところで、地元の子どもらが遊んでいる。滝の水は白く泡立ち、幅十メートルぐらいの岩場の間を急流になって下ってくる。そこに数人の地元の子どもたちが泳いでいる。みんなは、興味を示してそこへ行った。地元の子らはいったい何をしているのか。おう、彼らは急流を泳いで滝の下にたどり着くチャレンジ遊びをしているのだ。

地元の子らは、滝から十メートルほど下流に流れてきて、再び滝を目指して泳ぐ。ところが泳いでいる子の姿が途中でぱっと水に消えた。あれっと思っていると、滝の真下から頭がぽかりと出た。忍者みたいだ。

負けてはいられない。おれらもやるぞ、コウジが先頭をきって、岸壁の間の急流を滝を目指して泳いだ。だが押し流されて前へ進めない。他の者も泳ぐが、やはり進めない。ところが地元の子らは途中で水のなかに消え、しばらくして滝の下からぽかりと飛び出てくる。この十メートルほどの急流を彼らはどうして遡っているのか。万太郎も挑戦してクロールで泳いでみた。だが押し流される。潜ってみた。それでも流される。何度挑戦しても、滝まで泳げない。それを見ていた地元の子らが叫んだ。

「横や、横」

横？　岩壁の横を潜水しろということか。万太郎は岩壁のきわを潜ってみた。すると意外にも水の流れがゆるやかだ。底すれすれまで潜ると、なんと壁ぎわの底の水は逆流しているではないか。万太郎は、逆流に乗って底を潜水して行くと、無数のあぶくが眼前に現れ、そこで水面に頭を出すと滝の真下に出た。

「やったぞー」

万太郎は叫んで、滝の内側に身を隠した。水の幕の内側は空間になっている。それを見たゴンタ連も潜水にチャレンジし始めた。彼らも川底の水の逆流を発見し、瀑布に到達した。

「やったぞー」

吉野地方では川は子どもたちの遊び場であり、学びの場になっている。冒険と鍛錬の場、豊かな感性を養うところでもある。川沿いの集落は、川の安全な場所を指定して子どもの水泳場にしていた。大雨が降れば危険な川になるが、穏やかな天候の日には、川は子どもの水泳場、自然を体験し、観察し、川魚を得る場になっている。危険をはらむが、危険を知り、危険を避ける力を養うのは体験だ。

ゴンタ連は自分が一回り強くなったように感じた。彼らは満ち足りた気持ちを抱いて家に帰っていった。

数日後、万太郎はマートと二人、吉野川の上流にある未知の沢に入った。地下足袋を履いて、完全な沢登りだ。その帰り道、吉野川の本流を泳いで下ることを思いついた。

「バスに乗らず、長大な吉野川を泳いで下ろう。歩くより速い」

黒部渓谷上の廊下で体験した方法だ。キスリングザックの中身を濡れないようにビニール袋に入れ、ザックを背負ったまま、二人は本流に入った。水深は胸ぐらいだ。地下足袋のまま足で川底を蹴って、平泳ぎをする。背中のザックが浮きになり、体はすいすいと進む。

「こりゃあ、バスに乗るより速いぞ。電車の駅まで泳げば記録になるぞ。新聞に発表しよう」

川の真ん中を、平泳ぎしながら、ときどき水底を蹴る。スピードがどんと出る。二人はぐんぐん泳ぎながら下っていった。一キロほど下ってきたところでマートが叫んだ。

「痛いーっ、ひざを打った、水中に岩が隠れていた」

泳ぎは中止だ。

秋の文化祭で、万太郎のクラスの男子は、人形劇を創作して演じた。劇は夏休みの冒険「吉野川探検」だ。

「吉野川のキャンプの夕方。カラスが夕焼け空で鳴いて飛んでいきます。カア、カア」

人形劇はしっちゃかめっちゃかだったが、みんなは満足した。

「コリアン友の会」に来ていた小さな金君《キム》、彼は孤児で、若いコリアンの夫婦に育てられてきた。中学を卒業してから、育ての親の若夫婦は、知的にも肉体的にも遅れたこの子にとって、この国は将来展望がないと考え、「祖国」に帰らせることを実行に移した。しかし金君にとっては「祖国」というものの意識はなく、母国語はまったく話せないまま、帰還船の万景峰号で帰っていった。はたして彼は幸せに暮らせているだろうか。

冬が近づいてきた。万太郎は残業で学校に泊まった。学校近くの中国人のおじさんの中華料理店で食事を済ませてから、ムラの共同浴場に行った。入浴料金は安い。湯に浸かりながら、万太郎はぼんやり天井を眺めながら考えた。対立が憎しみを生んでいる。社会を変革しようと活動している人のなかにも、偏見や差別がある。

『おんなの歴史』を著した女性史研究家のもろさわようこが、一九七二年、長野で開かれた全国婦人集会で語った。

「職場で、社会主義や共産主義を唱えている活動家に部落問題を尺度にあてたら、それが本物か偽物か分かります。さらに、部落解放運動をしている方に女性問題を尺度にあてたら、それが本物か偽物か分かります」

率直な発言だった。

うつうつと額に重い鉛をぶらさげたような気分の日が続いた。そうだ、山へ行こう、山へ。

万太郎は陽子に告げて、一人で十一月の白馬岳へと、夜行列車に乗った。

山はもう冬、登山者の姿は見えなかった。万太郎は一人黙々と大雪渓を登った。あちこちにクレバス、シュルンドができていた。山小屋はすでに閉鎖していた。稜線の山小屋の近くにツェルトを張り、シュラフにもぐって寝た。厳しい寒さが襲う。夜明け前、あまりの冷えで目が覚めた。夜中に雪が降り積もっていた。這松に霧氷がエビの尻尾をつくっている。どこにも人影なく、白馬岳頂上を越え小蓮華岳へと岩場を下る。岩に薄氷がつき、靴がスリップする恐れを感じて、慎重に歩を運んだ。前方に人影があった。単独行者で、同じ方向に向かっていた。追いつくと若い男性だった。彼は、凍る岩場への恐怖から、足がすくんでいる。あいさつを交わして、万太郎は追い抜いていった。

這松の稜線になると危険も無くなり、男性が足を速めて追いついてきた。コースを聞くと、万太郎と同じ、平岩へ下ると言う。彼はどんどん先に飛ばしていった。昼近く、樹林地帯に入る。背丈ほどの山ブドウが茂っているところに、彼は休んで昼食の準備をしていた。万太郎も一緒に休むことにした。

彼はコンロでお湯を沸かし、紅茶を万太郎のコップにも注いでくれた。二人は、互いの食料を分かち合って食べた。彼は職場で悩んでいることがあって、それを考えるために山に来たと話した。

「私も同じです。額にぶら下がっている鉛のような気分を取り去るために、山に来たんです」

二人はすっかり打ち解け、親しくなった。

食事が終わると、一緒に山ブドウの実る道を下った。

万太郎はひたいが軽くなっていることに気づいた。鬱が取れていた。


冬休みが近づき、万太郎はクラスのゴンタ連にまた冒険を呼びかけた。

「比良山の武奈ヶ岳へ登ろう」

冬休みに入ると、ゴンタ連五人を連れて出発、京阪電鉄から江若鉄道に乗り換え、比良駅で降りた。麓の村の民宿に素泊まりを頼むと、宿の主は中学生だからと、家の離れを特別価格で泊めてくれた。

翌朝、イン谷から金糞峠に登る。ゴンタ連は学校のときとは全く違って素直そのものだ。まだ積雪がない。八雲ヶ原から森の道を頂上に登り、峠までもと来た道を下ってくると夕暮れが近づいていた。峠の上から見下ろすと、眼下に琵琶湖が広がる壮大な景色だ。ちょうどそのとき、湖の彼方から満月が出てきた。煌々と輝く月影が湖面に映る。

「ウォー、すげえ」、みんなが叫ぶ。急峻なガラ場で万太郎は足を滑らせて尻もちをついた。ゴンタ連がゲラゲラ笑った。障壁のない関係性がゴンタ連の心を解放したようだった。家族で山や高原に出かけることのない彼らにとって初めての冬山だった。


三学期、放課後職員室にムラの青年が二人入ってきた。

「セツさんが亡くなられました」

動転の報せだった。セツさんは肺癌に侵されていた。闘争につぐ闘争、その心労を紛らすためにタバコをよくすっていた。ときどき咳込むことがあった。かの糾弾に対して訴訟が起こされ、支部長のマサヨシさんと書記長のセツさんは逮捕監禁強要未遂罪の被告となって裁判が続いていた。第一審は無罪だったが、控訴後第二審有罪、さらに上告のさなかの死だった。肺癌の発見が遅れ、すでに末期だった。セツさんを慕う解放塾に集う青年たちの悲嘆は大きかった。

セツさんは激しい人だった。怒髪天を衝き、差別する者、権力を振りかざすものへの弁舌は鋭かった。厳しくはあったが、人情の厚い人でもあった。激烈な言葉を発していても、セツさんの心の根底に愛を感じた。糾弾闘争をしきる中で、大衆の感情を高揚させもしたが、和らげ抑える気配りもした。怒りだけでは人は変わらない。寛恕《かんじょ》や愛が欠かせないことをセツさんは分かっていた。しかし組織の闘争は仮借ない。

セツさんが元気だったとき、解放塾でふとこんなことを万太郎に言った。

「万ちゃん、『沖仲仕の哲学者』と呼ばれた男を知っているかい」

知らないと言うと、セツさんは、かつて沖仲仕をしていたときに知ったのだという話をした。沖仲仕は、沖の本船から荷を下ろし、艀《はしけ》に積み替えて桟橋まで運ぶ危険な重労働で、命を落とすこともある。この仕事には荒くれ男たちが従事し、そこに暴力団がからんでいた。

「アメリカに、ホッファーという、沖仲仕をしていた男がいたんや。七歳で視力を失い、十五歳で視力を取り戻すが、学校には行けず、教育を受けることができなかった」

ホッファーは、路上生活をし、農場を渡り歩いて暮らしながら、図書館に通って独学で本を読み、物理学、数学、植物学をマスターした。三十九歳から沖仲仕をしながら本を著し、六十二歳でカリフォルニア大学の政治学教授になった。そして港湾労働者労働組合の役員を務めた。セツさんはこのホッファーから刺激を受けたという。セツさんも沖仲仕をし、その労働組合をつくろうと奮闘した。

セツさんは解放塾の塾長になって青年たちの自己学習を見守ってきた。解放塾にやってきて机に本を広げ、独学している青年たち。この青年たちが未来をつくるんだと、第二のホッファーがここから出るんだと、セツさんは楽しみにしていた。だが志半ば、セツさんは逝ってしまった。運動内部で対立があり、セツさんの孤立化があったという。青年たちはセツさんを慕っていた。

葬儀は解放塾の青年たちが取り仕切った。

この訃報は万太郎の心にこたえた。自分はこのムラの子どもたちの通う学校で通算十三年間、勤務してきた。この学校に骨をうずめようと思ったこともあった。だが今、心境は変わった。転勤しようかと思う。この学校を去り、新たな世界へ行こう。

ムラは懐かしい。ムラの食べ物、サイボシやアブラカスのうどんはうまかった。

万太郎は転勤希望を出した。さて、どこへ転勤することになるか。

万太郎に異動人事の通知が来た。転勤先は加美中学校だった。

同僚のショウスケさんは万太郎の転勤先を聞いて怒った。

「教育委員会は何を考えとんじゃ。身を削って働いてきたものを、将棋の駒のように辞令一本で動かしよる。それもあまりに意図的やないか。あの糾弾事件から、部落解放運動に対する反感が最も根強いところや。そんなところに転勤辞令を出しよったか」

ショウスケさんの怒りに友情を感じ、万太郎の胸に込み上げてくるものがあった。

第五章

百済野の学校

加美中学校転勤

転勤先の加美は、古代の百済野の東端にあたる。近くを百済川が流れている。

百済からの渡来人たちが百済郡をつくっていた古代、この地からは西の空に四天王寺の五重塔が見えたことだろう。加美地区には、古代の仏師、鞍作止利《くらつくりとり》の名を残す加美鞍作という地がある。飛鳥時代、渡来人の家系であった止利仏師はすばらしい仏像をつくった。

加美地区は生野区に隣接し、たくさんのコリアンが住んでいる。一九一〇年の韓国併合後、徴用工として、あるいは職を求め、戦後は朝鮮動乱を避けて日本に渡来してきた人たちが生野区とその周辺に多く住んだ。

万太郎は一年の担任になった。

クラスにはバフンというニックネームの、素朴で陽気なコリアン生徒がいた。

「なんでバフンというニックネームなんや」

万太郎が聞いたら、

「馬糞ちゃうで。バッ　フーンや」

「わっはっは、バッ　フーンかあ」

彼の家族は家を仕事場に、金属部品の磨きをしていた。家族は油まみれで働き、人のいいオモニは万太郎が家庭訪問すると、笑顔で迎えてくれた。良一という日本の通名を持つ元気なコリアン生徒は母子家庭で、バッフーンと仲がいい。二人ともヤンチャではあったが、気性がかわいかった。女子コリアンのワーさんは、小学校卒業のとき、答辞を読んだと聞く。誇り高い気風が感じられ、万太郎のクラスの女子の学級委員長になり、万太郎が陸上競技部の顧問になると彼女も部員になった。

隣のクラスには、とびきりヤンチャなコリアンのシンがいた。担任の若い女先生はシンに手を焼き、説教したり叱ったりするが、彼は反抗してわるさを繰り返していた。女先生は自分では手に負えないから生活指導部に訴える。そうすると体格のいいマモル先生がシンの前に現れて叱る。マモル先生は学生時代に柔道をやっていた。彼は力で抑えつけようとした。頭ごなしに叱り飛ばされたシンは余計に反抗心をつのらせ、悪循環はとどまるところがない。いかにもシンは悪童のようだが、彼の教師への反逆や不信感は小学校からの蓄積があった。

「六年間、女の担任は、いっつもオレをおこりよった。オレがしてないのに、オレがしたと決めつけよった。何かあるとオレのせいにしよった。オレはいつもワルモノやった」

シンは授業中、教室でキャッチボールをした。担任の女先生が「やめなさい」と言っても、まったく聞かない。マモル先生が呼ばれて登場、次第にシンの反逆が尖っていく。両親は厳しくシンを叱るが、親も呆れる反骨はむしろ膨れ上がるばかりだ。万太郎が国語の授業で彼のクラスへ行く。シンの隣に座っている女の子の表情には、明らかにシンへの嫌悪と恐れが表れていた。

万太郎は四クラスで国語を教える。A組の授業に行くと、女子の静子が学校に来なくなった。学級担任に聞くと、よく分からないと言うから、担任の了解を得て万太郎が家庭訪問した。静子は笑顔で迎えてくれた。父母共に仕事で出ており、彼女は一人で過ごしていた。

「毎日、どうしているの？」

「絵をかいたり、本を読んだりして過ごしてるの」

万太郎は静子の絵を見て、

「いいね、きれいな絵やね」

ほめると彼女は嬉しそうだった。なぜ学校へ行かないのか、行けないのか、そのことは聞かなかった。静子はその後も学校に来なかった。

万太郎は休み時間に廊下でシンと会話して、関係を築くことにした。シンは、万太郎が矢田のゴンタの学校から転勤してきたことを知っていて、一目置いているようだった。シンは反逆心が強いけれど、かわいいところがある。この子は来年ぼくのクラスに入れようと万太郎は思う。

万太郎は、この学校にも「コリアン友の会」をつくることを計画した。名は「三千里の会」、朝鮮半島の北から南まで三千里ということから名づけた。しかしそれは簡単なことではなかった。三、四人の生徒が集まってきたが、同和教育の実践もコリアン生徒の教育についても、教職員の意識が感じられない。

一年が終わり、学年会議で次年度のクラス編成を行う。主に成績資料に基づき、指導上配慮する必要のある生徒は、各クラスのバランスがとれるようにする。指導が難しい生徒、配慮を要する生徒の担任は誰が適任か。シンが浮上した。シンを受け持ってもいいという教員は他にいない。シンは万太郎の思わく通り自分のクラスになった。

五月の連休に万太郎は、シンとバッフーン、良一の三人を誘った。

「葛城山頂上でキャンプをしよう」

三人は大喜びで乗ってきた。近鉄御所駅で降り、ケーブルカーには乗らず頂上まで歩く。テントは背負い子にくくりつけ、三人が交代して担いだ。頂上に着いて、草原にテントを張った。

夜、食事も終え、みんなで頂上の闇に立った。無数の光に満ちる大阪の夜景。突然良一が叫び出した。ワーさんの名だ。シンが続いて叫び出した。やはり女生徒の名だ。何度も何度も大きな声で、好きな女の子の名前を二人は叫んだ。バッフーンは好きな子がいないらしい。一つのテントのなかで、四人は寝袋に入り、体をくっつけて寝た。

家庭訪問週間にシンの家を訪れた。万太郎の顔を見るなりシンはそそくさとどこかへ出ていってしまった。

「先生、来はったんやから、ちょっと居りなさい」

オモニが言ったけれど、聞く耳をもたない。

「ほんまに言うこときかへんので困ります。なんであんな子ができたんかなと主人も言うてます」

「いやいや、見どころありますよ。あの子のエネルギーはすごいですよ」

「そんなこと言うてくれはるのは先生だけです」

トラブルが起きた。音楽の男性教員がかんかんになって職員室に入ってきた。彼は年齢五十ぐらいか。

「シンに背広を破られた」

音楽の授業中、口で注意してもきかないから、外へ放り出そうとしたらシンが反抗し、背広を破ったと言う。万太郎はシンを呼んで訳を聞いた。

「あのセンコ、自慢話ばっかりしとんや。音楽なんかやりよらへん。自慢話なんかせんと授業せえ言うてん。給料泥棒や。それ言うたら外へ出ろ言うて、腕を引っ張りよったんや」

二人の関係は険悪だ。次の週の音楽の授業、シンは音楽室の入口に内から机を使ってバリケードを築き、遅れてやってきた教師を中に入れないようにした。すわ一大事、生活指導部の出動だ。

シンは生活指導困難生徒になっていった。

ツッパリ現象が全国的に広まっていた。シンは敏感に反応する。脚二本ずつ入るほどのダボダボのズボンになった。頭の前髪の脇に剃り込みが入った。剃った跡が青々している。ノートに何か書いている。何だと見れば、表紙に黒々と、

「YAZAWA、命」

矢沢栄吉。ロック歌手が彼のなかに入り込んできていた。

学級活動の時間に、クラスみんなでソフトボールをした。男女合同の四チームつくって試合をする。シンはピッチャーになった。ダボダボズボンをひるがえし、腕をぐるぐる回して片脚を上げ、股の下から投げる。愉快なパフォーマンスにみんなは笑い転げた。ミスター生活指導のマモル先生は、職員室から眉をひそめて見ていた。行動も態度も服装も、違反だらけだ。万太郎教諭はシンを甘やかしとる。

「日曜日に魚釣りに来ないか。良一とバッフーンも一緒に」

信貴山中腹の万太郎の家から少し登ると、雑木林のなかに小さな円い鏡のような池がある。そこで釣りをしよう。日曜日の朝、三人はやってきた。万太郎は駅に迎えにゆき、家で一服してから、釣り道具を持って池へ向かった。針に赤虫をつけて釣り糸を水面に垂らす。浮きがぐいと水に沈んだ。

「きたきた、きたぞ」

竿を上げると、十センチほどの小さな魚がきらきら光った。

「ブルーギルや」

万太郎の子どもの頃、河内野にはこの魚はいなかっ

た。アメリカから入ってきたブルーギルが、どうしてこんな山中の池にいるのか。

「誰かがここに魚を入れたんやな。それが増えたんや」

三人で二十匹釣った。夕方彼らは魚を持って帰っていった。

万太郎が国語を教える別のクラスの洋治が学校に来なくなった。家に行くと、漫画を読んだりしてのんびり過ごしていた。洋治は学校へ行く気が起きないと言った。万太郎は洋治の担任と相談して、日曜日に山へ連れていくことにした。

「アケビのつるで籠をつくりに山へ行こう」

彼は誘いに乗った。ちょうど教育実習に来ている女子学生の後藤さんに、一緒に行かないか誘ってみた。彼女はぜひ参加したいというので、三人で信貴山に出かけた。万太郎の家の近くにある雑木林は、藤づるやアケビのつるが、樹に這い上がっている。その蔓を鎌で切り取り、一緒に籠を編んだ。

「この林で、ヨタカが木の枝に止まっているのを見たことがあるんや。最初、木のコブかなと思ったらヨタカやった。目玉がぎょろぎょろしていて、不気味やったでえ。ヨタカって鳥、知ってる?」

「ヨタカ?　知らない」

「宮沢賢治の『よたかの星』、読んだ?」

「ああ、教科書に出ていた」

「そう、みにくい鳥って、書いてあったね。体は黒や褐色のまだらで、不気味な感じや。その鳥が、夏になると日本に渡ってきて、この山にもやってくる。夕方になると、キョキョキョキョと鳴きながら空をゆっくり飛ぶんやで」

教育実習生は楽しそうだった。

「籠づくりは初めての体験です。おもしろいですね」

洋治と一緒に籠づくりできた。それは彼女にとって大きな学習だった。夕方近く、洋治も後藤さんも嬉しそうに籠を持って帰っていった。洋治はその後も学校には来なかった。万太郎が家を訪れると、籠が玄関に飾ってあった。静子と洋治、同じような現象が日本の各地で起きている。

夏休みの学年行事は二泊三日の大峰山林間学舎だ。

近鉄電車を下市口で降り、バスで洞川《どろかわ》に入った。大峰修験者《しゅげんじゃ》の宿に泊まり、二日目、男子は山上ヶ岳に登る。女子はその隣の山、稲村が岳に登る。

男子は列をつくって山道を登った。

「ろっこんしょうじょう　さんげ　さんげ」

万太郎が声を張り上げると、生徒たちも同じように声を張り上げた。山上ヶ岳頂上直下の岩場に張ってある鉄鎖を握って登る。

ハイライトは山頂の「西の覗《のぞ》き」の修行だ。断崖絶壁のテッペン、波打つ樹海。行場には白装束の先達《せんだつ》の行者が三人いて、「覗き行《ぎょう》」をする人の安全と祈願のサポートをする。万太郎はこの行を内心楽しみにしていた。行は、希望するものだけにした。行場《ぎょうば》は切り立つ大岩壁にある。断崖の下は深い谷、緑の密林だ。男子は行場の下で自分の番を緊張して待つ。行《ぎょう》が始まり、一人ずつ行場の岩頭に立つ。白装束の修験者はロープを生徒の身に取りつけ、安全を確保しながら、傾斜した大岩の上に頭を下に向けて腹ばいになるように指示した。生徒は頭を絶壁のほうへ向けてうつぶせになった。

「両手を合わせて握りしめて」

形が整うと、修験者の一人が生徒の脚を持ち、もう一人は経文を唱え、いきなりグイっと生徒の体を絶壁に押し出した。あーっ、生徒は恐怖の叫び声を上げる。上半身が絶壁の外に出ている。修験者が叫んだ。

「まじめに勉強するか」

「はいっ」

「困っている人を助けるか」

生徒は上ずった声で応じる。「はいっ」

行が終わるとすかっとさわやかな解放感に充たされ、生徒たちは、冒険をした後の爽快さに声をあげて笑った。

万太郎は予め行者に、ヤンチャ坊主は特に心を込めてくれるように頼んだ。

バッフーンの番が来た。バッフーンは緊張した表情で頭を断崖のほうへ向け、岩場にうつ伏せになった。岩はつるつる、断崖のほうへ斜めに下がっている。行者はモニャモニャと口のなかで経文を唱えていたが、いきなりバッフーンの体をグイっと断崖の外へ押し出した。

「親の言うことを聞くかあ！」

裂帛《れっぱく》の声。

「はいー、聞きます」

「まじめに勉強するかあ」

「しますー」

「人に迷惑をかけないようにするかあ」

「はいー、しますー」

終わって行場から下りてきたバッフーン、

「びびったあ、びびったあ」

次はシン。

「先生の言うこと、聞くかあ！」

「はいー、ききまーす」

「まじめに勉強するかあ」

「しまーす」

終わって行場から下りてきたシン、

「すーっとしたわあ。おもろい、おもろい。もう一回やりたいわ」

行は、恐怖感がどっと襲うが、行の後に湧く思いは、生きているという強烈な実感とすがすがしさだ。その感覚は五臓六腑《ごぞうろっぷ》に行き渡る。

下山して大広間で夕食をすますと、夜は肝試しだ。教員たちは幽霊に化けて生徒を驚かすのがとても楽しみだ。このときとばかりに、教員は恐ろしい幽霊になってシンたちをびびらせた。生活指導部長のイナダさんは、暗闇のなかにじっと立っているだけだったが、それだけで不気味だった。

帰りのバスのなかで、万太郎は、西丸震哉が書いた『未知への足入れ』に出てくるテレパシーの話をした。

「おもしろい、おもしろい、やってみたいわ」

女子のバチコとダーさんが乗ってきた。

「今晩家に帰ったら、みんなにテレパシーかけるでえ」

「やる、やる、私もかけるよ」

女子は盛り上がり、クラスの雰囲気が爆発した。

その夜、彼女たちは実行に移した。夜の十二時になったらトイレに行きたくなる、そう念じて友だちにテレパシーをかけた。翌日その結果を電話で尋ねあった。

「どうやった?」

「トイレに行きとなって行ったよ」

「私、なんともなかったで」

この林間学習がきっかけで、生徒間の仲が急速に深まっていった。

夏休みの間、ゴンタたちは町工場や商店の手伝いをするアルバイトで小遣いを稼いだ。シンは二種類のアルバイトをした。なかなか生活力がある。

クラスの人気者の忠夫は腎臓病と診断され、夏休みに入院してそのまま入院生活になった。忠夫は誰にでも陽気に話しかけ、その素朴さがかわいくて、バチコたち女子は彼に、「明るい農村」というNHKの番組名をニックネームにつけた。ぴったりのニックネームだ。シンも「明るい農村」が好きだった。

クラスのみんなは「明るい農村」のために授業のノートをとって彼の病室に届けた。励ましの手紙も書いた。シンは手紙にこんなことを書いた。

「元気か、おれも同じ病気にかかったことあったやろ。その苦しさ、よう分かるわ。塩っけ食われへんかったら、食うもんあらへんやろ。まあそのうち、おみまいに行ったるけん、まっとれよ。ほんでから、スイカよう食うて、しょんべん　ぎょうさん出したらええんじゃ。はよ、なおる。ケイジもよう似た病気に今かかっとる。ケイジなんか、しょんべん真っ赤やぞ。血で赤くそまっとる。まあ、長生きせえや。　矢沢栄吉シン」

クラス対抗水泳大会があった。シンも出場して、不思議な泳ぎをした。ブクブクと潜ったかと思うと、また浮き出て、スイスイ泳ぎ、またブクブクと姿を消す。その姿がおかしくて、見ているものたちはゲラゲラ笑った。競技が終わって最後に、万太郎は隠し技をやってみせた。「忍者の技、水遁《すいとん》の術を見せます」と言って、みんなの見ている前でプールに飛び込み、プールの真ん中でプールの底にぴったり体をくっつけて姿を隠す技をやって見せた。息を吐いていくと何もしなくても体が沈んでいく。途中で息を止めて、プールの底に張りつく。だが長くは続けられない。苦しくなったら浮き上がる。ヤンチャ連はこういうのに感心する。生徒たちは、オーオーと叫んでいた。

「万太郎は忍者や」

　万太郎のクラスでは「生活ノート」を書いて、毎週提出する。バチコはせっせと書いてきた。

「先生、最近教室で昼食たべてないけど、どうかしたん？　そら、先生いそがしいやろなあ。学級通信つくったり、生活ノートに返事も書かなあかんし、いっぱい用事あるのに。私なんか、一食抜いたら死んでしまうで」

「万ちゃん、どないしたん。何悩んでるのん？　しんどいのん？　万ちゃんが沈んでたら、授業に身が入らへん。みんなが心配するではないか。ほんまにしんどいときは、無理せんと寝とき。元気はつらつの顔を見とかな、みんな気分わるいねんから」

　生徒の昼食は家から弁当を持ってくることになっている。校内の一角でパン屋さんがお昼だけ販売するから、それを買える。万太郎は教室で生徒と一緒に食事をすることにしていた。ほとんどの教員は職員室で食事をしているが、教室で食事をすると、生徒との関係が近くなり、生徒の状況がよく分かる。数人が仲良く机をくっつけて食べている。一人ぽつんと食べている子がいる。その状態から、生徒のなかの、親密な間柄、仲間外れ、対立、孤独、なんらかの関係性を感じる。昼食が終わると、運動場に出ていって遊ぶもの、教室に残って過ごすもの、様々な生徒の動きを万太郎はそれとなく見つめて、生徒の関係や状態をとらえている。

　秋の遠足は、畝傍山《うねびやま》とその周辺の探索ハイキングを計画した。日本の歴史を探究することと部落問題を考えるという目的で、畝傍山から強制移転させられた洞《ほら》村の歴史を知ること、そして探検、冒険の楽しさを味わう。

　畝傍山の頂上に登り、四方を眺め、観察せよ。これが第一課題だ。山頂から眺めると、明日香の地と藤原京の位置がよく分かる。

　六七三年、即位した天武天皇は都を大津から飛鳥浄御原宮に移し、さらに唐の長安のような立派な都を日本にもつくろうと考え、本格的な都の建設を目指した。それが藤原京だった。その位置は、耳成山、香具山、畝傍山の大和三山に囲まれたところ、ほぼ正方形。中を飛鳥川が流れている。ところが天武天皇は病気で倒れてしまった。そこで天武天皇の皇后が即位して持統天皇となり、建設を継承して、東西南北五キロメートルにまたがる藤原京をつくった。ところが、たったの一六年間で都は平城京へ遷った。

探索ハイクの第二課題。畝傍山中をさがして「消えた被差別部落、洞《ほら》部落」の跡を発見せよ。

「洞の歴史」の学習は、生徒にとって初めての部落問題学習になった。

遠足当日、空は秋晴れ、電車を橿原神宮駅で降り、神宮広場からグループごとに、一枚の地図を持って出発する。どこをどう歩くかはすべて生徒たちの自主判断にゆだねる。教員は生徒の安全に留意し、チェックポイントに立つ。

生徒たちはグループごとに橿原神宮の境内から出発した。地図を見ながら畝傍山への登り口を探し出し、登っていく。畝傍山は低山だが、樹木がうっそうと茂り、高山に登っているような気分になる。

山頂に至れば、第一の課題、四方を眺めよ。天の香具山、耳成山を見つけ、『万葉集』の歌で学んだ大和三山の物語から何かを感じとれ。

耳成山は東北の方向三キロ。香具山は同じく三キロの距離で東、耳成山と香具山の間は二キロ半ぐらいある。結ぶと三角形。その真ん中に藤原京があった。明日香の甘樫丘《あまがしのおか》は香具山の南二キロ、その麓に飛鳥寺がある。明日香の西北五キロほどのところには大和の百済野がある。難波の百済野、河内の百済野、そして大和の百済野、古代において朝鮮半島からの渡来人は日本に溶け込んで文化を伝承した。その地を、自分の目で確認しよう。

百済野の萩の古枝に春待つと
居りし鶯鳴きにけむかも
（山部赤人）

この歌は大和の百済野でつくられた。今も百済村があり、村のなかに百済寺が現存する。さらに北北西に馬を走らせれば、斑鳩の里、法隆寺に至る、聖徳太子の通った道が太子道である。

　第二課題は難題だ。畝傍山中腹のどこかに隠れている被差別部落洞《ほら》村の遺跡を探し出す。立て札も何もない。強制移転させられた洞部落の跡はすっかり森でおおわれ、すべて跡かたもなく消しさられている。が、村人たちが飲料水を得た場所だけは残っている。

　各班は山を歩き、ジャングルのなかを観察し、ついに洞部落の跡を発見した。静まり返ったムラの跡、生徒はそこに立ち、昔住んでいた人の気配をひしひしと感じた。

　遠足から帰ったバチコはその夜、生活ノートを書いて、翌日万太郎に提出した。

「無事探索ハイクから帰れました。『大阪の加美中学校の生徒七人、畝傍山で探索ハイク中、道に迷い行方不明』なーんて、新聞にでかでかと載って、有名になるかもしれないって思ってた。すっごい心配やってんよ。男子すっごい歩くのが速いから苦労した。男子と離れたとき、道が分からなくなって。草ぼうぼうのとこ入っていったら、声がしたからホッとした。頂上から大和三山を眺めたけど、藤原京は東西南北に碁盤の目のように道路を通していたとすると、耳成山を北の端、香具山を南の端、畝傍山を西の端にして、地図に四角を書いた。こんな広い都を大昔つくったんやねえ。洞部落の水汲み場跡、なんかが出てきそうで気持ち悪かった。あの辺りだけヒンヤリしてた。昔からずーっとあのままなんや」

　万太郎は返事を書いた。

「藤原京の一辺が四キロだったとして、どれだけの広さになると思う？　大阪市内の地図の上に、大阪駅を北西の角にもってきて正方形を書いてごらん。どれだけの広さになると思う？　大阪駅から南へ四キロ行くと中の島も心斎橋も通り越して南海電車の難波駅に着くよ。東へ行くと環状線を越してしまう。大阪城公園はそのなかに収まってしまう。広いよねえ。そこに碁盤の目のように道路をつけた。洞村の跡が気味悪かったのは、霊魂かもしれないね。怨念かもしれないよ」

　授業で万太郎は、洞村についてさらに詳しい話をした。

「神武天皇は神話の天皇だから、陵墓は存在していなかった。江戸時代末になって、幕府が伝承に基づいて候補地を探し、田んぼのなかにミサンザイという名前のついた小山があるから、そこを陵《みささぎ》だとして指定したんだね。それが江戸時代末期に神武陵になった。畝傍山の洞部落はいつ頃そこにつくられたか、分からない。藤原京は条坊制の都で、六九四年から七一〇年の間、すなわち奈良時代の直前のわずかな間に存在した。そのときは藤原京域のなかに、被差別部落は存在していない。そうすると被差別部落はその後の日本の歴史のなかでつくられたことになる」

秋も深まってきたとき、加美中学校に、日本の学校の教員になりたいという志望を持つ在日コリアンの大学生が教育実習でやってきた。彼はコリアンとして、大阪市内の学校で教育にたずさわることを念願としていた。民族意識の高いコリアンの親は民族学校へ子どもを通わせているが、日本で生きていくには日本の学校のほうが、子どもにとってはいいだろうと思う親は日本の公立学校に学ばせている。だが日本の公立学校にはコリアン教師がいないから、コリアン生徒は複雑な葛藤をかかえることになる。コリアン生徒の人権、彼らの教育をどう考えるか。コリアン生徒の教育を考えることは、日本人生徒の人格形成にも関係してくる。同和教育、人権教育を進める教員たちは、大阪市外国人教育研究協議会の結成へと運動を進め、「在日コリアン生徒の学習権を保障するためには、コリアン生徒の多数在籍している学校にコリアン民族の教員が必要である」という要求を掲げた。運動の結果、加美中学校にコリアンの大学生、李さんが教育実習でやってきたのだった。李《イ》さんは、大阪市立大学の学生で社会科の教員を目指している。彼は万太郎のクラスに入って実習することになった。実習最初の日、学年集会を開き、そこで挨拶を兼ねて李さんに講演をしてもらった。

「わたしは、イーと言います。わたしのここを見るとコリアンだと分かります」

彼は頬骨の辺りを指で差した。ワーと笑い声が起きた。シンたちは大喜び、大歓迎だ。放課後、運動場の隅で、コリアンのゴンタたちはイーさんを囲んで楽しそうに語り合っていた。イーさんは兄貴分の様相を呈している。それを見て万太郎は、やはり同じ民族の教員が必要なんだと思う。実習を終えた李さんは大学に戻っていった。万太郎は激励の言葉を送った。

「李さんが教員として採用されるのを楽しみにしているよ」

　シンが反抗した音楽科の教員が長期欠勤となり、期限づき講師の女性が赴任してきた。教壇に立った若い彼女は困惑した。一部の生徒しか歌わないし、話も聴かない。シンは授業の途中で教室を出て行く。講師の期限は三学期の二月末までだ。バチコたち女子は歌いたい、もっと楽しい授業にしたい。なんとかできないものか。カナコ、アキヨら、女子たちは相談した。先生が学校を去る最後の授業を最高の授業にしようよ。彼女たちは学級会でみんなに訴えた。男子はほぼ協力することを約束した。しかしシンは学級会をエスケープしていた。シンが協力するかどうか、それで最後の授業が決まる。シンが合唱に参加し、笛の合奏にも加わってくれるようにするにはどうしたらいい？　誰かシンを説得できないかな。だがそんな大役を誰がやる。

「誰が猫の首に鈴をつけるかやねえ」

　バチコが言うと、いつも笑顔のアキヨが言った。

「わたしがやってみる」

　役を引き受けたアキヨは優しい子で、万太郎が家庭訪問したとき、

「先生、こっち来て、文鳥」

　と言って、小鳥籠へ万太郎を連れていって、ずっと鳥と会話していた。その彼女がゴンタのシンにどうアタックするのか。

　翌日彼女はストトトと、シンのところへ近寄っていって話しかけた。返事はあっけなかった。

「オーケー」

　アキヨの前で、シンは文鳥になったみたいだ。シンにはそういうところがある。頼まれれば一肌脱ぐ。

　二月末、音楽の最後の授業、シンは音楽教室に遅れないでやってきた。笛の合奏が始まった。シンは黙って座っていた。合奏が終わり、先生がピアノを弾いて全員で合唱することになったとき、シンは教室を出よ

うと腰を浮かしかけた。その瞬間カナコの低い声が飛んだ。

「シン、座り！」

ダボダボのズボンを揺らして、シンはまた席に座った。合唱が始まり、最後の合唱は全員起立、シンは授業の終わりまで合唱につき合った。去りゆく先生への贈り物は成功した。先生の目はうるんでいた。感動した女子たちは喜びを伝えるために万太郎のいる職員室へ叫び声を上げて走ってきた。

二学年の終わり、万太郎はクラスで、春休みに洞村《ほら》の生存者に話を聞きに行く研究チームをつくろうと呼びかけた。洞村の人たちが強制移転後どこでどのように暮らしてきたか、集団移転の場所へ行って、古老を探して話を聴こう。女子六人が名乗りを上げた。

春休み、研究チーム七人は出かけた。

洞村強制移転のとき、畝傍山周辺に洞の住民を受け入れる村はほとんどなかった。が、県の調停によって差別的な条件をつけて村域の一部を分譲し、集団移転を受け入れた地区があった。研究チームは、周辺の集落に移転した人たちを資料で調べ、その一軒の家をまず訪ねた。畝傍山から東に三キロほど行ったところにある八十三歳の太四郎さんは、いきなりやってきた七人に驚きながらも主旨を聞くと生徒たちを座敷に招き入れ、上機嫌で話をしてくれた。

「わてらなあ、洞から一般の村へ行くとな、家の敷居またいで入られへんかった。差別がひどかったんや。洞のときは六反の土地借りて、小作してましたけど、移転で田圃はなくなってしもうた。生活は苦しかったなあ。やっぱり履物関係の仕事しかなかったなあ」

太四郎さんはほかに生き残っている古老の名と住所を教えてくれた。それを元に八十一歳の半三郎さん、八十六歳の善次さんを訪ねて話を聞いた。善次さんの話は興味深かった。

「大正八年やった、移転工事が始まったんは。土地が不足して、とても全員が移り住むことができんかったでな、大阪とかへ移っていった人もいたなあ。移転するところもいろいろ差があった。一等は百坪、それから二等、三等、四等と少のうなって、五等は二十二坪やった。一等でも狭いのに、五等は二十二坪や。ほんまに狭い。一等は一坪が五円やった。五等はその半額やった。抽選で決めましたんや。畝傍の元の洞の家は全部壊して移転やからねえ。大八車に荷物積んで運んだんですわ。墓も移転せえと言われてな。神聖な山に部落の人間の骨を残したらあかんというこっちゃ。警官まで見張ってたんですわ。

畝傍山の上には、山口神社という神社があってな。その神社の祭りが、デンソソ祭りと言うた。にぎやかやったなあ。店も出た。その山口神社はのう、昭和十五年の皇紀二千六百年の祝典にむけて、橿原神宮と神武天皇陵の拡張計画の一環で、畝傍山の西の麓に移転させられたんや。そのときにな、畝傍村と久米村の二百五十二軒も移転になったんや」

洞村が強制移転になった後に、他の一般部落まで強制移転が広げられていたのだ。

八十一歳になる茂太郎さんの家では、おばあちゃんも一緒で、孫が来たかのように喜んで話してくれた。

「洞の人たちの移住地は全部で六千坪やった。その地《じ》固《がた》めするために、県は競輪大会を開催したんですわ。全国から競輪選手に来てもろて、自転車で走ってもろて、土を固めるわけやな。木村という選手が優勝したんやけど、速かったなあ。土地は坪三円五十銭で、わては六十三坪買うた。

洞村では履物の表《おもて》をつくってました。竹の皮、タケノコの皮でんな。それを細く切って編んでぞうりにするんですわ。下駄の表に貼ったりもしますんや。ぞうりの裏に牛の皮はったのが、せったと言います。その竹の皮は硫黄《いおう》で白く晒《さら》しますねん。洞村の夕方暗くなると、あちこちの家のなかで硫黄が燃える火がぽっぽっと見えましたな。硫黄は燃やすと、亜硫酸ガスが出ますやろ。あれ、毒ですわ。それ吸うと気管支や肺の炎症を起こすこともありますんや。竹の皮は高取、壺坂まで行って、竹やぶのある家で買うてきました。大八車引いて行きました」

研究チームは、故郷の実家に帰ったような気持ちになっていた。畝傍御陵前駅に向かう帰り道、みんなの顔は紅潮していた。

「みなさん、いい人やったねえ。おやつまで出してくれて」

「なんかものすごい充実した思いやわ」

「もっといっぱい調べてみたいね」

万太郎は、その後も一人でその地を訪問し、古老の話を聴いた。すっかり親しくなって、

「息子が帰ってきたぞう」

と、喜んでくれるのが嬉しかった。

自己は変え得るか

子どもに安全な食べ物を食べさせたい、添加物や農薬汚染などの食品の安全性が危惧され、親たちは神経質になっていた。陽子は市民生活協同組合に入り、近所の人たちと食品の共同購入をすることを始めた。

住宅街に一台の移動販売車が止まっていた。お母さんたちが数人寄っている。販売車の男性は四十歳半ばぐらいで、陽子に、山岸会のムラの生産物販売車だと言った。車に「金の要らない仲良い楽しい村」とも書いてある。そのムラが「ヤマギシズム生活実顕地」であることを陽子は知った。一週間に一度、車はやってくる。有精卵、有機栽培の野菜、自家農場の牛、豚、鶏の肉がぎっしり積まれ、購入した食品を食べてみるとなるほどおいしい。ムラの男性は話好きで、

「この卵を温めたらヒヨコがかえるよ。やってみるかい。実際に実験した人がいるよ。おっぱいの間に入れて温めた人もいてね。胸のなかでヒヨコがピヨピヨ」

お母さんたちは大笑いする。

「夏休みになると、全国からムラに子どもたちが集まってくるよ。『子ども楽園村』という企画でね。二週間子どもたちがムラで合宿するんだよ」

販売車に「心あらば愛児に楽園を」と書いた幟《のぼり》が立っている。

「子どもらは、毎日牛や鶏の世話をしたり、畑に行って野菜を収穫したり、遊んで遊んで、ものすごく仲良くなるんだよ」

ムラの男の話は新鮮でおもしろかった。

「『子ども楽園村』に参加するにはどうしたらいい

の?」

　陽子が聞くと、

「ムラがどういうところか知らないで子どもを送っても、一夏の体験で終わってしまうよ。ほんとのところを知ることだね。それを知るために親の講習会があるよ。一週間の合宿講習会だよ」

　万太郎は陽子からその話を聞いた。ムラは、同僚のトシ子さんが参画したところだ。講習会の案内文書には、人を変えようとしても人は変わらない、自分が変われば人は変わる、人と人との共同性、関係性、生き方、それを発見する講習会であり、一生に一回きりしか受けられないと書いてある。万太郎は、「子ども楽園村」に息子たちを参加させたいし、鶴見俊輔や新島淳良の文章からも影響を受けていたから、受講を決意した。次の講習会は学校の冬休み中だ。

　学校が冬休みに入ると、万太郎は関西線に乗り、伊賀にある春日山へ出かけた。田舎の新堂駅で列車を降りて、冬枯れの田畑のなかを歩いていくと同じ方向に歩く人が数人いた。その人たちも参加する人だった。霜柱の崩れた坂道を登って丘の上に出た。開拓村のような平坦な広がりの奥に鶏舎が見え、周りは林に囲まれている。山岸会のムラ、春日山実顕地だ。入り口の古びた木造家屋が講習会場だった。

　会場のよく磨かれて黒光りのする廊下を歩けば、ギコギコと床が鳴る。かつて、革命のために武器を隠しているとデマが飛び、武装警官が取り囲んだところがここなのか。また「べ平連」から受け入れた脱走米兵を極秘にかくまったところがここなのか、次々と思いが頭をよぎる。

　開講式は古畳の大広間であった。参加者は四十人ほどいた。開会の挨拶をした人は、世界の対立、戦争、社会の混沌について語り、

「どんな社会、どんな世界を目指すのか、どう生きるべきなのか、みんなで考えましょう。この会は『特別講習研鑽会』と言います。研鑽を積むと言いますが、自分自身の意思、自分で考える場です。講師はいません」

　と語った。夕食はムラでつくられたものばかり、米

飯も野菜や卵、肉もおいしかった。

夜、参加者はぐるりと大きな輪をつくって座布団に座った。講師はいない、世話係がいて進行する。世話係はムラの中年男性と青年男性、そして腰の曲がりかけたおばあちゃんと若い女性、そこに意外な人が入っていた。万太郎の知っている、中学校の教員で奈良県の同和教育研究協議会で事務局長を務めていた人だった。

「みなさん、時計はあずかります。出してください」

時計なし、そうか、時間にとらわれないようにするためだな。と万太郎は思う。

参加者の輪の中心に進行役の男性世話係二人が一メートルほど間を開け、向かい合って座布団に座った。変わった形だなと思ったが、対座した二人の目で見れば、全員の表情や動きがとらえられるし、二人は阿吽《あうん》の呼吸で進行ができる。

進行役の中年の男性は元警視庁に勤めていたとかいうムラ人で、今は養豚をしていると自己紹介した。男性青年の進行係は、ふだんは果樹栽培をしていると言った。世話係の若い女性は和歌山のムラでミカンをつくっていて、おばあちゃん世話係はふだん野菜づくりをしていて、旦那は日本一のスイカづくり名人だと言った。

参加者は自己紹介をした。主婦、会社員、公務員、農民、学生などさまざまだ。北海道から来た若い男は十勝平野の奥、鹿追の開拓地に住んでいる高校教師だ。兵庫県福知山から来たという年輩の男も高校教師で、女房から強く勧められ、しばらく女房から離れてみようと思って来たと言った。福岡から来た女性は夫婦関係で悩んだ末ここに来た。北海道の中標津から来た初老の男性は、妻と別れ、娘が家出し、孤独な生活をしていると言った。

夜は二つの古畳の大部屋に男女分かれ、枕をならべて寝た。こりゃあ山小屋じゃあ。

「毎晩違う人と隣り合って寝るようにしましょう」

と係が言う。みんなが親しくなり心を開くようにするためらしい。

翌朝、朝食はなし、昼と夜の二食制だと聞く。

「研鑽会」と呼ばれる会が始まった。大広間に一重の円を描いて座布団に座った。進行役が言った。

「自分の好きな食べ物と嫌いな食べ物は何ですか」

みんなは気楽に発言した。

「では、あの人は嫌いだと思う、その人を言ってください。具体的に」

全員ぽんぽん出す。終わると、係が聞いた。

「では、なんで嫌いなんですか？」

それぞれ理由を言う。

「あの上役は、えらそうに命令して、嫌みを言う」

「人の欠点ばかり言うからです」

みんなが理由を言い終わった。すると係がまた問うた。

「それでなんで嫌い？」

「権力的な態度をとるからです」

「権力的な態度なんですね。それでどうして嫌いなんですか」

「生理的な拒否が起きるんです」

夫が嫌いだ、上役が嫌いだ、同僚が嫌いだ、ではなぜ嫌いなのか。それは相手に原因がある。みんなはそれを出していった。ところがその原因になるものを言っても、ではなぜ嫌いなのかと問われる。自分のなかに「嫌いだ」と思う感情、それはいったい何なのか。

ふと万太郎は、これは古代ギリシャのソクラテスの反駁法にも似ているんじゃないかなあ、と思う。世話係は説明とか意見とかはいっさい言わない。ただなぜ？　と問う。世話係は一人ひとりに問うていった。

「私は姑が嫌いです。姑は私が嫌いです。仲が悪いんです」

中年女性の発言に進行係が問う。

「それでなんで嫌いなんですか」

「すぐにダメ、ダメと、姑が否定するからです」

「いやなことを言われれば嫌いになりますよ」

「なんで嫌いになるんでしょうね」

女性は考え込んでしまった。

福知山から来た高校教師の杉さんが発言した。

「嫌いな理由を問うてもしかたがない。自分のなかにある受け皿が原因です。部屋のカーテンの色を何色にするかで、夫婦がけんかになって、離婚したという話がありますな。どちらも相手の好みを受け入れないから、ぶつかる。生い立ちも文化も異なるから違いができる」

北海道中標津から来た初老の男性が言った。

「好きとか嫌いとかいうのも、変わるもんです。好きだった人が嫌いになったり、嫌いだった人が好きになる。なぜか。心は変化する。主観だね。主観に左右されている」

万太郎の番になった。

「教師は生徒に接するときは平等に接しなければならないですね。けれど、現実は違う。自分のなかに基準があって、あの子は素直な子、あの子は優しい子、あの子は意地悪な子、あの子は優秀な子、あの子はダメな子、と評価をしている。自分のなかの正義感とか評価の観念とか感覚感性が、好き嫌いの感情のもとになっていますね」

全員が発表し終わった。世話係から、答えとか解説とかは何もなかった。

「食後は昼寝します」

と係が言った。このムラでは毎日昼寝をするらしい。畳の上で毛布にくるまった。

午後、テキストが配られた。表紙に『世界革命実践の書』とある。

「私、革命に来たんではないですよ」

万太郎の隣に座った女性が万太郎の耳にささやいた。

「ハハハ、私もですよ。でも革命と言っても、いろいろありますよ。ここでは精神の革命のようですね」

夕方、お風呂に入った。木の浴槽に四、五人は入れる。食事をして、夜の会は七時から始まった。係が言った。

「みなさん、腹の立ったことを一つ、出してください」

「嫌い」の次は「怒り」か、「怒り」の正体の究明だな。

職場、夫婦、友だちの間で、対立しけんかになったこと、親子の確執、社会や政治に対しての怒りなど、全員がそれぞれ怒りの事例を出した。万太郎は、勤務する学校の卒業式場に制服警官を入れたことに怒りを覚えた事例を出した。

全員が自分の事例を出したところで係が問うた。

「ではみなさん、なんで腹が立つんですか」

「そんな当たり前でしょう、自分のなかから湧いてくる感情ですよ。相手の行為が気に入らないからです」

北海道中標津の男がそう言うと、係は問う。

「では、なんで腹が立つんですか」

「あったりまえでしょう。間違った行為は許せん」

「気に入らないということは、自分の感覚や感情や価値感と違うからです。自分の正義感に反するものは拒否したい、だから腹が立つ」

学生のカンちゃんが言う。

「ぼくは今の政治に腹が立つんです。政治の腐敗、徒党化、環境破壊など、腹が立つことばかりです。間違っているから腹が立つんです」

それぞれ腹立つ理由を述べ終わったところで、係はまた尋ねた。

「ほんなら、なんで腹立つの？」

杉さん、ちょっとムッとした。

「不正義だと思うから腹立つんですよ。倫理観ですよ」

「それで、なんで腹立つんです？」

みんなはさらに他者の行為や態度にある原因を主張する。万太郎も主張した。

「教育は信頼関係によって成り立つものです。にもかかわらず管理や規制で、抑えつけようとする。これは教育ではない」

「それでどうして腹が立つんですか」

「不当だ、間違っていると思うから腹が立つんです」

「それで、なんで腹が立つんです？」

万太郎は、しばらく口を閉ざし、考え込んでしまった。なぜ腹が立つのか。そのことでなぜ殺し合いも起きるのか。どちらも相手が悪い、自分たちが正しいと思っている。恨みの感情が積もって、やられたからやりかえす。社会党系の労働者と共産党系の労働者の間にも怒りの対立がある。政府や自民党に対する怒りが存在する。怒りは行動の原動力になっている。

みんなは考え込んだ。怒ってはいけない、ということではない。怒りの正体を突き止めることなのだ。

思考は堂々巡りをする。時刻が分からない。夜が深々と更けていく。

突如、真ん中に座っている係が、てのひらで畳をバンと叩いて、

「なんでやー」

と声を大きくして叫んだ。弛緩や眠気が飛んで、全員はぴーんと緊張した。

「なんでやー」

進行係の声がまた響き渡る。万太郎はふと思った。同じ事象に対して腹の立つ場合もあれば、腹の立たない場合もある。どうしてそういう違いが起きるのか。腹の立つ場合はどう認識し、腹の立たない場合はそれをどう認識しているのか。認識が感情を生むのか。そうすると怒りの原因と自分の心に生まれる怒りの感情との間に絶対的な因果関係があるのか。

ぐるぐると思考が頭のなかをめぐる。休憩！　係の声が響いた。真夜中の十二時は過ぎているかもしれない。みんなは畳の上に寝転んだ。万太郎は、なんとなく問われていることの本質が見えそうな気がする。不当なことや不正な行為に対して義憤という感情が生まれる。その感情は自分の認識、倫理観とか価値観とかから生まれるもので、不当と思えることに対して、ときには怒り、ときには冷静に批判する。不正だと思っても、身に危険が及びそうなら怒りを抑えて冷静に行動する。怒りという感情はいったい何だ。

十勝の若い高校教師、マッサンが言う。

「怒りというのは人間だけにある感情ですねえ。怒りの原因、怒りの対象というか、それに対する感情的な攻撃ですよねえ。批判に怒りが伴うこともあり、伴わないこともある」

杉さんが言った。

「腹立てることでもないのに腹立てたり、もっと腹を立てなけりゃならんことなのに、打算や諦めで腹立てないこともいっぱいあるねえ。腹立てるのも状況が関係している」

「私の場合、別に腹立てんでもよかことねえ」

と熊本の女性が自分たち夫婦の問題を出した。その解決が今回この会に来た目的だと言った。

「主人に、なしてあんなに腹立てたんかなあ」

それを聞いた中標津の男、塩ヤンが話し出した。

「わしは、娘の言うことなすことに腹が立って、当たり散らしたんだ。それが原因で、娘は家を出ていったんだ。娘の気持ちを今考えれば、胸が痛むよ」

万太郎が発言した。

「腹が立つというのは必然ではないですよね。腹立てる回路に入ると腹が立つんですなあ」

「腹立つ回路とか立たない回路とか、あるんかね」

「腹が立つときって、感情の爆発でしょう。でも危険があるときは怒る余裕はない」

いっときやり取りが続き、係の声が響いた、「休憩」。

みんな疲れてゴロゴロ横になった。名古屋から来た若い女性が万太郎の横に来て、

「ねえ、いくら考えても分からない。教えてよ」

と言った。

「答なんかないですよ。自分の心の問題やから」

休憩が終わり再び自由に発言する。カンちゃんが言った。

「腹が立つ感情と、憎しみの感情と、どう違いますか」

「相手に対する攻撃性、相手を否定する、そういう点では共通しているねえ」

「怒っているときは、憎悪とか嫌悪とかが渦巻いてるなあ」

「正しいか間違っているかとは別に、欲求が満たされないとき、思い通りにならないとき、腹が立つねえ」

「しかし、同じ条件下でも怒る人と怒らない人がいる。自分の思い通りにならないと怒る人と、思い通りにならなくても冷静な人と、さまざまだよ」

「腹が立つというのと、腹を立てるというのと、これ、どう違う？　腹は立てとるんやないか」

「分からへんわあ。うちの旦那、わがままやもん。腹立つわあ。腹立つの、当たり前やわあ」

若い女性はそう言うと、ゴロンと寝そべった。

「自分の心の状態を冷静に見つめることやなあ、無自覚・無意識に振り回されている自分に気づくことかなあ。腹が立つのは自然な心の動きだと思っているけれど、相対的に見ればそうではないなあ」

万太郎がそう言うと、マッサンが反応した。

「自己の精神を理知的に究明する状態に置かなければ真実は見えないんだよ。腹が立つということは自分で感情操作しているよ。自分の思い通りにならないと腹立てている。異論は異論として、批判は批判として出し合えばいい。怒りや憎しみがそこに介在する必要はないですねえ」

塩ヤンがしみじみと言った。

「腹が立つというのも、意識が働いているよねえ。腹が立つのじゃなく、腹を立てている。腹を立ててもいいけれど、腹を立ててもろくなことはない。わしは、腹を立てて家族を無茶苦茶にしてきた」

深夜、係の声が響いた。

「今夜はこれでは終わります。寝床を敷いて休みましょう」

係は、何の説明も、答らしきことも言わなかった。答えはない。参加者それぞれが突き詰めたもの、考えたもの、そこからまた考えていく。自由に考えればよい。

翌朝目覚めれば、日はすでに高く上がっていた。午後、「所有観念」について考えることになった。

「自分の今持っているものを一つ、前に置いてください」

係の声に応えて、それぞれポケットやカバンのなかのものを出して自分の前に置いた。そこから究明が始まった。

「それは誰のものですか」

係が問う。

「私のものです」

全員答えた。係は繰り返す。

「それは誰のものですか」

「私のものです」

杉さんは膝の前に煎餅を置いていた。

「この煎餅は私のもの、所有権は私にあります。が、これを山のなかに置き忘れて、取りに行かなかったら、これは誰のものでもない。サルが食べても、鹿が食べても、自由です」

マッサンが続いた。

「自然界の生き物には所有権なんてないですね。人間だけですね。人間が勝手に所有権というものをつくっている。他人が勝手に持って行くと罪になる。自分のものというのは人間の観念です。このカバンは私のものですが、元は牛の皮ですから牛のものです。それが牛の飼い主のものになり、牛が売られて皮革業者のものとなり、カバンになって私が買いましたから私のものです。これを隣のこの人に差し上げたら、その時点で私のものではなくなります。では、あげます」

「はい、いただきました。これは私のものです」

受け取ったカンちゃんがニヤリと笑う。マッサンが言う。

「そうすると私のものというのは人間の観念の所産ですね」

カンちゃんが言った。

「海の魚も誰のものでもありませんねえ。釣れば私のものになる。自分のものと決めたときにそうなる」

中標津の塩ヤンが言う

「いや漁業権というのがあるよ。勝手に獲れないよ。北海道では、アイヌは川のサケを自由に獲っていたのに、倭人が入ってきて日本政府の法律を敷いたとたん、誰のものでもなかったサケが自由に獲れなくなったんだ」

東京から来た咲子さんが発言した。

「旦那を、ウチの人と言ったりしますねえ。夫を所有していないけれど、所有しているような意識があるんですよ。ウチの子ども、というときも。ウチの反対はソトですねえ。内の人と外の人、身内と他人。日本人は、外国人を外人と言うたりするでしょう。この言葉は排外的ですよ」

杉さんは座り直して語り出した。

「他の国を侵略して、その領土を自分の国のものとしてきた歴史は、どえらい所有の拡大です。ルソーが言っています。土地に囲いをして、『これは俺のものだ』と宣告することを思いつき、それをそのまま信ずるような単純な人びとを見出した最初の人間が、政治社会の建設者だったと。

『杭を抜き取り、あるいは溝を埋めながら、こんなペテン師のいうことを聞いてはならない。果実は万人のものであり、土地は誰のものでもないことを忘れるなら、それこそ身の破滅だ！　と、同胞に向かって絶叫する者がいたら、その人は多くの犯罪と戦争と殺人を、多くの悲惨と恐怖を、人類にまぬがれさせてやれたことだろう』こう言ったのはルソーです。ルソーは、『土地は誰のものでもない』と叫んでいたんです。しかし人間は、私有やら国有やらを生み出し、地球の表面ことごとくを覆い尽くしてしまった。ヨーロッパの国々は世界中に植民地をつくった。これは所有の拡大、地球侵略ですよ。地球は人間の所有物か」

世話係の君江ばあちゃんがゆっくりしゃべり始めた。

「あんたが吐いた息が、ほれ、私のとこに来て、私が吸うてます。私の吐いた空気はほれ、あんたが吸うてます。おてんと様の光、誰のものですか。誰のものでもありません。この地球、誰のものですか。誰のものでもありません。このムラは誰のものですか、誰のものでもありません」

杉さんが応じる。

「それはそうです。歴史を遡れば、人間の所有というのはなかった。宇宙自然界は無所有一体が原理です。しかし、人間が集団をつくり、村をつくり、労働で富を得、富を蓄えるようになって、所有観念が生まれてきたんです。現実の社会では、自分の労働によって得たものは、自分の労働の対価として自分のものです。所有は自分や家族が生きていくために持つ権利です。問題は、この権利を力のある者が侵害して、多くの所有を得ようとすることです。独占することです。それが支配の構造です。国家が生まれ、軍隊を持ち、奪った領土を自分のものにする。これが人間の歴史です」

君江ばあちゃんがテキストの一文章を読んだ。

「他を侵すことの浅ましさ、愚かさを気づくこと。はばるはずかしさに気づいて、他に譲りたくなる、独占に耐えられない人間になり合うこと。今あるままで、不平も不満も、紛争も犠牲も、強奪も侵犯もなくして、にこやかな真実世界になる……」

現状のままで、そのことを実現するという。そんなことがこのムラで本当に顕現できるというのだろうか。

休憩になった。君枝ばあちゃんが、米ぬかの入った布袋をいくつか持ってきた。

「板の間や縁側の拭き掃除しましょ」

休憩時間に廊下を米ぬか袋で拭く。新年が近づいている。黒光りしている廊下に米ぬか袋を置いて、両手で押しながら四つん這いで走る。廊下はミシミシ音を立て、万太郎はマッサンと拭き掃除競走をした。小学時代に戻ったような気分だ。ばあちゃんはケラケラ笑った。

芝生広場にみんなは輪になって座った。ばあちゃんは、子どもたちに話すように語り出した。

「人間は生かされてます。昨日食べた野菜や卵や牛乳が、今日の身体になってます」

ばあちゃんはほっぺたを指でつねった。みんな大笑いだ。

「みなさん、自分のお父さん、お母さんから、そのまたお父さん、お母さんと、たどっていってみましょか。どんどんたどっていったら、先祖はどうなりますか。十代前で何人になります？　二十代前まで遡ったら先祖は何人になります？」

和江さんが小黒板を持ってきて、系図を逆にしたような先祖の分岐図を書いた。親は二人、祖父母は四人、曾祖父曾祖母は八人。その前は十六人、それから三十二人……。二倍、二倍していくと、十代前で千二十四人。

「二十代前は百万人を超える？」

「どえらい数や」

「二十歳で子どもが生まれるとしたら、十代前は二百年前。二十代前は四百年前ですよ。江戸時代の初めです。その頃の人口は三千万人と推測されていますから、これどういうことでしょう。平安時代の人口は六百万。奈良時代の人口はおよそ四百五十万人、奈良時代以前は八十万人と言われています。ところがこの計算では先祖の数はどえらい数になる。これ、どう考えたらいいんだろね」

「先祖が重なっているんだよ。先祖がつながっているんだ」

「どうつながってるの？　あなたの先祖と私の先祖に同じ人がいる？」

「そうと違うかあ。よう分らんなあ。不思議やなあ」

君枝ばあちゃんが問うた。

「この系図のなかの一人がいなかったら、あんたは生まれてますか?」

「先祖のなかの一人がいなかったら?」

「その人から後の人は生まれていない」

ばあちゃんが言った。

「その先祖の人たちがいたから、今のみなさんはここにいます」

「そういうつながりの一人なんや」

大晦日が近づき、のどかな冬の日が縁側に差し込んでいる。みんなは仲良くなり、研鑽会は佳境に入ってきた。

真ん中に座った進行係が言った。

「みなさん、ここに残れますか」

「何? 残れるかだって? 無理です」

みんなは反発した。が、万太郎は考えた。「できない」として自分を縛っているものがあるのではないか。自由な思考ならどうなんだろう。残ろうと思えば残れる、思わなければ残らない。何の縛りもない自由な存在なら、今からアメリカへでも飛べる。ならば自分の観念、意識を拘束しているものは何なのか。家族、仕事、知識、いろいろな固定観念が自由を拘束している。万太郎は、固定観念を外すことがこの研鑽のテーマだと思ったとき、国民の義務としての徴兵を拒否した山田多賀市が頭に浮かんだ。

明治末、信州で山田多賀市は生まれた。彼は旧制小学校を四年で中退すると奉公に出て建設作業員や瓦焼きの職人として各地を歩き、発電工事場でも働いた。二十一歳のとき、日本農民組合青年部に加入して農民解放運動に参加し、小説を書き始める。一九三七年、初めての短編作品が『人民文庫』に掲載された。彼の小説は反戦的であるとして検束を受けること十数回。戦争を拒否する彼は、やってくる徴兵を逃れるために苦肉の策に出た。自ら死亡診断書を偽造し死亡届を出して戸籍を抹消、無戸籍になったのだ。

そんなにまでして彼は良心的生き方を全うした。生活的には苦難の道だが、戦場で「敵」を殺すことのない精神の自由を得た。

昼休みに、世話係の和江さんが模造紙に歌詞を書いたのを持ってきた。

「みんなで歌いましょう。高石ともやの『父さんの子守唄』です」

カセットデッキのテープから歌が流れた。

生きている鳥たちが　生きて飛びまわる空を
あなたに残しておいてやれるだろうか　父さんは
目を閉じてごらんなさい
山が見えるでしょう
近づいてごらんなさい
コブシの花が見えるでしょう

自然界が壊れている。国土開発、経済発展、この国はどうなるのだろう。みんなは声を響かせて歌った。

昼食後の休息の時間、大広間のあちこちに、子ども時代からの友だちのように親しい会話の花が咲いた。

マッサンは、北海道の根釧原野に、北海道試験場というパイロットファームの実顕地があり、酪農が行われてきたことを話し、山岸会の機関紙『ボロと水』に掲載されていたという記事の内容を紹介した。

「哲学者の鶴見俊輔や社会学者の見田宗介が語っているんですよ。どちらもこの講習会を初期に受けている。鶴見氏は、腹の立つ人の革命は挫折する、他人に罪を着せて内ゲバを行い、反対派を粛清したりする。山岸巳代蔵はそれを超える方法として、腹を立てずに、どこまでも本当はどうかと、自己を探っていく『研鑽』を考えた。権力者が腹を立てれば戦争を引き起こす。そのとき、われわれは国家権力に対してノーと言えるかと、鶴見さんは山岸会に問うています。山岸会はそこがボケてきていないかと。山岸巳代蔵は、戦争の悲惨を体験して、飢え、貧困、争いのない社会をつくれないもんかと考えた。山岸会の初期の会員は労働者のデモに参加していた。ところが今はそれが見られない。ボケてきている。ボケているということは、一人ひとりのなかにまだ国家権力を形成するようなものがあるということだ。権力のない社会を目指しながら、権力のない生き方に徹しきっていない。率直な批判ですよ。

集団というものは内部に権力性をはらみやすく、暴力性をもちやすい。実権を持つ人が出てくると強制が出てくる。そうすると集団は間違ってくる。そのときノーと言える強い個人がいなかったら、去勢された人間集団になる危険性がある。集団が繁栄に酔って一枚に固まってしまったら、集団は自滅する。そこまで鶴見さんは言っているんです。だから、常に個に返すということを繰り返し突き放してやっていかなくてはならんと、提言しているんですね。声のでかい奴、強い奴が勝つような集団なんてろくな集団じゃない。そんな集団なら即刻解散すべきだ。そこまで言ってるんですよ」

「同感」と、カンちゃんが叫んだ。

「講習会のテキストに、こう書いていますね。『衣食住はすべてタダである。無代償である。誰一人として権利・義務を言って眉をしかめたり、目に角立てる人はいない。労働を強制し、時間で束縛する法規もなく、監視する人もない、寝たいときに眠り、起きたいときに起きる、したいときにできることをして、楽しく遊んで明け暮らす本当の人生にふさわしい村である』。これは目標なんでしょう」

マッサンが応えた。

「初期の頃、働かないで魚釣りばかりやっていた人がいて、あの人は宝物やと、山岸さんが言うたという話がありますね。しかし、ムラづくりを一生懸命やっている人からすれば『お前の来るところではない』と言いたくなるだろね。どんな人でも受け入れると言っても、遊んで暮らす人がいると、一生懸命働いている人からすれば、なんだということになるじゃないか」

「同じ志を持つものの集まりだから、志のない人はそこには入らないいんじゃないか。遊んで暮らしたいからという人は、入ってこないよ。ボロと水でタダ働きのできる士は来たれ、と言うんだから」

「音楽や学問、スポーツや旅などに生き甲斐を感じている人は、入るところではないと思うし、入りたいとも思わないよ」

「しかし、音楽や学問、スポーツや旅行なども自由にできるところにしなきゃあ魅力は湧かないよ」

「実顕地はアジールになり得るか」

「アジールとは、聖なる不可侵の場所、平和領域です。奴隷、犯罪者、戦争難民など、逃げ場のない人が庇護される自治都市とか、教会や駆け込み寺。室町時代に、駆け込み寺に逃げ込んだ人には手出しができなかった。実際、このムラには学生運動や、内ゲバ闘争から逃げ込んだ人もいるようだ」

杉さんはユートピア論を話し出した。

「ロバート・オーエンは、イギリスの空想的社会主義者でね。アメリカのオハイオ州に、自給自足、完全平等の協同社会、ニューハーモニーというのをつくったけど、結局失敗してつぶれてしまったんだ。新島淳良さんは、山岸巳代蔵のユートピア構想はウィリアム・モリスから来ているように思うと書いていた。未来の幸福社会では、政府も法律もなく、人を縛らない。『ユートピアだより』は、一八九〇年に発表されたファンタジーで、ユートピアの実現は二百年後だと書いている。モリスが理想としたのは自然と人為の調和した美です。野や川、安らぎの街や村、人々は嬉々として働き、芸術を楽しむ。モリスはコッツウォルズ地方を愛していた。そこは丘陵地帯で小さな村が点在している。農民は、羊や豚、牛を放牧し、人は知性と合理性と自由に従って生活を楽しむ。政治は、住民集会で行う。人間疎外の文明、中央集権、それらは克服され、財産を持たず、絶対的な安心感がある助け合いの世界であると」

「理想郷はどこかにあるのかな。自分の足下につくっていくものじゃないの。今生きているところを理想の暮らしの場にしていく、それが原点だと思うけど」

「一つ質問じゃが、このムラは借金を抱えている人も入れるんかね」

「うーん、どうなのかねえ」

「参画するときは、かまどの灰まで持ってこい、というぐらいだからね」

杉さんが言う。

「マルクスは、自分はマルクス主義者ではないと言ったらしいね。巳代蔵さんは、自分は山岸会の会員ではないという立場で死んでいったらしいよ。思想を生んだ当事者はその思想の実践集団に加わらない。鶴見俊輔さんがそう言うてるんですよ」

カンちゃんが発言する。

「革命が起きて強い権力者が台頭した。スターリン。彼は、マルクス主義を変質させ、国家主義の独裁者になった。たくさんの人をシベリアに送り、粛清した。毛沢東は、革命を成就させて権力者になり、その後文化大革命を発動して暴走した。最初は理想を掲げて体制をつくるが、体制を発展させようとして権力基盤がつくられると独裁化が始まる」

「鶴見俊輔さんは、権力に対抗できる集団でなければ、結局国家に押し負けて腐食されていくと警告した。政府が、徴兵制を敷き、戦争をすると言ったとき、山岸会も諸手を挙げてついていかないとはいえないよと言った。山岸会もいつなんどき全体主義になるか分からんと。だから国家に対しても、自分たちの革命集団に対しても、イエスマンにならないという自覚が要るんだ」

「この制度はこれでよいとすると固定化が始まるよね。そうすると理念は崩壊する」

「異論が束縛無しに出せる集団にならないとダメなんだ。権力構造が曲者なんだ。権力構造に追随するものを生み出していくからね」

「しかし、異論があるからと怒りや憎しみで対抗すれば暴力的内部抗争が起きて集団が分裂する。親愛の情に満ちる社会をつくることなんてとてもできない。異論を出せて、異論を冷静に受け止める集団にならないと、コミュニティはつくれないね」

「君枝ばあちゃんがねえ、こんなことを言うてましたねえ。私は山岸会をなくすために、山岸会をやってますと。みんなが幸福になることを目指し、そうする力や考えをみんなが持つようになれば、山岸会はいらないということかな」

「私たちとすれば、今生活している地域や職場で親愛社会をつくっていくということでしょう。今自分のいるところ、住んでるところを相互扶助の社会にすることですよ」

「社会体制を変えることはできなくても、自分を変えることはできる。自分が変われば社会が変わるということなんだね」

講習会も終わりに近づき、夕食後、二人一組で実顕地ムラ人の家庭訪問に行くことになった。万太郎は熊本から来た若い女性と二人、会場から車で三十分ほど行ったところにある津市の実顕地を訪ねた。ムラは丘の上にあった。百メートルほどもある長い鶏舎を見ながらムラに入ると、共同食堂の奥に平屋の長い木造住宅があった。一つの棟に入ると、廊下が中央を貫き、両側に六畳間が並んでいる。万太郎の訪問相手の夫婦はその一室に住んでいた。

部屋に入ると、中年の夫婦が待ってくれていた。旦那はムラの農事組合の幹部で、奥さんはムラの子どもたちの世話をする「学育」の世話係をしていると言う。

「このムラでは教育と言わないんですよ。『学育』と言うんです。人は自ら学び育つのです」

旦那はムラに入るまで農業をやってきた人で、奥さんは小学校の教員をやっていたと言う。茶菓子を食べお茶をすすりながら、ムラの暮らしについて質問し、講習会の感想を聞かれたから率直にこれまでの疑問を投げかけた。最後に旦那は言った。

「あんたは、何も変わっとらん。あんたはもっと七転八倒して苦しんだらよい」

万太郎は一刀両断に切り裂かれたようなショックを感じた。

午後十時頃、家庭訪問から帰ってきたみんなは、大広間に集まってそれぞれ訪問の感想を出し合った。

「あんたはもっと七転八倒したらいいと言われたよ。うーん、なんか苦しいなあ」

万太郎は布団の上に寝転んで唸ると、マッサンが言った。

「きついこと言われたねえ。私らの訪問したご夫婦は養豚を専門にしている人で、なかなかユーモアのある人だったよ。豚の話が面白かった。万太郎さん、その人、どういう意味で言ったのかな」

「うーん、ショックやあ。あの人はムラの幹部らしいけど、なんかボス性みたいなものを感じたなあ」

杉さんが言った。

「ここはボスのいない平等な共同体のはずだよ。私が家庭訪問で行った家族は、楽しい人たちで、ここに来て、悩みというのがない、腹も立たないと言っておられたな」

塩ヤンはちょっとうきうきしていた。

「わしとこは、ムラ人は仏さんのような人ではないと言ってた。オレたちと同じ人間だよ。そこで自己変革の研鑽が欠かせないんだと言ってたよ」

大阪高槻で中学教員をしている若い信子さんが話に加わってきた。

「わたしの訪問した人は、中年の夫婦でしたが、ここでは前歴を超克していると言ってました。過去の職業も地位も一切関係なし、横一列の平等だと。わたしはこの講習会で自分の既成概念に気づき、それを壊すのによかったと思いますけれど、参画してムラに入ることには抵抗があります。万太郎さんが言われたその言葉に、権力性を感じますね。私はこのムラの権力構造を調べる必要があると思います」

杉さんが受けて言った。

「私もそのオヤジさんにはボス性を感じるね。組織には指導部が必要で、指導部には一定の権力が託される。ところが、指導部が固定化し、意識的無意識的に、集団を統治するようになると、忖度や迎合、同調がはびこり、異質なものを排除する集団、『右へならえ』の集団になっていく。だから常に固定化を防ぎ、常に権力性を解体していかなければ理想社会はつくれない、ユートピアにはならない、そう思うよ。ここでは集団の指導部、執行部にあたる政治機関がどうなっているのか知りたいね」

塩ヤンが言う。

「このテキストに、盲信、屈従、迎合はしない、絶対者をつくらない、提案を出し合って一致点を見出していくとあるよ。万太郎さんが言われた『あんたはもっと七転八倒して苦しんだらよい』というのは、そのオヤジの率直な親愛の情かもしれんよ。現代社会には矛盾や不合理がいっぱいある。あんたはこれまで七転八倒してきたんだろう。そんな生き方を続けるのなら、もっと苦しめ、オヤジはそう言いたかったんじゃないか」

カンちゃんが応じた。

「微妙ですね。ぼくが訪問した若い夫婦はね。戦争や貧困、飢えのない社会、不幸な人が一人もいない社会をつくろうとしているんだと言ってました。『ボロと水でタダ働きのできる士は来たれ』に応えて入村したと。この村では、元中核派と元カクマル派が仲良くやってる。元共産党の人も元社会党の支持者も元自民党の人も仲良くやっている、前歴はすでに過去、そう言ってましたね」

福岡の民子さんが言った。

「私、思うんだけど、新島淳良さんがムラを出て、『さらばコミューン』を出版したでしょう。そこに、ムラを出た人は難民になると書いていますね。ムラに入るとき、全財産を持ちこんで、それはムラの財産になりました。けど、ムラを出るときは、身一つ、財産はない、難民です。難民を生む社会を全人幸福社会なんて言えますか。裸一貫で参画した人ならいいですよ。でも、この矛盾、どう思います？　参画したけれど、自分の想像していたムラではなかったからムラを出ることもあるでしょう。全人幸福社会だったら、難民にならないようにすべきではないですか。ムラを出る人を守らなかったら全人幸福はウソになります」

「そこんところ確かに矛盾だね」

「山岸巳代蔵は独占、独裁のない社会をつくることを提案し、権力性を払しょくすることを説いた。権力を超克することは幸福社会への道程です。巳代蔵さんは、思想の提唱をしたけれど、ムラには入らなかった。巳代蔵さんがムラに入らなかったのは正解だった」

「ムラに入ったらまつり上げられてしまうからね。教祖様になる。自分は独裁者にはならないと思っても自分の言う言葉が絶対になる危険を察知していたんじゃないかな。このテキストも一つの提案だと言っている。これをバイブルにすれば、道を誤る」

「このムラに山岸さんの墓があるね。墓標も何もない。お椀を伏せたような土盛りだけで、こんもり苔が生えて、緑色していた。ただそれだけ。土葬だったんだな」

「このムラが、本当にアジールになるか。国家権力から逃れた者がここに入れば生活が保障され守られる。しかしムラは国の政治活動から距離を置いているみたいですな。選挙にも行かないようです。かつてデモにも行っていたと鶴見俊輔さんは書いていたけど、今はそういう動きは何もないみたい」

みんなは、「うーん」となって、しばらく沈黙が続いた。

「土地は誰のものでもない、ルソーの有名な言葉ですね」

万太郎は、ルソー研究家の桑原武夫を持ち出した。

「桑原武夫は、ジャンジャック・ルソーは不滅だと言った。ぼくは山岸巳代蔵の思想もルソーに遡ると思う。

私有が始まると、奴隷制と貧困、不幸と悪徳が芽を出し、富が増大するにつれて、欲望や野心が刺激され、暴力と強奪、支配と反抗が繰り返され、恐るべき戦争状態が現れる。未だ人類社会の自由、平等、博愛は実現していないとルソーは指摘していた。それは今も続いている」

ルソーの思想は明治の自由民権運動に影響を与えた。中江兆民はルソーを翻訳し、「東洋のルソー」と呼ばれた。だが明治末の一九一一年、政治権力者は大逆事件を工作し、社会主義者の幸徳秋水らを無実の罪で処刑した。

「その直後なんや。東京で、『ルソー誕生記念晩さん会』が開かれたのは。これは驚異的なことや。警官隊の包囲にもかかわらず集会には五百人が集まり、国家権力の横暴に対する抗議と抵抗を示した。ルソーの思想は抵抗の拠点になったんや。その思想がトルストイに受け継がれ、トルストイは日本に影響を与えた。トルストイに傾倒した白樺派の作家、武者小路実篤は『新しき村』を日向につくり、同じ白樺派の有島武郎は、北海道狩太村の有島農場を小作人に開放した」

万太郎は思想のつながりを考えていた。

武者小路実篤が「新しき村」づくりを宮崎県日向で始めたのは大正七年。武者小路は、日露戦争の悲惨を体験して、トルストイの平和主義に傾倒し、人類愛、人道主義をかかげ、衣食住はタダという生活共同体の新しい村づくりを日向で開始した。ところがその後、農地の大半がダムで水没ということになって、「新しき村」は昭和十四年に埼玉県毛呂山に移って第二の村をつくった。

　武者小路実篤の作品「土地」にこうある。

「自分は何をしようというのか。皆が働けるとき一定の時間だけ働く代わりに衣食住の心配から逃れ、天命を全うするために金の要らない社会をつくろうというのだ。その上に自由を楽しみ、個性を生かそうというのだ。そんなことができるか？　できる！

　人間が人間らしく健全に生きるために必要なものは、すべてただでなければならぬ。医者と薬はただである。学校も教科書もただでなければならない。他人を人間らしく生活させることによって、自己が人間らしく生活できる。自己を人間らしく生活させることによって他人を人間らしく生活させることができる、その確信は今度の戦争によってはっきりした」

　トルストイの理想を顕現する運動はコミューン運動のさきがけでもあった。武者小路の「新しき村」について、新聞は危険視報道した。有島武郎は、武者小路に手紙を書いた。

「人類が真に更生するためには新たな道を切り開かねばなりません。今は資本家も労働者も金に支配されています。人類の尊厳がどこに認められましょう。あなたがこの不幸に忍び得られなくなって、実際生活の改造に着手されたことは尊いことだと思います。

　今、科学は人間の全存在を満足させる力ではありません。科学の力を借りて自然を征服しようとした文化は、弱点を暴露しています。

　この欠点を補うのは芸術です。あなたがこの企てに走られたことを愉快に思います。芸術家は改革者であることを余儀なくされると思います。

　しかし、私はあなたの企ては失敗に終わると思う。資本主義社会は死に物狂いの暴威を振るうでしょうから。けれども失敗は失敗ではありません。今の世の中で、かかる企てが成功したように見えたら、それはかえって怪しむべきことです。要するに、失敗にせよ成功にせよ、あなたの企ては成功です。それが来るべき新しい時代の礎になることにおいて失敗も成功と同じです。

　日本に初めて行われようとしているこの企てが成功

するよりも、どこまでも趣意に徹して失敗せんことを祈ります。私もチャンス到来と共に、あなたの企てられたところを、何らかの形において企てようと思っています。しかし存分に失敗しようと思っています」

この手紙が書かれたのは大正七年。

「新しき村」づくりが始まる一方で、米騒動が起きた。万太郎は発言する。

「武者小路や有島武郎の実践は、戦後の山岸会の試みに通じます。ヤマギシズム実顕地に入る人は、アジールのように思って入る人もいるし、根拠地だと思う人もいる。けれど、結局ここは理想社会ではないと、夢破れてムラを出る人もいる。ここが終の棲家にならなかった人もたくさんいる」

カンちゃんが問うた。

「実顕地は、スイス、韓国、タイ、オーストラリアなどにも誕生していますね。戦争、貧困、飢え、差別のない仲良い楽しいムラをつくろうと共同生活を始めている。杉さん、どう思います?」

「イギリスの社会学者ベルが、『イデオロギーの終焉』という書を出していて、マルクス主義、自由主義、無政府主義など、主義が力を持つ時代は終わったと言ってるんですな。先進資本主義の国では、社会の変革を求める考えは政策のなかに次第に吸収され、イデオロギーの側面が実現されてくると観念的な対立は緩和される。そうすると特定のイデオロギーを掲げて、非現実的な理想を追求する情熱は弱くなる。結局、具体的な現実問題を解決する技術や知識の研究が重視されるようになる。イデオロギーによって理想的な社会がつくり上げられるというのは錯覚だと言ってる。体制化したイデオロギー社会では、そのイデオロギーに同化する人が権力を持つようになり、権力構造が強力になると、人々はその権力に順化する。ナチス体制、スターリン体制、毛沢東体制、天皇制体制、限りになくある。ここは、今生きているところを幸福社会にしていこうとする運動であって、実顕地は実験地なんだよ」

話は尽きない。眠気がどこかへ飛んでいった。

翌日、感想文を書いたりしてのんびり過ごし、最後の晩餐にお赤飯が出た。

「おーっ、赤飯に一本ついているぞ」

塩ヤンが歓声を上げた。一人一本の銚子がついていいる。酒を飲めない人の分が回ってきて、飲むほどに心地よくなり、十勝のマッサンが徳利を持って歌って踊り出した。

おとこのこ　ピン　おとこのこ　ピン
おーとこーのーこ　ピンピン
おんなのこ　ボイン　おんなのこ　ボイン
おーんなーのーこ　ボインボイン
みんな腹を抱えて笑い転げた。

ヤマを下りる朝、中標津の塩ヤンをみんなは囲んだ。塩ヤンに言っておきたい。塩ヤンよ、家族と縁を切ったまま寂寥のなかを生きていくつもりか。

「塩ヤンは、本当はどうしたいの？　娘さんに会いたくないのかい？」

「会いたいだよ。じゃが縁を切られている」

「会いたいと思っているなら、どうして会いに行かないの？」

「それができたら、悩まねえ」

「塩ヤンの心の自由を奪っているのはその頑固さじゃないか。もっと自由になろうよ」

「そうかもしれねえな」

頑固な職人気質だ。だがみんなの意見は温かかった。

「北海道に帰ったら、早速行動に移すんだよ」

「よし分かった」

解散前、みんなでもう一度『父さんの子守唄』を歌った。涙があふれた。

親愛の情に充ちたユートピアをつくるのは志を持った人たちだ。一八六四年、教師を辞めて北海道試験場に向かった野本三吉は書いていた。

「ぼくは最近まで、横浜の小学校の教師であった。理想に燃え、力いっぱいに生きようとしたが故に、ぼくは教師を選んでいた。しかし、現実の教師生活は、人の成長を押しとどめ、自己の変革を不可能にする面をあまりに多く含みすぎていた。ぼくは、人間と人間との関係を愛する。自然と人間との相互浸透を愛する。その故に、形式と欺瞞の教師生活を、自分の手で斬り捨てねばならない」

一週間を共に暮らしたみんなは春日山の坂道を下った。明日は正月、新しい年が始まる。

三学期が始まった。万太郎のもとにマッサンから手紙が来た。厳しい寒さのために森の木が割れる音がします、それを凍裂と言います、早く春よ来い、とつづられていた。中標津の塩ヤンからは電話がきた。

「娘に会いに行ったよ。ひさしぶりで札幌の町で、二人でカフェに入ったよ」

三月末、マッサンからまた手紙が来た。ムラに参画したという驚きの知らせだった。

「養豚部に所属し、豚と暮らしています。豚はなかなか清潔な生き物で、豚舎は個室がずらりと長屋のように連なっていて、豚はトイレと居間とを区別していえます。トイレの糞を集め、水を流して部屋をきれいにし、新しいオガクズを豚舎のなかに撒いてやると、豚はオガクズの上に寝転がります。なんともすがすがしい気分です」

万太郎は一つの小説を発見した。題名は『山影 ――ある青春――』、作者は「新しき村」に入村していたという韮山圭介だった。

主人公謙吉は、武者小路実篤の「新しき村」に入村する。日向の山奥、謙吉にはそこがミレーのフォンテンブローの森に想えた。バルビゾンの画家が森の木たちと話しているのが聞こえるように思う。

村の八月、労働祭があり、納屋で村人による演劇が行われた。村には芝居の先輩がいくらもいて、劇団「ゲーテ座」をつくり、九州で公演活動をしていた。納屋で行われる劇の照明はランプの灯だ。十一月の村の創立記念日には、チェーホフの『白鳥の歌』が演じられた。翌年は有島武郎の『ドモ又の死』、その次はシェークスピアの『じゃじゃ馬ならし』、そして『真夏の夜の夢』、次々と村人によって演じられた。

外界から縁を切ったように見える山のなかの村だが、人それぞれ、うかがい知れぬ運命を背負ってこの山のなかに現れる。被差別部落出身者もそのなかにいた。ところがその人物へこっそり行われた差別も見た。世間の冷酷な目を逃れて安住の地を求めてここに来たが、ここも安息の地ではなかったのか。

「新しき村」には、一日八時間労働の義務があった。けれども働かないものもいた。それが他の村人の不満や批判の種になった。創始者である武者小路氏と夫人の在り方も問題になった。それはたぶん、武者小路夫妻の周りに生まれてくるかもしれない指導部的権力性を感じていたのかもしれないと、謙吉は思う。

「自分がいないほうが村がうまくいくと思うから」

武者小路氏は村の状況から判断して、そう言って村を出た。数年後、謙吉も村を出る。

韮山圭介は、武者小路の作品『土地』について書いていた。

「武者小路氏が『新しき村』の土地探しに出かけるという新聞記事を読んだのは僕が旧制中学生の頃だった。それから何年か後に、自分がその土地で生活することになろうとは夢にも考えていなかった。『土地』という記録的な作品は武者小路氏が『新しき村』の土地を決めた翌々年に雑誌『解放』に発表された。

僕が入村したのは村ができて八年目、村を流れる深い淀の上に彫刻のような白い巨岩がどっかりと立ち上がっていた。その岩は、ロダン岩と呼ばれていた。村の土地がここに決まった日が十一月十四日でロダンの誕生日だった」

『土地』の最後に、武者小路は、「祈り」を記している。

「我を生かしめたものよ。我にこの仕事をさせるものよ。我に兄弟を与え、この土地を与えたものよ。我の仕事が間違っていなかったら、我々の仕事を助けよ」

信州出身の文芸評論家、臼井吉見は、武者小路の試みを評価した。

「『新しき村』は、武者小路の夢であるばかりでなく、人類の夢である。だが、その夢想がこれほど純粋で、これほどひたぶるに生き通した精神というものは、いかなる批判によっても消し去ることはできない。『新しき村』の実体と失敗がどのようなものであったにせよ、そこにつないだ夢の切実さを笑うことはできない」

山岸巳代蔵は戦後、この「新しき村」に啓発されて、自分の思想と実践を考え出したのではないか、と万太郎は推察する。

山岸会を立ち上げた巳代蔵氏は、理想、理念の実現に向けて、集団討議の場をつくり、「本当はどうか」と、徹底的にしらべる研鑽の場を用意した。「新しき村」が積み重ねた経験をもとに、怒りや憎しみや差別意識を超える共同体を目指した。そして武者小路氏が指導者の座から去ったように、山岸巳代蔵氏も山岸会の実顕地に入らなかった。「権力者をつくらない」、「これが正しいと、固定しない」、「一体生活は右へならえではない」、この深い思念を保ち続けることができるか、それが今後の共同体の浮沈にかかわってくるだろう。万太郎はそう考えたとき、「ヤマギシズム」というネーミングでよいのかという思いが湧いた。

春、塩ヤンからも手紙が来た。

「私もついに参画したよ、独り身で暮らすより、たくさんの仲良しで暮らすほうが楽しいよ」

「塩ヤンよ、ヤマギシの村で人生の晩年を安らかに送るのもいいではないか。私は、今住んでいるところ、働いているところで生き続けようと思う。今自分が暮らしているところを、親愛社会に近づけていくようにしようと思うよ。困難だろうけれど」

ツッパリの活躍

大学に戻っていた李さんから加美中学校に電話が入った。

「大阪市の中学校教員に採用されました」

やったぞ、コリアンの社会科教員誕生だ。念願がかなった。四月になれば、彼はどこかの学校に赴任する。楽しみだ。

春休みの間に教師たちは、来年度の三学年の学級編成をする。そこでの課題はツッパリ七人衆だ。核は七人、準ツッパリを入れると十五人になる。彼らを一クラスに固めるとそのクラスはたいへんなことになる恐れがあるから、バラバラに分散することになった。シンは万太郎が自分のクラスにスカウトした。他はくじ引きでクラスが決まった。

「このクラス、おもろい奴、おらへんやんけ。オレらバラバラにしやがって」

シンが不満顔で言う。進学に向けて受験勉強を考えている生徒たちは学級づくりには気が向かず、ツッパリたちにもよそよそしい。シンはますます教室にいづらくなった。

体育の教師は師範学校出身の定年間近、この春に転勤してきた柔道七段の教師だった。

彼はツッパリたちを「ゴキブリ」と表現した。万太郎はそれには批判する。しかしそう言いつつ老教師はツッパリたちをおもしろがっているふしも感じられ、七人衆もこの老教師には直接的な反抗をしなかった。

「わしらも師範学校のときは、寮生活でいろんな悪さをしよった。寮の二階の窓からションベンしよった。あいつらも年頃じゃ。ワッハッハ」

七人衆は新たな作戦に出た。

「おれら、学級委員長に立候補して、全クラスを仕切ったろや」

ツッパリたちは全クラスに分散している。それなら、それで、オレらは自分のクラスで委員長に立候補し、三年の全クラスの委員長はオレらが独占する。

彼らは実行に移した。対抗馬は立たず、全クラスでツッパリが委員長に選ばれた。作戦成功だ。学校体制から疎外された者たちが、学校体制のなかで存在を誇示する。

彼らはそれぞれのクラスで、授業の初めに、

「起立、礼」

と、号令をかける。初めのうちは気を使うし、照れくさかった。が、格好つけて号令をかけていた。生徒主事のマモル氏は渋い顔をして、教師が負けているではないかと批判した。学年主任も困った顔をしているが、この結果をくつがえす意思はない。

シンが万太郎に声をかけてきた。

「夕方、オレら集会開くねん。セン、来る？」

「おう、行く行く。どこでや」

彼らの集う家へ夕方自転車で行ってみると、二階の部屋に彼らの仲間十五人ほどが円く輪になってあぐらをかいていた。話題は近隣中学校のことだった。近隣のツッパリ連中を見ると血が騒ぐ。他の学校でもツッパリたちは、学校体制に反抗して学ランを着たり、頭

に剃り込みを入れたりして、廊下を自転車で走り回ったり破壊行為をしたりしているようだった。しかしシンたちは自分の学校でそういう行為はいっさいしなかった。

万太郎は彼らに混じって、あぐらをかいて黙って見ていた。彼らは何かを決めるということもなく、近くの中学校のツッパリたちの情報や、彼らと対抗したいという思いを述べるだけで時間が過ぎていった。

それから数日後、七人衆は服装に恰好をつけて隣の中学校へ出向いていった。シンは特攻服とやらを着ていった。翌日、シンは万太郎に報告した。それによると、シンが番長を呼び出し、良一が対決し、バッフーンが相手を屈服させたという。こうしてほぼ周辺の中学校の番長の鼻を折ったらしい。彼らが遠征と呼ぶ対外的な行為はこれでほぼ終わった。

学級活動の時間、万太郎はクラスのみんなに、「私の宝物」という作文を課した。シンは珍しく作文を書いた。タイトルは「特攻服」。

「ぼくのいちばんの宝物は特攻服だ。夏休みにアルバイトして買った大事な特攻服だ。この服でメンチを切れば、誰もはむかう奴はいないし、デートの時もいつも特攻服でいく。特攻服のしぶいところは、下はダボダボズボン、上はびしっときまっていて、あのボタンと横についているポケットと、独特のえりで思いっきりツッパル。最初、お父《と》ちゃんもお母《か》ちゃんも、『おもろいかっこで道を歩くな』など言っていたが、いまはもうあきらめて、オレの気持ちも分かったと思う」

シンが放課後、特攻服というのを着て学校に来たことがある。万太郎は戦時中の特攻隊の着ていた飛行服みたいなもんかと思っていたが、作業服の変形みたいだった。

修学旅行がやってきた。行き先は富士五湖めぐりだ。集合場所は大阪駅コンコース。全生徒が集まり、クラスごとに整列した。列の先頭にシンが立った。学年主任は指示を出した。

「服装を点検してください」

「服装の乱れは心の乱れ」と言う学年主任は、服装違反を認めたら旅行中の規律が保てなくなると案じている。

シンのベルトは色が違った。ベルトの色が黒でないとダメだと主任は言う。シンは抵抗した。

「ベルト、取り上げるんか。そんなことしたら言うこと聞かへんぞ」

ここで強行すれば、大阪駅で大もめになる。学年主任はそれを避けるために、ちゃんと別に黒いベルトを用意していた。

「トラブル起こして、旅行に行けんかったら、どないするねん。がまんせえ」

万太郎はそう言い聞かせてベルトを交換した。

旅は始まった。列車のなかで七人衆は集まって、はしゃいだ。初めて体験する列車の旅だ。

熱海駅から各クラス一台の観光バスに乗って箱根の宿で一泊、七人衆は生まれて初めて、どでかい温泉に入った。翌日は富士五湖めぐりだ。バスは白く雪をいただく富士を目指して走った。峠を越えて行くとき、バスの横に、一台のオープンカーがくっついてきた。乗っていた若者が、プーカプーカとホーンを鳴らした。シンたちの反応は早い。バスの窓を開けて見ると、ヤンキーたちだ。シンたちは挑発した。

「来い、来い、来ーい」

男たちに手招きしている。サングラスをかけたヤンキーは、エンジン音をふかして威嚇した。

後ろのバスのバッフーンも、良一も、窓から身を乗り出して挑発している。しばらくヤンキーの車は前進したりバスに近づいたりして脅していたが、シンらの挑発は止まない。こんな中学生のツッパリなんかにかまっていられないと思ったのか、車はけたたましくエンジン音を立てて前方へ走り去った。

ところが彼らはおさまってはいなかった。バスは湖の近くの大きな駐車場に入り、列をつくって停車した。トイレ休憩だ。みんなぞろぞろ降りた。

「あいつらおるぞ」

バッフーンの声。見ると、広い駐車場の反対側に三台の車が止まっていて、その一台は彼らが挑発した車だ。サングラスの男たちが五、六人こちらを見ている。やばいことになった。七人衆は集まり、ヤンキーからの攻撃に備えてツッパリだした。緊張感が高まった。いざというときには教師たちは間に入って、乱闘に発展しないようにしなければならない。

「あいつらを挑発するな」

七人衆に言いつつ、男性教師たちは柔道七段の老教師を中心にシンたちの前に楯のように立ちはだかった。ヤンキーたちは様子を見ながらにらんでいたが、ジャコを相手にしてもしょうがないとばかり、それ以上の動きには出ず、エンジンをふかして走り去った。

旅は落ち着いた。問題もなく、たっぷり温泉に浸かって無事コースを終え帰阪した。

六月、ツッパリ委員長シンに、試練とも言うべき事態が起きた。クラスの女子、コズエの父が亡くなったのだ。母はすでになく、父子家庭だった。病気がちの父はコズエに、酒を買って来いと言い、その度に金を工面しなければならなかったが、とうとうコズエは孤児になった。葬儀は町内の人たちが出してくれることになり、万太郎はシンと女子の学級委員長を連れて葬儀に出た。シンは相変わらずの変形服装だった。

「お前そんな服装で参列するんか」

万太郎が言うと、シンはばつの悪そうな顔をしていたが、どうすることもできない。現実ありのままの姿を見てもらおう。長屋のコズエの家の前には、町内の二十人ばかりの人たちが焼香台を置いた玄関前に立っていた。白い日の光を浴びてたたずむ人びとの間に三人は加わった。家のなかから読経の声が聞こえた。PTA会長や隣組の人たちのシンへの視線が痛いほどに感じられるが、シンも万太郎もポーカーフェイスをきめ込むしかなかった。参列者のなかにいた教頭は、学校の実態が公衆の面前で露見したことに、少々うろたえているように見えた。シンは衆人の視線が痛いけれど、学級委員長だから逃げるわけにはいかず、ツッパリ精神を押し通し胸張って立っていた。この服装でなんで悪い。

焼香になった。次々と名が呼ばれる。

「学級委員長どのー」

シンは鬼の角のように青い剃り込みを入れた頭をしゃきっと上げて、ダボダボズボンを揺らしながら焼香台の前に立った。みんながやっていたように、見様見真似で香を三回指でつまみ、ぱらぱらと焼香鉢に撒いて敬虔に合掌した。無事学級委員長の務めを果たしたのを見て、万太郎は安堵した。

葬儀の最後に喪主のコズエが挨拶した。コズエが喪主なのだ。セーラー服を着たコズエは、たたずむ参列者に向かって静かに頭を下げた。シンは暑い陽射しを浴びながら、一人ぽっちになったコズエの寂しそうな姿を見ていた。

コズエはその後、祖母と一緒に住むことになり、夏休みはアルバイトに精を出し、シンは鉄工所で働いた。七人衆もアルバイトで、昆布の卸店で働いた。七人衆も夏休みの前半を働き、続いて中華料理店で働き、残業もこなした。工場主や店長から、よく働いたとほめてもろたと、シンは万太郎に報告した。シンは福ちゃんという女の子が好きになり、ときどきデートしているようだった。

二学期になると、生徒たちは受験勉強に打ち込むようになった。シンは、「ゴキブリ」と言われて反発していた体育の老教師の授業にも出るようになった。

腎臓の病気で入院生活を送っていた「明るい農村」こと忠夫が退院して学校に戻ってきた。二年生のときのクラス生徒、バチコやアキヨ、カナコらが呼びかけ、みんなで放課後、退院祝いの会を開いた。シンも参加して、あいさつに立った。

「明るい農村よ、よう帰ってきたな。ほんま、みんな心配しとったぞ。ジンゾウちゅうのは、大事やからな。おれも気いつけるからな。あんまり塩分とったらあかんぞ。無理すんなよ。がんばれよ」

温かい拍手が起こった。

忠夫の退院祝いのなかで、

「二年生のときの国語の授業、魯迅の『故郷』をもう一度やってほしい」

と、バチコが言った。「明るい農村」は、入院していてその授業を受けていない。あの教材の最後の授業をやってほしい。あの静かな感動を「明るい農村」にも味わってほしい。

万太郎はそれに応えて放課後、授業をした。人と人とを分断し壁をつくる身分差別、それにとらわれなかった子ども時代、あの夢のような子ども時代はもう戻ってこない。希望とはなんだろう。

「故郷」の末尾の言葉を全員で朗読した。

「思うに、希望とは、もともとあるものだともいえぬし、ないものだともいえない。それは地上の道のようなものである。もともと地上には、道はない。歩く人が多くなれば、それが道になるのだ」

三学期、卒業が近くなった日の放課後、生徒は全員下校して校舎には誰もいない。万太郎は三年の教室がある三階廊下を歩いていた。一つの教室のなかに人影が見えた。誰かいる。そっと覗いてみると、良一と女子のワーさんが体をくっつけていた。万太郎は足音を忍ばせてそっと教室から離れた。コリアンの二人は、一年生のときに万太郎のクラスだったが、いつからか惹かれ合う関係になっていたのだ。ワーさんは高校に進学、良一は進学せず働く。

卒業の日が来た。式が始まるまで教室に待機しているとき、シンは廊下の窓から一人、運動場を眺めて泣いていた。式が終わり、生徒たちが家路に就いた後、三年の職員室に教員たちは放心状態で座っていた。突然職員室のドアがガラガラと音を立てて開いた。ぞろぞろ入ってきたのは七人衆だった。彼らは整列すると、

「三年間、ありがとうございました」

声をそろえ、深々と頭を下げた。

ツッパリたちはその後、零細工業や店などの職に就いた。シンは大工見習いになった。

コズエは、大阪市内の昆布の卸店の住み込みに入った。ひとり良一だけ音沙汰がない。韓国で起きた光州事件の後、良一は民主化闘争に加わっているのではないかと、シンは言う。シンの話では、良一が韓国青年同盟に入っていると聞いた、命がけの活動をしているらしい。韓国青年同盟は、「権力にこびず、金力に誘惑されず、暴力に屈せず、真理と正義に生きる」を合言葉に祖国を応援している。良一は日本にいるのか韓国にいるのか、生きているのか、いないのか、シンも行方がつかめないと言う。

一九八〇年五月、韓国で光州事件が起きた。韓国政府は戒厳令を布告して、大学生や市民の反政府運動を、

軍隊を出動させて鎮圧した。死傷者は三千人を超えた。その闘いのなかで、自由を求め、祖国統一を願って歌われた抵抗歌があった。

燃える喉の渇き
よみがえる　青い自由の追憶
連行された仲間達の　血だらけの顔
震える手　震える胸
憤りを込め　夜更けに密かに書く
乱雑なチョークの文字で書く
燃える喉の渇き
民主主義万歳

血の気の多い良一よ、今どこにいる。

新年度になり、万太郎は一年生の受け持ちになった。年度末に校内教員の役職、主任と部長の選挙があり、万太郎は生活指導部長に選任された。マモル氏は校長の任命で生徒主事という皮肉な構図だ。

教室が足りないために、他の教室から離れた体育館下の教室が万太郎のクラスで、無邪気なワンパクがいっぱいだ。毎日開いた口のふさがることがない。ホリチンは、授業とは関係のない質問を次々と飛ばし、昼休みになると、運動場の朝礼台の上に立って演説を始める。遊んでいる子らは見向きもしないが、ホリチンはとうとうとしゃべっている。

野性的な男子とオテンバの数人は、授業開始のチャイムがなると、それ行けと、万太郎を迎えに、半分はからかうために、職員室目指して走ってくる。万太郎はそれを見ると、

「チャイムが鳴ったら教室に入って席に着いとくんじゃあ」

と叫んで教室へ向かって走り出す。彼らは、待ってましたとばかり、きびすを返して教室に逃げ帰る。追っ駆けて教室に入ると彼らはチンと席に座っている。

五月のよく晴れた日、職員室に四十歳台とお見受けする丸坊主の男性が現れた。ワサビ色の作業服がピシッと決まっている。男性は、万太郎の机の横に背筋

を正して立つと一礼した。どなたですかな、机に向かっていた万太郎は怪訝な思いで立ち上がった。

「パクの父親です。息子がお世話になっております。相談に上がりました」

パックンのお父さんだ。

「実はしばらくの間、入らなくてはならなくなり、自分のいない間、息子はハルモニと二人だけになります。その間、息子をどうかよろしくお願いします」

パックンの家に母親はいない。祖母と父親との三人暮らしだ。ワンパクの一人が、パックンの父親は組の若頭だと教えてくれていたから、事情はなんとなく想像できた。どこへ入るのかは聞かず、万太郎は笑顔で応えた。

「分かりました。ときどき家に行きますから安心してください」

「一年ぐらいになるかと思いますので、よろしく頼みます」

父親は深々と頭を下げ、ジープに乗って帰っていった。礼儀正しい人だ。


万太郎は放課後の陸上競技部の練習が終わると、自転車で家庭訪問に出かける。家内工業や内職で働く実直なアボジにオモニはいつも笑顔で迎えてくれた。ときどきパックンの家に出かけ、ハルモニに家での様子を聞く。ハルモニは、少し腰の曲りかけた小さな人だった。恐縮して頭を下げるハルモニは更に小さく見えた。どこかで遊びほうけているパックンだが、アボジの言い付けが効いているから、夕食時間には家に帰ってくる。

「センセイ、これ食べてください」

ハルモニはときどきキムチを包んでくれた。万太郎はありがたくおしいただいて帰る。ハルモニの漬けたキムチはおいしい。

クラスには二人の、障害をもった子がいた。一人がサトシ。彼の両親は沖縄出身で、大阪に出てきて父は零細企業で働いていた。日曜日になると公園でサトシは父とキャッチボールをした。小学校一年生のとき、不幸が襲った。家から火が出て全焼したのだ。家族は無事だったが、火災の恐怖は大きく、サトシにてんか

んの発作が出るようになった。お父さんは、

「恐怖が原因です。その発作が知能に影響し障害を残したんです」

と言った。

障害を持つもう一人はヒロシ。脳性マヒのため体はクラスでいちばん小さく、歩行は脚を引きずり、うまく走れない。知能と言語にも障害がある。家は小さな食品スーパーを家族で経営している。お母さんは店のレジに座ってヒロシの生い立ちを話してくれた。

「難産でした。それが原因の障害です」

お母さんは用意してあった手記を手渡してくれた。

「待望の出産でした。忙しいながらも嬉しかった。ミルクを飲みながら、おとなしく寝て遊び、静かに過ごしてくれることを幸いに、私たちは階下の店で仕事をしていました。ヒロシは生後二年目ぐらいから、ハイハイもせず、遅れが目立ってきたので、保健所に相談しました。検査の結果、脳性マヒと診断され、ショックと心配で胸がいっぱいでした。でも負けていられません。三歳になってなんとか歩けるようになり、努力して三輪車にも乗れるようになりました。そして小学校入学前に整肢園に入って寄宿生活をしました。一か月ほどつらくて泣き別れでした。

それから養護学校に入りました。父親は朝市から帰ってくるとヒロシを送って一緒に電車で登校しました。やがて通学バスに乗れるようになり、もっと自信をつけようと、自転車乗りの練習を、お父さんの応援でやりました。汗を流し、涙を流して、何度も転びながら、やっと乗れるようになったときは大喜びでした。人の何倍かかっても、努力して目的達成してほしいという願いが本人にも通じ、たいへん喜んでいました。

五年になって思いきって、お友達はまだ無理のようでも、友だちや学校の環境に適応できればと地域の小学校に転校しました。幸い担任の先生、級友の応援で小学校を卒業し、中学校でも元気に登校しています」

サトシとヒロシは、主要五教科は養護学級で過ごし、音、美、体、技の教科は原学級でクラスの子と一緒に過ごした。二人はいつも一緒に行動し、行動面ではサトシがヒロシをカバーした。二人の間に友情が芽生え

た。生活ノートを二人は書いた。ヒロシの書く文字は大きく、震える手で書いた字も震えていた。

体育館下の教室は、他の教室から離れているから、どんなに騒いでもハメをはずしても、気を使わなくていい。

土曜日の午後のことだった。誰もいない運動場の真ん中に白いものが動いていた。何だろう？　よく見るとニワトリだ。万太郎が近づいてみると、ニワトリは腰が抜けていて、羽根は糞で汚れている。とさかがあるから、オンドリだ。白色レグホンだな、万太郎が子どもの頃、家で飼っていたのと同じだ。お前、どこから来たんだ？

両手でつかんで、職員室に持ち帰り、床に置いても動く力がない。隣の小学校に電話した。

「ニワトリを飼育していますか？　逃げてはいませんか？」

「ニワトリ？　いますよ。子どもたちで飼育していますけど逃げてませんよ」

じゃあ、どこから？

万太郎は、しかたなく弱ったニワトリを段ボール箱に入れて、家に持って帰ることにした。

箱を抱え電車に乗り、他の乗客に悟られないように気を使った。家に帰ると、とりあえず庭に放しておくことにした。庭には二坪ほどの小さな家庭菜園をつくっていて、ほうれん草が十センチばかりの丈に育っている。腰の抜けたニワトリはうずくまったままだ。水を入れた容器を置き、ご飯の残りを置いて、様子を見ることにした。突如やってきたニワトリは小学生の息子たちの楽しみになった。何日かして、息子たちが叫んだ。

「ほうれん草の葉っぱが少なくなっているよ。ニワトリが食べているみたいや」

「アッじゃー、やられたあ」

自然栽培のほうれん草は威力がある。ニワトリは立ち上がって歩くようになった。白い羽根にはつやが戻り、歩く姿もさっそうとしてきた。ほうれん草はほとんど食べつくされた。

朝、家族がまだ寝床にいたときだった。突然けたたましい声が外で響いた。ニワトリが時を告げている。ひやーっ、元気になったぞ、よみがえったぞ。ニワトリはしきりに時を告げる。鳴き声は隣近所、辺りに響き渡る。こりゃたまらん、毎朝この調子で時を告げられたんでは、近所迷惑になる。新たな難題が出てきた。陽子は閉口した。

「なんとかしてよ」

　ニワトリはしきりに鳴いている。しかたがないな。万太郎はダンボール箱にニワトリを入れてまた学校へ持って行くことにした。だが待てよ、朝の通勤列車は毎朝満員のぎゅう詰めだ。そんなところへニワトリ入りのダンボールを抱えて乗り込むことができるかな。しかしそうするしかない。万太郎は箱を抱えて駅に行き、すいていそうな車両を探して乗り込んだ。ぎゅうぎゅう詰めの一歩手前だ。箱を胸に抱え、鳴くなよ、鳴くなよ。幸いニワトリは神妙にしていた。

　万太郎は朝のホームルームにニワトリを持っていった。教室は大騒ぎだ。

「わあ、ニワトリやあ」

「これ、どうしたん？」

　万太郎はいきさつを話し、アイデアを聞くことにした。

「この鶏、どうしたらいいと思う？」

「トリ小屋つくって飼おうで」

　ワンパクのアベチンが乗ってきた。

「よし、そうしよう。これは他のクラスにも他の先生にも秘密やで。内緒や」

　他のクラスの生徒にも他の先生にも、知られたらいかん。知られたらニワトリは処分される。トリ小屋をつくる場所、誰の目も届かないところはどこかにないか。

「この体育館の裏のブロック塀の隅がいい」

「うん、そこへは誰も来ん」

「そこにトリ小屋をつくって、みんなで飼おう」

　これで決定した。体育館は学校の南西の隅に建てられている。ちょうど校舎の増築が校内の一部で始まっていて、工事の車が体育館横の裏門から出入りしている。見つけられないように気をつけねばならない。

秘密計画は進行した。アベチン、アキヒデらワンパクたちが、レンガや木切れを拾ってきて、トリ小屋をつくった。屋根にはさびたトタンの切れ端が乗った。サトシもヒロシも秘密メンバーだ。ニワトリは団結のしるしだ。クラスのなかに生物研究が好きな子がいて、本で調べてニワトリの飼育法をみんなに伝えた。

「餌は穀物と野菜や。虫もいい。虫おらへんかなあ」

「ほんなら野菜を栽培するか」

昼休み、生徒は弁当の一部を持っていってトリにやる。家から食べ残しを持ってくるものがいる。ヒロシは店の野菜の売れ残りを持ってきた。トリは猛烈な食欲だ。何でも食べてしまう。秘密メンバーの結束は固く、秘密は厳重に守られた。気になるのは、ときどき、コケコッコーとちょっとかすれた声で鳴くことだ。この声を他のクラスの子に聞かれないようにしなければならない。半月ほど無事に過ぎた。

朝、万太郎が出勤すると、アベチンとアキヒデが職員室に飛んできた。

「せんせー、消えたー、おれへん」

こつぜんと鶏が消えていた。万太郎がトリ小屋に行くと、小屋の一部が壊れている。みんなの目は探偵の目になり、捜索に取り掛かる。トリ小屋横のブロック塀の壊れたところから誰かが入って盗んでいったかもしれん、工事をしている人が持っていって、焼き鳥にして食ったんとちゃうか、みんなで学校中を探した。裏門から出て外の道路を探した。逃げたのか、盗られたのか、襲われたのか。なぞの白いニワトリは忽然と消え、事件は未解決のままになった。

秋の遠足、万太郎は、大和の古道、葛城の道を舞台に、グループ別の探索ハイクを企画した。明日香と共に葛城の地は歴史の里。二上山の麓を難波津から遠つ飛鳥への街道も通っている。探索ハイクは四人から六人ほどのグループをつくり、設定されたポイントを通ってゴールに帰ってくる。この地もどんどん開発が進んでおり、歴史の香りは急速に失われつつあった。万太郎は現地を歩いて、當麻寺を拠点にして探索ハイクのコースを設定した。ワンパク学級は、大張り切りだ。教師たちは途中の関所に座って生徒たちを待ち、通過した班をチェックする。サトシとヒロシ、ホリチンも班に加わって歩いた。ホリチンは、當麻寺の本堂前で一人演説した。ワンパクたちの班は、何かいたずらをしたらしいが、内緒にしているから分からない。羽を伸ばして、秋の遠足はおもしろかった。

万太郎は、矢田南中学校で実施した感動的な朝鮮学校生との交流実践を思い出し、加美中学校のコリアン生徒にも誇りと励ましをもたらし、日本人生徒の認識を変えたいと、交流会を企画した。交流会の計画を職員会議に提案すると、幸い反対意見はなく、実行に移した。場所は秋空の下、運動場野外ステージにしようと、仮設舞台をつくった。交流内容は、朝鮮中級学校の民族舞踊とブラスバンドの演奏を鑑賞することが主になり、矢田南中学で企画したような、各学級での生徒同士の直接交流はできなかった。それは、全学級の担任教員に、クラスに朝鮮中級学校の生徒を受け入れ、一時間の交流を生徒たちが行っていくよう支える意志があるかどうかという見定めの揺らぎがあったからだった。わざわざ来てくれた人たちには、もの足りないものを感じさせたであろうが、それでも全校生が朝鮮中級学校の生徒たちに直接触れた意味は大きかった。

初冬に入り、三年生の数人グループが学校内の倉庫にたむろする事態が起きた。マモル氏の指導を彼らは受けつけず、反抗的だった。思い余ったマモル氏は自宅謹慎案を職員会議に出した。

「彼らのなかに、疥癬にかかっている生徒もいる。こんな連中が、倉庫を占拠している。放置できません。一定期間、彼らは学校に来ないように、自宅謹慎処分にすることを提案します」

万太郎は反対した。

「実際に自宅謹慎というものは可能ですか。それはどのような結果をもたらすと思いますか。自宅謹慎にしても、彼らは自宅にじっとしていませんよ。逆に街のなかで動いて、何かをやりますよ。なぜ彼らがそのような行動に出ているのか、あなたはどう考えているのですか」

万太郎はマモル氏の「非行生徒」排除論を批判した。

結局自宅謹慎案は職員会議では通らなかった。

万太郎は彼らを一室に集めて思いを聞いた。それが発端となった。職員会議は万太郎生活指導部長とマモル生徒主事の、二人の激論の場となった。マモル氏はすっくと立って万太郎を見据えて言った。

「あなたは、彼らを集めて、何を企んでいるのか。あんたは以前から問題生徒を甘やかし、手なずけ、反抗、反乱をそそのかしてきた。はみだしグループの御機嫌を取ってきた。だから、彼らはつけ上がるのだ」

万太郎は反駁した。

「何を言うか。あなたこそ、命令と罰でもって、生徒を支配しようとしているではないか。彼らには彼らの主張がある。思いがある。それを抑圧するから彼らは反抗する。権力で生徒を支配することができると思っているのか」

職員室は静まり返り、他の教員たちは固唾をのんで聴いていた。

「是々非々を分からせることが生活指導だ。あんたのように、飴をしゃぶらせるようなやり方では、つけあがるだけだ。厳しく規範を教え、鍛えることこそが教育だ。学ぶものには学ぶ態度がある。その態度を身につけさせることが生活指導だ」

「身につけさせると言うが、教師を拒否し、指導の土俵にあがることを拒否している生徒にどのようにして、学ぶ態度を身につけさせるのか。罰でもってそれを行うのか。あんたのようなやり方では、拒否を生むだけだ」

果てしない応酬、とうとう教頭が討論を打ち切った。

教員たちは、マモル氏を支持する人たちと、万太郎を支持する者たちと、「まあまあ穏便に」という中間派の三派に分かれた。

マモル氏が万太郎を警戒してきたのは、部落解放教育に携わってきた万太郎の前歴に由来する。彼にとって万太郎は、この学校のかつての分会委員長を暴力的に拉致し糾弾した部落解放同盟の賛同者だ。あの事件以来、憎しみと怒りは汚泥のように降り積もり、教職員組合内の対立は日教組レベルに広がり、深刻な状態になっている。

二人の対立は続いた。

卒業式の議案が職員会議にかけられた。マモル氏は、今年も卒業式に制服警察官を来賓に招き入れると主張した。万太郎は反対したが、職員会議は無難な選択をして、来賓席に制服警官が入った。

卒業式は無事終わった。が、マモル氏は、反抗する生徒たちが帰宅途中の自分を襲撃する可能性があると恐れていた。そんなことが起きるはずがないと万太郎は言うが、彼の危惧は強く、念のために行動を共にすることにした。午後五時、数人の教員と共に、万太郎はマモル氏と連れ立って学校を出て駅に向かった。何事も起きなかった。

三学期も終わりの放課後、パックンのお父さんが学校にやってきた。職員室に入ってきたお父さんは、深々とお辞儀をした。

「一年間、息子がたいへんお世話になりました。ばあさんからも聞いております」

「いやいや、ご丁寧に。お子さん、元気にやっていました よ。おばあちゃんからは、おいしいキムチいただきました」

お父さんは笑顔になった。

万太郎は、生活指導部長の任を次年度から降りることを職員会議で伝えた。自分はもっと自由に、自分のクラスに打ち込みたい。その意見は日頃の論争を見てきた職員には理解できたようで、了承された。

万太郎は二年生の担任になり、前のクラスのワンパクたちはクラス替えによってバラバラになった。ヒロシとサトシは万太郎のクラスで、変わらない。

万太郎は、ほぼ毎週発行する学級通信をクラスづくりの一つの手段にしてきた。「峠の茶屋」、「ほかほか亭」など、通信のタイトルは毎年変える。二学年のこのクラスではタイトルを「蹄鉄《ていてつ》」にした。それは小熊秀雄の詩に由来する。万太郎は通信「蹄鉄　第一号」に詩「蹄鉄屋の歌」を書いた。

「私は蹄鉄屋」と、その詩は詠う。

私はお前の爪に

真っ赤にやけた鉄の靴をはかせよう
そしてわたしは働き歌をうたひながら
——辛抱しておくれ
すぐその鉄は冷えて
お前の足のものになるだろう
お前の爪の鎧《よろい》になるだろう
お前はもうどんな茨《いばら》の上でも
石ころ道でも
どんどん駆けまわれるだろう——
……
私の紅い炎を
君の四つ足は受け取れ、
そして君は、けわしい岩山を
その強い足をもって砕いてのぼれ、
トッテンカンの蹄鉄うち、
うたれるもの、うつもの、
お前と私とは兄弟だ、
共に同じ現実の苦しみにある。

万太郎は、この詩のような蹄鉄うちになれないが、この詩に共感する。

生徒たちは、万太郎の毎週発行する「蹄鉄」を楽しみにした。

春の遠足は昨年の葛城古道に続いて明日香探索ハイクだ。古代に渡来人がたくさん住み着いた歴史の里、明日香全域を舞台にしたハイキングは、五、六人の小班をつくり、協力して遺跡を探しながら歩く。石舞台古墳、橘寺、高松塚古墳、甘樫の丘、飛鳥寺などをめぐり、猿石、酒船石、亀石などの石の造形物を見つけ出し、観察研究する。ルートはすべて生徒に任せた。どこをどう歩くか、弁当をどこで食べるか、トイレをしたくなったらどうするか、すべて自分たちで決める。前年度の葛城探索ハイクを一段ステップアップした。安全のため数箇所にステーションをつくり、そこに教員が分かれて待機する。

飛鳥駅前から、明日香の地図と磁石をもった生徒たちは出発した。彼らはまず額を寄せて地図を見た。

「東はどっち?」

「あっちゃ、橘寺も石舞台もあっちゃ」

「高松塚古墳に行こか。約一キロやな」

「その次は鬼の雪隠と鬼の俎や。天武持統天皇陵の手前で左の道をいったところや」

生徒たちは車の来ない小道を選ぶ。民家の横にネコが寝ていた。バラの花が咲いている。丘を越えていくと椎茸栽培のほたぎが林の陰に並んでいた。明日香の透明な空気、歴史の香り。甘樫の丘に登って、古代を一望しながら弁当を食べたグループもある。飛鳥川のほとりで弁当を食べたグループもある。事前学習に基づいて遺跡を訪ね、古代の渡来人たちを偲んだ。ゴールは飛鳥駅、全員無事に時間内にゴールした。サトシとヒロシは養護学級の先生と一緒に歩いてきた。自由満喫の遠足に生徒たちは満足した。

サトシは毎週、生活ノートを万太郎に提出してきた。そこには、いつも野球のことが書いてある。

「今日は、やすみやから、どっか行こかなって、あたまのなかで考えていました。けど、いえでやっぱりあそびました。ボールのうけあいしました。あいてがおらんから空になげて、あそびました」

サトシのお父さんは、日曜日になると近隣の子どもたちを集めて野球チームをつくり、サトシもそこに入り、野球を楽しんだ。サトシの生活ノートには、ヒロシへの友情がにじみ出ていた。

「さっそくれんしゅうを、やります。ベーコンとごはんを入れて、たまごを入れて、たべました。そのつぎは、なっとうでたべて、それでファイトをもやしてがんばってきたいと思います。十二日は大会で、ヒロシ君のたんじょうびなので、大会で、もしか　ゆうしょうしたら、ぜったいヒロシ君にノートをあげて、ホームランボールをあげて、ヒロシ君のために　一ぱつホームランを打って　がんばります」

サトシの友情はすばらしい。万太郎の心がなごむ。

二学期の初めに学年のクラス対抗水泳大会があった。ヒロシは泳げない。だがクラス対抗の水泳大会に出たいと言うから、二五メートル自由形に出場することにした。泳げなくても歩けばよい。ヒロシがプールに入ると、かろうじて背が立ち、水は首のところまで来る。

つまずけば溺れる危険もある。万太郎はヒロシに、コースロープを手に持って二五メートルを歩くように言い、危険とみればプールにいつでも飛び込むつもりで試合に出させた。笛が鳴り選手たちは飛び込む。ヒロシは頭から横波をかぶって驚くが、それでもよろよろ歩き出した。コースロープを左手に持ち、あと五メートルのところまで来たところで、ヒロシの頭は水のなかにぶくぶくと沈んだ。万太郎はすぐさま飛びこんでヒロシの身体を持ち上げた。

「がんばれ、ヒロシ。がんばれ」

サトシが叫ぶ。サトシは発作の危険もあるから泳がずに見学していた。

水泳大会から一週間ほどたった。万太郎が一日の終りの学級活動に教室へ行くと、教室はシーンとして、みんな熱心に学級通信を読んでいる。あれ、おかしい。今日は通信を配っていないぞ。何を読んでいるんだ？

中谷君が万太郎の顔を見てにやりと笑った。万太郎は、彼らの読んでいるものをよく見た。表紙のタイトルは「蹄鉄《ていてつ》」ではなく「凹凸《おうとつ》」となっているではないか。いったいこれは何だ？

「ぼくらがつくった学級通信です」

中谷君がニヤリと笑った。「蹄鉄」に対抗して、生徒がつくった学級通信の登場だ。

「自分らでつくったんかあ。どひゃー」

万太郎は感嘆の声を上げた。みんなは爆笑。「凹凸」は十ページに及ぶ。創刊号には、丹念な万太郎の似顔絵も載っている。中谷君は絵やイラストが得意で、将来その道に進んでいきたいと考えている。彼の才能を活かした編集は見事なものだ。いったいこの印刷はどうしたのか、聞くと、万太郎に内緒で他の先生に頼んだらしい。対抗馬登場、負けてはおれん。「ていてつ」と「おうとつ」の競い合いが始まった。

みんなの愛読は、「凹凸」に流れた。「凹凸」の人気記事は、ユーモアあふれる「生徒へのインタビュー記事」と、中谷君が腕を振るう似顔絵シリーズ、それにいたずらっけのあふれる編集だ。教師臭い「蹄鉄」と、風刺とユーモアの効いた型破りの「凹凸」とでは、おもしろさでは勝負にならない。「凹凸」がダントツだ。

二つが競い出してから、クラスの雰囲気が変わってきた。万太郎は、これは文化の香りかなあと思う。学級の子どもたちが主体になって動き出せば文化が生まれてくる。淀川中学校三年目のクラスに、学級新聞社が複数生まれ、万太郎がポケットマネーで買って教室に常置した謄写版とガリ版を使って、生徒たちは競うように新聞を発行した。放課後の教室は、生徒たちの楽園だった。三年前、シンのいた二年生のクラスも、女子生徒の活躍で洞村研究班が誕生し、学級通信と生活ノートが盛んな対話の場になった。クラスは小社会になり、生徒文化が生まれる、このような実践は、生活つづり方教育の流れにある。

秋の文化祭に向けて、クラスに新たな創作が動き出した。体育館の壁面を飾る巨大な壁画の制作だ。生徒の描いた壁画の原画を分割し、各班で拡大して色紙の貼り絵をつくる。それを始めたときだった。

「一時的に転入生を一人、クラスに受け入れてくれませんか」

教頭が教室にやってきて万太郎に言った。

「一人の母親が学校に来て、転入に必要な書類は何もない、役所にも行ってない、けれど、子どもを一時置いてほしいと言っているんです。事情があるようで、この地域に住んでいる親戚の方が一緒です。母子二人で福岡から逃げてきたということです。この学校にしばらく受け入れてほしい。知らない人が尋ねてきても、秘密にして、引き渡さないでほしいということです」

借金取りか、暴力を振るう夫か、何かに追われているのか、事情は分からないが、万太郎のクラスで預かってほしいと教頭は言う。

「いいですよ。わがクラスは、よく団結していますから、守ってくれますよ」

万太郎は引き受けることにした。職員室に行くと、一人の小柄な生徒がいた。ゴマメのような小さな男の子だ。教室へ連れていって紹介する。

「九州から来た風の又三郎君です」

万太郎が冗談で言うと、ゴマメはぺこんと頭を下げ、それから「又三郎」が彼のニックネームになった。

「席と班はどこにしようかな」

「先生、私とこ」

　美和が笑顔で言った。又三郎は美和の班に入った。美和の班には、クラスでいちばん体が小さく勉強の苦手なクニヒロがいた。又三郎とクニヒロは同じぐらい小さい。

　秋の文化祭に向けての壁画制作、各班メンバー六人は机六脚をくっつけ、その周りに座って作業をする。壁画の原画は、デザインの得意な子が描いた、たくさんの気球が空を行く見事な絵だ。その原画を六等分して各班に分け、それぞれの班がその一枚を模造紙二枚に拡大して、色紙を切って糊で貼っていく。

　又三郎とクニヒロは一瞬で仲良しになって制作を始めた。班長の美和はさっぱりした気性で、男の子にも遠慮なくものを言う。美和は弟を世話するように又三郎に接した。授業のときは、又三郎とクニヒロは並んで勉強した。又三郎はクラスの人気者になった。

　壁画が完成間近になった日、教頭がやってきて、万太郎にささやいた。

「あの子はまたどこかへ移ることになったそうです。母親が来ています」

　急いでいる様子だ。またどこかへ逃げなければいけないのか。

　万太郎はクラスのみんなに伝えた。

「せっかく仲良くなったのに、又三郎はまた転校します。今すぐです」

「えーっ」

「そんな無茶なあ」

　美和が叫ぶ。だが生徒たちは又三郎の身に何か差し迫った事情があることを感じ取った。

　又三郎は教頭に連れられて教室から出ていった。

「先生、私、見送りにいく」

　美和は言うなり、教室を飛び出した。クニヒロが続き、クラスのみんながどやどやと続いた。生徒たちの心の噴出は止めることはできない。又三郎の身に迫るものを子どもたちは感じていた。別れの一瞬に立ち合いたい。みんなは校門に走った。授業よりも大切なものがある。

　校門に行くと、通用門から又三郎が迎えに来た母親と出ていくところだった。クラスのみんなは叫んだ。

「又三郎、元気でなあ」

「バイバーイ、又三郎」

又三郎は振り返り、手を振りながら、去っていった。

各班の貼り絵を六枚つなぎ合わせると大きな貼り絵が完成した。色鮮やかな気球がいくつも青空を行く。

「これに希望というタイトルをつけようよ」

美和が提案し、壁画に「希望」の題がつき、体育館の入口の壁に飾られて、文化祭の花となった。

秋の遠足は奈良県と三重県の県境にそびえる曽爾高原だ。大群落のススキの穂が波打つ高原を歩いて、標高千三十七メートルのクロソ山に登る。ヒロシは、この登山に挑戦した。クラスのみんなは、ヒロシを助けて登山をやり遂げた。翌日、クニヒロは生活ノートにこんなことを書いた。

「ヒロシが、『あの山、のぼられへん』と言ったので、『ぼくがてつだったろう』と言った。本当は峠までやったけど、ここまで来たから　もっと上まで上がろう、また登っていった。何回も落ちそうになったけど、ひっしでヒロシは登った。綿野君、田村君、沢田君もてつだった。そしてなんとか登れた。あのときは、よかった。やったあ、ヒロシ」

脳性まひの後遺症をものともせず、ヒロシはクニヒロとサトシ、班の仲間に支えられ、急坂を登って頂上に立った。

「蹄鉄」と「凹凸」は競い続け、ヒロシとサトシは、生活ノートを書き続けた。

万太郎は、生徒たちの書く生活ノートと二つの学級通信を、クラス討論の場にした。生活ノートには生徒たちの心のなかが表れてくる。万太郎はそれを読んで返事を書き、考える材料になる文章は学級通信に掲載する。それを読んだ生徒は生活ノートに意見、感想を書く。そこからまた新たな声を選んで通信に反映する。こうして意見と感想の循環が生まれてきた。葛藤は大切なテーマだ。

生徒の様子がよく分かるのは、昼食の時間だ。生徒たちは、仲良しグループが机をくっつけて食事をする。万太郎も教室で弁当を食べながら生徒たちをそれとなく観察する。

ある日、スンジャが一人で弁当を食べていた。彼女はマッキンのグループにいたはずだが、どうしたのだろう。グループから出たのか、出されたのか。翌日マッキンが、「決闘」をしたという文章を生活ノートに書いてきた。女の子が決闘？　まさか。場所は地域の小さな神社の境内で、取っ組み合いをしたという。向こう意気の強いマッキンが仲間と三人で、スンジャを神社に呼び出し、呼び出されたスンジャも気丈な子だったから、受けて立った。原因は、スンジャがマッキンの悪口をぶつぶつ言っていたのを仲間がきいて、それがもとで関係がこじれたらしい。闘いは一対一、スンジャはひるまなかったが、勝負はついてマッキンに屈服させられた。服が土だらけになり、家に帰ってマッキンは母親にきつく叱られた。

この「決闘」をどう考えるか。

万太郎は学級通信にこの事件を載せた。「決闘事件」の当事者、マッキンとスンジャの意見も掲載し、男子の意見を聞きたいと書いた。女子の問題には男子の率直な客観的な見方が役に立つ。男子の問題には女子の冷静な判断が参考になる。男子の意見を学級通信に載せると、マッキンたちは冷静に考えるきっかけを得ることがきた。紙上討論はこうして問題を自分たちで解決していく手段となった。生徒たちは、討論する力が養われていない。紙上討論はそのアプローチになる。生徒のなかの問題をつかむと、クラスのなかに投げ込み、みんなで考える。悩んでいる子がいれば、その子の気持ちを通信に載せる。いじめや対立、差別が起きると、万太郎自身も自分の考えを書いて学級通信に載せ、みんなの意見を聴く。もちろん内容によっては公開を配慮しなければならなかった。

一日の終わりの学級活動の時間に、万太郎は学級通信を配る。クラスは静まりかえり、生徒たちは食いつくように通信を読んだ。学級通信には、新聞などに掲載されていたニュース、評論、声も転載した。討論の場になった学級通信は毎号文集なみのページ数になり、一年間で発行する通信数は毎年五十号になる。

万太郎は、次年度三年生の修学旅行の目的地を信州の高原に変える提案をした。矢田南中学で戸隠修学旅行を始めてから後、大阪市内でも信州へ切り替える学校が増えていて、国鉄も修学旅行専用列車を信濃路にも走らせている。職員会議で信州修学旅行の賛同を得、乗鞍高原鈴蘭の旅館とペンションに分かれて二泊し、高原の自然のなかをたっぷり歩き回る計画を進めた。

三学期の終わり、「蹄鉄」と「凹凸」はそれぞれお別れ号を発行してクラスを解散した。

万太郎は三年生の担任に持ち上がり、クラスは編成替えしたが、ヒロシとサトシは変わらず万太郎のクラスだ。

五月、修学旅行だ。大阪駅集合、信州修学旅行列車に三つの中学校が乗り込んだ。

列車は中央線に入り、万太郎は車掌室に行って、木曽路のガイド放送を依頼した。すると車掌が、

「先生がやられたらどうですか。放送ガイドブックがありますから」

と言って、車掌は案内ガイドを手渡してくれたから、万太郎が車内放送することにした。

木曽路に入ると、万太郎は車掌室の椅子に座り、マイクの前で車内放送を開始した。

「木曽路はすべて山のなかである。……一筋の街道はこの深い森林地帯を貫いていた。東ざかいの桜沢から、西の十曲峠まで、木曽十一宿はこの街道に沿うて、二十二里余にわたる長い渓谷の間に散在していた」

島崎藤村の小説『夜明け前』、朗読すると込み上げてくるものがある。木曽路はもう元の姿を残していない。江戸時代の古道のほとんどはいつの間にか深い山間に埋もれ、新規の道が谷の下方に位置を替えた。国道ができてからは、旧街道はさびれ、宿場だけが残った。生き残りをかけて、妻籠や藪原、奈良井の宿は江戸時代の街並み保存に全力を注いでいる。

万太郎は残雪の木曽の御嶽や、中央アルプスの雪嶺が見えるのを放送で紹介した。

鳥居峠の分水嶺が近づく。

「これから鳥居トンネルに入ります。窓から左下に見える木曽川を見ましょう。水はどちらに流れています

か。列車の進行方向とは逆の方向に流れていますね。木曽川は太平洋へ流れ下っています。これから入る鳥居トンネルは鳥居峠の下にあります。昔の中山道はこの峠を越えていました」

列車は鳥居トンネルを抜けた。

「みなさん、右に川があります。川はどの方向に流れていますか」

生徒たちは進行方向の右の窓から川を見た。なんと川の流れは列車の進行方向、前方へ流れているではないか。

「川の流れはさっきの木曽川とは反対です。この川は木曽川ではありません。奈良井川です。この川の水はどこへ向かうでしょう。実は日本海なのです。そうするとトンネルの上の鳥居峠に降った雨の水は、峠の上で南に流れて木曽川に入る雨水と、北に流れて奈良井川に入る雨水とに分かれるのです。空から落ちてきた雨粒は、あなたはあっち、私はこっちと、ある線を境にして分かれてしまいます。そこが分水嶺です。鳥居峠の分水嶺に降った雨は、北と南とに分かれて、一方は日本海へ、もう一方は太平洋へ流れてゆくのです」

ある一線で、日本海へ行く水と太平洋へ行く水に分かれる。当たり前の話だが、不思議な感慨を覚える。

松本駅からバスで乗鞍高原に着く。宿はクラスごとに旅館やペンションに分宿した。初めてつかる天然温泉に生徒たちは大はしゃぎだ。頂上に雪を残す乗鞍岳に日は落ち、夕茜が空を染め始めていた。夜、村の集会場で、村の人たちのアルプホルンの演奏を聴く。村人たちがスイスへ行って習ってきたアルプホルンの音色は素朴だ。

翌日は、乗鞍岳をバックに広がる一之瀬牧場で、班行動のオリエンテーリングをする。宿がつくってくれた大きなおにぎりを途中で食べて一日を自由に過ごす。アザミ池のほとり、白樺の小道、口笛を吹きランラン歌いながら行けば、善五郎の滝がごうごうと落ちている。牛留の池から乗鞍岳を眺める。夜泣き峠では、小鳥のさえずりの合間に女の人の泣き声が聞こえるぞ。オオシラビソの原生林は夜泣き峠の上にある。水芭蕉の池は牧場の奥にあり、リュウキンカもショウジョウバカマも咲いている。

一日が終わると、宿に戻って温泉につかる。自由時間ならいつでも何回入ってもいい。夜は、星空高原散策をした。

三日目は、上高地へ行って梓川のほとり、河童橋から穂高の雪嶺を見、夕方まで上高地で遊んで、松本から夜行列車に乗った。賑やかにおしゃべりしていた生徒もいつのまにか深い眠りに落ちていった。

夏休み、万太郎は、息子二人と野辺山高原から八ヶ岳に登った。赤岳の頂上小屋で泊まって岩稜を下りてくると岩場があり、ザイルを持ってきていなかったから、息子たちの下降に肝を冷やした。初めての本格的な登山だった。

秋、万太郎はマモル氏との、不毛な対立は変えたいと思い、マモル氏の呼びかけたビアガーデン懇親会に参加した。教職員十人が参加した。会場は阿倍野にあるアサヒビアホールだ。アコーデオン弾きが演奏し、客はジョッキを傾けながら歌っている。みんなはジョッキを傾けた。マモル氏は万太郎に言った。

「非行生徒は低学力です。それをなんとかしなければと思ってるんです。そのための効果的な方法はないものかと」

彼が生徒の低学力に視点を置いている。

「賛成。ではどうやって、どんな方法で学力を保障するか。それを研究しなければ」

マモル氏は巨大ジョッキを回し飲みをし、野太い声で歌った。

信濃の国は十州に
境連ぬる国にして
聳ゆる山はいや高く
流るる川はいや遠し……

マモル氏は信州大学出身、『信濃の国』は長野県歌だ。三番まで歌い終わると彼は言った。

「信濃の国は、越後、越中、飛騨、美濃、三河、遠江、駿河、甲斐、武蔵、上野、この十州に境を連ねる県でね。長野の北と南では気候も、風土や文化も違う。北信は新潟に接して雪が多い。南信は三河に接し、暖かい。長野県を二つに分けようという動きがあったんだよ。昭和二十三年、県議会で二つに分けようという話し合いが行われた。そのとき、傍聴席から『信濃の国』の歌が湧き起こり、大合唱になったんだ。長野県分割案は消えた」

アコーデオン弾きが、オ・ソレ・ミオを演奏した。万太郎は声を響かせて歌った。

そのことがきっかけで、マモル氏は基礎学力養成の研究を始めた。万太郎とマモル氏の感情的対立は薄れてきた。

卒業式も近づいてきた放課後、万太郎は誰もいない校舎の廊下をぶらぶら歩いた。教室に西日が差している。見ると、教室に誰かいる。ヒロシと女子の学級委員長の李さんだ。

「まだいたの?」

声をかけると、

「ヒロシ君とロックの話してるの。面白いよ、先生」

李さんが笑う。ヒロシもにこにこ笑っている。クラスでいちばん成績のいい李さんが、障害児のヒロシと音楽談義?

「ヒロシ君、ロックを聴いているんだって。私もロックが好きだから、話していたの。話が一致して」

ヒロシがロックを聴いている。万太郎は想像もつかなかった。二人は知能的にも発達上でも、大きな差異があるにもかかわらず、ロックを介して話し合っていた。

卒業後、ヒロシは養護学校の高等部に進学し、サトシは町工場に就職した。

万太郎は続けて次年度の三年担任になった。この学年は初めて接する子らだった。学年開始早々、母が入院した。肺の病で、万太郎は兄と病院に行って看病したが、末期のガンが新たに発見され、とうとう新緑の季節に母は旅立っていった。苦労の多い人生だった。母の葬儀に、卒業生のバチコら洞村生存者研究チームが来て、手伝ってくれた。

サークル「寺子屋」

無着成恭が『ヘソの詩』という本を出版した。無着は明星学園の教師になっていたが、学園の教育方針をめぐって対立があり、遠藤豊ら何人かと共に明星を去り、理想の学校をつくろうと自由の森学園の設立に動いていた。教職を去るにあたって無着は、教壇から贈る書『ヘソの詩』を出版した。

早速万太郎は読んだ。そのなかに、山岸会の三重県の実顕地を明星学園六年生が修学旅行の目的地にして訪れた記録が出ていた。実顕地に泊まって生徒たちは家畜の世話をする。牛や豚のお産を見たり、子牛にお乳をやったり、牛や豚の部屋から糞を出して部屋をきれいにし、鶏の卵を産卵箱から集卵する。その体験は子どもたちにとって衝撃的だった。本のなかに「牛のお産」という詩があった。

牛のお産

米川淳

牛のお産を見た。
びっくりした。
赤ちゃん牛が産まれるとき
お母さん牛は必死！
お母さん牛はいっしょうけんめい。
赤ちゃん牛もいっしょうけんめい。
ぼくも手に汗をにぎる。
いち　にいの　うーん
お母さん牛が何度力んでも産まれない。
「子牛が大きすぎるのかな」
おじさんが　ふくろをやぶって
子牛のひづめに　くさりをかけた。
いち　にいの　うーん
つるっと前足が出た。
もう一息だ　がんばれ
と声を出さずに叫んだ。
「てつだって！」
と　おじさんがさけんだ。
無着先生がくさりをにぎった。
いち　にいの　うーん
まだ出てこない。
大友先生もてつだった。

あとひといき
お母さん牛が力むのにあわせて
いち　にいの　さあん
あっ　頭が出た。
胴が出た。
つるつると　全身が出た。
へその緒がプチンと切れた。
お母さん牛の乳房に
血がドバッとついた。
なぜかぼくの胸にズーンときた。
涙が出てきた。

無着はそのときの体験について書いている。

「私の教育理論のなかに一貫していることは、学問的な真理はすべて私たちの身の回りに起きる現象のなかに存在しているということである。自然現象はもちろんのこと、社会現象のなかに、人間現象のなかに、学問に向かう科学的な真理が内包されているのであって、真理は現象を離れて存在しないという観点である。だから、明星学園の子どもたちにも、自分の身の回りではなかなか見ることのできないものを見せようとする。牛が子を産むところ、豚が子を産むところ、ニワトリが卵を産むところ、卵からヒヨコが殻を割って出てくるところ、牛がウンチするところ、そういうことを具体的に見ることができて、世話したり、ウンチの掃除をしたりすることのできるところへ連れて行く。そうすると、学問として学んだことが、具体的なものと結びついて、このような詩になって表現されてくる。学問として学んだことというのが大げさならば、教室のなかで教科書に書かれている活字によって頭のなかに詰め込まれたものと言ってもいい。そういうものに生命を与えるのである。子どもというものは、直接的な行動や、作業の生み出す結果と向き合うことによって、積極性や意志の力を形成していくものなのだ。この体験旅行のとき、びっくりしたことの一つに、この村では明星学園の子どもたちになんでもさせてくれたということである。ニワトリを殺したり、その臓物をつかみ出して腑分けさせたり、牛舎や豚舎の掃除、赤ちゃんのおむつの洗濯、つまり人間の生活のなかであることすべてである。

『こうすれば、人間は、生きものの生命をいただいて生きてるんだっていうことがよく分かるでしょ』

と、おばさんに言われて、明星の子どもたちは、うんうんとうなずいていた。そして実によく仕事をした。私は、明星の子どもたちがこんなによくやるのを見て感動した。

第一日目の夜、子どもたちを集めて、福田さんが話をしてくれた。

『私たちが飲んでいる水はね、太陽が、太平洋から運んできてくれたものですよ。太平洋の水が水蒸気になって空に上っていきますね。雲になって日本の上に来ますね。雨になって大地をうるおしますね。そこで草木を茂らせ、地中にもぐって地下水になり、人間や動物はそれを飲み、そして出しますね。それが川となって海に入りますね。そしてまた水蒸気になって、こう回ってるんです。生きているっていうことは、回ってるっていうことです。ヤマギシの村ではたくさんの牛や豚やニワトリを飼っていますね。その動物がウンチをしますね。それを畑や田んぼに入れますね。ものすごくよい土になりますね。お米や麦や野菜や、牧草がどっさりどっさりとれますね。それで人間も動物も、おいしい米や果物や、牧草を食べられますね。そしてウンチをしますね。こういうふうに回ってるんです。回ってるものを世界って言うんです。回ってるものを宇宙というんです。それをどこかで断ち切ってしまうと、生命は滅びるんです』

『へその詩』のなかに、子どものこんな詩も紹介されていた。

ごはんのときに

山崎まどか

食事のとき
自分のおちゃわんに
自分でごはんを盛ろうとしたら
「だめ！」っていわれた。

あら、どうして？　って思った。
自分のことは自分ですると思ってたのに
山岸会のおばさんから
「自分のことは他人にしてもらうんですよ。
人は誰でも
生まれたときだって　死んだときだって
他人からしてもらうんでしょ。
だから
自分のことを自分ではしないの。
そのかわり他人のことをしてあげるの」
そういわれてしまった。
そういえばそうだと思った。
人間は、生きるために
にわとりも殺さなくちゃいけないし
豚も殺さなくちゃならない。
生きてるっていうことは
ずいぶん迷わくをかけることなんだ。
自分で自分のこと全部できたら
人は一人ぼっちになってしまう。

他人に迷わくをかけるということは
その人とつながりをもつことなんだ。
他人の世話をすることは
その人に愛をもつことなんだ。
生きるっていうことは
たくさんの命とつながりをもつことなんだ。
お乳をやった私に
あたたかいからだを押しつけてきた子牛を
私は思った。

自然のなかへ生徒たちを浸らせようと修学旅行を改革してきた万太郎にとって、この明星学園の体験修学旅行は画期的だと思う。全国の学校でもいくつか労働体験を取り入れているところもある。限られた日程で、労働のほんの一端を見学したり体験したりするだけのことだが、明星学園のこの体験旅行には、人間が食べる生命について、生きることについて、体験を通して考えさせるものがあった。食事のとき、「いただきます」と言うのは、「あなたの命を、私はいただきます」

と、生命への感謝を表すことなのだと、明星の子どもたちは知った。ムラ人は言った。

「ヒナが生まれるとき、ヒナは内側から自分でカラを割るんだよ。自分でカラを割れないと、独立できないんだよ」

ヒナは内側から自分でカラを割る。自分でカラを割れないと、独立できない。

この修学旅行の記録は感動的だった。

無着成恭が大阪に来るという連絡が万太郎に届いた。

「無着さんと語り合います。来ませんか」

大阪市教職員組合委員長の橋ヤンからだ。行くと、十人ほどの組合員が集まっていた。戦後の阪神教育闘争の現場を体験してきた市川さんもいる。

無著氏は体格の大きな人だった。座敷に輪になってあぐらをかき、酒を酌み交わす。無着成恭氏はお寺の僧侶でもある。橋ヤンは青年教師の頃、生活綴り方教育の実践を通して、無著成恭氏と出会っていた。東北訛りを響かせ、無着氏の雄弁は天馬空を行く。

「啐啄《そったく》つう言葉があるよ。卵からヒナがかえるときが来ると、卵のなかからヒナがカラをコツコツとくちばしでただくんだ。そいづを啐《そつ》と言うんだ。母鶏はそれを聞いて、外から卵をくちばしでつつく。それを啄《たく》という。ヒナと親鶏とが呼応するんだな。禅宗では師の働きと弟子の働きが同時に合致することも啐啄《そったく》つう」

親や教師は子どもたちの自ら生きようとする力を大切にし、それを促さなければならない。生まれ出ようとする力を促し励ますことが教育だ。無著氏の話は縦横無尽に飛び回った。

「学校から帰ってきても、遊ぶ友だちがいないよー」

小学五年生の次男坊の言葉を聞いたとき、万太郎は愕然とした。まさかと思ったが、確かに群れて遊ぶ子どもの姿を空き地や公園で見ることがない。子どもたちの遊びの天国はどこへ行ったのか。二人の息子は、小学校の「金管バンド部」に入っていて、平日の放課後は、練習に打ち込んでいる。それを終えて帰ってくると夕方になる。自由な遊びの群れはどこにもない。

万太郎の住宅地に、山岸会の生産物販売車がやってきた。「心あらば愛児に楽園を」と書いた幟《のぼり》を揚げている。陽子は有機農業の野菜や有精卵、肉類を購入する。販売車のムラのおじさんは幟を指して言った。

「ムラには全国から子どもたちが集まってくるんだよ。かわいい子には旅をさせよ。子どもは子どもの群れのなかで育つんだよ。この頃街では子どもの遊ぶ群れが見られなくなったからね。子ども楽園村は、子どもらで子ども社会をつくり、自然のなかで遊び、農体験をするんだよ」

夏休みに、うちの子も参加させてみるか、「ヘソの詩」のような体験をさせてやりたい。陽子と万太郎はそう決めて、まず長男耕作を二週間の子ども合宿に送り出すことにした。場所は鈴鹿山脈の麓にあるムラだった。万太郎は息子を連れてムラに行くと、各地から集まってきた子どもたちが二十人ほどいた。子ども楽園村のスタッフだという若い男に息子を引き継いだ。二週間後、万太郎夫婦は息子を迎えに行った。他の親たちと一緒に一泊二日で参観をし、懇談会もする企画だ。夜、子どもたちは自分らでつくった劇を演じた。この二週間がどれほど子どもたちの心を解放したのか、劇はしっちゃかめっちゃかだが愉快だった。翌朝、世話係の青年は親たちに、子どもたちの様子を伝えてくれた。

「劇をつくっているとき、耕作君は、こんなとこ、親には見せられへんなあ、と言うてましたよ」

裸になって過ごした二週間、どんなに楽しかったことだろう。

この体験から万太郎夫婦は、夏休みは子ども二人を楽園村に「放す」ことに決めた。翌年夏、耕作を、日本の果て、北海道の根釧原野にある別海実顕地で開催される「中学生子ども楽園村」に送り出した。次男拓造は伊賀の春日山実顕地の「子ども楽園村」に放した。耕作は大阪から出る参加者の一団に加えてもらい、二人の親の引率で、東京から船で釧路に渡り、列車で根釧原野の別海へと入った。別海のムラは牧畜を行っている。広大な牧場のなかの宿舎を生活拠点にして、子どもたちは緑の野と降り注ぐ太陽、天をちりばめる星空の下で暮らした。親から離れ、北の大地に心と体を解放する二週間だった。拓造は三重の春日山で、全国から来た小学生たちの群れで過ごした。ニワトリ、豚、牛の世話をし、畑で収穫をし、夜は世話係のお兄ちゃんのギターに合わせて歌い、ゲームをし、仲良しを楽しむ日々。

楽園村から帰ってきた次男の第一声。

「こんなに楽しいこと、なかったあ」

「鶏舎に入って、卵を集めるねん。鶏舎の一室には百羽ほど入っていて、五羽ほどの雄鶏がまじっているんやで。卵は産卵箱に産むんやで。ふたを開けたらモミガラがいっぱい入っていて、朝から卵がいっぱい産んである。卵集めるとき、卵産んでる鶏に手をつつかれたわ。産んだばっかりの卵って、あったかいで。その卵をご飯にかけて、醤油ちょっと入れて食べた。おいしかったわ。夜寝るときはな、みんなで寝るねん。友だちいっぱいできたで」

万太郎は、都会の学校の子どもたちの暮らしと環境について考えた。遊びはなく、打ち込むものがなく、親しい友だちもいない子らはどうなる。

万太郎のクラスに、三人の男子の仲良しがいた。その一人が、突然登校拒否で学校に来なくなった。万太郎が市営住宅の彼の家庭を訪問すると、母親は訴えた。

「夜中に起きて部屋を歩き回るんです。親の枕元を歩くものだから、私たちは眠れず困っています。昼夜逆転しているんです」

なぜそうなったのか分からない。仲良しの友達二人は、「学校へ行こう」と言って登校時に何度か家に誘いに行ったが、彼の体は動かない。

この三人は成績の差異があった。一人は成績優秀、もう一人はその次ぐらいで、登校拒否する彼は成績が振るわない。三人の会話が進路にかかわると、コンプレックスを抱いている彼は二人の会話に入れない。

万太郎は家庭訪問をして彼の手を取り、学校へ行こうと促した。すると彼は腕を振りほどき、強い抵抗を示した。

「そっとしておいてください。私たちはこの子に寄り添って、一緒に生きていきますから」

お母さんは、悲壮な声で言った。万太郎はショックを受け、途方に暮れた。子どもの心と体に何かが起きている。学校は、砂漠になっているのか。万太郎は暗い気分を抱いて引き揚げた。

万太郎は、矢田南中学から転勤し、各地に散っている「七人の侍」に声をかけて、教育研究サークルをつくらないか相談した。天王寺の喫茶店で、アキラさんや永井君と情報を交換すると、アキラさんは相変わらず生徒と真正面から取っ組み合い、熱い信頼関係を築いていた。永井君は教組の役員をして、民主教育をつくる活動に打ち込んでいた。

永井君が言った。

「民間教育研究団体への現場の教師たちの参加が少なくなっているね。教師たちは、教育観も教育技術も創造的実践も乏しい」

教育研究サークルをつくろう、三人は一致した。では会場はどこにするか。

「ゲバコンドルさんは、寺の坊さんやなあ。あの人の寺を借りられないかなあ」

前任校の矢田南中学校長として、教員たちから信頼されていたゲバコンドル、三枝樹氏は校長会の会長になっていた。アキラさんが研究会の構想を話すと、大いに賛同し、檀家の人たちが使う大きな和室をタダで貸してもらえることになった。寺は上町台地から西に下ったところにある。古代そこは難波津の海の波が打ち寄せていたところだ。四天王寺の参詣人が西門から海に沈む夕日を拝んだ「夕陽が丘」から「くちなわ坂」の石段を下ったところに、いくつもの寺が並ぶ下寺町がある。ゲバコンドル氏の寺はそのなかの一つ、「教育研究サークル寺子屋」が生まれた。

万太郎は職場の若手を誘った。ハタやん、安井さん、博子さんが参加したいという。定例会の土曜日が来ると、午後そろって学校を出、「くちなわ坂」を下る。大阪市内にもこんなところがあるのか、苔むす石段の両側には、草や木が生えていて土の香りがする。ガマガエルやヘビに出会うこともあった。居並ぶ寺には江戸時代からの墓地もあり、古《いにしえ》の気が漂う。

サークルには小中学校の教員三十人ぐらいが集まってきた。住職ゲバコンドル氏も顔を出し、破顔一笑した。

畳に円く輪になり、参加者は自分の実践や悩みを出し合う。

アキラさんは、スラムの釜ヶ崎の学校の体験を話した。

「荒れる子、家庭崩壊の子など、社会的弱者の子どもたち、この子らを指導するマニュアルなんてありませんよ。毎日毎日が手探り、試行錯誤です。子どもに密着し、家庭訪問を続け、考えながら実践をしていく、その繰り返しです」

卒業式の数日前、二人の男女の生徒が少年院から帰ってきた。卒業式の日、その一人の女子が髪の毛を金色に染めてきた。それで式に出るという。教員たちは髪を染め直すように説得するが聞き入れない。染め直さないと卒業式には出さない、と言うと、もう一人の男子がそれなら自分も式に出ない、と言って、二人は職員室に座り込み、にっちもさっちもいかない。それを聞いた同級生のトモジは職員室に飛んできて、「卒業式に出ろ」と命令した。トモジはアキラさんがずっと取っ組み合ってきた生徒だった。彼は小学校のときから「問題行動」を繰り返してきた。中学一年生のときは担任教員をグループで笑いものにして、出勤できなくした。二年になってから、暴力、授業妨害、エスケープ、喫煙などを繰り返した。アキラさんは、同僚と相談して、核になっている三人を学校から連れ出し、和歌山の青年の家で三日間、一緒に暮らした。それは教師と生徒の関係を良好にする役割を果たしはしたが、特効薬ではなかった。結局トモジは教護院に入った。アキラさんは、教護院を出たトモジを自分のクラスに引き受け、修学旅行にも連れていった。

アキラさんは生徒の心情を汲み取りつつ、トモジの自立を促し、そして卒業式の朝を迎えた。

「卒業式に出ろ」、トモジは二人に命令した。

「これ以上アキラを困らせるな」

トモジの声には強い思いがこもっていた。二人はそれに応えて立ち上がり、卒業式に出た。

アキラさんのその話を聞いた寺子屋参加者から意見が出た。

「すると、髪の毛はそのままで卒業式に出たということですか」
「規則を重視すると卒業式に参加させないことになり、そうすると卒業式に出る権利を奪うことになる。規則を守らせることと、卒業式に出ることと、どちらが重要か。教師は、卒業式に出ることを重んじました」
「タテマエがトモジによって吹っ飛んだんですね」
「体を張ってオレたちにつき合ってくれた教師たちに応えようやないか、そういう思いがトモジからほとばしり出ていたから、髪の毛の問題は飛んでしもうたんです。その瞬間その瞬間、必死です。いいか悪いか、理屈よりも何よりも、生徒を思う気持ちで動いたということです。

その指導が本当に良かったのかどうか分からないと思うことが多いです」

サークル「寺子屋」は、勇気と力を添える場になった。

加美中学の体育科の老教師が定年で退職し、新任の体育教員が赴任してきた。大学を出たばかりの彼はいかにも体育会硬派のイメージで、反抗的な生徒を屈服させていった。彼の流儀は鼻を拳《こぶし》で殴る。鼻血が出た。これはひどいではないか、万太郎がとがめて問うと、鼻血が出るように殴ると効きめが強いのだと彼はうそぶく。この教員に対して、他の多くの教員は、暴力、体罰への批判を抱きながらも、学校の秩序を維持してくれると、歓迎していた。校長はいつも姿を見せず、指導性は全くない。

ところが地元でこの教員が問題になった。革新政党の市会議員が父母から批判を受けて、「パンチパーマをかけ暴力を振るう教師」という見出しで、批判記事を党の新聞に載せた。

新聞記事を知った教員たちは言葉がなかった。管理職はひたすら沈黙し、批判が収まるのを待った。マモル氏にとってはジレンマだった。この教員の腕力のおかげで生活指導の秩序は保てる。けれども、彼の体罰を肯定することはできない。学校の空気は重く、教員の閉鎖性は如実に現れ、万太郎は葛藤しながらも沈黙するしかなかった。

教員の問題は次々に出てきた。

生徒に課題を示して隣の理科準備室で筋肉トレーニ

ングをしている教員がいた。体育科の授業は、毎時間ただただ一糸乱れぬ行進練習を続けていた。

　万太郎は自分の非力に悶々としていた。若手の教員たちがこの現状に慣らされていくならば、教育はどうなるだろうか。

「寺子屋」で「体罰」をテーマに取り上げた。永井君が口火を切った。

「今の学校の体罰は異常です。明治十二年に、学校での体罰禁止令が出ているのを教師たちは知らない。明文化されていることも知らない。体罰容認になっていったのは、明治以降の軍国主義教育のせいです。学校は強い兵隊をつくるための場となっていった。だから校舎は兵舎、修学旅行も集団行動訓練の場。国民の兵役義務を定めた徴兵令は一八八九年の明治二十二年に出ている。

　日清戦争に始まる六十年間は、軍隊と学校教育が密接につながっていました。体罰はその体制づくりとして容認されました。

　野間宏の小説『真空地帯』に、兵隊たちの間に行き渡っていた言葉が出てきます。

　兵隊は　なぐればなぐるほど　強くなり
　御用商人は　しかればしかるほど　出し
　部隊長は　はこべばはこぶほど　よろし

　上官の命令は天皇の命令として服従を強《し》い、古年兵は新しく入営した者をしばき倒して、上下関係を身にしみさせる。敵を倒し、国を守るためには、それをやれる人間を育てねばならない。この思想と習慣が戦後になっても、学校のなかに連綿と生き残っています。

　フランスの哲学者、ミシェル・フーコーが、『監獄の誕生』に書いています。


　学校、軍隊、監獄、われわれの社会の中核をなす諸機関は、不吉な効率性をもって個人を監視し、個人の危険有害な状態を消し去ろうと、感覚をマヒさせ、規律を植えつけることによって、個人の行動を矯正しようと努めている。その結果生まれるのが、創造のエネルギーを奪われた従順な身体であり、御しやすい精神であった」

　議論が始まった。

「民主教育の時代になっても、戦前が生きているのはなんでやろう」

　美術の教員でありながら鍼灸を学び、治療医の資格を取った荒木さんがとつとつと言う。

「文明が進むにつれて、人間はより暴力的、好戦的になっていったんです。人類を滅ぼしてしまうほどの暴力は文明以前には存在しなかった。今は、人類が滅びる暴力装置を保有している。その暴力的管理が学校の教育体制にも入っている」

　安井さんが発言した。

「ぼくは京大教授の森毅が好きです。彼は、いわゆる常識としていることを、引っくり返して考えることの重要さを教えてくれます。こんなことを言っています。『教師というのは恐ろしい商売だとは思う。相手に影響を与えて、ときには傷つけ、ときには相手の心に何かをもたらす。それが商売になっているというのは、おそろしいことだ。教師であるということは、とてもうしろめたい。こうしたうしろめたさについて鈍感な教師は困る。自分の理想像の鋳型を持っていて、それに生徒をはめ込みたがる教師はかなわん。戦争中にはよくそんなやつがいた。お前のような非国民は、軍隊で鍛え直してやらねばなどと、野蛮なことをぬかしていたものだが、こっちも死んでも鍛え直されたりしてたまるかと考えていたものだ。

　学校というところは、軍隊のまねごとをしすぎる。整列させせたり、やたら号令をかけたりして。教師が毅然としたら、生徒が言うことをきくらしい。これは物騒な話だ』こう森毅は言っているんです。彼は授業に乗らずシラけている生徒がいるほうが集団に役立つというんです。シラけをなくすんじゃなく、シラけを包み込む､それが全員参加の集団だというわけです。『よい国』をつくろうなんてのは意味が分からんとも言っています。『よい国』と思っていてもそんなのはあてにはならない。圧倒的大多数が『よい国』と思っていたって、怪しい。『よい国』の必要十分条件は、『非国民』が許容されるような国だけだと。

『よい学校』をつくろうといって、『非行』を排除するんじゃなく、『非行生徒』として生きられる学校というのを、『よい学校』だと考えてみる、森毅はそう言っているんですね」

「『非行生徒』として生きられる学校かあ。すごい発想だねえ。しかし、それでは荒れる学校にならないか」

「一方向の考え方ではなく、反転させた思考ができるかどうかということなんや。『非行生徒』を学校のなかにどう包み込めるか、それができる教師というのは、どういう教師か」

「そうしたいと思っていても、自分の感情が、それに反しますね」

「集団の足を引っ張るなと、教師は言いますね。みんなに合わせろと。そうではなく、そういう人間も許容していかねば、集団というものは怖い存在になります。これが正しい、こうすべきだと一方向へ集団が向いて、違った角度からものを見る人がいないと、集団は衰弱しますよ」

「集団意志が強くなると自分で考えなくなりますからねえ。集団意志は必要だけれど、異論、反対論を包含して考えていく集団でなければ、危険な方向に行く」

「学級集団をつくっていく上で、多くの教師は成績の優秀な子とか、まじめな子とかをリーダーや核にしようとしますね。そして、ヤンチャは困った存在にする。その子らはすごいエネルギーを持っていても活かせない」

博子さんが発言した。

「私ら女性は、体罰なんて無理です。説教して叱るということはありますが。嫌悪感を持っていたり、やっかいもの意識を持っていたりすると、そういう感情は全部伝わります。だから反抗する。教師の持っている感情や感性、好き嫌いの感情、いい子悪い子観、それらに基づいて指導すればどうなりますか。排斥や無視が生まれます。あの子は嫌いと教師が思っていたら、生徒もまたあの先生は嫌いと思ってしまう。両者の関係は断絶し、学びの関係は無くなってしまいます。それが反抗を生みます」

アキラさんが言った。

「教師はどんなときにきつく生徒を叱りますか？　校則に違反した、人に迷惑をかけた、勉強を怠けた、いろいろあります。ぼくが叱るのはウソをついたときなんです。ホントのことをごまかして、ウソをついたときは、本気になって叱る。人をだますことは、自分の人格を崩すことになる」

博子さんが言う。

「結局、教員の心情が問われるんじゃないですか」

万太郎はルソーとソローを取り上げた。

「子どもにあらゆる種類の枷《かせ》をはめ、訳の分からない幸福と称するものを遠い将来に用意するために、子どもをみじめにする野蛮な教育をどう考えたらいいか、とルソーは『エミール』に書いています。

人間よ、人間的でありなさい、それが第一の義務なのだ。人間としての愛を持ちなさい。子どもを愛しなさい。その遊戯で、その楽しみや愛らしい本能を慈しんでやりなさい。子どもたちから刻々と過ぎてゆく、わずかばかりのときを、貴重な幸福を享受する喜びを奪うな。

思想家のソローは、アメリカの片田舎の小さなウォールデンという湖水で、一人、森のなかで自給自足の暮らしをしました。彼は『森の生活』という記録を残しました。ソローの文章のなかでいちばん印象に残ったのは、『太鼓に足の合わぬ者をとがめるな。その人は、別の太鼓に聴き入っているのかもしれない』という文です。自分と違う人間の存在を認める心を持つことこそが友愛の出発点だと」

クリスチャン安井さんは内村鑑三を取り上げた。

「内村鑑三は、明治、日清戦争の起きた年に、箱根の芦ノ湖畔で開かれた夏季学校で、『後世への最大遺物』という演説をしました。次のような話があります。

イギリスに、今から二百年前、痩せこけて病身な一人の学者がいました。ジョン・ロックです。この人は、世の中の人にも知られず、用のないものと思われて、始終貧乏していた。しかし彼は一つの大思想を持っていました。その思想というのは、人間というものは、非常な価値のあるものである、また個人というものは国家よりも大切なものである。こういう思想です。

その説は社会にまったく受け容れられなかった。主義は国家主義ときまっていたし、イタリア、イギリス、フランス、ドイツ、みな国家的精神を養わなければならぬとして、社会はあげて国家という団体に思想を傾けていたから、個人は国家よりも大切であるという考えを世の中にいくら発表しても見向きもされない。そこでロックは本を書きました。

その本が、「Essay on Human Understanding」です。この本がフランスに行き、ルソーが読んだ。モンテスキューが読んだ。ミラボーが読んだ。そうしてその思想がフランス全国に行き渡って、ついにフランス革命が起きた。フランスの国民を動かした。そして、この十九世紀の初めにこの著書でヨーロッパが動いた。それからアメリカ合衆国が生まれた。ハンガリーの改革があった。イタリアの独立があった。ジョン・ロックがヨーロッパの改革に及ぼした影響は非常なものがあった。ジョン・ロックの思想はわれわれのなかで働いている。

これが内村鑑三の話です。彼は国家主義の発動としての日本の戦争に反対しました。足尾銅山の鉱毒と谷中村を滅ぼし遊水地にするという、国家による暴力に反対しました。

しかし、日本は、個人は国家に身を捧げよと、軍事大国への道を歩み出し、アジア太平洋戦争を引き起こしました」

「寺子屋」は自分を見つめる場、自分を解き放つ場、新しい発想の場にもなった。静かな寺の空気は、大阪市内とは思えず、古代の難波津の潮騒が聞こえてきそうだ。住職ゲバコンドル氏が言った。

「不思議なことにね、夏になるとこの寺にホタルが飛ぶんですよ。すーっと明かりを灯して。いったいどこから生まれてくるのか分からない。本当にホタルなのか不思議だね。この市街でもセミは鳴く。墓のなかの樹に卵を産み、幼虫が孵って地中に入って何年も生きて地面に出てくるんだね」

「寺子屋」では民間教育研究会の理論や実践をテーマにしたこともある。万太郎は国語の授業論を発表した。

児童言語研究会は国語の授業法で「一読総合法」を

創造し、教育科学研究会は「三読法」を提唱していた。「三読法」というのは、最初に全体のおおよそをつかむ「通読」、次に課題を立てて丁寧に読む「精読」、そして文章全体を味わう「味読」で授業を終える。万太郎はこの「三読法」で授業をしたが、生徒たちの意欲はもう一つだつたなあ、と思う。「一読総合法」の授業は、全文を読まないで、普通の読書のようにいくらかずつ読んで、内容を把握し味わい、この先どうなるかなあと楽しみを抱きながら、分析と総合を繰り返していく。万太郎は教科書教材ではなく、独自教材でこの方法を使った。

万太郎の行った授業で、生徒たちの反応が強かったものの一つは、ロシアのガルシンの小説「信号」だった。矢田南中学の卒業生の井戸君は、ガルシンの文庫本『赤い花』を手にして万太郎を訪れ、中学生のときの「信号」の授業はよかったと絶賛した。小説は、二人の登場人物の葛藤がテーマになっている。線路工夫のワシーリィとセミョーンは性格も考え方も異なる。セミョーンは信仰心が厚く、職務に誠実に生きる。ワシーリィは社会の不平等への批判を強く持っており、怒りを抱いて単独で直訴という行動に出た。だが当局は聞き入れず、反逆心に燃えた彼は列車転覆を図る。それを見たセミョーンは乗客を救うために自分の体を切り、吹き出す血でハンケチを赤く染め、それを振って列車を止めて乗客の命を救ったのだった。

井戸君は言った。

「あの授業で、生徒はセミョーン支持派と、ワシーリィ派に別れて、討論したでしょう。あの討論は、みんな真剣でしたよ」

自分ならどうするか。どう生きるべきなのか。作者ガルシンは小貴族出身で、露土戦争に従軍した。帝政時代、彼は社会悪と人々の不幸に悩み、三十三歳で自殺した。その後にロシア革命があり、ソ連が生まれ、しかし権力体制の問題はなおも続いている。井戸君は、『赤い花』をもとに大学でも友と議論したという。

魯迅の小説『故郷』も、生徒たちの心に残る作品だった。

厳寒の故郷へ、ルーシュンは帰っていく。二千余里を、二十余年も別れていた故郷へ。再会した幼友だちのルントウは低い身分ゆえに、「私」を「旦那様」と呼んだ。彼の暮らしは貧しく苦しかった。夢のような子ども時代は遠く去り、大人になった二人は身分の違いによって引き裂かれる。ルントウは生活に押しひしがれデクノボウのようになっていた。「私」は問う。「希望」とは何だろう。「希望」とは手製の偶像ではなかろうか。「希望」というものは有るものでもなく、無いものでもない。地上の道のようなものだ。歩く人が多くなれば道ができるのだ。生徒たちは考えた。私にとっての希望とは何？　私にとっての偶像とは何？　希望のない人生を生きていけるや。『故郷』の授業は心に残るものになった。

万太郎は谷川俊太郎の詩「生きる」を教材にオリジナル授業をした。

　生きているということ
　のどがかわくということ
　木漏れ日がまぶしいということ
　ふっとあるメロディを思い出すこと
　あなたと手をつなぐこと……

次々と表現される「生きている」こと。美しいものに出会う、泣ける、笑える、怒れる、自由ということ、人は愛するということ、あなたの手のぬくみ、いのち。当たり前のことを列挙したようなこの詩を、万太郎が朗読し、生徒の数人が朗読し、グループで朗読し、全員で朗読した。朗読を重ねるにつれ、湧いてくるものがあった。

続いて自分の生きるイメージを頭に描いた。くやしくて泣くこと、反抗すること、ビートルズを聴くこと、そうなんだ、生きているからできることなんだ。

生徒たちは、自作の「生きる」を書いた。

純子はこんなことを書いた。

「私はまず反省しました。何度も死を選んだときがあった。苦しくて、悲しくて、生きているのがつらくて。だけど、この詩を読んで、死なないでよかった。死んでしまったら何もかもない。今も死にたいと思うときがあるけど、いろんなことがあるけど、生きていればきっとよかったと思うときがくる。がまんしてがんばって生きたいと思う。死にたいぐらいやったけど、考え直します」
純子の悲しみ、苦しみ、万太郎はそれに気づきもしなかったことに愕然とする。
由香の書いた「生きる」。

私にとって
「生きる」ということは
友だちと遊ぶこと
これは天国にいるときの「生きる」です
私にとって
「生きる」ということは
勉強や先生がいるということ
これは地獄にいるときの「生きる」です
私にとって
「生きる」ということは
母・父・妹・友だち
みんながいること
これは、愛の「生きる」です

和代は書いた。

生きる、それは思い通りにならず
悲しいことばかり起こる
裏切る
裏切られる
人を信じる
人を疑う
決してやり直しはきかない
真実を手に入れようとして年老いる
けれども
真実は手を伸ばせば届くところにある
心から望めば手に入る
ただ私たちが気づかぬだけ
気づかないで年老いるだけ

生徒の「生きる」を万太郎は学級通信に特集した。級友の心を知ることは自分を知ることでもある。

大阪の同和教育読本『にんげん』に、児童文学者のさねとうあきらの作品『ばんざいじっさま』が載っている。その授業も葛藤をもたらすものだった。

終戦間際の一九四五年六月の話。じっさまは、村から出征兵士が出ると、停車場で「ばんざい」をして見送ってやる。だから「ばんざいじっさま」と呼ばれていた。かつて日露戦争の勇士だったじっさまに見送られると、生きて帰ってくるような気がして、村のもんはじっさまに、「ばんざいやってけれ」と頼みにくるのだった。しかし、じっさまの三人のせがれは戦死していた。

夜、鉱山のサイレンが鳴り響き、村は大騒ぎになった。鉱山で強制労働させられていた中国人が脱走したという。半鐘が鳴り、かがり火が焚かれ、村人は手に手にナタやカマを持って集まってきた。ろくに食わずに働かされてきた脱走者たちは大半が逃げきることができずその日のうちに憲兵や警察につかまった。

じっさまは裏のジャガイモ畑で、うつぶせになっている人影を見つけた。じっさまは竹槍を構えた。しかし男は、じっさまを見つめて口をもぐもぐやっていた。痩せこけた両手で泥のついたジャガイモを口に押し込んでいる。それを見たじっさまは、

「ゆっくり食え」

と思わず声をかけてしまった。

中国人を助けた罪でじっさまは憲兵隊に引っ張られ、拷問を受け、血だらけで小屋に帰ってきた。村の悪童は、じっさまの小屋にやってきて、

「非国民、死んじまえ」

とわめいた。

じっさまは考えた。あの中国人はきっと、百姓だったんだ、あの男は帰りしなに、イモをほじくった跡を丁寧に埋めていった、この気持ちは百姓だけが知っている。じっさまは芋虫みたいに転げ回りながら叫びたかった。

「おら非国民でねえ、おらも、あいつも、百姓なんだあ」

日本は戦争に負け、小屋のなかで、じっさまは仁王立ちになって両手を上げたまま死んでいた。村人たちは半分バカにしながら言った。

「天皇陛下ばんざいでもやらかしたんだべ」

作品はそこで終わる。じっさまは何を言おうとしたのだろう。生徒たちは考えた。

じっさまは本当のことが分かったんだ。敵と思っていたものが、実は敵ではなく、自分と同じ百姓だった、仲間だった。

読後感想を生徒は書いた。

「私はまだ十四年しか生きていないけれど、この物語に重ねてみると反省せざるを得ないことが多々ある。私は一度もじっさまであったことがない。いつも『村人』だった。人に同調して、悪いことだと分かっていてもやってしまったり、痛い目に会うのをいやがって、自分のしたことを人のせいにしたりしてきた。私はじっさまのようになりたい。じっさまは、憲兵隊に拷問されたとき、あのジャガイモは自分が中国人にあげたのだと訴え続けた。盗まれたと言ってしまえば逃れることもできたのに、それをしなかった。私なら中国人のせいにしただろう。自分は弱く、根性無しだ。今もし、日本が戦争をしたとすると、自分は典型的な『村人』になってしまうだろう。この物語を読んで、自分の弱さを思い知らされた」

自由の森学園

「寺子屋」からの帰り道、永井君が万太郎に言った。

「娘が自由の森学園高校に進学したよ。一期生でね」

一九八五年、自由の森学園中学校・高等学校が埼玉飯能に開校した。学校教育を支配していた点数序列主義や管理主義を批判した数学者、遠山啓の、競争原理を超える教育を実現することを理念に掲げた新しい学校の誕生。

万太郎は、教育雑誌『ひと』（太郎次郎社）を通して、「自由の森学園」を知った。理想を描いた人たち、遠藤豊、無着成恭、遠藤豊吉、浅川満、森毅、林竹二、山住正己、俵萠子、大田堯、宇井純、安野光雅、山田洋次……、多くの市民、親たちが学校建設を推し進めた。そして第一期生が入学した。永井君の娘は自らの意志で一期生に加わった。

「娘さん、よく思いきったなあ」

「本人がぜひ行きたいというからな」

「埼玉の飯能の、山のなかかあ」

「寮生活やな。夏休みには帰ってくる」

永井さんはこの学校に娘を托した。今の学校教育に疑問を持つ親たちは、全寮制のこの未知の学校へ希望を抱いて我が子を送り出している。

自由の森学園の公開発表会があると知り、秋の連休、万太郎は同僚に声をかけて参加することにした。ハタやん、博子さんも行きたいということで、三人で出かけた。東京から埼玉の飯能に出て、バスに乗って山のなかへ入っていった。森のなかに白い校舎と生徒寮が現れてきた。真新しい学校は秋の陽に輝いている。

授業を参観した。一室で国語の授業が行われていた。のぞいてみると、男子生徒が三人ほど窓際に机を寄せ、その上に椅子を乗せて座っている。他の座席も生徒が思い思いに配置して座っている。どのように座ろうが自由ということか。女性教師はその前で授業を進めていた。いくつか教室をのぞいてみるとクラスによって形態は異なっている。どうも生徒たちは、どのように座ろうとも自由という前提に立って、試行錯誤でやってみる。そこから何かを生み出そうとしているらしい。

講堂で行われた合唱発表は、生徒たちの情熱が噴きあがった。参観者から感嘆の声が聞こえてくる。全員合唱は単純な歌だったけれど、胸を激しく打つものがあった。「友だちはいいな」という、小学校でも歌われる歌らしかったが、指揮者の教員のタクトが振り下ろされると、全生徒の声は講堂を満たしてハーモニーを響かせ、壮大な魂のほとばしりになった。

友だちはいいな
どんなときでも
心と心が通じ合う
友だちはいいな、いいなあ

友だちがみんな
手をつないだら
世界中みんなが

友だちだ
友だちはいいな、いいなあ

聴いていて万太郎の胸はいっぱいになった。新しい学校。何もかも未知、これからつくり上げていくのだ。あふれる情熱に涙が出た。

校門近くで帰りのバスを待っていると、他の参観者との会話の輪ができた。東京から来たという男性が言う。

「地元の評価、評判がやっぱり気になりますが。街のなかで生徒が喫煙していたという噂もあります。これから試行錯誤の積み重ねですから、そういうこともあって当たり前です。イギリスのサマーヒルのような学校も最初は厳しい批判にさらされたと思いますよ。日本の教育界、日本の学校をおおっている空気はひどいものです。そんな中での出発です」

「日本の教育現場にはどうしようもない力学が働いていて、個々の教師が思いきった改革や実践ができない状況にありますからねえ。学校も地域も、子どもが自由に冒険できる土壌はありません」

二人の子を持つ博子さんが言った。

「私はあの合唱を聞いて、涙が出ました。これからいろんな現象が現れるだろうけれど、希望を感じます。子どもには自然な環境と自由な育ちとが要るんですねえ。夢を抱く教員と生徒が一緒になって学校をつくる、すばらしいです」

イギリスのサマーヒルスクールとドイツのシュタイナー学校に、万太郎は心魅かれる。あこがれて日本からも、はるばるとイギリスやドイツまで海を渡っていった子どもたちがいる。フランスのフレネ学校という実践も知った。

フランスの公立学校で、教員の権威的な指導を否定し、学校を理性的な共同体にしようという運動が起きた。小さな村の小学校の教員、セレスタン・フレネは、第一次世界大戦で負傷し、肺と喉に障害をもった。フレネはその障害故に、いたずらをしたり、騒いだり、規則を破ったりする子を叱ったりできなかった。そこでフレネは子どもたちの興味関心に依拠して、子ども自身が共同体の一員として自己を活かし、持てる力を最大に発揮できるような仕組みを考え、人格の調和的な発育を願って、教壇を取り除いた。校舎のなかに、印刷、木工、実験ができる小部屋をつくり、屋外には、畑、動物の飼育場をつくった。子どもたちは計画に基づいて、それぞれの場で学習し、作業し、研究した。教員は教科書を使って一斉授業をすることを全くしないで、子どもの相談に乗り、助言をした。子どもたちは、感じたこと、考えたこと、経験したこと、学習したこと、研究したことをもとに、作文集をつくり、それをもとにしてフランス語の勉強をした。

大阪市立大学の堀真一郎助教授は、「ニイル研究会」を始めていた。サマーヒルスクールをつくったイギリスの教育学者A・S・ニイルの教育と実践を研究する会で、市民や教員、研究家が集っている。

土曜日午後、サークル「寺子屋」の例会、テーマは「サマーヒル」だ。

永井さんが「サマーヒル」の概略を説明し、討議に入った。

「サマーヒルでは教師も生徒も一人一票の権利を持っていて、学校生活のさまざまなことをその全員のミーティングによって決定していますね。授業に出るも出ないも個々の子どもの自由とされている。それじゃ、無秩序とか、アナーキーになるとか、そういう状況が生まれてくるんじゃないかな」

「今はもうそれはないようですね。子どもたちは自立して考えるしくみが生まれています。初期はそうではなかったかもしれないが」

「自分たちで決めた規則があって。校則は生活を充実させるために、生徒自身が長年の経験からつくり出した自治による決まりになっているようです。違反者や人に迷惑をかけた者には警告が与えられ、問題行動はミーティングの場に乗せられます。ミーティングというものの価値がたいへん高いです。ミーティングが自分たちの共同生活にとって非常に大きな意義を持っている。ミーティングによって学校の自治が成り立っている。それを子どもたちはよく知っている。全員参加のミーティングで規則を変更したり新しい規則をつくったりはできるけれど、安全と健康のための規則は、ミーティングでも変更できないようです」

「教育のベースになる討議がしっかりと存在する。今の日本の学校のクラス会に討議が存在していますか。職員会議に議論がありますか」

「教師と子どもが合同でミーティングして学校生活をつくるという考え方が日本にはありませんね。職員会議でも教職員は自由に意見を出し合っていません。教師自身、小学生の時代から討議する生活を経験していないです」

「戦後すぐの頃は、学校の規則というものが特になかったですね。新制中学は、まったくの規則無しだった。その頃生徒と教師とで話し合って決めようという空気が一時あったね」

「サマーヒルには幼い生徒もいれば、年長の経験や知識の豊かな生徒もいる。そういう異年齢集団でミーティングをする。年長の生徒がリーダーシップをとるのだけれど、年下の子も先輩の顔色を見て従ったりはしない。日本でこういう気風をどう生み出すか。権力的なボスみたいなのがいると、ミーティング文化は育たないからね。サマーヒルでは、教師も寮母もミーティングにはみんな真面目に参加して子どもたちと真剣に話し合うようですね」

「サマーヒルへは日本からも子どもたちが入学していますが、費用がかかるでしょうね。一般家庭ではとても無理です」

万太郎は、小学四年生のときに日本の学校からサマーヒルに入学して六年間暮らした拓という子の話を紹介した。

「母親の坂元良江という人が書いているんですが、サマーヒルに入るのを拓が自分の意志で決めたんですね。サマーヒルは子どもの心の深層にふれるのだとニイルが言っていますが、拓はそれを感じ取った。子どもには自由への渇望があり、権威を振りかざす家庭や学校を嫌悪し、大人と親しくつき合いたいという願望がある。サマーヒルに入る前、日本の学校の拓の通信簿には、『授業中、奇声や雑音を出し迷惑をかけるので気をつけましょう。集中力が欠け、ほとんど挙手しない。

問いかけの反応もなく自分のカラに閉じこもりがちです』と書かれていたそうです。そういう子が自分の意志で海を渡った。

サマーヒルが休暇のとき、拓は同級生の家にホームステイした。その家庭は、ニワトリ、アヒル、ガチョウ、豚、犬を飼っていた。野菜をつくり、パンを焼き、子どもたちも一緒に手伝う。鳥の巣を見つけ、ヒナが育っているのを観察した。拓はこういう体験をたっぷりして、五年目の休暇に夏のキャンプに参加した。そこで夜のウォーキングに出かけ、森を歩いていったら、突然目の前に建物が現れた。それは原子力発電所だった。

ある日、その原子力発電所に雷が落ちた。大騒ぎになった。

その事件があってから、学校に『原子力おことわり』のバッジをつけた子が出てきた。それに対して、『石器時代の生活おことわり、原発の推進を』のステッカーを部屋のドアに貼っている子が現れた」

サマーヒルを知るにつれ、日本の学校では考えられないことばかりだ。

「寺子屋」での議論は尽きない。住職ゲバコンドルさんの奥さんが、「どうぞ」と声をかけて茶菓子を持ってきてくださった。大阪市内とは思えぬ静寂のなかで、せんべいをぽりぽり食べる。

永井さんが、ゆっくり口を開いた。

「日本の学校は、文部省の定めたシステムや内容をお仕着せしています。それを超える実践を生み出すことは、今の公立学校では無理でしょう。私の娘は親から離れ、『自由の森学園』へ自分の意志で行きました。一期生です。社会に開かれた学校とはどんな学校か、娘は学校づくりを自分の意志で模索し始めています。理想と現実と、葛藤も多いようです」

万太郎は、新島淳良氏がサマーヒルをモデルに三重で始めた「幸福学園」の試みと失敗について話した。

「新島さんの試みは、彼の娘がサマーヒルで学んだことがきっかけだったようです。幸福社会を目指すコミューンがつくる学校、共同化する農のムラで子どもは育つ、新島氏はそこに自分の理想をかけた。ヒルダ・

シムズ夫人の『新しい村』づくりが始まった頃、新島さんも『幸福学園』づくりを始めた。けれど、『幸福学園』は続かず、新島氏は山岸会を離れた。なぜそうなったのか、新島氏の力量不足なのか、山岸会に問題があったのか。新島氏も山岸会も、どちらもサマーヒルの現地に入って、その思想理念や実践や生活をじっくり知ることをしていない。新島氏を支える同志もいなかった。新島氏は孤立した状態であったのではないか。挫折は必然だったと思います。

かつて『日本のサマーヒル』をつくろうというもう一つの試みがあったんです。霜田静志です。彼は、小・中学校教員を経てから、大学で心理学の研究をし、昭和初期の一九二八年、英国に留学してニイルに師事しています。霜田は、帰国して児童研究所を設立し、『叱らぬ教育』を提唱し、戦後、『ニイル伝』や『しからぬ教育の実践』を著しました。霜田静志はこう説いています。

『問題は、叱ることがよいか悪いかではなくて、叱らずにいられる人と、叱らずにはいられぬ人との相違である』

そして今また新たな『日本のサマーヒル』構想が芽吹きつつあります。霜田静志に私淑した大阪市立大学教授の堀真一郎氏が種を蒔き始めているのです」

日本社会の何かが子どもたちに影響を与え、子どもの精神と肉体に何かが起きている。男子生徒の母親から相談があった。一人っ子の息子が、家で母に暴力を振るうのだという。胸を殴られ、ろっ骨にひびが入った。夫は出張で家にいない。出張から帰ってきた夫にそのことを報告するが夫は信じない。お母さんの救いを求める表情に、万太郎は途方に暮れた。自分が彼に事情を聞けば、なぜ担任に告げたのかとまたもや母に暴力を振るいかねない。やはりお父さんに事実を伝えて、お父さんに動いてもらうしかない。その子は、学校に親しい友達がいなかった。彼がそういう行動に出るのは、精神的な何かがあるのだろう。自分のなすべきことは何か。万太郎は葛藤するが、結局無策のままだった。小原秀雄の「人間学研究」という文章に出会った。
「現代の子どもたちは、社会的につくられたシステムのなかで暮らす家畜に類似しているし、管理・保護、人工化が進んだ現代的なペットに似ている。人間自身がつくったシステムやモノのなかで管理・保護されているので、『自己家畜化』が特殊な状態に進んで『自己ペット化』と言える状態にある。……現代の子どもたちは、人工化された閉鎖的な生態系のなかで暮らす特殊な存在である。今日の非行は、人間の子どもの、自己ペット化における適合行動の一面とみなせる。『無気力』『自己中心主義』は現代的非行の基本形態である。大量生産、大量消費、物質的豊かさを生み出した現代社会が、自己ペット化を生み、個性の画一化を推進し、思考の単純化、人格のもろさなどをつくり出している」

子どもには、友だちともみ合い、語り合い、野生と出会うフィールドが要る。現代社会は砂漠化している。学校は生徒の精神を解放することなく、閉ざされた囲いのなかで、入試、進路という目標によって子どもたちをつなぎとめようとしているかのように見える。

シンたちツッパリは、抵抗する力を持っていた。学校の管理主義に反抗した。ツッパルという自己表現に自己を解放し、連帯を求めようとした。ツッパリたちは、親から愛想をつかされても、生きる道を模索していた。

小中学校通して登校拒否をしてきた十五歳の手記『僕の学校はアフリカにあった』が出版され、感動を持って万太郎は読んだ。筆者の高野生は、あの夜間中学設立運動で全国を行脚していたタカノマサオの息子だった。いったいどうしてアフリカへ？　それもタンザニアやケニアで使われているスワヒリ語を勉強したいと、一念発起して単身で出かけた。

「何度夢見たことだろう。今の今まで学校へ行くということが、これほど楽しいものだとは、知らなかった。確かに小学校入学当時、泣き泣き電柱にしがみつき、母が僕の腕にかみついては引きはがし、連れていかれたあの頃から、『学校嫌い』『落ちこぼれ』『登校拒否児』と言われ続け、はては児童相談所行きまで勧められた僕には、今日という日がいかにして考えられただろうか。

僕はけっして勉強嫌いではなかった。これだけは言いたい。たとえ学校へ行かなくても、どんなにか必死になって生きたいと思ったことか。僕だけでなく、それはきっと同じ烙印を押されたすべての仲間たちも同じだと思う。心ない人は、僕たちを『なまけ者』と言うが、それは違う。全く違う。僕らは学びたいという気持ちにおいて何一つとして普通の人間と変わりはない」

十五歳の高野をアフリカへ動かしたのは、スワヒリ語の先生との出会いがきっかけだった。それは運命的な人間性との出会いだった。もっとスワヒリ語を勉強したい。高野は何のってもなく、単身で日本を発ち、タンザニアに入る。そしてスワヒリ語の学校を探した。彼を助けたのは日本から来ていた海外青年協力隊の人だった。その協力を得て、カトリックミッション系のスワヒリ語学校を探し出し入学を乞うた。しかし入学を認めてもらえない。高野はあきらめないで何度もチャレンジした。そしてついに入学、そこから彼の学びは深く広がっていった。マラリアにかかり、校長の神父から温かい看病を受けたこともあった。タンザニアは貧しかった。長い日照りが続いて人々は地を這い、塩をなめて生きていた。湖の水も川の水も涸れ、泥水を飲んだ人たちにコレラが蔓延した。混迷の社会には悪がはびこる。高野は、ケニアへ行って、ブラックアフリカを代表する作家、グギに出会った。その人が高野の師となった。グギは、学びたくても学べない人たちに、彼らの言語で作品を書いていた。グギは歴史のペースメーカーだった。

「死ぬことよりも生きることのほうが、どんなに重い歴史《うらみ》であることか」

高野は「歴史」に「うらみ」の仮名を振っていた。

帰国した高野は言った。

「ぼくは歴史のペースメーカーの生き方を選んだ。落ちこぼれたわけでも、何かを否定するわけでもない。自らつくり出す生き方を、僕は選んだ。学校へ行くか行かないかなど全く関係がない。何ものも超えたところにある、本当の生き方の選択なのだ。マイナスの共有こそが歴史のペースメーカーの真の生き方ならば、ぼくはさわやかに野垂れ死にしたい」

全国行脚をして夜間中学校設立に奔走したタカノマサオがいて、息子、高野生がいた。

万太郎は、ドイツ、シュタイナー学校で学んだミヒャエル・エンデの人生からも、教育とは何かを考えさせられた。

第二次世界大戦末期の一九四五年、十六歳のエンデに召集令状が来た。エンデは令状を破り捨て、シュヴァルツヴァルトの広大な森のなかを逃亡し、疎開していた母のところへ向かうや、反ナチスの活動であるレジスタンス組織「バイエルン自由行動」に加わった。やがてナチスドイツは崩壊し、エンデはシュタイナー学校に入学した。

教育についての、二つの考え方があった。一つは、人間の子どもも、生まれたときは猿や犬と同じような動物にすぎない。だから外から枠をはめて、社会に通じる子どもの人格をつくり上げなければならない。もう一つは、人間は大きな運命の導きに従って、一人ひとり課題を背負ってこの世に生まれ、善なる意志の力でその課題に応えようとする存在だから、子どものなかに潜在的に存在している可能性を傷つけないように大事に育てていくことこそが教育だ。

後者の考え方の代表が、ペスタロッチ、フレーベル、モンテッソリ、シュタイナーだった。ルソーはペスタロッチに思想的影響を与えた。

日本の学校には、前者の考えが根強く存在する。子どもは中学時代から高校生時代にかけて、劇的に変わる。だが枠のなかで、力によって抑えつけるやり方をすると、内から湧いてくる劇的な変化が抑えられる。そうすると心に病が生じる。友だちと関係を築けない。論理的にものごとを考えることができず、内的に屈折していく。

シュタイナーは、子どもの育ちを究明して独自の教育理論をつくった。子どもはかけがえのない存在として生まれてきて、自己教育して育つ。幼児期には、意志力や内的な衝動の力を発達させ、就学期には、感情豊かに体験する環境をつくる。その次の段階で、徹底的な議論の場をつくり出して自由で知的な世界を体験する。教師は、一人ひとりの子どもの内面性を知ることに努め、生きがいを持って生きられるよう条件をつくる。七歳までは、体を動かし、生活のリズムを大切にし、身の回りにあふれる善を感じる。七歳から十四歳の成長期は芸術に触れ、「世界は美しい」と感じられる教育を目指す。十四歳頃からは外との関係を結ぶ教育を行う。身体の仕組み、医学と治療の学問を学ぶ。縫い物を学び、自分の着るものをデザインし、身体と心との関係を感じ取れるようにしていく。土地測量術を学び機械を学ぶ。外に出て、土地の様子、地質の特徴、植物などを観察しながら、外との関係をつくっていく。

『オリーブの森で語り合う』という、エンデとエプラー、テヒルの三人が語り合った記録が出版された。

エプラーはドイツの政治家、テヒルは女性の演劇人、三人はローマ郊外のオリーブの森で語り合う。生きがいとは？　本当の教育とは？

エンデが言う。

「今世紀に入ってポジティブなユートピアというものが、ほとんど描かれていない。人びとは未来に不安をいだいている。私たちは何を願っているのか。百年後、世界はどんなふうになってほしいのか。資本家、企業家は、この調子で成長していけば、熱量が限界を越え、資源が枯渇し、破壊に向かうしかないということを問題にしない。新しい形の経済を発見するか、生活様式を転換するかできないものか。これ以上自然を搾取することが続けばたいへんなことになる」

エプラーが応じる。

「成長のスピードをダウンさせるという考え方が生まれてきている。モノを持たないでやっていこうと、人びとの価値観とか欲求とかがちょっと変化するだけでも、成長のスピードが抑えられ、変化は経済に波及していく」

エンデが言う。

「真理の探究をしながら人間形成を目指すという大学はとっくの昔に消えた。今はただ専門教育の訓練の場になっている。政治、経済、文化はそれぞれ独立しなければならない。政治システムの下に教育・文化が置かれているようでは、自由な精神は生まれない」

テヒルが応じる。

「まず仕事だ、生活だと、そうやって戦後世代は精神や心の欲求を抑圧してきた。とにもかくにも経済的な再建だった。でも、私たちは私欲のないユートピアを忘れてはならない」

エンデが言う。

「資本主義は病気の温床だ。共産主義的国家資本主義も同じだ。未来に存在できるのは、非資本主義社会だけだ。友愛に基づく経済があり、平等を実現する法・政治があり、そうして自由な精神が存在する、そういう社会をつくることだ」

エンデと親交を深めた子安美知子は、六歳の娘の手を引いて、ドイツの「ミュンヘン・ルドルフ・シュタイナー学校」の門をくぐった。彼女は、アントロポゾフィーと呼ばれるシュタイナー思想を学び、同志と共に「東京シュタイナーシューレ」を立ち上げ、『世界のシュタイナー学校はいま』という本を著した。

万太郎の長男耕作は、自由の森学園高校の二期生として進学することが決まった。永井さんの娘さんに続くことになる。

耕作は中学校を卒業し、高校入学を待っていた。その息子のもとに一通の呼びかけ文が届いた。

「十五歳を迎えた君へ。私にしかない私の人生を思いきり描いてみないか。優しい親のあふれんばかりの愛を受けて、本当の自分に出会う旅に出てみないか。回り道はもうよそう。今しかできないことを思いっきりやるだけだ。さあ、一歩踏み出し、学園づくりに集え」

その学園の実体はまだ何もない、それを今からみんなでつくろうと、呼びかけは、子ども楽園村に参加してきた子になされていた。春休み、耕作は楽園村のなつかしい仲間たちとその合宿に参加した。参加者のほとんどが中学を卒業したばかりの子で、少数の高校一年生も加わり、数十人いた。合宿場所は鈴鹿山脈の森の中に開かれた果樹園にある。

合宿の最終日、万太郎と陽子は車を駆って耕作を迎えに出かけた。農場には全国各地から親たちが出迎えに来ていた。出発のときが来て、会場の扉が開いた。とたんに歓声が響き渡り、子どもたちが走り出てきた。出迎えの人々を前に、子どもたちは腕を組み、世話係の若者のギター伴奏で歌いだした。フォーク歌手、岡林信康の『申し訳ないが気分がいい』という歌だった。

今まで気づかなかったのか
どうしてこんな当たり前のことに
すべてはここに　尽きるはず
申し訳ないが気分がいい
風がヒゲに遊んでゆく
ぬけるような空が痛い

土と緑と動くものと
水と光と　そして私
今はじめて　彼らを知り
今はじめて　私を知る
今この時　私は私を
人と　人と名付けるのだ

家に帰った耕作はその夜、居住まいを正して口を開いた。

「ぼくは、仲間と一緒にぼくらの学園をつくりたい」

「えっ、もうすぐ自由の森学園の入学式がやってくるというのに何を言うの」

しかし耕作は、静かにただ希望を繰り返すばかり。どうしたらいいか、途方に暮れた万太郎は、合宿の世話係に会いに行った。そこで見せてもらった耕作の書いた合宿感想文は万太郎と陽子の心に衝撃を与えた。

「こんな晴れやかな気持ちになったのは、生まれて初めてのような気がする。いや、赤ん坊のときはこんな気持ちだったのかもしれないが、ものごころついてからは、こんな晴れやかな気持ちになったのは初めてだ。ぼくは合宿の間、ずっと巣立ちについて考えていた。自分にとって巣立ちとは何だろう。よく分からなかった。でも今、巣立ちって、こんなにはっきりしたものだったのかと感動してしまった。自分は何でもできるのだ。暗い世界の自分があった。自分が分からない自分があった。でも今、本当の自分がそこにいた。ぼくの心に翼が生え、ぼくは飛んだ」

思いがけない内容だった。「暗い世界の自分」、まさかそんなことはあるまいと親は思う。乳幼児期から明るく楽しく育ってきたのではなかったか。小学校時代は、金管バンド部に打ち込み、中学生になると、ブラスバンド部に入り、生徒会会長にもなって活動した。いったい「暗い世界の自分」とは、どういうことだろう。

思い返せば、家で耕作は学校生活についてはあまり話さなかった。後に驚くようなことを聞いたのは、生徒会長になって、彼がやったという行為だった。生徒全員『君が代』を歌うように先生から言われ、だがそれに耕作は納得できず、強制反対のビラを校門前で生徒たちに配った。それに対して教員から批判、叱責がなされ、さらに数人の暴力生徒グループから息子と息子の仲間が暴力を受け、叩きのめされた。その経緯を知り、万太郎は学校側に抗議と、暴力を振るった生徒への対処を申し入れた。校長は形ばかりの処置をとったが、たぶんそのことはその後の耕作に影響を残したのではないかと万太郎は思う。万太郎はかつて支援した「内申書裁判」を思い出す。あの進路を断たれた麹町中学生、保坂展人。

万太郎は自由の森学園の遠藤豊校長と相談しようと、電話を入れた。事情を説明すると、遠藤氏は即座に返答した。

「子どもがいったん志を持って立ち上がったときは、それを抑制することはできません。その意志を尊重することです」

息子は、自由の森学園入学を断り、仲間と理想の学校を創るという志を抱いて、親から巣立っていった。

万太郎は加美中学校で、三回目の一年生担任になった。クラスには、ひときわ目立った行動をする良子がいた。彼女は、心に思ったことはすぐに口に出す快活な子で、授業中でも、いきなり大声で発言する。万太郎はたまりかねて彼女の発言を制した。すると彼女は、椅子の上に立ち上がって主張し続けた。彼女は機関車のような力を持っていた。とにかく陽気で、快活で、型破りで、上気した顔一杯に汗をかき、男の子、女の子の区別なしに話しかけ、一生懸命に自己を表現する。

教室の窓から、一匹のクマンバチがブーンと羽音を立てて飛び込んできた。クマンバチは生徒たちの頭の上を旋回した。ワー、キャー、みんなは頭をすくめる。良子は机の上に立ち上がり、

「出て行き、出て行き、クマンバチ」

手を振り、叫ぶ。窓からクマンバチは出ていってみんなは落ち着いた。

万太郎は家庭訪問をした。オモニはけげんな顔で、家では聞き分けのよい子だとおっしゃる。どうも学校という集団のなかに入ると、そうなるらしい。万太郎は彼女の小学校時代の担任の先生を訪ねていった。その先生は、子どもの心理をよく理解しておられる。職員室に入ると先生の笑顔が待っていた。

「いい子でしょう。すばらしい子です」

万太郎は、子どもを受け止め理解し、包容するその先生に感銘を受けた。子どもの自己表現にはそれぞれ個性があり、違いがあって当然だ。規律や協調を重視することと、子どもの可能性や創造性、個性を引き出し伸ばしていくことと、この二面の間で指導が揺れ動く自分に、万太郎はまたもいたく気づかされた。

良子は人への関心や親しみを人一倍濃厚にもっていて、それを全身で表している。彼女は自己を解放しているのだ。見方の変化は彼女への思いの変化になった。彼女は持ち前の元気なエネルギーを失わずに、積極的に集団へ働きかけていた。

重度の障害児ヨッサンが万太郎学級に入った。会話はまったくできない。主に養護学級で暮らし、ホームルームの時間にクラスメンバーとして帰ってくる。ヨッサンをどう支えていくか、これが集団づくりの重要課題となった。ヨッサンは何か伝えたいとき、アーアーウーウーと言うが、それが何を意味しているのかほとんど分からない。嫌なことや不快なことがあると、ペッペッペ、床にツバを吐いた。近くにいる生徒は飛んで逃げる。昼食時間、クラスの子らは仲良し同士が

机をくっつけて弁当を食べる。ヨッサンは自分の机で一人で食べる。良子はヨッサンのカバンから弁当箱を取り出して、机の上でふたを取ってやる。ヨッサンは嫌いなおかずを箸でつまんでポイポイと床に投げ捨てる。

「あかんやんかあ。全部食べなあ」

良子は叱るが、ヨッサンは聞かない。

二学期に、珍しくマモル氏が万太郎に話しかけてきた。

「どこか、連中を一時期あずかって、自然のなかで生活を立て直してくれるところはないかねえ」

マモル氏は生活指導に苦慮していた。またも他力本願か、と万太郎は思う。が、体罰を含む管理主義教育を強化することに彼も疑問も抱き、基礎学力をつけていく方法論を研究し始めていた。強気のマモル氏が弱音を吐いてきたことに親しみを覚えた万太郎は、何か応えたくなった。

「あそこはどうかな。夏に『子ども楽園村』という合宿を開催しているところがあるんですよ」

するとマモル氏はそこへ行ってみると言う。何のあてもないけれど、対立してきた二人が一緒に出かけるなんて、おもしろいじゃないか。冬休み前の日曜日、二人は列車に乗って伊賀へ出かけた。座席に座った二人はぼそりぼそり、とりとめない会話を交わした。こんな虫のいい話を相談に行くことに抵抗があったが、彼にとっては参考になるかもしれないと万太郎は思う。

二人は春日山の坂道を登り、山岸会本部の建物に入った。万太郎はムラ人に主旨を話した。一週間ほど、生徒をあずかって、牛や豚や鶏の世話をする泊まり込みの体験合宿をさせてもらえないか。マモル氏は、その生徒たちが教師の手におえない連中だとは言わなかったが、学校の生活指導では厄介な存在であることを匂わしていた。

「そりゃ、学校を変えるよりほかないでしょう。子どもは何を求めているんでしょうか。先生たちが『やっかいもの』だと思っている子をここに連れてきても、無理にこんなところに放り込みよったということになりますよ。学校が子どもの居場所にならない限り、よそに依存してもだめでしょう。こちらに預かっても、戻れば元の木阿弥になりますよ。先生が変わらない限り、生徒は変わらないでしょう」

予想した返答だった。二人は無言で山を下りた。

ツチノコ探検隊

万太郎は二年生担任にもち上がる。良子もヨッサンも万太郎のクラスだ。

万太郎は清掃活動をクラスづくりの大切な場にした。クラスの清掃場所は自分たちの教室ともう一箇所担当することになっている。万太郎は、ほかのクラスが引き受けたがらない生徒トイレの清掃を毎年希望して引き受けた。

四月最初のホームルーム活動が終わると、掃除当番の子らは、教室とトイレで別々にミーティングを行う。

万太郎は、このミーティングで、生徒たちの抱く清掃観や方法をひっくり返した。

まず教室清掃のミーティングだ。当番の子らは輪になる。万太郎は話し始める。

「まず窓を全部開けます。風が吹いていますか」

「西から風が吹いてる」

「西風やねえ。この地区は西風がよく吹きます。どうして？」

生徒たちはきょとんとしている。

「ずーっと西のほうに何がある？」

「西のほう？　海？」

「そう、ここから八キロ西に大阪湾があります。そこから西風が吹いてくる。この風で教室の空気が入れ替わります。次に、ほうきの掃き方研究です。掃いてごらん」

生徒たちはほうきを持つと、縦に一直線に掃いていって、また元に戻り同じことを繰り返した。小学時代から何年も教室の掃除をしてきたにもかかわらず、掃き方を考えたことがない。

「床をよく観察してごらん。そういう掃き方では掃き残しができます。どんな掃き方がいいかな」

一掃きしては後ろに一歩下がり、また一掃きして下がり、平行に掃いていって、その跡を観察する。

「このほうが掃き残しがない」

「そうだね。跳ね上げるように掃くと埃が舞い上がるから、ほうきを床面から離さずに押すように履いていてきます」

次は雑巾の洗い方と絞り方、そして拭き方を考える。

「雑巾を絞ってごらん」

多くの生徒がバケツの水に雑巾を浸けてから、両手でおにぎりをつくるように雑巾を絞った。

「水が絞りきれていますか」

万太郎は生徒からその雑巾を受け取り、右手と左手でねじるように絞った。しずくがぽたぽたと落ちた。

「絞るというのは、こうすることです」

次に拭き方に入る。

「洗って固く絞ったきれいな雑巾を、四つ折りします。その一面で机一つを拭くと、何脚の机をきれいな面で拭けますか」

「二つに折って、それをもう一回折りたたんで、これで拭くと、きれいな面が八つあるから、一脚を一面で拭いていったら、きれいな面で八脚を拭ける」

「そう、八面を全部使えば八脚をきれいに拭けます。八脚拭いたらまたきれいな水道水で洗う」

拭くという作業は、机や椅子という素材を意識して見ることでもある。

拭き掃除が終わると、雑巾をきれいに洗って教室の後ろに干す。

次は男子トイレに行ってトイレ清掃班のミーティングだ。万太郎が見本を示す。

床も壁もタイル張り、水を撒くと棒タワシで床をごしごし洗う。次は便器、ゴム手袋をはめ、水を撒いてから柄つきタワシで便器を磨く。男子用小便器の底の穴には、ゴミが詰まらないように円い陶器のふたがある。

「このふたは、小便で黄色くなるから、これをはずして……」

と万太郎は指でつまんで取り出すと、生徒たちは、ワーッ、キタネーッ、と声を上げて逃げ出した。

「何を逃げるか、お前たちの小便じゃ」

万太郎は便器の蓋を持って笑いながら生徒を追いかける。

女子トイレは女の先生に指導してもらう。

万太郎は、国語の授業で浜口国雄の「便所掃除」という詩を印刷してみんなに配った。

「この詩を書いた人は国鉄の駅員だった人です。戦争中は歩兵連隊に入隊して中国、フィリピン、サイゴン、ニューギニアで戦いました。軍隊から帰還してから、人夫、炭焼き、臨時工員などをしていましたが、戦後、国鉄に就職し、奈良の王寺駅に勤務していました。私が通勤のときに乗り降りする駅です。駅員の浜口国雄は公衆トイレを毎日掃除しました」

万太郎は詩を朗読した。長い詩だ。

扉をあけます
頭のしんまでくさくなります
まともに見ることができません
神経までしびれる悲しいよごしかたです
澄んだ夜明けの空気もくさくします
掃除がいっぺんにいやになります
むかつくようなババ糞《くそ》がかけてあります……

生徒たちは詩に集中した。駅のボットントイレの現実はすさまじい。駅員浜口国雄は、汚れたトイレに立ち向かう。

くちびるを嚙みしめ、静かに水を流し、箒をあてて、大便をポトンポトンと便壺に落とす。心臓から爪の先までくさくなるような空気。それでも浜口国雄は便器に手を突き入れて磨く。

おこったところで美しくなりません
美しくするのが僕らの務めです
汚水が顔にかかります
くちびるにもつきます
そんな事にかまっていられません
ゴリゴリ美しくするのが目的です

生徒たちは、オエーッと声を出す。想像するだけでも汚い。だが、朝風が便壺から顔をなぜ上げる。心にしみた臭みを流すほど水を流し、雑巾でふく作業過程の描写は、みずみずしく、さわやかな感覚を心に湧き起こす。

朝の光が反射し、清潔になった便器に浜口は嬉しい気持で座る。そして、詩の最後をこう結ぶのだ。

便所を美しくする娘は
美しい子供をうむ　といった母を思い出します
僕は男です
美しい妻に会えるかも知れません

生徒たちは感動した。清掃活動は自分の心をさわやかに、きれいにするんだ。それを実感することができるのがトイレ掃除だ。万太郎が毎年このトイレ掃除を、自分のクラスの仕事に引き受けてきたのは、清掃のもたらすものをいちばんよく感じることができるからだった。

どこの県だったか、学校で子どもにトイレ掃除をさせるのは、児童福祉法に違反し、憲法十八条の「意に反する苦役」に当たると裁判に訴えた小学生の父親がいた。裁判所は、学校のトイレ掃除は教育活動と認められるから憲法違反にならないという判決をくだした。

自分たちの生活の場を、力を合わせて快適なものにしていく共同作業は、重要な教育の場だと万太郎は思う。しかし、住みよい環境をつくる教育を、命令や罰や押しつけにすれば、それこそいやな苦役の場になる。学校のトイレ掃除もそうなれば、教育の場ではなくなる。

万太郎のクラスは清掃活動が楽しかった。万太郎も一緒に加わる。夏になるといたずらも起きる。トイレのなかでホースの水が友だちに飛んでいき、水かけ合戦が勃発した。みんなずぶ濡れだ。大便器が詰まって、水があふれ出すことがある。このときは、専用の「ボッコンボッコン」と呼んでいるお椀型のゴム製道具を使う。「ボッコンボッコン」を便器の底の流出口にあてて、何度も押して圧力をかけると、詰まっていたものが流れ落ち、溜まった水がすーっと穴から引いていく。このときのさわやかな快感は、作業をしてこそ味わえる。清掃活動は、清掃前と清掃後にはっきりと結果が見えた。すがすがしく、やりがいのある清掃活動は、学校を磨く活動になっていった。

サークル「寺子屋」で荒木さんが驚くような報告をした。荒木さんも、矢田南中学時代の同僚だったが、今は浪速区の学校で困難な生徒たちに美術を教えている。

「私の学校では、信州スキー修学旅行を実行しました。大阪の中学校では新しい取り組みです。目的地の地元の指導員にスキーを習い、雪の世界に遊び、雪国の暮らしを楽しみました。スキーをしたことのない子どもたちがほとんどですから、もう無邪気に遊びまくりました」

スキー修学旅行には問題があった。スキーシーズンは冬だから三年生の冬では高校受験など進路を控えているため実施は無理、そうすると二年生の冬に実施ということになる。荒木さんは、スキー旅行を二年生の冬に実施し、三年生になって別の宿泊活動を企画したということだった。

万太郎は我が校でも実施できないかと考え、スキー修学旅行案を二年担当教員による学年会議にはかった。生徒たちは、冬の雪国の暮らしも厳しい自然も体験したことがない。温泉宿の温もり、霏々として降る雪、友だちと和む冬のひととき、それらを味わわせてやれないものか。スキー場では道具や衣装はすべて貸してくれるし、技術は現地の指導員が教えてくれる。スキー経験のない教師は生徒と一緒にスキーを習えばいい。実施する時期は二学年三学期の一月。二年の学年会議で提案してみると、やってみよう、という結論になった。そこでスキー案を職員の全体会議にかけた。予想した通り、年配教師から猛反対が飛び出した。修学旅行は三年生でなけりゃならん、実施するのはいちばん気候のいい五月だ、この時季の思い出をつくるのが修学旅行だ。古参の頑固な教員が眉を吊り上げて主張する。結局スキー案は否決された。

夏休みが近づいた頃、万太郎はクラスの男子に呼びかけた。

「夏休み、探検隊をつくってツチノコを探しに行こう」

冒険への誘《いざな》いだ。ツチノコとは、胴が太短く、動きの速い未確認動物のヘビで、空想動物だが、目撃したという人もいる。

子どもらのロマンを掻き立て、いざ夏の吉野の奥地へ。メンバーは男子十人。キャンプ用具は万太郎が用意し、食材を購入して近鉄電車とバスを乗り継いで東吉野に入った。キャンプ地は台高山脈から流れ落ちる杉谷川だ。谷沿いの村は林業をしている。天候は安定していた。ちらほら人家も近くにあったが、水遊びにもってこいの場所があったから、そこをキャンプ地にした。河原にテント二張り。源流の清冽な流れは十メートルほどの幅があり、いちばん深いところでも子どもの背は立つ。次はトイレづくり。スコップを使って、森のなかに小さな穴を掘る。ウンチは分解して土になる。タダシが言う。

「用をたすと上から土をかぶせまーす」

一日目は夕方まで、川遊びだ。水は冷たく、淵は青く深い。妖精が潜んでいるような神秘感がある。アユかウグイが泳いでいる。石を積んで川をせき止め、プールをつくる。夏は水の子、遊び呆けた。

森の落ち葉や木の実は積もって腐葉土となり、新たな草木を育て、小動物の食料となり、膨大な水を樹木と土が溜め込む森はダムの役割をしている。

夕食は定番のカレーライス。食べ終わったのは六時を過ぎた頃で、まだまだ明るい。食器や飯盒を洗うために水の溜まり場に浸けておく。遠くで雷鳴の音がした。

「夕立が来るかなあ」

空を見上げると黒い雲が上流のほうで広がっている。しばらくするとポツポツ降ってきた。全員急いでテントに入った。

「山の雷は怖いぞ。川沿いにテントを張っているときは気をつけんといかん」

万太郎がそう言うと、川べりでガラガラ音がした。

「なんだ？　なんだ？」

外を見ると、雨は降っていないのに、川の流れが広がり、先ほどまで河原だったところが半分ほど水が流れている。ガラガラ音がしたのは、コッフェルや飯盒、食器が流されていく音だった。

「あじゃー、増水してるぞ。テント流されるぞ。急げ」

流れていく食器類を集めてきて、テントを川岸の上の草地に移した。

「上流に夕立が来ると、下流で突然増水することがあるんや」

水も引き、夜のとばりが下り始めた。

「キャンプファイアしよう」

流木を集め、火を燃す。みんなは火を囲んで腰を下ろした。

万太郎は先端が燃えている木の枝を一本取り出して、空中でくるりと輪を描いた。

「ニホンオオカミの話をしよう」

万太郎は、台高山脈の明神平で出会った、不思議な鳴き声の話を始めた。

「日が暮れて、深い霧が出てきてなあ。そのとき、辺りで変な鳴き声が湧き起こったんや。ニホンオオカミかもしれんぞ。けれど正体は分からんかった。

明治三十八年にこの山で殺されたオオカミが最期の一頭とされているが、オオカミは滅びたのかどうか、その後も日本のあちこちで声を聞いたとか姿を見たとかという人がいる。

犬には犬歯というのがあるやろう。口の左右上下ある大きな牙、オオカミはその犬歯が犬より大きい。獲物を襲うとその牙がものをいう。オオカミが滅びてからシカやイノシシが増えた。日本では昔、オオカミは神様として崇められ信仰されてたんやな。この東吉野ではオオカミの巣穴の傍らに赤飯を置いたそうや」

谷の上に星が瞬き始めた。

「柳田国男という民俗学者が書いた『遠野物語』という聞き書きがあるんや。岩手県遠野地方に伝わる民話を集めてあるんやが、そこにオオカミが出てくる。小学校から帰ってくる子どもが岩山を見たらオオカミがうずくまっていて、首を押し上げるようにして吠えた。それはそれは恐ろしかった。夜に、馬方が荷車を馬に引かせて山道を行くと、二、三百頭のオオカミが追いかけてきて、あまりの恐ろしさに火を焚いて防いだ。

柳田国男はこの吉野地方にもやってきて調査し、オオカミはなぜ滅んだかを考えていた。ニホンオオカミは絶滅したけれど、その血は日本犬と交配して受け継がれていると言われている。山梨県中巨摩郡芦安村原産の甲斐犬とか長野県南佐久郡川上村に伝わる川上犬は、ニホンオオカミの血が入っていると言われてるな。

奈良県十津川村と和歌山本宮町との境にある果無《はてなし》山脈に住んで、エッセイを書いている宇江敏勝という人は、オオカミは生き残っていたが、戦後の大規模な森林伐採によって滅びたと言っているね」

コウタロウがつぶやいた。

「人間のせいで、滅びた生物はいっぱいいますねえ。アメリカではリョコウバトが滅ぼされた。もともと五十億羽もいたのに、銃で撃ち落とす競争をしたりしたそうです」

「よく知ってるね。オオカミが絶滅して生態系のバランスが崩れた。北海道では、生態系のバランスを取り戻すために、エゾオオカミの再導入を検討している人たちがいるよ。アメリカのイエローストーンでは、オオカミ復活計画を進めているね。そこは広大な国立公園で、野生のオオカミの最後の一頭が殺されたのは一九二六年でね。今、オオカミを復活させようと、カナダから導入を検討しているらしい。

江戸時代までは神として崇められたオオカミがなぜ滅亡したのか。結局は文明の問題なんや。破滅に向かう文明の最初の犠牲者は動植物に表れる。人間は地球に君臨しているが、このままでは破滅に向かうね。アマゾンの森、ボルネオの森、世界中で森が破壊されている。世界中で環境破壊が進み、多くの生物が絶滅している。このまま環境を破壊し続けるなら、生命維持装置の森の酸素供給が少なくなり、大気は汚染され、海も汚染され、気温は上昇し、大災害が頻発するようになる。遠からず人類の消滅がやってくる」

万太郎の話を聞きながら、みんなは燃える火を黙って見つめていた。人類はこうして、火を見つめて生きてきた。焚火の周りの深い闇。

いたずら好きのタダシが言った。

「肝試しをしようや」

「よし、やろう。一人ずつ、この川の上流にある小さな木橋まで行ってそこから引き返してくるんや」

みんなは順番に一人ずつ、懐中電灯を点けて河原を歩き、森の神秘を体に感じて帰ってきた。

最後はシズヤだ。ブツブツ言いながら河原の石ころを踏んで出発した。シズヤの懐中電灯の光が見えなくなった。

「全員隠れろ」

みんなはあちこちの暗がりのなかに身をひそませ、笑いをこらえてシズヤの帰りを待った。しばらくして、懐中電灯の光が見えてきた。

「帰ってきたぞ、帰ってきたぞ」

シズヤの姿が焚火の光に浮かび上がった。

「みんな、どこ行ったん?」

誰もいない。隠れていたみんなは「わあー」と声をそろえて飛んで出た。シズヤは腰を抜かさんばかりに驚き、半べそをかいていた。


火を消して就寝、真夜中のことだった。万太郎はテントの周りに、ゴソゴソ音がするのを聞いて目が覚めた。何者かがテントの周りにいる。しばらく耳を澄ましていた。音はやがてテントから離れていった。万太郎は音を立てないように外に出て、辺りを懐中電灯で照らしてみた。川岸の上から音が聞こえた。万太郎は足音を忍ばせ上がっていった。懐中電灯を照らすと、光に浮かび上がったのは巨大なイノシシだった。イノシシは頭を上げて万太郎を見た。恐怖を覚えた万太郎は棒を握ってバンバンと叩いて音を立てた。とたんにイノシシは猛烈な勢いで村のほうへ駆け去っていった。数秒して遠くでドカンと何かにぶつかるような音がした。

夜が明け、外に出てみると、イノシシの足跡がテントの周りに残っていた。万太郎ははっと気づくものがあった。大学山岳部で大台ヶ原から大峰山に縦走し、飯を炊いて置いておいた飯盒が幕営の翌朝なくなっており、食器に穴が空けられていた。謎だったが、あれはイノシシの仕業だったのではないか。

ツチノコ探検の二日目は上流探検だ。広葉樹が覆う淵にアマゴが泳いでいる。支流に入り、道なき沢を登る。樹林の状態を観察すると、谷川沿いにはいろんな種類の広葉樹が残っていたが、谷からはずれると、杉、ヒノキの人工林になった。マッツンが何かを見つけた。

「ここに足跡がたくさんあるぞ」

「ほんまや。なんの動物やろ」

ぬかるみのようなところにひづめの痕がある。

「イノシシのヌタ場や。体についたダニを落とすために、ここでゴロゴロ寝転んで泥浴びをするんや」

ツチノコは見つからず、台高山脈の縦走路まで登って帰ってきた。

ツチノコ探検が終わると、万太郎は春日山のムラで開催される「夏の子ども楽園村」世話係スタッフを初めて体験した。小学生と一週間遊んで暮らす無償の活動、子どもたちのお父さん役だ。ムラの青年たちは、お兄さんお姉さん役だ。

全国からやってきた小学生たちは百人ほどいた。毎年夏に参加し、親しくなった友との再会に歓声を上げて抱き合っている子らもいる。子どもたちは畳の大広間いっぱいにぎっしりと布団を敷いて休む。朝起きると作業着に着替え、鶏舎に行って卵を集めたり、牛に餌をやったり、畑に行って農作物の収穫をしたりする。お昼ご飯を食べ終わると全員昼寝をし、午後は、虫捕り、木登り、土や木や竹で工作したりして自由に遊ぶ。夕方みんなシャワーを浴びる。

大広間の畳に寝転んでいると、万太郎の体の上に男の子たちが乗っかってきて、はしゃいだ。

「お父さん、汗臭いよ」

子どもたちも汗の匂い。野性の匂いだ。子どもたちは世話係の万太郎を、「お父さん」と呼んだ。この嬉しい感覚。体のなかから湧き上がってくる幸福感があった。

夕ご飯を食べ終わると、大広間でナイトシアターの始まりだ。ムラの若者スタッフのギター伴奏に合わせて大声で歌い、ゲームをし、お兄ちゃんたちの寸劇に歓声を上げる。自分たちのかくし芸も発表した。ケンダマ名人の子がいた。落語のジュゲムジュゲムを演じきった子がいた。万太郎は目を見張るばかりだ。

アイヌを訪ねて

お盆が過ぎ、万太郎と陽子は旅に出た。マイカーを使って、北海道の大自然と先住民アイヌに会う旅だ。舞鶴港から日本海フェリーに乗って小樽港で降り、快晴の石狩野を旭川に向かった。

大正十一年、十九歳で人生を終えた知里幸恵の編んだ『アイヌ神謡集』の一編が万太郎の頭に浮かぶ。

銀のしずく降る降る　まわりに、
金のしずく降る降る　まわりに。
歌いながら流れに沿って下り、
人間の村の上を通りながら下を眺めると、
昔のお金持ちが今の貧乏人になっているようです。
フクロウの神様が歌った。

大雪山麓の深い谷間、層雲峡に入った。ヒグマの彫刻が入り口に置かれた小さな工房があった。黒いひげを生やした、がっちりした体格のアイヌの彫刻家が木を彫っていた。椅子に座ると、彼は雄弁だった。

「北海道はアイヌの大地ですよ。けれどアイヌ文化も風前の灯です。今は、観光アイヌがイメージ化して、アイヌの今日的問題であるアイヌ差別が消されてしまった。私は、アイヌの伝統を復活させようと、アイヌの魂を持って、アイヌ文化と歴史を訴えていこうと思っているんです。だが、アイヌ文化は、和人の文化に同化し、混血が進んで、消えかかっています。和人と混血になればアイヌ差別を解消すると考える人がいますが、それでは長いアイヌの歴史や文化は消滅してしまいます。

北海道の地名にアイヌ語が残っているでしょう。ある町で、郷土の歴史の副読本をつくりました。小学校の副読本です。そこにこの町の名はアイヌ語ですと書いた。すると、これは差別だと町教委に抗議が来た。とんでもない、町名はりっぱなアイヌ語ですよ。教科書からアイヌという語を消したらアイヌ差別はなくなるか。そうはならないです。差別の本質を確かめることです。地名のアイヌ語は、北海道の豊かな自然と、アイヌ民族の歴史を伝えるものです。

　このままの状態で、アイヌ問題を終わらせてはならんのです。縄文時代から続く北海道の先住民を、近代日本政府は旧土人と呼び、法律にまで書いた。それが今も続いているんです。日本は大和民族単一の国家だという政治家がおる。とんでもない話です」

　万太郎は初めて聞くアイヌの肉声だった。

「自由民権運動家の中江兆民は、明治二十三年に北海道でアイヌ差別を目の当たりにしたんです。

『シャモはまことに貪欲そのもの、狡猾そのものというべき者だ。土人を恐喝し、だまし、命にかけて狩獲したる熊の毛皮をかすめとる』、と言っています。土人はアイヌ、シャモは本土から来た和人のことです。兆民はシャモの非道を見抜いたんです。

　明治政府はアイヌ民族を旧土人と称して、日本国民に編入したんですよ。もともとアイヌは自由の民で、国家を形成せず、それぞれの地域で共同体をつくって、狩猟や採集、漁労を生業にしていましたから、農業にはなじまなかったんです」

「なるほど、国家をつくらず、放牧で生きる遊牧民族、中東のベドウィンやクルド人と同じですねえ」

「アイヌ民族は樺太にも択捉《えとろふ》、国後《くなしり》にも住んでいます。昔は本州にも住んでいた。江戸時代の林子平が地図をつくっていますが、朝鮮国、琉球国、蝦夷国と分けて書いています。日本政府は蝦夷国を併合したんです。あげくのはて、アイヌの生活の場である山、森、川をアイヌから取り上げて国有化し、農業化を推し進め、本州から開拓民を入れ、結局アイヌは生活の場を失った。アイヌは農耕民ではなく狩猟民だったからね。明治期には、南の琉球国も併合されましたね、琉球は漁労民だね。

　明治三十二年に、日本政府は北海道旧土人保護法を制定しました。私たちは土人と呼ばれた。なんということですか。アイヌの子どもは土人学校で和風教育を受けるということになったんです。学校でアイヌ語を話すと叩かれたりもした。

空知出身で、小学校の先生もしていた作家の三好文夫が書いた『シャクシャインが哭く』という小説があります。三百年前の、シャクシャインという、和人と闘ったアイヌの英雄の話です。その作品中に、日高の静内《しずない》町に開道百年を記念して建てられた、『英傑シャクシャイン像』の碑文についての疑問が書かれています。碑文には、こういうことが書いてあります。

『日本書紀』によれば、北海道は先住民族が定住し、アイヌモシリと呼ぶ楽天地を拓いていた。静内は文化神アエオイナカムイ降臨の地と伝承されるユーカラの郷だった。北海道、すなわち蝦夷は松前藩が統治を認められ、蝦夷との交易を独占した。蝦夷は自然の宝庫で、海産物、毛皮資源が豊富だったからそれを求めて和人がやってきた。アイヌは和人に心より協力し、和人に多大の利益をもたらした。だが松前藩の過酷な圧迫と搾取によって、生活は重大な危機にさらされ、ついに長《おさ》のシャクシャインは民族自衛のために蜂起した。だが、衆寡敵せず戦いに敗れた。しかしその志は尊く、末永く英傑シャクシャインをあがめる。

このようなことが碑文に書かれ、シャクシャインの像が建てられたんです。三好はその碑文に引っかかった。アイヌに対する過酷な搾取をしたのは、松前藩だけでなく、海産物、毛皮資源などを求めてやってきた和人も行ったことだ。アイヌは和人に心より協力したりしていない。むしろ和人の略奪的な交易を憎み続けていた。開道百年を記念すると言うが、何を記念するのか。アイヌにとっては侵略されて百年だよ。シャクシャインはアイヌ侵略の犠牲者だ。彼を『開道百年の象徴』にしようという発想はいったいどこから生まれてくるか。三好文夫はそう批判したんです」

「なるほど、シャクシャインは侵略者和人への抵抗の象徴なのに、シャクシャインを開道百年の記念、アイヌ観光の道具にしているということですねえ」

「被差別部落民が立ち上がって全国水平社を結成したのは一九二二年、大正十一年ですね。その水平社運動がアイヌ解放運動に影響を与えていたんです。昭和の初め、アイヌの違星北斗たち数名は、薬売りの行商をしながら各地に住むアイヌを訪ね歩き、アイヌの自立と差別からの解放を訴えて、『アイヌ一貫同志会』をつくった。違星北斗はね、水平社運動の影響を受けていたんです。アイヌ伝道団は行商をしながら、アイヌよ、立ち上がれと呼びかけた。だが彼は、二十九歳の若さで亡くなってしまうたんです。

私も水平社宣言を読みましたよ。『われわれは、卑屈なる言葉と怯懦《きょうだ》なる行為によって、祖先をはずかしめ、人間を冒涜してはならぬ。われわれは、心から人生の熱と光を願求礼賛するものである。人の世に熱あれ、人間に光あれ』

私は涙が出ましたよ。

違星北斗は、こんな短歌をつくってるんです。

　悲しむべし　今のアイヌはアイヌをば
　　卑下しながらにシャモ化していく

一九三一年にね、北海道アイヌ協会が生まれ、そして全道アイヌ青年大会というのが開かれたんです。そこに七十余名の若者が参加した。貝沢藤蔵という人が書いています。

『私らがかつて新聞紙上で読んだことのある水平社大会における悲痛な叫び、激越な呪いの声こそ無かったけれど、熱と力のこもった正義の叫びがあった。眠れるウタリに伝える覚醒の暁鐘のようであった』。

その全道アイヌ青年大会で次のことが決議されたんです。

　旧土人保護法を改正せよ。
　土人学校を廃止せよ。
　中等教育の奨学金をつくれ。

全国水平社はアイヌ解放運動にも影響を与えたんです」

彼は、茶をいれてくれた。陽子は、工房の板壁に架けられた、木彫のヒグマを手に取った。彫刻家は板壁に架けられていた一本の棒を手にした。白木の棒の先が房状になっている。

「これはイナウというものでね。木の幣《ぬさ》です。柳の木でつくります。アイヌの宗教儀礼に欠かせない祭具で、カムイに捧げるものです。今私たちは、アイヌの熊祭りを復活させようとしているんですよ。伝統の丸木舟もつくっています」

「アイヌ協会は今はどうなっていますか」

「ウタリ協会と改名しました。ウタリは同族、仲間の意味のアイヌ語でね。一九七〇年に、『北方群』という同人誌が創刊されて、その巻頭文で、『アイヌ系住民解放運動の訴え』をしています。

開道百年と称してお祭りさわぎをしているが、北海道の歴史を開いてきた民族の悲惨な状況から目を覆うな、アイヌは今も差別と貧困のなかにいると。

『北方群』には、部落差別と闘う部落解放運動についても書いていています。アイヌも解放同盟をつくって、闘わねばならないと。『北方群』の第二号は、『アイヌ解放運動誌・北方群』と題して発刊されました。そこには最近発生した差別事件が載せられ、『北海道ウタリ協会』による告発・糾弾がなされています」

「今、アイヌ民族に対して、どんな施策がなされていますか」

「改良住宅の建設や高校進学者への奨学金の給付という行政施策も行われつつあります」

「同和対策と似ていますね。アイヌ自ら政治に参加して、政治を変えるということでは、どうなんですか」

「アイヌの青年、成田得平が衆議院議員の全国区に立候補したのは一九七七年です。成田の後援母体はアイヌ青年参政協議会です。そのとき、成田得平は訴えています。

北海道旧土人保護法を発展的に解消せよ。

少数民族対策特別法を制定せよ。

北海道観光を見直し、アイヌ工芸を振興させよう。

漁場条件を再整備し、魚族資源を増やすために国費を導入せよ。

アイヌ民族の文化を復活させよう。

アイヌ民族も国政に参加できる政策をつくろう。

このような訴えです、結局、選挙は落選でした。立候補者百二人、彼は七十二番目。全国の投票数では、被差別部落が多く存在する府県で、成田は多くの票を得ていました。

成田が、アイヌ民族として初めて中国を訪問したのは一九七四年です。北海道アイヌ中国訪問団が結成され、メンバーになった成田は中国の少数民族自治区を訪問しました。一九七六年には日中友好協会の訪中団長になり、十五人のアイヌ民族が訪中しています」

「一九七六年というと、実は私もその年、訪中しています。部落解放同盟と教職員組合のメンバーで訪中しました」

　不思議なつながりを感じる。万太郎はさらに気づいた。日本教職員組合の全国教育研究集会の「民族と人権」の分科会で、万太郎が「コリアン友の会」の実践報告をしたのは一九七三年、雪の山形で開催された全国教研だったが、そのときに、アイヌ差別の実態も報告されていたのだ。

　夕陽が工房のなかに差し込んできた。陽子は彼のつくった木彫を土産に買い、工房を出た。大雪山の噴火によってできた凝灰岩が石狩川によって浸食され、層雲峡の柱状節理の断崖は生まれた。高さが二百メートルほどもある。宿は近くのペンションにとった。

　翌日、宗谷岬に向かう。途中の音威子府《オトイネップ》村で、アイヌの著名な彫刻家、砂沢ビッキ氏の工房に立ち寄る。小学校跡地をアトリエにして制作している彼の木彫作品には、先住民アイヌの原始の魂が宿っていると言われ、国際的にも評価が高い。工房の前に立つと、しんとしていて人気もない。万太郎は知らなかったが、砂沢氏はガンを患い入院中であった。

　日本の最北端、宗谷岬に立つと、波のかなたにサハリンがうっすらと見えた。

　二人は宗谷岬からオホーツク海に沿って網走に向かう。海岸沿いに現れる原生花園と小さな湖水には人影はなく、静寂のなかを歩く。

　知床、硫黄山の麓、ヒグマに出会わないかと少しびくびくしながらクマザサのなかを散策した。林のなかに廃屋があった。こんなところまで開拓に入った人がいたのか。力尽きて開拓をあきらめた人の辛苦が廃屋のなかに漂っている。

　その日は美幌のペンションに泊まり、翌日美幌峠を越えて屈斜路湖、摩周湖を訪れた。屈斜路湖畔に小さなアイヌコタンがあった。数軒の伝統住居チセが建っていて、老夫婦が招いてくれた。チセは木造の建物で屋根は木の皮で葺かれ、部屋の真ん中に囲炉裏が切られていた。

「まあ、座んなされ」

囲炉裏の傍に座ると、老人はぽつりぽつり今の暮らしを話してくれた。もともとはアイヌの大地だったところが、和人が入ってきた。政府は、アイヌ保護政策で、土地を五町歩付与すると言い、農業を奨励したけれど、アイヌは狩猟民、この地で生活が成り立つような農業収穫を得ることは、むずかしかった。結局土地のほとんどが本州から来た和人のものになった。戦後の農地改革では、アイヌへの給与地が一般農地扱いで、結局はアイヌより豊かな生活をしている和人の所有になった。

チセのなかに座っていると、心が安らいだ。

「チセは快適ですねえ。植物の香りがします」

「冬も暖かいですよ」

「更科源蔵という詩人が昭和の初め頃、この近くのコタンの学校で教えていたんですが、その学校、どうなりましたかねえ」

「コタンの学校、ありましたよ。屈斜路湖の南岸の丘にね」

更科源蔵は、一九七八年に『北の原野の物語』を著している。

一九〇四年、屈斜路湖から南二十キロにある熊牛原野で、源蔵は生まれた。日露戦争のさなかだった。源蔵の親は、越後信濃川沿いの農家の出身で、開拓民として熊牛原野の密林に入って開拓に従事した。生活は厳しかった。冬は零下三十度、炉の火は絶やさず、源蔵が夜中におしっこで起きると、炉のなかでニレの木がちょろちょろ燃えていた。ニレの木は一本だけでも、火が消えない。それも先住民のアイヌから教えられた知恵だった。コタンの人たちは、火のことを「おばあさんの神様」と呼んでいた。ハシドイという野生のライラックの枯れ木は、火つきがよいので焚きつけにされるが、火がはねるので夜寝るときや子どもを寝かせるときは決して燃やさなかった。コタンの人々は、雪のなかでも火を焚く。ナナカマドの枝をまず雪の上に並べ、その上で別の木を燃した。ナナカマドは七回かまどにくべても燃えないと言われている。

　源蔵は片道八キロを歩いて小学校に通い、羊を世話し、農業を手伝った。ジャガイモは冷害の年もよくできたから、「大きな米」と呼ばれた。

　十九歳のとき、羊飼いがうまくいかず、源蔵は東京に出て麻布獣医学校に入学するが、中退して北海道に戻った。そのとき、屈斜路湖畔のコタンの学校の教員がいなかった。代用教員になってほしい、依頼を受けて源蔵は教員になった。学校は北に防風林を背負い、屈斜路湖が見下ろせる小高いところにあった。学童はほとんどがアイヌの子らで、一年生から六年生まで十七人いた。和人の子も少数いた。キツツキの、木を叩く音が教室まで聞こえた。源蔵先生はガキ大将になり、体操の時間には湖に入って遊び、理科の時間には林や原野に行って、木や草を観察した。児童の勉学が遅れているので、源蔵は夜学をすることにした。子どもたちは喜んでやってきた。六年生になっても数字がろくに書けない子がいた。ムラの青年たちも教えてくれと言ってきた。せめて足し算、引き算ができて、ハガキぐらいは書けるようにしたい。

　小学五年の読本に、「蝦夷征伐《えぞせいばつ》」が出ていた。「景行天皇の皇子日本武尊《やまとたけるのみこと》、蝦夷を平らげよとの勅命を奉じて、東国に下り給ひき」、それを読んだ和人の子どもたちは、「蝦夷征伐をやるべ」とアイヌの子どもたちを追いかけた。源蔵は、「蝦夷征伐」遊びについて子らに話した。

「エゾはアイヌの先祖、エミシと呼ばれた。エゾはたいへん強力な民族で、ときに大和朝廷と争い、悩ました。もし君たちが、よそから来た人たちと争うことがあったら、よそから来た人は、決して自分たちが悪いとは言わないだろう。教科書のこの文章は、大和朝廷の人が書いているから相手のエゾは悪い賊だと書いたのであって、もしアイヌの先祖が記録を残したら、悪賢い大和族が攻め込んできて、われわれの土地や財産を取り上げげたと書くだろう」

　源蔵は冷や汗を流しながら話した。

地区の教育研究会が開かれたとき、源蔵はその顛末を報告した。

冬、教え子の父が、中国大陸で戦死したという知らせが入った。アイヌの人たちも戦場に駆り出されていた。コタンの学校の卒業生にも召集令状が来た。

白鳥の来る湖畔で、熊の霊を神の国に送り返す熊祭りがあった日、源蔵に辞令が届いた。

「代用教員の職を解く」

教育研究会で報告した「蝦夷征伐」にまつわる授業が免職の原因になったようだった。

報せはコタンにまたたくまに広がり、コタンの子らは熊祭りに行かずに学校に集まってきた。

源蔵は、黒板に書いた。

そんな世の中はおそらく来ないかもしれない
まっすぐなものを　まっすぐに描ける
お前たちの考えているような世の中が
理屈ではけっして　間違っていない
それがぜったい真理であるといっても
おそらくそれは来ないだろう
だが　それが来なくったって
まっすぐなものは　まっすぐなのだ

源蔵がコタンの学校に赴任したとき、子どもたちが出迎えてくれて、

「先生、古老《えかし》になるまで　いてけれな」

と言った。だがその願いは叶わず、子らと別れねばならない。川口の橋のたもとで源蔵は「さようなら」をした。けれども彼らは誰も帰らなかった。源蔵の先に立ってトットと駆け、源蔵の手にぶら下がって言った。

「先生は、コタンの子に自信を持たせてくれたんだ」

源蔵は「吹雪くコタン」という詩を書いた。

バンジャーイ
吹雪のなかに枯れよもぎを差し上げて
蒼茫とした丘に

シゲとマモとヨスボとクニと集って
背中の薪を切り株の上に休めて
「何してるんだ」と聞くと
ユーのとっちゃんが満州で戦死したからだと
鼻水をすする
長いまつげのかげで　わずかな夕暮れを映して

吹雪の上を野鴨が騒ぐ
バンザイとは何だ
何もかにも吹雪と闇が飲み
もう　コタンは凍った石のように黙っている

源蔵は「赤い星」という詩を書いた。

ヨスボ、タダオ、スイマツ、
コタンから大陸に出征したまま、帰ってこない教え子たち。
ヨスボが出征するとき、

「オラ戦死したら星になる」と言って笑って征《い》っ
　たという

アイヌもコリアンも琉球民も、日本軍の兵士になって、戦場の露と消えた。

アイヌの手記が伝えている。

「小学校に入学したときから差別は始まった。文字を知らないためにシャモから差別される。長老《エカシ》が草ぶきの校舎を建て、和人《シャモ》の先生を呼び、子弟の教育を始めたのが明治二十五年、明治三十二年に土人保護法が制定され、土人学校となり、六十人の学童に老先生が一人、複式で大半は自習、天皇の写真に最敬礼することや、教育勅語を中心に日本人がいかに優れた民族であるか、繰り返し叩き込まれた。シャモは白いご飯を常食とし、柾屋《まさや》に住み、身なりもきれいだ。アイヌはヒエやアワの常食、茅葺の小屋、焚火ですす臭い身なりだった。祖父はひげを生やし、祖母は口の周りに入れ墨をし、父は酒を飲んでは母と口論をし、俺はシャモは良いものだと思い、シャモになりたいと思い続けた。

五反百姓をしながら青年時代を過ごした。大陸への侵略が始まり、アイヌも米英撃滅の火の玉となって大陸へ渡った。日本軍人や日本の開拓農民は、中国人や朝鮮人を差別した。俺は日本人なんだという優越感を持たなければならなかった。

生まれ故郷に戻って、敗戦を迎えた。他国で生活をして知ったことは、前半生で受けた教育に対する疑問だった。俺は炭焼きを始めた。食うことだけで精いっぱいだった。気がついたら老齢に達していた。ひげの老翁も入れ墨の老婆もいなくなっていた。酒に飲まれて父も死んでしまった。アイヌがいない。残っているのは、脱アイヌだけだ。

エカシたちは文明に近づこうとして学校をつくったが、学校教育はアイヌに卑屈感を植えつけ、日本人化を押しつけ、無知と貧困の烙印を押し、最底辺に追い込んでしまった。

一つの文化を持った民族がその文化と共に、この地球上から消えてしまってよいのか」

アイヌの老夫婦に別れを告げると、万太郎と陽子は阿寒湖に向かった。

詩人、風山瑕生は一九三二年、五歳のときに一家で北海道釧路に開拓民として移住し、長じて小学校教師となり詩をつくった。「讃歌・母の腰」という詩がある。

わたしたち一家　父と母と
母の両腰に抱きかかえられた姉とわたしの
幼いきょうだい
原始林の暗がりを歩いていく母の
腰のうねりに乗っていたのだ……
新天地！　わたしたちの土地についたとき
きょうだいは無心に　花環を母の首にかけた……
小屋が組み建てられた
鋸で森への攻撃がはじまる
処女地とわたしたちの　たたかいの火ぶた
月日は苦闘の予定で満ちていた
一つの木の根を抜くことはその日を使い果たすことである……

すべての妨害の日々は　父の思想と
母の腰投げによって叩きつけられていったといおう……
父は開拓団長　使命は　学び伝えることだ……
人々は　自分の土地の王のように見回るのであった

森を開き原野を耕し、大地は切り開かれていった。移住してきた開拓民もまた苦難の人生だった。

武田泰淳は、昭和十二年、召集されて陸軍に入り中国に派遣された。除隊後、中国文学研究に打ち込み、小説を書く。戦後、昭和二十二年、北海道大学の助教授になって北海道を探訪し、その経験と学びによってアイヌ民族の大地に入植したシャモ（和人）とアイヌの物語を、『森と湖のまつり』という長編小説に描いた。舞台は主に、阿寒湖、屈斜路湖、摩周湖の三湖を抱える、美幌から弟子屈にかけての北海道東部だった。

小説に登場するアイヌ研究学者が語る。

「小学校で一年ばかり教えたことがある。冬になると、コタンは雪に埋もれ、授業もいい加減にして、ウサギを追いかけたり、熊を獲ったりしていた。旭川のアイヌ部落の土地争議の応援をやって、少しやりすぎてね。大学をクビになったばかりのときさ。もう一生黙って、屈斜路湖で過ごしてやろうかと思ったりした。その頃の教え子の半分以上が死亡しているんだ。栄養失調や病気で死んでいる。貧乏が原因の死だ。鳥や獣も食べ物がないとバタバタと死んだ。雪の原で、一面に鹿が死んでいたこともある」

アイヌの人たちのなかには、アイヌ民族の歴史と文化を大切にして団結しようとする少数の人と、アイヌを忘れ、和人に同化しようとする人に分かれていった。アイヌの老婆が語る。

「私の祖父や父は、十勝平野を開拓する和人たちの苦しい仕事を手助けした。川を遡り、帯広の原野にたどり着くまで、丸木舟を操るにも、荷揚げをするにも、小屋をつくるにも、原住民のアイヌの協力なしにはできなかった。未知の森や沼を行く道案内はアイヌだったし、雪深い冬を越す方法も、アイヌの智慧と労働力なしには解決つかなかった。海を渡ってきた元士族や農民も死ぬほど苦しい目に会った。開拓が進むにつれ、アイヌたちは忘れ去られ、追い払われて、浮浪者になった」

酒ばかり飲むアイヌの老人、アイヌであることを嫌い、隠す若者。アイヌの長老《エカシ》が言う。

「もう、ホンモノのアイヌは一人もいやしねえ。おれだって、ホンモノのアイヌじゃねえ」

しかし、ホンモノというなら、ホンモノの日本人はどんな人なのか。

明治二十年、美幌には九十三人のアイヌだけが住んでいた。一帯は原始林だった。後年、武田泰淳がそこを訪れたとき、美幌は人口二万二千人、耕地一万町歩の農村地帯になっていた。

万太郎は、更科源蔵と武田泰淳のつながりを想像する。泰淳作の『森と湖のまつり』に登場するアイヌ研究者は、小学校で教員をしていた。武田泰淳は、きっと更科源蔵が屈斜路湖畔のコタンの学校の教員をしていたときのことを知っていたのだ。

アイヌを訪ねる旅は終わりに近づき、二人は十勝平野を横断して富良野ラベンダー園に遊んだ。万太郎は一人、大雪山に登り、旭岳、白雲岳、黒岳をめぐった。尾根の下方にヒグマの道らしいのが見えた。黒岳の石の小屋の周りに、エゾリスとシマリスが遊んでいた。この山も、アイヌの聖なる山だった。

煩悶

「どえらいヤツが転校してくるで、セン」

ゴンタ連の一人が万太郎に伝えた。なんでも生野区の中学校の番長で、体格は一メートル八十に近く、けんかに負けたことがない。いつも数人の仲間を連れていて、彼が来れば、この学校の誰も勝負にならないと言う。

噂どおりその生徒は転入してきた。面構えは中学生とは思えない。彼をどのクラスに入れるか、学年会議を開くと担任たちは無言だった。荷は重いが結局万太郎が引き受けることを表明した。

そこへ電話がかかってきた。かけてきたのはかつての「七人の侍」の一人だった。

「チェミョンをよろしく頼みます」

「どうしてこういうことに？」

「彼の居場所が保障できなくなったんですよ。万太郎さんなら引き受けてくれるだろうと思って」

彼の学校ではチェミョンに手を焼いていたらしい。

チェミョンは神妙に、万太郎のクラスに入り、タダシの隣の席に大きな体を椅子にしずめた。気のいいタダシは手を出して握手をし、二人は仲良くなった。チェミョンは陽気に振る舞い、クラスになじんでいくようだったが、授業中の私語に歯止めがきかず、ずっとタダシに向かって話しかけ、授業中もボソボソ声が聞こえてくる。タダシは話しかけられたら応じるしかなく、万太郎が注意してもチェミョンは聞く耳をもたない。

他のクラスのヤンチャ連中や三年生のクセモノたちは、チェミョンとの距離を置いて静観していた。へたに手出しはできず、そうかと言って放置すれば、自分たちのメンツが立たない。

チェミョンの存在感は次第に大きくなった。二年の腕力者サンちゃんは、とうとう「決闘せなあかんか」と思い始めた。

廊下で、万太郎に小声で言った。一対一で対決するという。万太郎に漏らしたということは、相手が強すぎるからやはり不安なのだ。

「あかん、絶対やったらあかん」

勉強はさっぱりダメだが、根っこは素朴なサンちゃんが父母を手伝って、家の庭でネギの仕分けをしているのを万太郎は見たことがある。生産農家から仕入れてきたネギを、店に出すために一定量を測って袋詰めをしていたのだった。サンちゃんの家も祖父母の代では農家だったがその後農地はすべて宅地化し、彼の父は郊外の農家から生産物を仕入れてきて、商品として店に出していた。

昼食の時間、生徒たちは教室で弁当を食べる。弁当を持ってこなかった子は、パンなどを買ってきて教室で食べる。チェミョンはほとんど弁当を持ってこないからパンを学校の外へ買いに行く。タダシが弁当を持ってこない日は、タダシがチェミョンから金を受け取って、彼の分も買ってきてやる。万太郎としては、学校の外へチェミョンを出したくない。誰かとの衝突の危険を感じるからだ。万太郎は自分の弁当を教室に持っていって、みんなと一緒に食べた。チェミョンが昼食を持ってこない日は、タダシに替わって万太郎がパンを買ってきてやることにした。そのとき彼は、

「セン、おおきに」

と礼を言う。

授業中の私語は相変わらず続いた。万太郎は何度も注意するが、「分かった」と言いながら、すぐにタダシに話しかける。タダシはまったく勉強に集中できない。クラスの他の生徒も気が散ってしかたがない。万太郎はとうとう腹にすえかねた。

「ええかげんにせえ。みんなに迷惑をかけるな」

その剣幕にチェミョンは血相を変えて席を立った。

「やめたらあ、こんな学校、やめたらあ」

捨てぜりふを残して彼は教室を出て姿を消した。前の学校に居場所がなくなり、この学校に転校してきたが、ここでもやっかいものか。彼の思いが聞こえてくるようだ。彼の家は母子家庭、お母さんは、息子の居場所を求めて引っ越しまでしてきた。それなのに、息子にまたもや振り回されてしまう。

彼は戻ってこなかった。万太郎は二人だけでじっくり話し合わなかったことが悔やまれた。彼の心に働きかけるという肝心要《かんじんかなめ》のことをしないまま彼を突き放した。割り切れない気持ちが万太郎の胸にうごめく。彼が火種になって何かが起きることを万太郎は内心恐れた。教員集団として「指導の困難な生徒」を支えるという、教員たちの研究実践によって生み出される理念やビジョンがこの学校には無い。この事態において万太郎は、家庭訪問をして彼と腹を割って話し合うこともしなかった怠慢を痛感した。お前は彼を放棄した。それでプロフェショナルと言えるのか。彼はまた前の学校に戻った。

大阪市立大学の堀真一郎助教授が「ニイル研究会」をつくっていて、全国から教員や研究者が集っている

ことを万太郎は知っていたが、そこに参加することはしないできた。自分自身の教育はこれでいいのか、そんな認識でいいのかと、ふっと頭をよぎるものがあった。同時に内地留学という言葉が思い浮かんだ。学校現場からしばらく離れて、教育研究をやってみてはどうか。ニイルとサマーヒルの研究をやれないか。今の学校や教員の実態、自分自身に疑問を感じるにもかかわらず、オレは漫然と流されているだけではないか。学校改革にも教育改革にも取り組めていない。思いきって現場を離れ、研究に取り組んでみたらどうだ。内地留学の制度では、一年間学校の職務は免除され、研究に打ち込むことができる。現場を一時離れよう。

万太郎は堀さんに打診の手紙を出した。すると、内地留学を受け入れるとの返事が来た。問題は内地留学を大阪市教育委員会が認めるかどうかだ。認定には面接と小論文による審査がある。よし、来年夏の審査にチャレンジしてみよう。

年度が変わり、万太郎は三年の学級担任に持ち上がった。

放課後、職員室に電話が入った。二年前の卒業生からだ。和雄が自死したという。どういうことだ？

和雄は中学在学時代、孤独なツッパリだった。万太郎が三年生を担当したとき、一年間だけ受け持ったが特に非行歴はなかった。彼は卒業後就職したものの続かず、何かがあって少年院に入った。和雄が少年院に入っているという報せを受けて、万太郎は少年院へ面会に行った。彼は面会室に入って来るなり直立不動であいさつした。別人のようだ。笑顔で、きびきびと動作し、廊下を歩くときも、規律正しい。万太郎が来てくれたことが嬉しいと言った。

「さつまいもや野菜など、つくっています。先生、案内します」

和雄は万太郎を菜園に連れて行った。畝に緑の葉が元気に育っている。

「いいなあ。自分たちでつくって、自分たちで食べるのかあ」

万太郎は彼が生き生きとしているのが嬉しかった。数か月して彼は少年院を出たらしい。

それから二年経つ。和雄の自死。なぜ死んだのか。彼の心の闇は何だったのか。結局そのことを知ることもせず、万太郎は毎日の現場に流された。

五月の修学旅行は信州上高地だ。

上高地に着くと、穂高の雪嶺が梓川の向こうにそびえている。河童橋を渡って、梓川のほとりに建つ数軒のチロル風の温泉宿に入る。クラスごとの分宿だ。梓川のせせらぎが聞こえてくる。荷物を部屋に置くと、生徒たちは梓川のほとりに飛び出していった。手をつけると切れるような雪解け水。透明な水の揺らぎを通して川底の小石も岩魚の姿も見える。宿の天然温泉には、自由時間にはいつでも何回でも入ってよい。生徒たちは、たっぷり温泉に浸かった。

翌日、前穂高岳へのルートにある岳沢小屋まで登る登山班と、大正池から明神池まで自由にグループで散策する組の二手に、生徒の希望にもとづいて分かれ、弁当を持って出発した。

岳沢小屋コースはマモル氏が引率した。樹林地帯を過ぎると岩石のゴロゴロしたガラ場が多い。空は曇り、登るにつれて寒さが増し、岳沢小屋の手前に雪渓が現れた。急な斜面の横断、滑り落ちないようにロープが張られている。運動靴の生徒たちは足が濡れ冷たくてたまらない。風も出てきた。無事みんなは山小屋に着いたが、ガタガタと震えながら冷えたオニギリを食った。

「はよ下りよう、はよ下りよう」

前穂高岳は見えず、景色など目に入らない。急いで下山し、生徒たちはすぐさま温泉へ直行した。

もう一方の上高地自由散策組の生徒たちはルンルンだった。ヤス子とヒロミのグループの動きは、生活ノートに書いてあった。

「私たちは梓川の右岸から、長い花穂を垂れるケショウヤナギの大木の下を上流に向かいました。おしゃべりと笑い声は絶えず、明神池の近くの嘉門次小屋の前に来ると岩魚《いわな》を焼く匂いがプンとしました。

『嘉門次小屋って何？』

『なんか書いてあるよ』

『日本アルプスを世界に紹介したウェストンの山案内人として知られる上條嘉門次の小屋だって』

『ふーん、明治十三年に建てたんかあ。すごい』

『岩魚、食べよか』

『そんなお金あらへん』

明神池から橋を渡って、梓川の左岸に出ました。

『徳沢園まで行く？　どうする』

『ここから引き返そうよ。大正池まで行きたいし』

『そうしよ、そうしよ』

お弁当は途中で食べました。大きなオニギリが一個、佃煮が少し入っていました。大正池のむこうに焼岳がそびえていました。

宿に帰ると、みんなすぐに温泉に入りに行きました。私たち、温泉に三回入りました。みんなが寝静まったあとも、入りに行きました。ヤス子が風呂の木のふたに座って壊しました」

修学旅行が終わると、万太郎は教育委員会に内地留学申し込みの手続きをした。

内地留学の試験と面接は夏休みにあった。試験当日、会場に行くと、校長教頭の管理職登用試験も同時に行われていた。内地留学を目的に試験を受けに来た人は、たぶん万太郎一人だったのだろう。ほとんどが管理職を目指している人たちだった。そのなかに前任校の同僚がいた。二年ほど勤務してすぐに他校に転勤したその人が、管理職試験を受けに来ている。なんだか寒々としたものを感じた。

試験の小論文に、万太郎は現代の学校教育の現状とニイルが目指してきた教育について書き、行き詰まって硬直した教育を打開する道を研究するために、ニイル研究者の堀真一郎研究室へ内地留学したいと記した。続いて面接試問を受けた。

一か月ほどして、大阪市教育委員会から試験の結果が来た。内地留学不許可。

サークル「寺子屋」で、ゲバコンドルさんにそのことを話すと、ゲバコンドル氏は、めずらしく怒りをあらわにした。

「マンちゃん、あんたは自分の学校の校長から市教委へ推薦してもらったかい？」

「いや、そういうこと一切してないです」

「そんなので選考に通りっこないよ。人事には推薦する人の力がものを言うんだよ。丸腰で試験や面接に臨んでもだめですよ。それが現実なんだ」

学閥が人事に力を及ぼす構造は今もまだ生きている。一九六九年の大阪市教組による教育汚職と学閥への闘争で是正されたと思っていたけれど、問題は深く静かに潜行して、違った形で権力構造は生きている。校長になるために、元同僚の卑屈な姿を万太郎は目撃したことがある。彼は自分の勤務する学校の校長のカバンを持って、付き人のごとく振る舞っていた。

ゲバコンドル氏は言う。

「教育委員会の人たちは、現場で苦闘している教師の実態をほとんど知らないし、教育理念も実践も乏しい連中だよ。彼らは現場の校長から上がってくる情報に基づいて人事をするんですよ。万ちゃんは要注意人物だから、校長の推薦がなければ、門前払いだね。権力構造の組織のなかでは吹き飛ばされてしまうだけだよ」

ゲバコンドル氏の表情には、共に身を削って仕事をしてきた同志に一年間の内地留学すらも認めない市教委への怒りが表れていた。

万太郎は、内地留学の計画がだめになったことを大阪市立大学の堀助教授に手紙で知らせた。

数か月後、堀氏から手紙が来た。

「イギリスのサマーヒルスクールへの研究旅行を企画しているんですが、一緒に行きませんか」

暖かい誘いだった。こんな機会はめったにない。自費で行くのだから旅行代金は相当かかる。休暇も取らなければならない。三年生を受け持っていた万太郎は、せっかくのお誘いだったが、行くことを断念した。それは人生の分かれ道になったかもしれないと万太郎は思う。堀氏はすでに「日本のサマーヒル」を建設する構想を進めていた。「学校法人きのくに子どもの村学園」を、和歌山県橋本市に最初の一校をつくる。高野山の麓だ。

秋の連休に万太郎は、高校進学をあきらめているヤンチャ連を順にキャンプに連れていくことにした。まずサンちゃんとマスオを誘って出かけた。目的地は大台ケ原。吉野川を遡り、途中でキャンプした。飯盒で飯を炊き、カレーにして食べ、寝袋に入って話をした。ヤンチャ連は中卒で仕事に就く。大台ケ原の原始の森を歩いた。鹿の群れが林のなかにいた。天気はすぐれず、霧が出た。大蛇嵓《ぐら》の絶壁に立つと、立ち込める雲で何も見えなかった。

万太郎は転勤の時季が来たかなと思う。十年間この学校に在勤した。理想を描いて仲間の教師と実践を共にする風土はつくれなかったけれど、いろんな生徒たちと暮らした充実感はある。それにしてもこの学校で若い教師たちは、いかなる教育理念を心に刻んでいるのだろうか。

青年教師の安井さんは、ラグビー部を創設し、生徒たちと一緒に走り回って汗を流している。彼も教育がこのままでいいとは思えない。「教育研究サークル寺子屋」に来て、彼はこんなことを言った。

「京大の森毅は、非行ゼロが理想だという学校体制は極めて危険だと書いています」

森毅は言う。国家には非国民がいなくてはならず、学校には非行生徒がいなくてはならない。問題は、非国民が国家のなかでどう生きていけるか、非行生徒が学校のなかでどう生きていけるか、にある。学校から非行をなくすことが課題なのではなく、非行生徒を非行生徒として学校のなかにどう包み込めるか、それこそが問題なのだ。非行問題の最大の問題点は、非行生徒が排除され隔離されていることだ。教育は「よい子」をつくる場ではない。学校とは本来、文化を生み出す場であってほしい。戦争のなかでぼくが生きていたということは、ぼく以外の誰かが死んだということであって、間接的にぼくは「殺人者」の役割を果たしていたんだ。ぼくは死者を引きずっている。死者には「味方の死者」と「敵の死者」がいる。それを「味方の死者」に限定していては平和教育にはならない。むしろ「敵の死者」を問題にすることのほうが重要だ。そのことによって戦争が「自分の問題」になる。「自分の問題」を避けて「他人の問題」として戦争を論ずることに、ぼくは憤慨している。戦争の論理と差別の論理は同じだ。人間の間に国境を引くと、人間は集団意志みたいなものが強くなり、自分で考えなくなる。

この森毅の思想に安井さんは共鳴していた。万太郎も共鳴する。彼はぽつりと万太郎に言った。

「自由の森学園の教員になれないかなあ」

秋が深まり、放課後万太郎が学級通信をつくっていると、ヤンチャ連の一人が職員室に入ってきた。

「ボロの『大阪で生まれた女』という曲、セン、知ってる?」

「いや、知らないな」

「このCD、家で聴いてみ」

彼はそう言ってCDを置いていった。家に帰って、万太郎はそれを聴いた。

おどりつかれた　ディスコの帰り
これで青春も　終わりかなと　つぶやいて
あなたの肩をながめながら
痩せたなと思ったら泣けてきた……

聞いたことがある。そうだ、黒姫高原のゲレンデに響いていたあの曲だ。家族で春の黒姫高原スキー場で過ごしたとき、ゲレンデのスピーカーがこの歌を流していた。歌はしみじみと心を打つ。

「いい歌やなあ。気に入ったよ」

学校で彼に礼を言ってCDを返した。

「そやろ、いい歌やろ。もう一枚これ、先生、聴いたことあるやろ。尾崎豊やねん。高校を退学して、その高校の卒業式の日に、新宿で初ライブをやったんや。尾崎は卒業しなかったんやけど、『卒業』という曲やねん。聴いてみ」

万太郎は家に帰って聴いた。

チャイムが鳴り　教室のいつもの席に座り
何に従い　従うべきか　考えていた
ざわめく心　今　俺にあるもの
意味なく思えて　とまどっていた
放課後　街ふらつき　俺達は風のなか

尾崎の魂の叫びだ。さまよう心の歌だ。この歌、強烈に心を打つ。

行儀よく　まじめなんて　できやしなかった
夜の校舎　窓ガラス　壊してまわった
逆らい続け　あがき続けた
早く自由になりたかった
信じられぬ大人との争いのなかで
許しあい　いったい何　解り合えただろう
うんざりしながら　それでも過ごした
一つだけ　解ってたこと
この支配からの　卒業

「支配からの卒業」、学校というところは、結局は計算高くなる人間を大量生産するところなのか。彼はそのルートを拒絶した。

人は誰も　縛られた　かよわき子羊ならば
先生　あなたは　かよわき大人の　代弁者なのか
俺達の怒り　どこへ向うべきなのか
これからは　何が俺を　縛りつけるだろう
あと何度　自分自身　卒業すれば
本当の自分に　たどり着けるだろう

尾崎は歌った。だが、彼は弓折れ矢尽き、民家の庭で、倒れていたところを住人に発見された。

卒業式が近づき、万太郎はクラスで呼びかけた。三年間使ってきた校舎とのお別れだから、何かできないか。

「三年のみんなに呼びかけて、校舎クリーン隊を募集し学校磨きをやったらどうやろ」

「うん、それがいい。学級委員長会議を開いて、各クラスの委員長からみんなに呼びかけてもらおう。クリーン隊をつくろう」

「クリーン隊に入る人が出てきたら、名前を廊下に張り出そう」

「なるほど、相乗効果が現れるかもしれないね」

彼らは計画を実行に移した。集まった生徒は四十人を越した。

放課後、全クラスでクリーン隊は動いた。ペンキ塗り、ラクガキ消し、壊れているところの修理、窓やドアを洗う、次々とボロ校舎クリーン化のアイデアが出てきた。教師たちにも呼びかけ、道具、材料をそろえて実行にうつした。

タダシとケンジは玄関の床のタイル磨きをした。高校受験が迫っていたが、彼らは気にもしない。磨いて拭き上げる。

「先生、見に来て」

タダシが万太郎を呼びに来た。玄関へ行ってみると、二人は床を裸足になって歩き、寝転んで床に頬ずりをしてみせた。

「ワー、すごいなあ。靴で歩くのは気が引けるね」

クリーン隊と並行して、卒業式で歌う生徒の合唱の練習がクラスで始まった。みんなの声があまり出ていないのが気になり、万太郎が教室に行くと、良子が万太郎をドアの外へ押し出した。

「先生、私たちに任せて！　大丈夫、声を出させるから。先生は職員室に帰って！」

中学時代の最後、先生の力を借りないで合唱をつくりたい。万太郎は良子の希望に応えて合唱練習にはタッチしないことにした。

卒業式はこうして迎えた。卒業生出発の歌が式場に響いた。

式が終わり、お別れホームルームになった。

「二十年後に同窓会やりたい。絶対集まってやあ」

良子がみんなに叫んだ。

万太郎が別れの言葉を終え、廊下に出ると、ずらりと整列していたのはヤンチャ連だった。花束を抱えている。

「ありがとうございました」

花束を万太郎に手渡し、思いがけない感謝の言葉に、万太郎の胸が詰まった。

魯迅だったか、あの言葉は。

「今日の教育なるものは、世界のどの国にしろ、環境に適合する道具を数多くつくる方法にしかすぎぬのが実情です。天分を伸ばし、おのおのの個性を発展させるなどは、今はまだその時代になっていないし、おそらく将来、そういう時代が来るかどうかも分かりません。

私は、将来の黄金世界にあっても、おそらく反逆者は死刑に処せられるだろうし、それでも人々はそれを黄金世界だと思っているのではないかと疑います」

竹内敏晴は魯迅の言葉を受けて言った。

「絶望に抗い、反乱したからだを内的な調和にまで持ち来し、『人間に成る』仕事をねばり強く手助けする、魂の泉をひらく先駆者たちにつづこうではありませんか」

オレは、先駆者に続くことができるか。

万太郎に転勤の辞令が来た。平野《ひらの》中学校への転勤辞令だった。

ネパールの旅

平野中学校は、万太郎が生まれた桑津まで歩いて半時間ほどのところにある。町は都会化が進んでいた。平野は昔、平野郷と呼ばれ、古代の百済郡の東南にある。坂上田村麻呂の息子、坂上広野麻呂の荘園があったことから、広野《ひろの》がなまって平野になったとかの説がある。坂上の祖先は応神朝に大陸から渡来したと言われている。

万太郎は二年生の学級担任になった。

新学期が始まって、朝の学年集会があった。二年生全員が始業のチャイムで体育館に集まり、クラスごとに整列する。例によって遅刻してきた生徒が、ぽつりぽつり体育館にカバンを持ったまま入ってきた。学年主任の中村さんは三十歳を過ぎた頃のように見える。「寺子屋」で一度会ったことがあり親近感が芽生えた。

中村さんは遅刻者を体育館の入り口で止めて、その場に座らせた。遅刻者は二十人ほどいた。

「すぐに教室に戻ってカバンを置き、急いでここに集合！」

彼の指示は効き目がある。生徒たちは教室に帰っていった。万太郎は、この学校もこうして規律をただしているんだなあと思って見ていた。ところが、中村さんは遅刻者を教室に行かせるや、生徒たちに、

「みんな隠れろ！」

と叫んだ。すると、二百人ほどの生徒たちは戸惑うことなく、すばやく体育館のあちこちに散った。舞台の上に飛び乗って袖に身を潜ませる者、緞帳の裏に入り込む者、舞台裏の小部屋に隠れる者。体育館の隅に積んである体操用のマットレスの間にもぐり込んだ男子は足が見えている。

「先生たちも隠れて」

中村さんの声で教員たちも生徒と一緒に身を隠した。万太郎は舞台裏に隠れた。体育館は一見して無人の状態になり、シーンと静まりかえった。あっけにとられた万太郎は、不思議な感慨を覚えた。これは巨大な隠れんぼだ。

体育館の入り口に遅刻生徒たちが戻ってきた。先ほど朝礼をしていたたくさんの生徒も先生も誰もいない。

「あれ、誰もおらんよ」

「何？　どうしたん？　みんな、どこ行ったん？」

隠れている者たちの忍び笑いがする。しっ、しっ。

「どっかに隠れてるなあ」

たちまち彼らの感覚は遊びの感覚になった。鬼を見つける聴覚、嗅覚が働き出した。膨らんでいる体操用マットレスに近づくと、それを引きはがした。

「見つけたー」

鬼たちはステージに上り、舞台裏に入り、次々と隠れていた者たちを見つけた。大笑いのうちに「巨大かくれんぼ」は終わった。

このユーモア、この遊び心、こういうことをしでかす教員がここにいる。万太郎は感動した。遅刻者を校門で止め、運動場を何周か走らせる罰を前任校の教員は毎日やっていた。だがこの学校には、「大型かくれんぼ」に転換する教員がいる。

二学年には中村さんと共に活動する青年教員四人がいて、彼らが結束して活気を生み出していた。いちばん若い男性教員の上野さんは、生徒と遊ぶことを楽しむイタズラ教員だ。チャイムが鳴って教室へ向かった。

教室に入ろうとすると、教室入り口のドアが開かない。さては、中から棒かなんかでつっかい棒をしているな、そう思った上野さんは、廊下から教室の窓を開け、長い脚でまたいで中に入った。教室内は大爆笑。彼のクラスはいつも笑いが絶えなかった。

「アジア協会アジア友の会」という団体がネパールでの植林ボランティアを募っていた。ネパールの森がどんどん消滅しているという。その団体はこれまで、アジア・アフリカで井戸を掘ったり、盲学校建設を行ったりしてきた。五月の連休を挟んで植林を行うというニュースを知って、万太郎は即座に植林活動に参加したいと思った。数日年次休暇をとって、行こう。アジア協会に参加を申し込んだ。

万太郎は現地の状況を知るために、石弘之の『地球環境報告』を読んで、衝撃的な事実を知った。

バングラディッシュでは、一九八七年八月初めからモンスーンの豪雨が降り続き、ガンジス川とブラマプトラ川が氾濫して、四十年ぶりという大洪水に見舞われた。国土の三分の一が水浸しになり、被災者二千万人、死者千四百人、続いて発生した飢餓と疫病によって六千人が死亡した。原因は、ヒマラヤの森林破壊と、それに伴う土壌侵食にある。ヒマラヤ山麓では、樹林が伐られ、見上げるような急斜面も耕されて棚田となり、それがいたるところで崩れ落ちて深い谷を埋めている。土砂は雨水と共に谷を下り、ガンジス川のなかを運ばれてバングラディッシュを襲う。雨が少ないときは、田畑は干上がり、多ければ水害を起こす。水を貯える自然の保水機能がズタズタになっているのだ。

万太郎は旅の準備を進めた。ところが、出端《ではな》をくじく活動中止の連絡が来た。インドとネパールの関係が悪化し、インドからの物資が途絶えて車の燃料が欠乏状態にある。現地で車を動かすのが難しく、五月の植林活動は中止する。なんということだ。万太郎の心のなかでは計画は動き出している。どうしようか。

「憧れのヒマラヤだし、行こうと思ったときに思いきって行ったほうがいいよ」

陽子の意見に背中を押され、単独行でネパール行きを決めた。格安航空券を手に入れ、アジア協会アジア友の会のカトマンズ事務所の電話番号を伝えてもらい、四月末、ザックを背負って出発した。航空券は、タイのバンコク経由になっている。

バンコクは暑かった。カトマンズ行きの飛行機は三日後に出る。空港近くに日本人経営の民宿があるというので、砂埃のたつ道を汗たらたらで歩いていった。湿度が高く、気温も四十度は超えている。宿に着くと、普通の民家のようだった。暑いがエアコンがない。札幌からやってきた三十歳ぐらいの日本人男性と相部屋になった。二人はベッドに横になって旅行目的を話し合った。札幌の男は、

「私は自分の迷いを解決するためにインドへ行きます。明日はアユタヤへ行こうと思っているんですが、一緒に行きませんか」

と誘った。万太郎は何も決めていなかったから、一緒に行くことにした。夜が更けていったが、外を走るバイクの音がやかましく、寝苦しい。

アユタヤまでの列車の旅は、かつての日本のローカル列車の雰囲気に似ていて、旅情をそそるものだった。窓外の農村風景も懐かしい。アユタヤに着くと札幌の男は、止まっていたオート三輪の運転手と交渉した。なかなか手際がよい。オート三輪を夕方まで安い金額で借りきり、仏教遺跡を回ることになった。アユタヤは、江戸時代初期、山田長政がこの地に日本人町をつくったところで、遺跡が残っている。長政は、いったいどんな手段でこの地までやってきたのだろう。

オート三輪はバタバタと軽快な音を立てて走り、田んぼのなかの崩れそうな石の塔群に二人を連れてきた。二人は肝を冷やしながら塔に登った。夕方まで遺跡を巡り、メナム川に浮かぶ船のホテルに泊まることにした。クーラーがいくらか効いていて、やっと安眠できそうだ。その夜、札幌の男は、ぽつりぽつり語り出した。

「病院のレントゲン技師をしています。結婚のことで悩んでいて、どう決断すればいいか考えるためにインドへの旅に出たんです」

その悩みを万太郎は親身になって考え、語り合ううちに、二人には旧来の友のような親しさが湧き出てき

た。

　アユタヤからバンコク空港に戻って別れるとき、二人はこのまま一緒に旅をしたいという思いに駆られた。別れの言葉は声がかすれた。

　万太郎は、タイ航空の飛行機に乗りネパールに入った。カトマンズに降りると気温は快適だった。安価なゲストハウスがたくさん集まっている街区があり、その一軒に宿をとった。素朴な木の宿。荷物を置くと万太郎はアジア協会の植林プロジェクト事務所を訪ねた。出てきたのは白髪白衣の老人で、彼は流暢な英語で植林プロジェクトの人たちは今はポカラにいるが、植林活動は行われていないと言う。ポカラはネパールの西部百五十キロほどにある町だ。

　どうしようか、ぶらぶら街を歩いていくと、登山ガイドの事務所があった。若いガイドが一人いて、ヒマラヤを眺めるトレッキングツアーを勧めた。ツアー参加者は他にアメリカ人女性が一人いるという。環境を観察するために行ってみるか、万太郎は費用を払って申し込んだ。

　翌日、ツアー一行はワゴン車に乗り込み、出発点シバプリ山に行った。コースはヒマラヤを遠望しながら尾根を行くらしい。辺りの山の斜面は耕して天に至る段々畑だ。乾季の今、土は固く乾燥している。身長の二倍ほども草の束を背負って歩いてくる農婦に出会う。アメリカ人の女性は、アフガニスタンで医療活動をしてきて、これからアメリカに帰る、国では夫と子どもが待っていると言った。

　四人の少年ポーターがテントや食料を担いだ。七人は列をつくって山道を登っていった。森はなく、尾根の上に来てやっと背の高い樹木に出会った。ランタンヒマール、ガネッシュヒマールに向かう峠が最初のキャンプ地だった。ガイドは、万太郎用とアメリカ人女性用と、テントをそれぞれ張ってくれた。夕暮れが訪れると、日本の秋のように涼しい。ポーターのつくってくれた食事は素朴な素人料理だ。休んでいると、笛の音がして、二人の兄弟が笛をヒュルヒュルと奏でながら峠を越えていった。続いて四人の裸足の少年たちが荷を背負ってやってきて、万太郎の姿を見るとピタッと足を止めた。一人の子が右手を開いて万太郎に差し出した。見ると、手のひらに直径一センチほどの穴が空いている。出血は止まっていたが傷口が黒ずんでいる。万太郎は急いで消毒薬を持ってきて消毒し、包帯をしてやった。米婦人が横に来て、万太郎のすることを笑顔で見ながら少年に何か言ったが、少年たちは無言だった。手当が終わると四人はひたひたと足早に去っていった。あの消毒だけでは傷は治らないだろう。余分の薬があれば彼に提供するのだが、残念ながら持ち合わせていない。遠くでサルの鳴き声が聞こえた。

翌日、縦走に移る。白いヒマラヤの連山が見える。万太郎は山を観察しながら歩く。尾根上には先端部に枝葉の残る背の高い広葉樹が残っている。斜面には人の背丈ほどの植林された針葉樹が生えている。イチイかモミかコメツガか、ところがその樹々の主枝の先端が切り取られている。どの木もどの木も、生長点を切り取られれば成木にならない。燃料として先端部を刈ったのか、放牧している牛が食べたのか、あるいは家畜のエサに人が刈ったのか、やはり人為によって刈り取られたのだ。

かつてはこの山も豊かな森だったろう。森は伐採され、その後に植林されても、枝葉が刈り取られて生長できず、かくして土地の乾燥度は高まり、山の保水力は落ち、洪水は起きる。ますます森の再生は難しくなる。それにもかかわらず麓から棚田は上がってくる。

尾根道を歩きながら何度もヒマラヤの連嶺を見る。ガイドが、エベレスト、マナスルを指差して教えてくれた。

次の峠はガネッシュヒマールに至る峠だった。そこで幕営。近くに一軒の峠の茶屋があった。覗くと飲み物のビンが置かれていた。日暮れと共に放牧の牛が十頭ほど茶店の周りに帰ってきて、憩いのひとときを過ごしている。小屋から携帯ラジオの声が聞こえてきた。幼児が一人小屋の前で、かわいい声で歌を歌っていた。パンツのお尻が開いていて、しゃがんで用を足せるようになっている。

このようなトレッキングをしていてもいいのだろう

か、万太郎の頭に疑問が湧いた。食事の後、ガイドとアメリカ婦人と三人で会話を交わした。万太郎は片言の英語で話した。

「自分は木を植えに来た。この山を見て、ポカラにいる植林チームを探そうと思う、明日この峠から山を下りる」

婦人とガイドの表情が変わった。婦人は、万太郎の目的をすぐさま理解し、真剣な表情になってうなずいた。ガイドは、トレッキングの費用を返却することはできない、と言うから、返却は要らないと応えた。

翌朝、万太郎は一人峠から下った。麓の村は遠かった。小型の豹のような動物が道を横切っていった。麓に山の分教場があり、猫の額のような運動場があった。柵も門もない。木造バラックのような教室が一棟あるだけ。先生らしき人に言って、学習を参観させてもらった。教室は薄暗い。小さな二つの窓から明かりが入る。床は土間、粗末な長机と長椅子とが部屋いっぱいに入っていて、二十人ほどの子が勉強している。裸足のままの子どももいた。古ぼけた教科書を開いて、みんなまじめだ。休み時間になると、子どもたちは、小さな運動場で元気に遊ぶ。遠くから歩いてきたのだろうか、遅れてくる子もいた。

麓の村に着くと、小学生が校舎建設を手伝っていた。長い列をつくり、レンガの手渡しリレーをしていた。

夕方、カトマンズに戻った万太郎は、書籍の匂う書店でポカラの地図を買い、航空チケットを買いにいった。

翌朝、ポカラ行きのプロペラ機に乗った。乗客は十五人ほどいた。飛行機はどんどんヒマラヤに近づき、座席の窓に雪の峰が迫ってくる。万太郎は興奮した。カメラを窓に近づけていたら、隣席のネパール人の男性が操縦室を指差して、あそこから写真を撮ったらいいよ、というしぐさをした。万太郎は開いていた操縦室に恐る恐る入った。操縦士は二人並んで座っていたが、黙って前を向いたまま、とがめない。操縦席の前面に山が近づく。おう、おう、神々しいまでに白く輝く峰々、あこがれのヒマラヤ、八千メートル峰だ。万太郎は身動きせずヒマラヤを眺め、陶酔状態になって時を忘れた。どれぐらいそこにいただろう。思いがけない僥倖にしばらく興奮がさめなかった。

飛行機はポカラ空港に近づき、着陸態勢に入った。窓からのぞくと滑走路に数頭の水牛が草を食べているのが見える。土の滑走路、飛行機の車輪が地面に着くと、もうもうと土煙が上がり、水牛の姿も何も見えなくなった。

空港の出口で、宿の客引きをしていた一人の青年に、万太郎は宿を頼み、空港近くのゲストハウスに泊まることにした。紺碧の空、雪を頂く聖なる山が目に飛び込んできた。標高六千九百九十三メートルのマチャプチャレだ。神の山と崇められ、人間の登攀は許されていない。その左に目を移せば、一九五〇年、フランスのエルゾーグ隊が登頂した八千九十一メートルのアンナプルナ峰だ。万太郎は感極まった。

ポカラは標高八百メートル、気温は二十五度ぐらいで快適だった。アジア協会アジア友の会の植林チームはどこにいるのか。宿の客引き少年が、数人の日本人が泊まっている宿があると教えてくれた。行ってみるとロビーに日本人が数人いた。探していた植林チームだった。話を聞いてみると、やはり奥地の植林地に入る車が燃料不足でチャーターできず、植林作業は中断していると言う。ネパール滞在の日数が限られている万太郎は、合流をあきらめ、単独で山を歩いて環境を観察することにした。

地図を見ながら考えた。アンナプルナの登山基地までは日数的に行けそうにない。それなら、アンナプルナへできる限り近づき、トレッキングしながら山を観察してみよう。

屋根にも人の乗ったおんぼろ乗り合いバスで、アンナプルナに至る尾根の麓で降り、万太郎は一人黙々と登っていった。天気は快晴、人を寄せつけぬ聖なる山マチャプチャレが、いつも右手に白雲のような雪煙を上げていた。

行けるところまで行こう。尾根の斜面は、無数の曲線を描く棚田のうねりだ。尾根上にはやはり樹木が残されているが、それぐらいの樹林では全棚田を潤すだけの保水は期待できないのではないか。もうすぐ雨季がやってくる。この広大な棚田にどれだけの作物が育つのだろう。若い男が二人、畑を耕していた。鍬の柄が短い。腰を曲げて畑を打つ。なぜ柄を長くしないのだろう。

茶店があった。気のよさそうなおじさんがメニュー表を持ってきてくれたが、言葉が分からないから、料理を適当に選んで指で押さえた。出てきたのは豆の煮たものだった。食べていると、外で子どもの声ががやがやする。店を出ると小学生ぐらいの子どもたちが万太郎を待っていて、

「スイート、スイート」

と言う。お菓子をねだっているようだ。万太郎は手を横に振り、持っていないよと言って歩き始めて、数百メートル行ったら、店のおじさんが叫びながら追いかけてきた。

「マネー、マネー」

代金をもらってないよ。ごめんごめん、笑いながらお金をおじさんに払ったら、おじさんも大笑いした。

登り続け、尾根道は石畳になった。ダンプスの村だ。水汲み場があった。村の唯一の水源のようだ。女の人が水汲みに来ていた。石畳の小道は風情がある。道の一方に石積みの垣が築かれ、村の家々も石づくり。美しい村だ。ヒマラヤホテルと書かれた石づくりの家が気に入って、そこに泊まることにした。入ると、十歳ぐらいの少年がニコニコ笑いながら出てきて、「こんにちは」と日本語で挨拶をした。思わず万太郎もニコニコ顔になった。少年に案内されて二階に上がると、簡素で清潔な木のベッドが並んでいた。ベッド横の小窓を開けると、林のなかで数頭の牛が草を食んでいる。窓から涼風が吹きこんできて心地よい。カッコーが鳴いている。

客は万太郎だけだった。少年はノートと鉛筆を持ってきた。見るといくつか日本語のひらがなと漢字が書いてある。二人は宿の軒下のテーブルに座って日本語の勉強だ。ヤギの鳴き声が聞こえる。少年が歌い出した。

「ぽっぽっぽー、はとぽっぽー」

「わっはっは、上手上手」

日本人が泊まると、こうして少年は日本語を習い、

日本の歌を覚えたのだろう。万太郎は少年がいとおしくなった。夕闇が迫り、アンナプルナ内院から降りてきた欧米人のトレッキング客が入ってきた。彼らは少年と万太郎が勉強している様子を見ると、一様に微笑を浮かべ、ノートを覗き、

「オーオー、ジャパニーズ、ジャパニーズ」

と嬉しそうに言った。客が増えると少年はかいがいしく働いた。部屋の石油ランプに火を灯す。欧米人の一人がシャワーを浴びたいと言うと、少年はバケツ一杯の水を持って外の小屋に行った。小屋に入った客はひしゃくで水を汲んで頭にかけ、体にかけた。それがシャワーだった。

夕食は何を注文していいのか、分からない。適当にメニューを指差し少年に言うと、あの茶店の料理とよく似た豆料理だった。

ランプの灯の点る部屋の窓際ベッドに万太郎は横になった。清潔なシーツが心地よい。窓からそよ風が吹き込んでくる。少しして腹の調子が変になってきた。トイレは家の外にある。少年はまだ外で仕事をしていた。そこにいたおじさんとおばさんが宿主のようだったが、この少年が実の子なのか、ここに雇われているのかは不明だ。

トイレ小屋は、昔の日本の農家と同じく、独立して建っていた。万太郎の腹は、豆ばかり食って下痢気味だ。トイレで使った紙は、便器の横の籠に入れる。

翌朝、少年は、アンナプルナへの尾根道をもう少し上に登れば、南隣の尾根に通じる道があると言う。万太郎は、少年の教えてくれたルートをたどることにした。彼は分岐点まで一緒に来て見送ってくれた。歩きながら会話を交わし、心は温もり、我が子のように愛しく思える。二人は何度も振り返り別れを惜しんだ。

谷道を下りていくと、一人の農婦が鎌で樫の小枝を刈り取って籠に入れていた。牛の餌にするのだろうか。狭い谷間に小学校の分校があった。教室は窓が一つあるだけの小屋で、先生が一人いた。谷底に下りると小川があったが、乾季の今は水が流れていない。隣の尾根に取りつき、登っていくと景観はがらりと変わり、荒涼たる風景になった。尾根上の樹林はすっかりなく

なり、ブルドーザーで切り開かれた未舗装の自動車道路がアンナプルナのほうへと上がっている。工事は中断していて、風が吹くと砂塵が舞い上がる。この車道、いったい何のためにつくっているのだろう。殺風景な尾根のところどころに民家があり、家から出てきた若い女性が、薬がほしいと言った。残念だが余分な薬は持っていない。

ひどい道路だ。ヒマラヤの環境はどうなるのか。万太郎は荒廃した道路をポカラに向けて下った。途中のサランコットの村で、少年が近づいてきて紙片を見せた。「ぼくたちは、ヒマラヤサッカークラブをつくっています。お金がないのでボールが買えません。カンパをお願いします」と英語で書かれていた。

わき道に入り、棚田のなかを下る。どこかで子どもたちの遊んでいる声がする。「もういいよう、もういいよう」と聞こえる。日本語にそっくりだ。かくれんぼをしているのか、懐かしい。道の土に、棒で書いた四角な図があった。子どもの頃よく遊んだ、ケンパと呼んでいた石けり遊びに似ている。

段々畑を、ペワ湖を目指して下って行くと、下から幼子の歌う声が聞こえてきた。お母さんと五歳くらいの男の子が小道を登ってくる。子どもは布袋を背中に担ぎ、お母さんの前をあどけない声で歌いながら歩く。お母さんは大きな荷を背負っている。親子でポカラの街まで買い出しに行ってきたのだろう。「ナマステ」、挨拶を交わす。

ペワ湖を見下ろすところに東屋《あずまや》があり、菩提樹が生えている。東屋に一人の女性がいた。日本人だった。

「お一人の旅ですか」

「はい、インドに住んで十年になるんですが、ポカラの景色を見たくて来ました」

「ここはチョウタラですか」

「そうでしょうね。菩提樹がありますから」

ネパールでは荷物を背負って歩くのが当たり前、休憩場所がチョウタラだ。菩提樹の木陰は涼しい。この国で活動した日本人医師の岩村昇は著書『ネパールの碧い空』に書いていた。

菩提樹は神木で、木に霊が宿ると、ネパールのお年寄りは信じている。この木の下で休むことをハワカネと言う。空気を食べるという意味で、一服することを表す。ポーターたちは休む度にミトハワと言う。うまい空気という意味だ。峠の休憩所には菩提樹が必ず植えられている。ミトハワを吸ってひたすら歩く。憩いの場に生える救いの樹。釈迦は行脚の苦しい修行の末、菩提樹の下で悟りを開かれた。

岩村医師は、一九六二年から一九八〇年の間、ネパールで医療活動にたずさわった。ときどき日本に帰ってきて北海道を旅した。そこでアイヌに出会う。

「私は二か月ほど北海道を回った。その折、アイヌの人たちが、本州から渡ってきた日本人に酒を飲まされ借金のかたに土地を取られたということを聴いた。ネパールで起きているのと同じことが日本でも起きていた。アメリカ先住民から土地を巻き上げた白人同様にわれらの先祖もひどいことをしてきたのだ。私はその罪の償いをしなければと肝に銘じた」

インドに住む彼女も環境問題に真剣だった。

「日本の環境もひどく破壊されてきましたが、ネパールは近年ひどい状態になってきています。インドも同じです。この尾根の道路工事は中国の援助です」

「なぜ中国が援助するんでしょうか。ネパールの北はチベット、そこは中国領。ネパールは中国とインドに挟まれ、中国との関係を強くしようとしているんでしょうか」

「よく分かりませんが、ネパールには毛沢東思想の政治団体が力を持ってきていますね」

ネパールは年に二、三パーセントの割合で人口が増え、森は毎年三パーセントの割で消えている。

「森が滅びると、この景観も滅びていきますね。植林の木をも切られてしまう。どうなるんですかねえ」

「インドも人口が増えてたいへんです。ヒマラヤから、ガンジス川やブラマプトラ川に流れ込み、水と一緒に海に運ばれてくる土砂の量は、年間二億四千万トンに上るそうです。五年前のモンスーンのときは、豪雨が降り続き、ガンジス川やブラマプトラ川が氾濫して、バングラディッシュの三分の一が水に沈みました。被災者二千万人です。その後に飢餓や疫病が発生して六千人が死んでいます」

　空腹が応えてきた万太郎は女性と別れ、ペワ湖のほとりに降りていった。宿まで歩くのがつらい。小舟が泊っており、そこにいた一人の若者に頼んでみた。若者は喜んで小舟を出してくれた。ペワ湖の水は温かかった。

　翌日、万太郎は長距離バスでカトマンズに向かう。バスは超満員だった。おんぼろ屋根にまで人が載っている。万太郎は運転手の横の隙間に体を押し込み、足をまげて腰を床に下ろした。身動きできない。これでカトマンズまで十時間の旅だ。屋根の上には、万太郎をゲストハウスに案内した客引きの青年がいた。カトマンズへ仕事を見つけに行くのだろう。バスはウンウン唸り声を上げて登っていく。森のなかで車が止まった。崖から清水が噴き出ていた。運転手のおじさんは空き缶を出して、これに水を汲んでくれと、入り口にいた男に渡した。男の汲んできた水を受け取った運転手は缶を持ち上げ、「この水は世界一だ」と言って口に注ぎ込むと、空き缶をまた入り口の男に渡した。男は水を汲んできて乗客の一人に缶を渡し、缶は人から人へと回り、万太郎も飲んだ。冷たいおいしい水だった。体を動かすことのできないつらい車の旅は、夕方やっと終わった。

　カトマンズの下町は人であふれていた。

　万太郎は何か腹に入れなければと思って歩いていると、広い庭を持った立派な建物の入り口に「桜」と書かれた看板を見つけた。中に入ると日本人経営の料理店だった。客が一人いた。話しかけると彼も日本から来た単独のトレッカーだった。二人で久しぶりにビールを飲んだ。明日の飛行機は同じで、彼もまた格安航空券だった。

「明日一緒にネパールを発とう」

だが、翌日空港に彼の姿はなかった。

「偏見」を考える

ネパールから帰国し、早速学級通信に紀行文を特集した。

久しぶりに新聞に目を通すと、民族差別の事件が多発している。これは放置できない。

万太郎は黒板に「偏見」と漢字で書いた。

「これはどういう意味ですか」

「かたよる。かたよった見方」

「そうだね。在日コリアンへの差別事件が多発しているというニュースが新聞やテレビで続いていますね。国会でも取り上げられ、新聞にも意見が出されています。偏見を考えましょう」

万太郎は職員会議で提案して、偏見を考える学習を全クラスで実施することになった。各学級での学習と全校的な催しの二本立てで、全校的な催しは、在日コリアンの民族学校生と平野中学校生徒とが交流する企画だ。

交流会の計画は生徒会が進め、平野区民会館のホールで行う。朝鮮人学校は生野区にある朝鮮中級学校で、百人ほどがやってくることになった。

交流会の日、区民ホールの座席を二つの学校の生徒たちが埋めた。朝鮮中級学校女生徒の真っ白な衣装チマチョゴリが清々《すがすが》しい。

まず朝鮮中級学校の先生の話があり、続いて両校の生徒代表の対談になった。代表二人はステージの上に並んで座った。

平野中学校の生徒会長が質問をした。

「朝鮮人学校というのは小学校からあるんですか」

「はい、小学校は初級学校、中学校は中級学校、高校は高級学校、大学校もあります。途中で日本の学校から転入してくる人もいますし、日本の学校へ転校したりする人もたまにいます」

「学校では朝鮮語で話しているんですか。日本語ですか」

「学校では朝鮮語です。家では日本語です」

「どうして学校と家と、違うんですか」

「学校では、やはり朝鮮民族としての自覚を持って、生き方をしっかりするためです。民族の言葉を大切にしています。私たちは日本社会に住んでいるし、地域の人は日本語をしゃべっているから、家では日本語です」

「学校でいちばん楽しいときはいつですか」

「友だちと遊んだり、運動したりしているときです」

「ハハハ、僕も同じです。日本人についてどう思いますか」

「うーん、あまり悪く思っていません」

「いちばん嫌だったことは何ですか」

「通学途中で、『朝鮮に帰れ』、と言われたことです。女子は民族衣装のチマチョゴリで電車に乗って通学しますから」

「ひどいですね。将来、どんな職業に就きたいですか」

「日本の大学に行って、医者になりたいです」

代わって朝鮮中級学校の生徒が質問した。

「日本の政治についてどう思いますか」

「うーん、消費税、反対です」

会場の両校生徒は大笑いした。

「平野中学校生徒会活動で、自立的にどんなことをやっていますか」

「うーん、自立的?」

生徒会長は言葉に窮した。

「自立的かどうか分かりませんが、文化祭ですね」

生徒代表の対談が終わるとブラスバンド部の発表だ。

両校それぞれの演奏が行われ、続いて朝鮮中級学校の民族舞踊の発表となった。華やかな衣装を着た女生徒の優雅な踊りには、日本人生徒は目を見張った。

区民ホールでの交流会が終わり、友好をたたえ合って生徒たちは帰途に就いた。

万太郎は学級生徒の感想文を学級通信に特集した。桂輔はこんな感想を書いた。

「朝鮮中級学校の生徒代表は、朝鮮語であいさつした後、日本語に訳して言った。実に堂々としていた。民族楽器の演奏も舞踊も歌もブラスバンドもうまかった。悠々と笑顔で踊っている彼女たちを見て、すごい心臓だなと驚いた。踊りの途中で扇子を落としても、笑顔で拾い上げて踊り続けた。合唱のなかに、『世界の人々に言葉が通じ合わなくては本当の平和はやってこない』というのがあった。僕ははっとした。そのとおりだ。その歌は、心のなかの国境をなくそうと言っているのではないか、と思った。心のなかに国境なんかなくてもいいじゃないか。最後に『イムジンガン』をみんなで歌った。朝鮮学校の生徒の声は大きく、ぼくらの声は小さかった。

北朝鮮と韓国も、ドイツがベルリンの壁を取っ払ったように軍事境界線をなくして一つになればいいのにと思う。でも今の状態では平和は遠い。

みんないい性格の人たちなのに、どうして差別なんかするんだろう」

ちょうど国会でも民族差別の問題が取り上げられていた。朝日新聞は、「在日いじめをしてないボクへ」という社説を掲載した。万太郎はその記事を学級通信に載せた。

「あなたは、在日韓国・朝鮮人に対して、次のような行為をしたことはないと思う。

電車に乗り合わせた女子高校生に『でかい顔するんじゃない』と暴言を浴びせた。道で体が触れた女高生を怒鳴り、スカートを破った。電車の空席に座ろうとした女子中学生の脚を傘で打ち、『朝鮮人は座るな』と言って自分が腰かけた。

実は、この種の嫌がらせが各地で相次いでいるのだ。パチンコ献金問題が国会で取り上げられてから目立つという。

首相は、再発防止の申し入れを受けたことについて、『ぼくが、いじめをやったわけではないし』と語った。

このようないやがらせは、これまでも繰り返し表面化してきた。植民地時代の体験がない戦後育ちの世代にさえ、差別意識が持ち込まれている。

自分がそんな言動をしない人でも、日本人であるならば、ボクも私も、この問題を歴史の文脈で真剣に考えるべきである。首相は、自分の発言が国際的な批判を呼んだあと、『真意が伝わらなかった』と釈明した。深刻な事柄を軽妙に舌でころがすことが雄弁ではないはずだ。

彼らがなぜ日本にいるのか。植民地支配で土地を奪われたり、強制的に炭坑や軍事施設に駆りだされたりした人たちとその子孫だ。日本の軍人になって戦死したり戦犯として処刑されたりした人もいた」

この社説を読み、「差別」についてクラスみんなで考えることにした。

　万太郎はクラスで「お話」をした。

「これは実際にあったことだそうです。

　昔々、ブラジルの奥地に、山をへだてて二つの部族が住んでいました。二つの部族は、一年に一度、戦争をするのが長い間の慣習になっていました。決められた日、戦士たちはそれぞれ山の両端から登り、山上で向かい合って、はなばなしく戦いを繰り広げます。武器は槍やこん棒です。この戦争で毎年数人が死に、十数人が負傷しました。死傷者が出ると戦いを切り上げ、山を下りました。それから一年間、次の戦いまで、二つの部族は互いに激しく憎み合って暮らします。部族のなかに病人が出たり、狩りの獲物が捕れなかったりすると、これはきっと山の向こうの奴らが悪いマジナイをしているからに違いない、卑劣な奴らめ、来年は思い知らせてやるぞと、憎しみと怒りを溜め込み、次の年の戦いに備えます。

　そして、その日がやってきます。戦士たちはまた山の両端から登っていって山上で戦い、終わるとまた死傷者を担いで山を下り、憎しみをつのらせて次の年を待ちます。

　何年かしてその部族のところにポルトガル人が来て、鉄砲を売りました。これを使えば戦闘に勝てるぞ、二つの部族は鉄砲を手に入れました。

　さてこの後、どうなったと思いますか？」

　このとんでもない話に、生徒たちはポカンとしていたが、意見が出てきた。

「強い武器を手に入れたら、戦争やりたくなります」

「鉄砲を相手も手に入れたのかどうか、ポルトガル人に聞くと思う。確かめないと危険だから」

「いったん鉄砲を手に入れたら、絶対使うと思う。自分たちのほうが勝てると思うから、使いたくなる」

「どちらも自分のほうが勝てると思って戦争するから、戦争は止まらなくなるよ」

「鉄砲を使って戦争したらひどいことになるけれど、自分たちがやられないようにするために、自分たちが勝つように準備すると思う。死にたくない」

　万太郎は話した。

「さてどうなったか、続きを話します。両部族は鉄砲を持って戦ったのです。鉄砲の殺傷力は強く、双方に未曾有の死傷者が出ました。それでも両者は戦争をやめません。次の年も戦いをやって、甚大な被害が出ました。それからどうなったと思いますか」

「ポルトガル人に頼んで、もっと強い武器を持ってきてくれと言う」

「機関銃のような兵器とか、大砲みたいな兵器とか」

意見がいろいろ出たところで、万太郎は話した。

「なるほど、エスカレートするということやね。本当にあった話は、こうです。戦争が過激化していくうちに、両部族の団結がくずれ始めたのです。内部で意見の対立から喧嘩や争いが起こり、とうとう両部族とも滅んでしまったのです」

ふーん、そうかあ、つぶやく声が聞こえた。

「憎しみや恨みを持つと、行くとこまで行ってしまうのや」

「実はこの話、社会心理学者の我妻洋と文化人類学者の米山俊直の共著で、『偏見の構造　日本人の人種観』という本に書かれています。

よく似た別の戦争を紹介します。一九六〇年頃、京都大学のニューギニア探検隊に加わったジャーナリストの本多勝一が、ニューギニア高地人の未開の部族間戦争を見た話です。

草原に出てきた両部族の戦士は、横一列になって向かい合い、にらみ合って悪口を言い合い、ののしり合いました。それから戦争開始です。アシの矢を射ます。矢が激しく飛び交います。両者に死傷者が出ました。でも戦争は終わりません。死者数が同じになったと思われたとき、戦争は終了しました。戦争の原因の多くは女性と豚に関するトラブルが元で起こりました。アシは湖水などの水辺に生えている植物です。毒がやじりに塗ってあります。この話、どう思いますか」

「停戦とか武器とか、ルールがあるんやなあ」

「なんかスポーツみたい。笛が鳴って戦争が始まり、笛が鳴って戦闘が終わる」

「でも死者を出すのが目的なんてスポーツやない」

「うーん、本で読んだんだけど、昔は食料を得るために、条件の良いところを確保しようとして、他の部族に奪われないように戦ったと書いてあった。自分たちが生存するための戦いだよね」

「相手を完全に滅ぼさず、自分たちのを奪われないために、戦争をするということか。そんなこと可能かな」

「武器が発達して、鉄砲が使われるようになったら、ルールなんてどっかへいってしまうよ。戦闘は止められなくなるよ。自分たちを守るには相手を滅ぼすしかないということになるから。必死になるよ」

「でも、なんで、こんなばかげた戦争はやめようと言う人が出なかったのかな、不思議です」

「私は、戦争はやめようという人がでたと思います。さっき先生が言った、両部族の団結がくずれ始めた、内部で意見の対立から喧嘩や争いが起こり、とうとう両部族とも滅んでしまったというのは、戦争はやめようという人が出たからだと思います」

「しかし、現代の戦争は、勝つことが目的になって軍備をとめどなく増強しているよね」

「受けた被害が憎しみや恨みになると、戦争をやめようという考えが起きなくなるよ。あいつらのために自分たちは被害を受けていると思い込んでいるからね」

「けども、自分たちのほうが被害が大きかったら、負けそうだったら、戦争やめたいということになるんじゃない？」

「やめたいと思う人がいても言い出せないよね。それを言ったら、お前は逃げるのか、非国民だと、絶対リンチされる」

「こちらが戦争はしたくないと思っても、相手が攻撃してくると思い込んでいるから、やめようなんて言えなくなるし、やめられないです」

「相手は加害者、こちらは被害者という意識に、どちらもなる」

「罪の意識は湧かないのかな」

「戦争したいとは思わないけれど、自分の国を守るための正当防衛だと思うから罪の意識は湧かないよ」

「歴史的には、他の国や領土を得るために、利益を求めて侵略する戦争が圧倒的に多いんじゃないの」

　万太郎は話した。

「なかなかいい意見が出ました。相手が悪い、自分たちは悪くない、自分の国を守りたい、戦わなかったらやられる、そして戦う。これを繰り返す。歴史のなかの記憶は続いていく。今も同じです。

人類が繰り返してきた戦争は、鉄砲よりももっと殺傷力の高い武器へとレベルを上げてきた。大砲、戦車、毒ガス、細菌兵器、軍艦、戦闘機、爆撃機、ミサイル、そして核兵器までつくった。

明治以降、日清戦争、日露戦争、第一次世界大戦、この三つの戦争で勝利者の側に立った日本は、他国の領土を得て、一等国になったと錯覚した。そのことが、日本人の意識のなかに差別意識、偏見を生むことになった。実際江戸時代までは、朝鮮や中国への差別や偏見はなかったと思う。むしろ尊敬の念が強かったと思う。ところが戦争や侵略によって差別や偏見が生まれてきた。

他の国、他の民族を知り、自分を知り、尊敬し合う。そういう相互関係をどうしたら生み出すことができるか。朝鮮人学校の人たちとの交流会はそういう意味でも意義深いものでした」

万太郎は、学級通信に生徒の意見、感想を特集し、朝日新聞社説「在日いじめをしてないボクへ」に応えて感想文を新聞社に送ると、愛子の文章が新聞の「語り合うページ」に掲載された。

「在日朝鮮人への『いじめ』の新聞記事を読んで、私はすごく恥ずかしかったです。私と同じ日本人が、あんなにひどいことを朝鮮人にしたんだと思ったからです。

私たちは在日朝鮮人に対して悪質な行為をする権利はないです。同じ人間だからです。正直言って、私も今まで首相が言ったのと同じように『私がいじめをやったわけではない』と、心の隅で思っていたかもしれません。でも一人でもこんな考えを持っていたら、在日朝鮮人いじめは解決しないじゃないですか。

なぜ差別するのでしょうか。逆の立場だったらどれだけつらいか。

私たちは韓国・朝鮮についての理解を深め、民族差別をなくすために民族学校と交流会を開きました。交流会の最後に講演を聴きました。講演してくださった朝鮮学校の先生は、大きな声で、『私は朝鮮人です』とおっしゃいました。先生が胸を張っておっしゃった言葉に感動しました。先生は、いじめられた少年時代のことも話してくれました。この先生から何か大きなものを学んだ気がします。

これからも、交流を深めて二つの民族の歴史や文化を学んでいきたいです。社会をつくっていく私たちが努力していかないと、日本とアジアの発展がないと思います」

北欧の旅

万太郎は陽子と北欧の旅に出た。以前から憧れの北欧。陽子は、ノルウェーでムンクの絵を観たいという。万太郎は北欧の自然と風土に浸りたい。現地で小学校か中学校を訪ねて、『ヒロシマ』の写真集を寄贈してこよう。そのための数冊を本屋で買ってきてスーツケースに入れた。

オスロは秋の気配、少し肌寒かった。オスロ中心街のカール・ヨハン通りも人の往来が少ない。人々は夏休みのバカンスで自然のなかへ出かけているらしい。

市庁舎前の道端で、ギターを弾いてジョン・レノンの『イマジン』を歌っている若者がいた。

オスロ駅前の屋台で買ったパンとネクタリンとコーヒーで夕食を済ませた。

翌日、地下鉄に乗ってムンク美術館に行った。地下鉄の駅には改札がない。人も少ない。ムンクの『叫び』の絵の前に立つ。赤と黄色の波打つ空。両手で耳をふさいだ男の眼窩は見開き、叫んでいる。ムンクが書いていた。

「道を歩いていた。太陽が沈みゆき、もの悲しさに襲われた。突然空が血のように染まった。赤黒いフィヨルドと町の上に雲が燃えていた。疲れ果てていた私は不安と恐怖におののきながら立ち尽くした。そのとき大きな果てしない叫びを感じた」

彼は何を聴き、男は何を叫んでいるのだろう。何かの予感だろうか。

オスロの街を歩いた。手回しオルガンの音が聞える。おじさんがオルガンの取っ手を回し、男女の合唱隊が民族衣装を着て並んでいる。後ろに吹奏楽団が座っている。前方に、七階建てのビルがコの字型に建っていた。興味津々、万太郎と陽子は合唱隊のすぐ横に立って演奏を待った。突然、空からトランペットの音が降ってきた。見上げると、七階のビルの屋上に立って、トランペットを喨々と吹いている。広場を隔てて、向かい側の建物にもトランペット奏者が立って、二人は向かい合って吹いている。曲は青空にファンファーレのように鳴りわたった。と、指揮者がタクトを振り、楽団が曲を奏で始め、やがて合唱が湧き起こった。そして手回しオルガンが鳴り始めた。見事な演出だった。

海岸べりの案内所へ行って、女性の所員にリーズナブルな宿をお願いしますと言うと、すぐに紹介してくれた。

気ままな旅、脊梁《せきりょう》山脈を越え、フィヨルドのあるベルゲンに向かう。列車の乗客は少ない。窓から景色を八ミリ映写機に収めている日本人らしい青年が目に入った。話しかけると日本の学生で、一人旅をしているという。

列車は灌木の広がる山岳地帯を上っていく。あちこちにロッジが点在している。

「夏になるとバカンスをロッジで楽しむんですよ。ノルウェイの人々は、都会から抜け出て自然のなかに入り、野生の暮らしをするんです」

と青年は言った。

「バカンスは長いです。日本ではわずかな盆休みだけでしょう。この国では、夏休みは三週間とることを奨励しています。電気もない小さなロッジで夏を過ごすんですね。あの小さな山小屋は、自分で建てたものですね。水は川からくんできます。明かりはランプで、調理は薪ストーブです。薪割りが一仕事ですよ。ロッジの周りにできている木イチゴやキノコを採ってきて食べ、ふんだんに太陽を浴びるんですね。長い冬は太陽を浴びられないですから」

列車は、緩やかな丘状の尾根を越える。巨大な雪のふとんがべったりと山を覆っている。氷河だろうか。

そこを越えると下りになった。万太郎たちはソグネフィヨルドへ行くために途中駅のミュルダールで下車した。青年はそのままベルゲンに向かった。

　観光船に乗ってフィヨルドをめぐる。山に囲まれた波静かな入り海、空を映す深い紺碧の水、風は冷たかった。

　その夜、ヴォスのゲストハウスに飛び込んだ。閑散とした街はどの店も閉まっている。土曜日は午後二時に、平日も午後六時には閉めるそうだ。

　翌日再び列車に乗って脊梁山脈を越え、スウェーデンに向かった。二つの世界大戦に加わらず中立を守り抜き、徹底した福祉政策を行う国、ベトナム戦争のときは、日本のべ平連の呼びかけで脱走したアメリカ軍兵士を極秘に受け入れた国がスウェーデンだった。

　国境を越え、スウェーデン人の心のふるさと、民族の伝統が色濃く残っている森と湖のダーラナ地方に向かう。

　ダーラナの小さな無人駅で降りた。駅の周りには人家もなく、プラットホームには屋根もない。地図を見ながら野道を歩き、小さな丘を越えて湖のほとりの村に入った。まったく人に会わない。ゲストハウスの一軒に入った。すぐ近くに湖があり、行くと人影もない。

　村のなかにこじんまりした小学校があった。この学校に『ヒロシマ』写真集を寄贈しよう、宿に戻り原爆写真集を持って小学校へ行った。休暇だから子どもの姿はない。女の先生が出てきた。写真集を出し、ヒロシマの被ばくした子どもの写真を見せて拙い英語で説明した。先生の顔は真剣な表情になった。

　宿に戻り、二人で湖畔を散策した。木の桟橋が湖水に突き出ているところで腹ばいになり、水中をのぞいてみると、水深二メートルほどの底までよく見える。魚の姿がまったく見えない。魚だけではなく他の生物の姿もない。

「生き物がいないよ。酸性がきついからかな」

「放射能ということもあるよ。チェルノブイリの爆発があったもの」

　一九八六年、チェルノブイリの原子力発電所が爆発し、放射能汚染物質はヨーロッパにも流れ、スウェーデンにも降り注いだ。ソ連は初め事故を隠していたが、スウェーデンでの観測に基づく告発があって、ソ連政府は原発事故を認めた。放射能が関係しているのか、あるいは酸性雨が原因なのか、湖や川の魚が死んだり、野外のブロンズ像がボロボロになったりする異変がスウェーデンやノルウェーで起きていた。原因が酸性雨であることを突き止めたのはスウェーデンのオーデン博士だった。酸性雨の汚染物質は欧州中部ドイツのほうから運ばれてくる。

午後九時を過ぎてもまだ外は明るかった。ゲストハウスには他に客はいないと思っていたら、ロビーに日本人らしき母子がいた。話しかけると、明日、ラップランド地方へ行くという。

「娘さんと二人で、ラップランドへ、へえ、また遠いところまで旅するんですねえ。トナカイのいるところですねえ、北極圏でしょう」

四人はロビーで話し合った。

「北欧は私たちのあこがれです。娘は高校生で、小さいとき、ムーミンの童話が大好きでした。娘はこちらの大学に進学したいという夢を持っているんです」

娘がにこりと笑った。

お母さんは、ノルウェーとスウェーデンの学校教育について語り出した。

「ノルウェーもスウェーデンも、学校の授業時間数は日本よりずっと少ないです。秋と春の二学期制で、一月から六月中旬までが春学期で、それから八月中旬まで十週間、七十日間の長い夏休みです。夏休みには宿題はありません。クリスマス休暇は二週間ほどあります。復活祭休暇は一週間から二週間あります」

「休暇が多いですねえ。宿題もなし」

「小学校では評価というものがありません。だから通知表がないんです」

「すごいゆとりですねえ」

「ノルウェーでは、中学校に労働週間というのがあって、実際に子どもたちは二週間働いて給料ももらうんですね。働くところは近所や親戚の家、学校から紹介してもらったところとか。十八歳からは独り立ちですよ。親元を離れて就職するか、大学に行くか、兵役につくか。大学進学は奨学金があるので親の援助は必要ないんです。日本に比べて大学進学率は低いけれど、大学のレヴェルは高いですよ」

「日本では考えられないですねえ。独り立ちできる力を育てるという目的が親にも学校にもはっきりあるんですねえ」

「日本は、大学進学率は高いけれど、大卒という学歴が目的で、空洞化しています。スウェーデンの大学生のアルバイトは肉体労働がほとんどです。道路清掃とか草刈り、ペンキ塗り、農場で農作業。日本の学生はそんなことしますか」

「社会のベースをつくるところで、体を使ってアルバイトするんですね。うーん、人と接し、賃金を自力で得るという、そういう労働体験、社会体験が人間を育てる。いやはや、目的をはっきり持っていますねえ」

「教科書も日本とは違いますよ。小学一年からまず自分という存在を自覚するように、自分を取り巻く家族や自然界を具体的に知る。それから社会、そして世界に視野を広げていって、人間について気づかせていくんです。六年生までに、戦争についても、難民についても、親を失った子どもなどの実態についても学ぶんです」

「人間観、自然観、世界観を子どものうちに育てていく、すごいなあ。独立した人間を育てるという目的がはっきりありますねえ」

「小学校の教科書には、生命の誕生と同時に死についてもきちんと書いてあります。死んだ鳥を土に埋めるとどうなるか、そういう実験もする。動物も植物も死ぬと土に還る。その土からまた木や草が育つ。それを食べて、人も動物も生きる。循環の原理をきちんと教えています。ハンディを持つ人についての理解を深めることも、自分が障がい者になった場合はどうなるか、その疑似体験をする学習もやっていますよ」

「うーん、つまり社会をつくっていく独立した人格をつくるということですね。試験のために知識を詰め込む教育とはえらい違いますねえ」

　ノルウェーでもスウェーデンでも、外国からやってきた子どもには、学校での母国語の教育が保障されている。日本人の生徒が入学すれば、その生徒への日本語指導を行う。母国語を充分にマスターしたうえで、今いる国の言語力を養い、その国で生きていく力をつけるという考え方がはっきりあって、権利として保障され、システム化されている。いったいこの違いは何だろう。この違いを日本人はどれだけ知っているだろう。

大阪では、コリアン生徒が本名を名乗り、コリアンとしての自覚と誇りを持って生きられる社会をつくろうと、コリアンの生徒たちに母国語を教える教育運動が現場から起こり、いくつかの学校が行ってきた。だがそれは一部の学校にとどまっている。

「スウェーデンが原子力発電の廃棄を国民投票で決定したのは一九八〇年です。ノルゥエーの首相は元小児科医の女性です。一九八六年のノルゥエーの内閣は一九人の大臣のうち八人が女性でした。一九九一年の内閣では、九人が女性大臣でした。三大政党の党首はすべて女性です」

国の根幹から日本と違うと万太郎は思う。「敗戦」という根本からの体制転換があったにもかかわらず、何かが間違っており、何かが欠落して、日本は経済発展至上でやってきた。旅をするということは、その国を知り、その国の人の生き方を知ることだ。それは反転して日本を知ることになる。

「この村の真ん中に広場があって、そこに長距離バスがやってきます。明日、そのバスに乗って、ラップランドに向かいます」

母子二人の旅、翌朝、万太郎と陽子は、二人を見送りに村の広場へ行った。広場には人影はなく、夏至祭に使われた長い白樺の木のポールが一本、空を突き刺すように立っていた。夏至祭のときは、草花で飾られたこのメイポールの周りに民族衣装を着た人たちが繰り出し、アコーディオンの演奏に合わせて手をつないで踊る。北欧の冬は長く厳しい。待ち焦がれた夏、輝く夏。豊年を祈り、家族の健康を願い、歌い、踊り、食べて、飲む、夏至祭。

「夏至祭のときに、ここへ来たいですねえ」

坂道をバスが上がってきた。

「気をつけて行ってらっしゃい。オーロラ輝くラップランドへ、サーメ人のサンタクロースに会ってらっしゃい」

母と娘は手を振ってバスに乗り、出発していった。

旅に出る母と娘、万太郎は加美中のときの一人の女生徒を思い出した。

在日コリアンの彼女は学校を休んだ。どうしたのかと万太郎が思っていたら、手紙が来た。彼女のお母さんからの手紙だった。

「今、山口県の秋吉台に来ています。娘と二人です。最近娘の様子が気になり、どうもよくないほうへいっているように思いました。私は昼も夜も仕事が忙しく、娘と話をすることもできず、娘をほったらかしでした。娘とじっくり話をすることも、一緒に旅をしたこともありません。夫は、この子が小学生のとき、別れました。娘はいつも一人でさびしいと思います。それで思いきって仕事を休み、親子で旅に出ました。今、旅のなかで娘とたっぷりと話し合い、笑い合っています。私は、先生に贈ろうと、毛糸で靴下を編んでいます」

あのときの母と娘の、秋吉台の旅、ほのぼのと温かった。今、ラップランドへ向かった母と娘もほのぼのと温かい。

翌日、万太郎たちは細々と続く林のなかの裏道を通り、小さな丘を越えていった。人気のない民家の庭にカササギが下りて餌を探していた。丘の向こうに駅が見えた。

ストックフォルムに着くとインフォメーションに行って、ゲストハウスを紹介してもらった。地図をもらって、そのゲストハウスに行くと、若い女性が待ってくれていて笑顔で二人を迎え入れ、キッチンのついた部屋を自由に使ってくださいと言った。冷蔵庫のなかにはいろんな食品が用意してある。

「どうぞ、これを食べてください」

彼女はいくらか日本語ができ、スウェーデン事情を話してくれた。

「ベトナム戦争のとき、私の父も脱走米兵を受け入れました」

あの頃、スウェーデンは、国として脱走兵を受け入れていた。

スウェーデンでは、国民すべてに年間五週間の休暇が法律で保障されているので、ノルウェーと同じく夏は森や湖の小さな素朴なサマーハウスで過ごす。

「森には妖精が住んでいるんですよ。子どもたちはみんな、ツリーハウスを、樹の上につくってキャンプします。野生のブルーベリーを摘んできてつくったジャムはおいしいですよ。子どもの出生率は高いです。子どもを安心して産めるからです。出産費用は無料です。三人子どもを産む人が多いです。産後は有給で十五か月間仕事を休めますし、保育園、小学校から大学まで、授業料は無料です」

さすがは福祉国家だ。スウェーデンには学習塾がないという。児童手当は十八歳まで出る。どんな家庭も、教育を受けるチャンスが保障されているのだ。それだけのことができるのも、国民が高い率の税金を払うことで成立する。彼女はとてもチャーミングだ。

「店は、土曜日は午後二時から閉まりますよ。日曜日はもちろん休みですよ。気をつけてね」

ストックフォルムはからりと晴れ、気温も高くなく、快適な街歩きだった。

学校に森を

二学期の初め、学級対抗の水泳大会だ。万太郎はTシャツ姿でプールサイドに座って生徒たちの競技を応援した。

競技種目がすべて終わったとき、上野さんが万太郎のところにやってきて、こんなことを言った。

「先生、気をつけてくださいよ。生徒が先生をプールに投げ込むかもしれませんよ」

イタズラで、男子たちが担任をプールに放り込む。

へえー、そういうことがこの学校ではあるのか。上野さん自身も昨年プールに投げ込まれた。上野さんはイタズラ好きで、生徒のイタズラに乗って楽しんでいる。

「そりゃあ上野さんだから、そういうこともあるだろうが、こんな年配の自分に、そんなとイタズラをするなんて、ないでしょう」

そう言ったものの、ちょっと気になる。

やはり彼らは企んでいた。競技がすべて終わって、教室に戻る直前、男子生徒たちが万太郎のところに寄ってきて、にやにやしている。来たな、万太郎はその手には乗らんぞと思ったが、ふっと万太郎の心にイタズラ心が湧いた。数人の男子生徒が万太郎の背後に回ったとき、万太郎はわざと大仰にプールサイドを逃げた。生徒たちは数を増して追いかけ、背後に迫った生徒二人が、万太郎の背中をプールめがけて押した。万太郎の体はプールに水しぶきを上げて落ち、歓声が沸き上がった。

この光景を女性教員の上坂さんが見ていた。彼女は矢田南中学時代の同僚で、この四月に転勤してきた。職員室に戻った万太郎を見ると上坂さんがやってきて言った。

「万太郎先生、あれはよくないですよ。行きすぎです。教師と生徒の関係性からして、卑屈な感じがします。先生が生徒におもねっているように見えます。人間として互いにその尊厳を守るということでなく、レベルの低いイタズラに堕してしまっています。まさに悪戯です。生徒への一種の迎合じゃないですか」

「たしかにハメをはずした生徒の行動にぼくは乗った。だけど、ぼくは生徒に迎合してはいないよ。子どもはどこかで権威的な存在を、やっつけて、教師と生徒の垣根を取り払いたいという気持ちを持っていると思うんや。彼らはぼくをプールにほり込んだからと言って、教員と生徒の関係性が転覆することはない。親近感が増しはするがね。ぼくも一緒にイタズラに乗った、ということじゃないかな。自分では意識していなかったけれど、考えてみれば、ぼくは生徒たちを挑発したんですよ。その挑発に彼らは乗ってワルガキになった。

今の世の中、子どもたちが思いきりハメをはずして遊ぶ、イタズラをするということが生活のなかから消えてしまっていますよ。学校という世界も管理された世界、家に帰れば、塾が待っている。子どもの自由な冒険の世界が消滅してしまっている。だからぼくは挑発した」

万太郎は、上野さんも日頃自分のクラスをイタズラ学級に育てているのではないか、「挑発」しているのではないかと思う。

だが、担任をプールに放り込むというイタズラは確かに度を越している。生徒と日頃から互いにイタズラをし合ってきた若い上野さんなら、そういうこともありうる。しかし五十歳にもなる万太郎に対して、これはハメをはずした行きすぎかもしれん。上坂さんの言い分も分かる。

秋が深まっていった。万太郎はクラスでピクニックを呼びかけた。「日曜日、奈良公園にピクニックに出かけよう。行きたい人は、弁当を持って、平野駅に九時集合」

駅にやってきたのは男女合わせて八人だけだった。

「やっぱり少ないなあ、これが現実か。今日は、秘密の森に連れていくよ」

一行は、にぎわう三条通りを抜けて奈良公園に入り、鹿の遊ぶ飛火野を突っ切っていった。前方に三笠山を見ながら、芝生の坂を下って、どんどん行くと、すり鉢の底のようなところに出た。草原の真ん中に小さな池があり、池のほとりに大樹が一本立っている。周囲を取り巻くのは馬酔木《あせび》の森。人はここには誰も来ない。

「ここがぼくの秘密の場所なんや。人の来ない場所だよ。あっちを見てごらん。林の向こうに住宅地の屋根が見えるだろ。あのなかに、志賀直哉が住んでいた家があるよ」

みんなでカン蹴りをした。思いきりカンを遠くへ蹴っ飛ばし、鬼が取りに行ってる間に急いで身を隠す。全力疾走すれば馬酔木の木立の陰に身を潜ませることができる。時を忘れて遊び、弁当を食べてまた遊び、秘密の遊び場で過ごす一日だった。この学校の生徒たちは学習塾に行く子が多い。学校から帰れば塾。こんなに遊んだのは初めてだと生徒たちは言った。

翌日、女の子のお母さんから学校に電話がかかってきた。

「昨日家に帰ってきたとたん、大声で、楽しかったあ、と叫んだんですよ。こんなに楽しかったのは初めてだって」

万太郎は駅から学校への通勤路を、白鷺公園を抜けていくルートに変えた。桑津に住んでいた幼児期、万太郎があこがれた白鷺公園、畑のかなたに梢を空高く伸ばした樹木群が見えた。チューリップが咲いているよ、近所の子どもたちが言っていた。その公園が今、通勤コースだ。だが、現実に見る白鷺公園は、幼い頃にあこがれた公園とはかけ離れていた。どこにでもある街の小さな平凡な公園だった。公園の周囲は家々が建て込み、もうどこにも農地はない。

公園のクスノキやケヤキは、大木になっていた。「木の声を聴こう」と呼びかけてクラスの子らと公園へ行ったのは五月だった。みんなで太い木の幹に耳をつけたが、樹液の流れる音は聞き取れなかった。でも木肌の感触から木の命は感じた。今、秋は深まり、公園の木々は黄葉し、落ち葉が舞い始めた。登校途中の生徒が後ろから声をかけてきた。万太郎のクラスの子だった。

「公園の木と話をして行こうか」

落ち葉が舞っている。地面は落ち葉で埋め尽くされている。落ち葉を踏んで歩く、さながら森を歩くように。足音はかそけく、グールモンの「落ち葉」の詩が頭に浮かぶ。グールモンはフランスの詩人、パリは都市の周囲に広大な森を残している。ブローニュの森、ヴァンセンの森。

シモーヌ　木の葉の散った森へ行こう
落ち葉は苔と石と小径とを覆うている
シモーヌ　お前は好きか　落ち葉踏む足音を？

よりそえ　我らもいつかは哀れな落ち葉であろう
よりそえ　もう夜が来た　風が身に沁みる
シモーヌ　お前は好きか　落ち葉踏む足音を？

この小さな公園の落ち葉はどうなるのだろう。放課後、公園に行くと、一面の落ち葉が熊手で掃かれ、大きなポリ袋に入れられていた。これらの落ち葉はごみ焼却場に運ばれて燃やされてしまうらしい。大阪全市の公園や街路樹の落ち葉、その量たるや膨大な量だろう。落ち葉を取り除かれた公園の木々の根かたは、踏み固められた堅い土だ。腐葉土の布団のない土は、虫たちも住めない。

街路樹の落ち葉が迷惑だと言って、住民が切り倒したというニュースが新聞に載った。落ち葉が公害になると言って住民が直接行動に出たらしい。

前任校の加美中学校には、校舎北側、敷地内にメタセコイヤの並木があった。樹は三階の窓を越して大きく育っていた。メタセコイアは秋になると美しく黄葉し、風が吹くと黄金のふぶきとなって舞い、地面を覆った。それが道路一つ隔てた住宅地にとっては迷惑だと、苦情が学校に来た。住宅地の前の道路に落ち葉が積もり、掃除がたいへんだ。伐ってほしい。そこで校長と教頭は教職員に相談することなく伐ることにした。業者がやってきて、メタセコイアは、一本残らず切り倒されて運ばれていった。驚いた万太郎が教頭に聞くと、抗議が強くて、仕方がなかった、と釈明した。校内から樹が消えた。裏門脇にある一本のクスノキだけが学校の唯一の樹になった。殺伐とした学校環境、異議を申し立てたが後の祭りだった。

街路樹が迷惑だ。この意見、この感覚。ヨーロッパでは街のなかに樹をどれだけ増やすかと、樹を植えられる土地があれば樹を植えている。日本では、街路樹の落葉前に自治体が太枝から剪定してしまうところが多い。樹冠を広げる樹木に樹幹が無い。街路樹のない街は美観も生まれない。

万太郎は、学校林をつくろうかと思う。ほとんどの学校には林をつくるようなスペースがない。幸いこの学校の裏庭にはかなりのスペースがあり、木々がいくらか植えられている。残念ながら長年にわたって手入れされず、木も育たず、痩せた土の貧相な庭になっている。

万太郎は生徒たちに呼びかけた。

「落ち葉は黄金の肥やしだからね。学校の裏庭に落葉を敷いて、学校林をつくろうや。放課後、落ち葉かきしよう。どうや、やらないか」

「うん、やるやる」

生徒たちは熊手と竹ぼうきで落ち葉を集め、それを持ち帰って学校裏庭の木々の根方を覆うように敷いた。

みんなで裏庭を観察した。

「この土、ひどいね。腐葉土がないから、ミミズも生きられない土だよ。ここに毎年落ち葉を入れて、生きた土に戻して、いろんな木を植えたら緑の学校になるよ。何年もかかるけれどね」

翌日、ホームルームで万太郎は、Ｃ・Ｗ・ニコルさんの話をした。

「ウエールズって、どこにあるか知ってる？　イギリスだよ。そこの出身で、今は長野県の黒姫山の麓に住むニコルさんという人がいてね。探検家でもあったし、小説を書いたり、自然保護運動をしたりしている人です。その人が『TREE』という本を書いています。それを読みます。

『私が生まれた家のすぐ近くに、川の流れる小さな緑の谷間があった。川は下流の貯水池に流れ込んでいた。谷間の森には大きな古い木がたくさん生えていた。子どもの頃、私はとても体が弱くて、医者から激しい運動をいっさい止められていたほどだった。そんな私を心配した祖母は、あるとき私の耳にそっとささやいたものだ。

あの谷間に行ってごらん。一人だけで行って、年取った大きな木を見つけるんだよ。できればオークの木がいい。オークの木は魔法の木だからね。これだという木を見つけたら、その木に向かって、兄弟になってくれと頼むんだよ。その木をしっかり抱きしめて、木が鼓動するのを感じ取り、自分の秘密を打ち明けて、かわりにその木の秘密を教えておもらい。それが済んだら、てっぺんまで登って、その木の呼吸を吸い込むんだよ。そうすれば、木はお前の兄弟になって、お前を守り、強い子にしてくれるからね」

朗読していると胸が詰まってくる。この学校にも森をつくりたい。

「自分のやれることは小さいけれど、一緒に行動する人が多くなれば、大きなこともやれる。この学校の裏庭を林にすることは、小さいことだけれど、その小さいことができていないんだからなあ。学校林は見向きもされてこんかった。コナラ、クヌギ、ドングリがいっぱいできる木を植えたら、カブトムシやクワガタがやってくるかもしれないよ。小鳥も来るよ。そんな林にできないかなあ。何年も継続して学校林を育てていく人をつくれないかなあ。生徒は三年で卒業するし、先生も転勤する。けれどプロジェクトを引き継げばできる」

和夫がこんな詩をつくった。

白鷺公園で掃除した。
ぼくは、ほうき星、ハレー彗星になって
公園を走りまくる。
そうすれば緑いっぱいの地球になるだろう。
葉っぱを木の根に集めると腐葉土になって
いい土になる。
虫も集まり、木も育つ。
ほうきは、地球を救う道具です。
みんな、ほうき星になって、掃除を楽しもう。

「『ファーブル昆虫記』を読んだことがあるか」
万太郎はクラスで聞いてみた。誰も読んでいない。

「このクラスには昆虫少年はいないのかあ。奥本大三郎というフランス文学者がいます。その人は子どもの頃は昆虫少年で、『ファーブル昆虫記』を読んで、虫の研究家になりました。その奥本大三郎がこんなことを言っています。

『子どもは自然のなかで遊び、小さな命に触れることが望ましい。それによって健全な人間として必要な、様々な感覚、能力を身につけることができる。日本人は昔から、小動物、虫を相手にその姿、形の多様さ、美しさ、鳴き声、命の不思議さに触れてきた。

学校にエノキを植えれば都会でもゴマダラチョウは育つだろう。オオムラサキだって飛んでくるかもしれない。小さな森を各地につくって、日本在来の樹木を育てないと、日本文化が断絶する。日本画、俳句、和歌、伝統芸術は、花鳥風月、自然をもとにしてつくられてきたからだ』

奥本大三郎はそう言っている。エノキは高さ十メートルから二十メートル、直径は三メートルにもなる巨木だね。江戸時代の前から、街道が全国につくられて、一里ごとに一里塚をつくり、そこにエノキを植えた。一里は約四キロやね。エノキの果実は甘く、若葉は飯と共に炊いて食用にもした。樹皮は煎じて漢方薬になった。旅人は街道をてくてく歩き、一里塚で腰を下ろし、エノキの木陰で休んだ。

学校に森をつくろうや」

冬が近づいてきた。万太郎が職員室で仕事をしていると、智美が皿を手にして入ってきた。

「先生、いま家庭科の調理実習で、つくったの。食べてください。ふろふき大根です」

「ふろふき大根？」

「ゆでたばかり、まだ熱いです。ついている練り味噌塗って食べてください」

「大きな大根やね。智美の足ほどの太さや」

「そう私の足ぐらい」

輪切りにした大根が皿にのっていて、箸も用意してある。

「わあ、おいしそう。いただきます」

温かくて素朴なおいしさだった。

思い出した。加美中学校の卒業前に生徒たちがお別れ演芸会を体育館で開いた。生徒たちはいろいろ出し物を披露する。万太郎のクラスの尚子と秀美が、舞台に登場した。尚子はマイクを持って演歌を歌いながら秀美と並んで踊り出した。二人は背中に何かをおんぶしている。赤ちゃんの人形かと思えば、なんと大きな大根だった。背中から大根の白い肌が見える。爆笑が湧き起こった。

その日、万太郎が家に帰って、息子の拓造にその話をしたら、

「僕のクラスの修二君が、家庭菜園で自分がつくった太い大根を一本、新聞紙にくるんで持ってきて、友だちの誕生日プレゼントに贈ったんやで。みんな大笑いや」

「へえ、いい話やなあ」

その光景を想像するだけでも心がほのぼのする。

国語の時間、万太郎は木下順二の民話を朗読した。

「『あとかくしの雪』という話があります。

あるところに、なんともかとも貧乏な百姓が一人、

住んでおった。

ある冬の日のもう暗くなった頃に、一人の旅人が、とぼりとぼり雪の上を歩んできて、『どうだろか、おらをひとばん、とめてくれるわけにいくまいか』

と言うた。

百姓は、自分の食べるもんもろくにないぐらいのもんだったが、

『ああ、ええとも。おらとこは貧乏でなんにもないが、まあ、とまっとくれ』

と言うた。けれどもこの百姓は、なにしろなんともかとも貧乏で、何一つ旅人にもてなしてやるもんがない。それでしかたがない、晩になって、隣の大きい家の、大根をかこうてあるところから大根を一本盗んできた。それを焼いて旅人に食わせてやった。なにしろ寒い晩だったから、旅人はうまいうまいと、しんからうまそうに、その大根を食べた。

その晩、さらさらと雪は降ってきて、百姓が大根を盗んできた足跡は、すうと消えてしもうたと」

万太郎はこの学校に転任してから、生徒の自主的な学級活動はつくれていなかった。その原因の一つは、放課後、学習塾に行く生徒が多かったことにある。生徒たちは掃除当番を残してさっさと帰って行く。部活動をする子も少ない。

終わりのホームルームの時間、万太郎が話をしていると、マサユキが黙ってカバンを持ち、後ろのドアを開けて出ていった。万太郎はマサユキを廊下で引き留め、訳を聞くと、塾があると言う。私が話しているのに、理由も言わず黙って帰るとは何事か、万太郎は叱って彼を教室に戻した。

夕方、万太郎はマサユキの家を訪れ、両親にそのことを伝えると両親は理解を示してくれたと思った。ところが翌日父親から電話が入り、「家へ来てくれ」とのこと、家を訪問すると、父親はいきなり怒声を浴びせてきた。

「お前は何をした。息子に暴力を振るっただろう。首に傷があったぞ。息子は先生にやられたといった。お前は昨日、そんなことは言わなかった。うちの子は頭に衝撃を与えてはいけないんだ。そのことは、学校に

も言ってある」

　万太郎は動転した。暴力を振るった覚えはないし、傷を負わせもしていない。マサユキの頭の事情はまったく知らなかった。前年度の担任から何の引き継ぎもなかった。万太郎はそのことを言おうと思ったが、父親の剣幕は激しく、ものが言えなくなった。そこへ母親も加わり、非難は次第に罵倒になっていった。

「お前は教師として失格だ、お前のような教師がいるから、子どもがダメになるんだ」

　怒声を浴びているうちに万太郎は、自分は自覚していないが、ひょっとしたら廊下で引き留めたとき、彼の首の辺りを手で突いたのかもしれない。自分はそのとき冷静さを欠いていたとしたら謝らなければならない。そんな思いがちらりと頭に浮かんだが、万太郎はそれを口にすることができない。万太郎の体は硬直し、ものが言えなくなり、何一つ弁明ができない。父親の罵声は止まない。万太郎はひたすら傾聴した。怒りを受け止めよう。だがそれは火に油を注ぐ結果になった。

「うそつきの卑怯者め。お前のような人間は教師ではない」

　万太郎の体はしんしんと冷え、暗い穴に落ちていく。昨日、マサユキに対して取った自分の行動は権力的だったかもしれない。あのとき、どうして冷静に彼の気持ちを聞こうとしなかったのか。万太郎は、反論も釈明も、言葉を発する気力も湧いてこなかった。体は金縛りにあったようだ。一時間を越えていた。もう昼休みだ。クラスの生徒たちは食事をしているだろう。万太郎はどこへ行ったのかと探しているかもしれない。この場にきりをつけなければ、授業がやれなくなる。

　万太郎は力を振り絞って立ち上がり、家を出た。背後から言葉が飛んできた。

「教育委員会に必ず報告しとけ。お前のやったことを報告しとけ」

　学校に戻った万太郎の青ざめた顔を見て、中村さんは状況を察したようだった。万太郎はいきさつだけ簡単に報告した。万太郎の体は黒いドツボに沈んでいく。

　教室に戻った万太郎に絶望感、虚無感が襲った。笑いが消え、うつうつとした、魂の抜けたような日が続いた。学級通信はしばらく書けなくなった。

三学期、いくらか元気になった万太郎はクラス生徒に、私の抱負、希望、将来の夢について作文の課題を出した。マサユキがこんなことを書いた。

「来年は受験なので勉強をがんばりたい。社会人になれば、この勉強ばっかりの社会をもっと自由にしていく。やはり子どもは塾に行くより、外で元気いっぱい遊んだほうがいい。僕は将来そんな社会をつくっていきたい」

大輔の夢は牧場だった。

「オーストラリアに広大な土地を買います。羊を飼い牧場を開きたい。のんびり羊を飼い、青空の下で、雲を眺めながら過ごしたい」

学校林をつくると言っていた一夫。

「ぼくは学校をなくせばいいと思う。国境もなくせばいいと思う。緑を増やそうと思う。でも何年かかるか分からないなあ。だったらめんどくさい。やめとくか。なんだか夢も希望も無くなってしまった。ぼくはどうすればいいのか」

隣のクラスは青年教師、上野さんのクラスだ。男子のいたずら軍団は昼休みになると、探偵ごっこをしている。羽目をはずして、渡り廊下の屋根に上って走っている。万太郎はそれを見て、さすが上野さん、若い力だなあ、オレは若さを失ってきたよ、と思う。万太郎が上野さんのクラスに授業で行くと、生徒たちはみんな英語の教科書を机の上に出していた。

「あれ、この時間は国語だよ」

「いいえ、先生、英語ですよ」

生徒たちが口をそろえて言う。

「そんなはずはない。国語だよ」

「違います、英語でーす」

「ふーん？　そうか、ぼくが間違ったかな」

万太郎は教室を出て職員室に戻る。時間割表を見た。やっぱり間違っていない、やつら、いっぱい食わせたな。教室に戻りドアを開けた。

「やっぱり国語やぞー。間違ってないぞー」

生徒たちは爆笑した。どの子の机にも国語の教科書が載っている。

授業に入る。教卓がスーと一番前の席の女生徒の席に引き寄せられていった。女生徒は足を机の下から前に出して、教卓の脚に引っかけて引き寄せていたのだった。またもや爆笑。万太郎は、この生徒たちに慰められる思いがする。

万太郎は、図書室の活用を考え図書担当を引き受けた。図書室を利用する生徒は少なく、本の整理も長年行われていなかったから室内は乱れていた。万太郎は読書活動や、校内読書コンクールなどアイデアを考えながら、図書委員の生徒と一緒に、本の整理と読書の案内をした。冬は、放課後図書室にやってくる生徒はほとんどいない。万太郎はクッキーを用意して紅茶を沸かし、ひととき図書委員と語り合うことにした。三年生の図書委員の女の子が自分の進路の話を始めた。

「私、東京にある自由学園に進学します。自由学園は大正十年に、羽仁もと子によって創立されました。キリスト教の、人間教育を実践する学校です。全寮制です。この世界にたった一人しかいないかけがえのない自分だから、命と自由を大切にして、自分らしく学ぶ、それをモットーにしている学校です。自由学園の校名は、『新約聖書』の一節『真理はあなたたちを自由にする』に由来しています。真理を求め、よく生きる人を、自由学園では『真の自由人』と呼ぶのです」

落ち着いた声で、彼女は自由学園について話してくれた。あこがれて進路を目指している生徒は輝いている。語る言葉に、明確な意志が感じられた。

これまで生徒一人ひとりと、将来に向けて、進路についてどれほど語り合ってきただろう。高校進学を目指す子らは、結局は成績ランクによって志望高校の選択を制限されていた。教育の特色、高校像、目指す未来像、それらを生徒と語り合って進学志望を決めることはなかった。現実の公立高校にも、教育理念と教育内容の特色らしいものは感じられない。

今、図書室で話し合っている彼女は輝いている。

新学期、万太郎は三年生の担任となった。五月は修学旅行だ。計画は、中村さんたち若手教員が一年前から進めてきた。目的地は瀬戸内海の、広島県沖にある大久野島という休暇村の小さな島だ。中村さんは島の歴史を語ってくれた。

その島には、一九二七年から敗戦まで日本陸軍の毒ガス工場があり、イペリットガスなどを生産していた。日中戦争で日本陸軍は、中国東北部でその毒ガスを実戦に使った。もともと毒ガスは、第一次世界大戦でドイツ軍が開発し、フランス軍に対して大きな被害を与えたことから、一九二五年、ジュネーブで開かれた国際会議では、毒ガス、細菌兵器の使用を禁止する議定書が調印され、表向き毒ガスはどの国にも存在しないとされていた。しかし日本は大久野島で毒ガスを製造していた。すべては極秘とされていたから、この島は地図にも載せていなかった。製造にたずさわった工員たちは、自分の家族にもそのことを伝えることを禁じられた。作業は命がけ、被害も出た。

「今はね、休暇村になって、島全体が平和な憩いの島になってるんです。広島は原子爆弾が落とされ究極の被害を受けましたが、ここは日本の加害を証明する島です。大久野島へ行くことで、加害と被害の両極を学ぶことができます。敗戦後、毒ガス製造に関する証拠は廃棄され隠蔽されましたが、歴史は消えません」

修学旅行に向けて、生徒たちは学習した。戦争に関する研究、平和になってからの島の自然、そして旅行中の島での活動計画を生徒たちは練った。

修学旅行の日が来た。列車で竹原まで行き、フェリーで沖三キロの島に渡った。海は不思議な力を持つ。生徒たちは、海の持つ圧倒的な力を感じる。底知れぬ深い海、畏怖の念が湧いてくる。

夕方まで自由行動、生徒たちは真っ先に浜辺に行った。夕方宿泊施設に戻り入浴、この進行は若い体育教師北尾さんが当たった。生徒たちは自分の班の入浴時間が来ると浴場に行って入浴した。ところが途中で北尾さんの姿が消えた。外はもう薄暗い。宿舎内を探しても姿はなく、海岸の船着き場に行ってみると、いた、いた、彼は数人の生徒たちと懐中電灯を点けてイカを捕っていた。北尾先生は、イカがたくさんいると聞いて、居ても立ってもいられず飛んでいったのだ。船着き場の上から、北尾さんは懐中電灯で海を照らしている。イカは灯りに引き寄せられてくる。それをすくいとる。獲ったイカを北尾さんはバケツに入れて、宿舎に持って帰った。夕食は全員大広間。教員たちの食卓に、北尾さんのさばいたイカの刺身が置かれた。イカ取りをした生徒の前にもイカの刺身があった。

夕食が済むと、万太郎はクラスの生徒たちを連れて、暗がりのなかを、島の最高地点へ登った。島を取り巻く海は黒ぐろと静まり、遠くに本州の町の明かりと漁船の灯が波間に見える。空には降る星。砲塔やトーチカの跡が残る山頂の闇のなかから、命を奪われた中国の民や、ガス製造にたずさわって命をなくした労務者の慟哭が、聞こえてくるようだった。

翌日は一日、班単位の活動をした。島をめぐる探索ハイクと、午後は自由行動で、やりたいことをする。絵を描く子、動植物を調べる子、浜辺で昼寝する子、魚釣りする子、歴史を学び、海と空と島の暮らしに身をゆだねる旅行だった。

「二学期に、誰かうちの体育館で演奏会やってくれる人いませんかねえ」

中村さんが万太郎に声をかけてきた。

「加美中学校のとき、神戸の民間の管弦楽団に来てもらったことがありますよ」

そう言いつつ万太郎の頭にひらめいたのは、トライアスロンや鉄人レースをやっているフォーク歌手の高石ともやだった。

「歌も歌って、鉄人レースの話もしてもらえるかもしれない」

それはいい、ということで、中村さんは高石ともや事務所と連絡をとった。ところがやはりギャラが高い。学校の予算は限られている。万太郎は直接手紙を送った。一肌脱いでほしい、学校の事情も伝えると、高石ともや氏自身から返事が来た。人生意気に感ず、やりましょう。中村さんは大喜びだ。

高石ともや四十九歳、スタッフ数人で学校にやってきた。技術スタッフが準備をしている間、高石氏は運動場に出て、土の感触を調べるように軽くランニングを始めた。この学校の空気を吸い、生徒たちが走り回るグランドの土から生徒の心を感じようとするかのように走った。誠実な人柄が伝わってくる。

全校生徒は体育館の床に腰を下ろした。高石氏はバンジョー、ギター、バイオリン、ハーモニカ、いろんな楽器を演奏し、歌い語った。額に汗し、熱演は一時間半にわたる。オーストラリア大陸千十八キロのマラソンに参加した話は驚異的だった。一日に一時間半か二時間仮眠をとるだけ、食事も歩きながら、それが九日間続いた。そのマラソンは競走というものではなく、共走、すなわち共に走ることだった。一緒に走る人と心を通わせ、周りの自然に溶け込んで走る。もうろうとしてくる意識のなかにも宇宙を感じ、長い長いロングウエイ、ブルースカイ。しかし八日目、とうとう足が象の足のようにはれあがり、走れなくなった。両足にごめんなさいと謝って、走ることを止めた。あと百キロだが、九百キロも走れたと満足だった。ゴールでみんなが「歌え」と言うから、ただ「ロングウエイ、ブルースカイ」と繰り返しながら歌った。応援してくれたみんな、おうおうと泣いた。

高石氏は、脳性まひの娘さんのことを語った。

「娘は高校に入学したとき、バレーボール部に入りたいと言いました。私は顧問の先生に聞いてみました。優勝目指して選手を鍛えることを方針にしている部なのか、それともバレーボールを楽しむクラブなのか、と。先生の返事は、『その両方です、ベンチに座っている人もいてチームは成り立ちます』でした。娘は入部しました。娘は一度もコートに立つことはありませんでした。何の見返りも求めない入部でした。この娘の行為に動かされて、私も何の見返りも求めずマラソンを始めました」

高石氏は息子のことも語った。五回大学を受験して五回落ちた。自分は八年かけて大学を出た。

戦争、平和、ヒロシマを語り、歌った。この社会、自分はどう生きるか、さながらマラソンのように、弾むがごとく語り歌った。

演奏会は終わり、別れを惜しんで高石氏らを送り出した後、生徒たちは感想をつづった。アケミは書いた。

「私はどんどん入り込んでいってしまいました。高石ともやさんの話を聞きながら、知らないうちにいろいろ想像をしていました。ロングウェイの話では、いろいろな国の人々が、手を挙げ、おうおうと泣きながら歌っている場面のときは感激しました。私もそんな体験ができたらいいな。ともやさんのいろんな経験の話もとてもびっくりしました。普通に考えると不幸なことがたくさんあったのに、あんなに楽しそうにいろいろ教えてくれて、とても嬉しかったです。私の心が軽くなりました。受験のことも気が楽になりました」

トモミは書いた。

「高石さんはいいな、自分の思うままに生きている。自分で詞をつくり曲をつくる。売れなくてもすごいことじゃないか。私は何もできない小心者、親に言いたいことがあっても、怒られることが分かっているから何も言えない。人の顔色ばかり見ている女の子。子どもに自由な楽しい生き方をさせている高石さんはすごいと思う。自分も大人になればそういう親になりたい。高石さんは、自分という人間はこの世界のなかでたった一人なのだから、自分に誇りを持ち、自分をえらいと思う、と言っていた。私はえっと思った。そんなことを言う人はいなかった。そんなことを思う人は少ないと思う。私は自分をえらいと思ったことはない。いつも自分を責めて、反省ばかりしていた。高石さんが言った『自分をえらいと思う』という言葉、それは自分へのいたわり、ねぎらいなんだ。自分を大切にすることなんだ」

チカの感想。

「この人はすごい人だと思った。母が、コンサートを私も聴きたいと言った意味が分かった。高石ともやさんが歌っているとき、私はなぜかしら胸が熱くなって涙が出そうになった。なぜだろう。『戦争を知らない子どもたち』という歌は、二十年前にヒットした曲だと言っていたのに、私は知っていた。そう言えば、誰かが歌っていた。たぶん亡くなった父だと思う。高石さんは自分の子どもの話や、塾や進路、勉強のことで話していて、

『自分の行きたいところに行かしてくれと言いましたよ』

と言ったとき、私も最初その考えを持っていたので、

番目に速いかとか遅いかとか、たくさん持っているとか持っていないとか、世の中に無数に張り巡らされたモノサシが全部僕の周りから消えている。走っていて、僕は僕そのものが、すばらしいとはっきり実感できる瞬間があったのだ。世界を訪ね、走り、自由にウルトラマンに変身する。人はこの宇宙に生命をいただいている。それだけで奇跡的なことじゃないか。そしてその生命をこんなに確かに生きている。それだけで誰だってウルトラマンなんだ」

ミツヨは、コンサートの最後に、壇上に上がって直接高石ともやに質問した。そのときのことをミツヨは感想文に書いた。

「どうして千キロも走れるんですか、と質問したとき、高石ともやさんが私に言ってくださった言葉、ずっと心に残っています。

足のマメが一枚めくれ、また一枚めくれ、それでも走り続けられたのは、がんばろうと思うんじゃなく、雨でもなんでも『笑う』ということを忘れなかったからです。

うんうん、うなずいていた。

『塾も何のために行くんだろうと思いませんか』

私はこの発言にとまどいを感じてしまった。そうだ、何のために、高いお金を出して。それなのに成績はたいして上がらない。学校でやっていれば塾なんて行かなくてもいいのじゃないか。では、自分はなんで行ってるの？　なぜ口に出さないの？　そう聞かれれば、私はきっと、『親が言うから』と答えるだろう。親の言いなりでいたくない。でも親の言うことを聞かないとうるさい。私って矛盾している。私が結婚して子どもができたら、無理に勉強させたくないなあ。ある程度勉強してほしいけど、無理に上を望ませたくないなあ」

演奏会のなかで高石ともやが言った言葉が生徒に響いている。

「ぼくは今こんなに生きている。大地から生まれた草や木と同じように。樹から樹へ飛ぶ鳥たちや河原をかける犬のように。僕の体は柔らかなバネ仕掛けのように風を切る。心が嬉しいと応えてくれる。この国で何高石さんのこの言葉を聞いて、私もいやなことがあったら笑ってみようかなと思います」

高石ともやは、生徒たちの心にたくさんのプレゼントをしてくれた。

万太郎は、しまったと思った。どうして生徒たちの父母を招かなかったのか、高石氏の話は父母たちにも聞いてほしかった。

学校の進路指導部が、保護者対象の高校進学説明会を開催したのはそれから数日後だった。進路指導主事が、高校のランク、成績レベル、偏差値など、親たちのいちばん気になるところを説明した。父母から質問が次々と出た。受験競争の、殺伐とした空気を感じた万太郎はたまりかねて発言した。

「その子にとって、どのような進路がふさわしいのでしょうか。高校に成績のランクづけがなされ、それに基づいて進路を考え、子どもたちに受験勉強を強いています。それぞれの高校はどんな教育をしようとしているのか、どんな特色があるのか、それを知ることはなかなか難しいことですが、子どもの個性に合った教育、個性を伸ばせる教育が期待できる学校はどこだろうか、そういう考え方がまずあって、進路を考えるべきだと思います。確かに子どもの個性、希望に合うユニークな高校は現実には存在しないかもしれません。しかし、ただただ成績ランクだけで高校を決める限り、高校側も高校の個性、教育の特色を生み出そうとはしないでしょう」

万太郎の発言は、学校の進路指導への批判でもあった。会場は静まり返った。反応する意見は出てこず、討論は起きなかった。

生徒たちは学習塾に通うために、さっさと帰宅していく。

三学期になった。三年担当の若い教師たちは、卒業式をどんな形式にするか二学期に相談していた。学年主任の中村さんは、従来の授与式という卒業式を改革したい。明治から今も続く、上から下へ授与するという構造を変えたい。それについて討議の結果、講堂の舞台は使わず、フラットなフロアでの対等な形式の卒業式にしよう、ということになった。講堂中央に低い演壇を置き、卒業生、在校生、教員が周りを取り囲む。その背後に保護者席をつくる。式は、生徒一人ひとりに演壇の校長から証書が手渡され、続いて在校生の送辞と、卒業生の答辞が語られ、全校合唱でしめくくる。

三月、卒業式の三年全体の全体練習が始まった。

失格

二学期中頃、クラスの和子の親からの相談があり、万太郎は家を訪問した。座敷に上がると、母親の横に和子が座っていた。

「先生、聞いてください」

和子は不満そうな顔をしている。母親は和子に対するぐちを言い始めた。言うことを聞かない、反抗する、勉強もしない、日頃のうっぷんを吐き出す如く言い募った。万太郎は次第にいたたまれなくなってきた。和子の表情は険悪になっていた。

「お母さん、もう止めましょう」

万太郎が母親を制止しようとした一瞬、彼女は振り向きもせずに家を飛び出していった。母親をたしなめ、和子を弁護しなかったことは和子を失望させた。彼女は反抗的になり、学校で万太郎を無視するようになった。

四月にクラスがスタートしたときは、和子は万太郎のクラスになったことを喜んでいた。二年生のとき、担任教師に腹を立てていた和子を見た万太郎が、彼女の気持ちを理解して、とりなしたことがあり、そのことから和子は万太郎のクラスになったことを歓迎した。ところがこの家庭訪問で、和子の心境は逆転した。

その後、万太郎は母親に適切なアドバイスをすることができず、和子を支え励ます必要な働きかけを怠った。彼女は、自分は担任に見放されていると思うようになり、万太郎に対する和子の無言の反抗は、和子の友である美奈子に感染し、二人して万太郎を無視するようになった。とりつくしまがないと思う万太郎は彼女たちに働きかけるのではなく、逆に突き放した。万太郎の心には欝的なものがうごめき、笑顔が消えていた。

教員はクラスと授業を任されるが、学級づくりと授業実践は一人の力量に委ねられ、その実態は他の教員には見えない。教室は閉鎖空間になっている。従ってそこに問題が生じていても、教員は互いに干渉を避ける傾向が強いから、問題がオープンにならず、他の教員から助力や意見が出てくることはない。それ故に必要な手あてができず、事態が深刻化する。「非行」という現象が、学校の秩序に影響を与えるような、目に見える形になると、「すわ一大事」と教員たちは構える。だが問題がクラス内に隠れたままだと、教員たちに共有されず、膠着する。

体育館で三年生の卒業式の練習が始まった。式の形は、三年の教師たちのアイデアで改革されているけれど、杓子定規な式の風習は踏襲されている。全クラスが集まり、練習が始まった。学年主任の中村さんが指導をする。整列しているクラス生徒を見ていた万太郎は、和子が靴の後ろをかかとで踏んでサンダルのようにしているのに気づいた。いかにもだらしない、それを見た万太郎はカチンと頭にきて、口頭で厳しく叱った。だが頭ごなしの万太郎の言葉は届くはずがない。和子は反抗で固くなった。それから数日後、二度目の卒業式の全体練習があった。万太郎は体育館には行く気になれず、指導を若い教師たちに任せて図書室に行って仕事をした。逃避だ。万太郎のささやかな楽しみは、放課後、今年も紅茶とクッキーを用意して、三年の図書委員と将来の希望を語り合うことだ。万太郎は一人図書室で、「楽しい図書室」を画いて本を整え一時間を過ごした。

もう練習は終わっただろう。終礼の学級活動に行こう。万太郎が図書室を出て職員室に帰ってくると、練習を終えた三年生はぞろぞろと、廊下を通って教室に帰っていく。その後ろ姿のなかに、靴のかかとをサンダルのように踏んで、気だるそうにペタペタ歩いて行く美奈子が見えた。靴を足先に引っかけ、引きずるように歩いていく。万太郎の頭に稲妻のようなものが走った。階段を上っていく美奈子に、万太郎は「待ちなさい」と声をかけ、彼女の腕を後ろから無意識に強く引いた。美奈子はバランスを失い、階段を転げ落ちた。彼女は起き上がれない。万太郎は動転し、うずくまって彼女を介抱した。心が暗い淵へ沈んでいく。どっと絶望感が噴き出てきた。美奈子は保健室に連れていかれた。ショックは大きかった。幸い彼女にけがはなかったが、取り返しのつかないことになった。万太郎の心のなかで声が聞こえた。

「教師失格！　教師を辞めよ」

林竹二の声が頭に響いた。

「人間の内部に備わっている力を信じなければ、教育は可能にならない。この力を信じないで、人を思うように変えることができると考えるとき、教育は調教にすりかわる。日本の学校では、教育がなくて、調教が大手を振ってまかり通っている。生命に対する畏怖という思念なり心情が、日本の教師にはほとんど欠落している」

万太郎の絶望感は深かった。生徒たちが全員下校した後、万太郎は校内をさまよった。学校林をつくろうと夢を描いていた裏庭。

オレは病んでいるのか。

万太郎は教育研究サークル「寺子屋」で、『エミール』のルソーの言葉を発表したことがあった。

「子どもにあらゆる種類の枷《かせ》をはめ、訳の分からない幸福と称するものを遠い将来に用意するために、子どもをみじめにする野蛮な教育をどう考えたらいいか。

人間よ、人間的でありなさい、それが第一の義務なのだ。すべての身分、すべての年齢、人間につながるすべてのものに、人間としての愛を持ちなさい。あなたたちにとって、人間愛以外のどんな知恵があるというのか。子どもを愛しなさい。その遊戯で、その楽しみや愛らしい本能をいつくしんでやりなさい。子どもたちから刻々と過ぎてゆく、わずかばかりのときを、貴重な幸福を享受する喜びを奪うな」

ルソーの言葉は、良心に基づく権力への不服従の思想。キング牧師やガンジーもその思想を掲げた。自分と違う人間の存在を認める心を持つこと、そこに友愛の出発点がある。

万太郎は夢遊病者のように校庭をさまよう。今、オレはどこにいるのだ。このオレは何ものなのだ。

校舎の二階から万太郎を見下ろしているPTAのお母さんの声が、降ってきた。

「PTA新聞に書かれた先生の文章を読みましたよ。この学校にもこんな先生がおられたんだ、と思いました」

そのお母さんが言っているのは、学校林をつくろうと呼びかける万太郎の記事だった。だが、そのお母さんを見上げる万太郎の顔は青ざめ、虚ろで、返事の声も出なかった。

夕方、悄然と家に帰ると、万太郎に衝撃の報せが届いた。「父死す」、兄からだ。父は心臓発作で倒れ、病院に運ばれたがすでにこと切れていた。万太郎は大阪市内の病院へ飛んだ。地下のしんしんと冷える殺風景な霊安室に父は横たわっていた。万太郎はここ数年、父に会っていない。父は、孤独な人生、孤独な死だった。

野辺の送りを済ませると、万太郎は学校に戻った。

卒業式の日が来た。中村さんら若い教師たちが考えた改革案に基づき、体育館フロアに卒業生と在校生が対面して座った。父母たちはその周囲を取り囲んだ。

卒業証書の授与、担任が一人ひとりの生徒の名前を呼ぶ。万太郎のクラスになり、生徒の名前を順に呼んでゆく。万太郎は美奈子の名を呼ぶ。美奈子は校長から卒業証書を受け取り、一礼して自分の席に戻っていく。靴のかかとを踏んだままだった。彼女は意思を貫いていた。

式が終わり教室に戻ってきた生徒たちと教室で、最後の別れのホームルームを行う。万太郎は、生徒たちに話しかけた。

「私は学校を辞めることにしました」

ボロボロと涙が出て声が詰まった。淀川中学校で教職に就いて、最初の教え子の卒業式は、感動と別れの悲しさで涙が止まらなかった。だが今、この涙は何の涙か。

ホームルームは静まり返った。希望に燃え、別れを惜しんで生徒たちが出発するこのときに、打ちのめされた担任教員が別れの言葉を語る。

和子も美奈子も、落涙する万太郎を身動きしないで見つめていた。万太郎学級は複雑な思いを抱きながら、無言で出発していった。

生徒たちを送り出した後、万太郎は裏庭に行った。蝶やミツバチが飛び、小鳥もやってくる学校林も、生徒たちの楽園にしようと思っていた図書室もあぶくのように消えた。万太郎は、虚無を胸に学校を去った。

数日後、万太郎は美奈子の家を訪問した。買ってきたベートーヴェンの交響曲『田園』の入った音楽テープを、お詫びと別れの気持ちを込めて美奈子に贈る。玄関に出てきた父親が、

「先生、うちの子のために学校を辞められたんですか」

と尋ねた。

「いいえ、違います。美奈子さんが原因ではありません。私自身のなかにあるものが原因です」

美奈子はテープを受け取ってくれたが、万太郎の顔をじっと見つめたまま無言で立ち続けていた。

灰谷健次郎は一九七二年に小学校の教員を辞めた。教職を去った灰谷はその後、インド、沖縄、東南アジアへ放浪の旅に出た。人と出会い、人としての生き方を考え続け、小説『兎の眼』、『太陽の子』を発表した。


灰谷は林竹二の授業を、兵庫湊川高校で生徒にまじって受けた。林竹二は、全国の小中学校で「人間について」のテーマを持って、飛び込みの授業行脚を行っていた。湊川高校は定時制高校。義務教育から切り捨てられた子どもたちを引き取り、日本の学校教育の根本を問い直す教育実践を教師たちが積み重ねていた。灰谷は林竹二の授業に激しく心を打たれた。

「ぼくは今も教師を辞めたつもりはない。教師の心を失わず、子どもからやさしさを学び取る教師であり続けたい」

灰谷にそう語らせるほどに、湊川高校の生徒たちの学びの姿は深かった。

灰谷健次郎と林竹二には、小学三年生の女の子の書いた「チューインガム一つ」という詩を介した出会いがあった。

せんせい　おこらんとって
せんせい　おこらんとってね
わたし　ものすごくわるいことした

わたし　おみせやさんの
チューインガムとってん
一年生の子とふたりで
チューインガムとってしもたん…

このように始まる長い詩は、ガムをとったことが見つかって、がたがた震える心境から始まっていた。自分が悪いのだと自分を責め、お母ちゃんから死ぬくらい叩かれて、「こんな子　うちの子と違う　出ていき」と言われて家を出ていったときのおののき、夜遅く家に帰ったものの、お母ちゃんはさみしそうに泣いてばかり。詩は「せんせい　どないしょう」と問いかけていた。

この詩を林竹二は、教師の集いで何度も絶句しながら読んだ。

「学校で荒れる、登校拒否をする、そしてついに相次ぐ自殺。もし学校からの逃げ道を死に求めた子が一人でもいたら、その一人のために学校教育の当事者は、灰をかぶって、懺悔すべきだろう。だが、いま学校に教育がなくなってしまっていることを、教師たちは別に気にも留めていない。このことこそはむしろ恐怖にあたいする事実ではないか」

万太郎はうめいた。自分はいかなる存在だったのか、過去がよみがえる。自ら命を絶ったミツル。万引きを繰り返す彼の頬を万太郎は打った。小さなミーホーは働いた、町工場で。彼は過労に倒れた。慙愧の記憶。被差別部落の子どもたち、在日コリアンの子どもたち、炭鉱を離職して大阪に移住してきた家庭の子ども、家内工業で夜も油にまみれて働く親、そうした厳しい生活の子どもたちに触発されてきたにもかかわらず、根本のところ、抑圧的教員の体質は残り続けていた。

野本三吉の若き日の文章が心に残る。彼は毎日楽しく、朝学校へ行くのが待ち遠しかった。夕方遅くまで子どもたちと校庭や地域の原っぱで遊び回っていた。教育研究のサークルに入り、仲間とバリバリ情熱的な実践をやっていた。それなのに彼は五年間務めた教職を辞め、横浜寿町のドヤ街で孤独な人たちの支援をした。

「教職という職業は、荒々しい生命力の伸長とは異質な体質を持っていて、ぼくの生き生きとした生命力は徐々に押し込められていた。教師が、教える存在として自らを固定化させたときに起こる硬直化だった。学校教育には、教える専門家がいて、教わるだけの生徒がいて、関係が固定化されている。子どもから学ぶという教師の発想が年々枯れて、教える人になってしまっている」

野本は、学校を「国家的容器」と言った。学校と決別した彼は、その後、日本列島のさまざまな生活の場を漂流した。

「ぼくは子どもが好きです。しかし、教師としてしか、ぼくを表現することができないのは間違いだと考えます。教育論はかならず人間論に行き着きますし、そうなれば、ある人間が必死に生きていったということこそが、教育として後に認められるでしょう。つまり、教育的行為とは、生きることそのものだと考えるのです。教育は一定の『共同体』を前提とします。その『共同体』についてのイメージが、ぼくのなかで発酵していなくては、ぼくには教師としてのイメージも湧いてこないのです。それに耐えられない以上、ぼくは『教師』から自らを解き放ち、放浪のなかに放り込む必要を感じたのです」

アジール、世間から遮断された不可侵の聖なる場所、平和領域。助けを求めて逃げ込んだ者には、追跡者も手が出せず守られる。守る人がいて、アジールになる。学校をアジールにすることができるか。世にアジールは存在するか。

五十三歳、万太郎は退職届を出し、公立中学校の教職を去った。

戦後すぐの斎藤喜博の島小学校の教師たちは、自分たちを解放して創造的な生き甲斐のある職場をつくろうと、職場を「管弦楽団」と呼んだ。一人ひとりが自分を発揮して、ハーモニーを生み出す。教師たちは自信を持ち、創作活動に取り組み、歌う教師がいて、歌う子どもたちが生まれた。

「私の学校の先生は、みんな輝くように美しい」と斎藤喜博は感嘆した。

若き日、万太郎はその実践にあこがれた。だが今、敗北のおのれがいる。

アメリカの片田舎の小さなウォールデンという湖水を隣人に、思想家ソローは一人で森のなかで自給自足の暮らしをし、『森の生活』を書いた。

「人間を不正に投獄するところでは、正しい人間が住むのにふさわしい場所もまた牢獄である。すべての人びとをして、自らの仕事に専心せしめよ。そして本然の自己たるべく努力せしめよ。なぜに我々は、こんなにめちゃくちゃに成功を急ぎ、めちゃくちゃに事業をやるのだろうか？　もし一個の人間が自分の友だちと歩調を合わせていないとすれば、それはおそらく彼が異なった鼓手の太鼓を聞いているからだろう。それがどんな調子のものであろうとも、どんなに遠い彼方のものであろうとも、彼をして自ら聞く音曲に歩調を合わせて行かしめよ。自ら本然的に適合する事態が未だ到来しないならば、いかなる現実をもってそれに代え得るか？　我々は幻想的な現実に難破せしめられることを望まないのだ」

四月、退職した万太郎に、教育研究サークル「寺子屋」から例会開催の連絡が来た。万太郎はゲバコンドル氏の山門をくぐった。

「三月で学校を辞めました」

開会のとっぱなで、万太郎は声を絞り出すように言った。なんだってえ、どうしたんだあ、声が上がった。万太郎はいきさつを話した。

「これまで自分が否定してきたことを、自分がやってしまいました。衝動的です。怒りの感情があったことは事実です。怒りが冷静な判断を破砕してしまった。問題は、なぜ怒りの感情が湧いたのかということです。被害を受けた生徒に、精神的な傷を負わせたと思います。罪を犯しました」

万太郎の自己批判をみんなはじっと聞いていた。意見が次々に出た。

「だが、教員を辞めなくてもいいじゃないか」

「それなら、より教職を続けて、ほんとの教育を創造していくことではないですか。辞めるよりも、続けるべきです」

「そうだ。辞めることでは解決しない」

永井君が低い声で問うた。

「いちばんの問題は何か。その生徒がなんでそんな重要な最後の日々に、そういう行動をとったか、別れを惜しむときに……。その生徒の心を想うと、むなしく、哀しい。さらに、彼女の中学校時代を灰色にしてしまう行為をやってしまった万太郎君の絶望感も哀しい」

李さんが口を開いた。

「万太郎先生、学校改革、教育革命を目指す先生がいて、一歩ずつ前進してきました。万太郎先生が離脱するということは、先生の願うことではないでしょう。現場から去る、それを逃亡と言わずにおれますか」

つぎつぎ意見が出た。

万太郎は言葉を探しながら応えた。

「昨年のぼくは生徒との関係性が、希薄になっていた。生徒への情熱も足りなくなっていたと思う。生徒がかわいい、いとおしい、楽しい、そういう感情が豊かに流れていたときは、生徒も豊かに反応した。けれどこの一年、教師と生徒との関係が弱くなり、流れるものが少なくなっていたと感じる。教壇に立って教える存在だけでは教育はできない。生徒との間に通い合うものがあって、教育が成り立つ。ところがぼくの心はウツウツとしていた」

フリートークが始まった。

「かわいいと思える子と思えない子とがある。そうすると教師と生徒との関係性がまったく違うものになる。嫌われていると感じている子や、見放されていると感じる子は反抗的になるし、無気力になるし、教師を無視する」

「人間には好き嫌いの感情があるからなあ。生徒は、あの先生は好き、あの先生は嫌いと、感じたり思ったりする。教師もまた生徒に対してそういう感情を持っている。そういう感情があったとしても、どの子とも平等に接するという規範を持って、感情に左右されないのが理想だよね」

「理科の好きな子は、科学をもっと知りたい。歴史の好きな子は、歴史をもっと調べたい。もっともっと小説を読みたい。学びの場をつくることが学校の大きな仕事でしょう」

「それと共に、人間を学び体験するところです」

「教師は生徒を評価しているよね。その評価する目が生徒に影響を及ぼすんです。良い子、悪い子、かわいい子、嫌な子、優秀な子、できない子、おもしろい子、つまらない子、その見方によって子どもとの距離が違ってくる。子どももまた、教員を評価する」

「小学時代、えこひいきする先生を、『あの先生はひいきする』と言って、子ども同士でよく批判していたね」

「あの子は好き、あの子は嫌いというのが教師にあると、てきめん子どもに反映しますね。嫌悪、疎外の感情にさらされている子は、地獄です」

「人間には感情や価値観がありますからねえ。正義感、善悪観念、美醜観念がありますから、それが影響するんですねえ」

「シュタイナーは、教師の感情を重視して、こんなことを言っているんです。『自分のいやな感情を廊下の帽子掛けのところに置いておいて、それから教室に入りなさい。どんな人間でも、機嫌のいいときと悪いときとがあります。家で夫婦げんかして、むしゃくしゃして学校に来ることもあります。そういうとき教室に入る前に、そのいやな感情を全部廊下の帽子掛けに掛けておいて、それから教室に入って、さわやかな存在として、子どもたちの前に立ちなさい。それが教師の大切な自己教育です』とシュタイナーは言っている。子どもは、思いきり嬉しいと感じ、思いきり心をはずませ、わくわくする体験を求めています。そういうポジティブな感情を思う存分発揮できた子は、記憶力も発達するし、意欲的にもなると指摘しています。そこでシュタイナーは芸術を重視した。感情が生み出す文化は芸術に結晶します。感情のエネルギーが無ければ芸術は生まれません。芸術は感情の教育です。小学生時代から中学時代に、たっぷり感情の教育を受けることが必要なんです。生きることは即芸術だというのがシュタイナー教育の基本にあります。根本は愛です。愛のない学校では教育が成立しません。シュタイナーは、大切なのは教師の感情であり、愛が豊かに流れている学校でこそ子どもは育つと言っています。学校教育は、知、情、意、体を健全に育てる活動です。愛のある楽しい学校で子どもは育ちます」

「学校にはいろんな教員がいて、感情も感覚も、知性も性格も、違う。子どもはそういういろいろな個性や感情の違った教師に接して、教師の違いを見ています。中学校では教科の先生が異なるから、いろんな先生に接する。小学校では同じ先生に一日教わるから、相性が悪かったら、毎日毎日が不幸ですよ」

「生徒が求めているのは、やはり心優しい先生でしょう。コミュニケーションの通じる先生でしょう」

アキラさんはじっと聞いていたが、しんみり語り出した。

「今の学校で、うまくいかないのは当たり前。それでも自分はそこで生き、そこで力を絞り出すことやと思うている。

理想の学校をつくろうとしている人もおれば、今の学校の自分のクラスや自分の授業を、少しでも子どもが輝く場にしようとしている人もいる。

教員が発するたくさんの言葉や行為は、多くが無意味なものであったり、生徒に届かなかったりしても、そのなかの一つの言葉や一つの行為が、一人の生徒に届いて、その子のなかに残り、力となることもある。理想の学校というのは、現実には存在しない。それを目指すところに理想の学校が生まれてくるんだろうね」

学校演劇の脚本家で、障害児教育に従事してきた博さんが、ゆっくりと意見を述べた。

「その子はカカトを踏んでいた、それは自己表現ですね。彼女はどんな思いを持っていたのか。その思いを言葉に発することができず、カカトを踏むという、ささやかな行動で表現した。それを万太郎さんは自分への反抗だととらえた。ああ、いじらしいなあ、とは思えなかった。彼女がもっと強い反抗の気持ちを持っていたら、卒業式なんかボイコットしたでしょう。彼女は、それはできず、形式ばった証書授与式で、靴のかかとを踏んだまま、うやうやしく証書を校長から受け取った。いじらしいです。

今の学校は、管理が重視されている。生徒の抱く憤懣や批判、願望、葛藤を表現できる場、機会がない。それを表現できる思想や力、教員との関係性があれば、このような状況にはならなかった。今の学校の子どもたちは、自己実現の方法をもたず、自己表現する力を養われていない。ツッパリたちが荒れたのは、ツッパルという形での自己実現、自己解放だったが、結局学校権力の強化によって封じ込められた。そして学校の民主主義は発展することはなく、いっそう管理主義が進んだ。

今やもう、学校という拘束の場は相手にしないという子も出てきています。形骸化してしまった戦後教育の再構築が必要です。軍国主義教育の残骸から立ち上がり、築いてきた戦後教育運動の一方で、空洞化が進行し、大部分の教員はその空洞化に気づかない。必要なのは新たな民主主義教育の思想と実践の創造です」

万太郎は重い口を開いた。

「ぼくは欝症状に陥っていたかもしれない。子どもを解放しよう、子どもの成長をはばむ古い掟と闘おうとしてきた。だが自分のやったことは、いったい何だ」

アキラさんは言った。

「罪を持たない教員っているんですか。すねに傷を持たない教員っていないでしょう。私たちは人間としての尊厳を守り育てる仕事を任されているんです。それを意識している教員がどれだけいるか。教育活動は生徒の命、生徒の魂、生徒の未来に連動している。にもかかわらず、教師はあまりにも、自己を認識していない。自分の感情に流され、無知に流され、孤独な権力者になっている。

教師は共同で教育指導をしているというタテマエがある。だが、そうではない。閉ざされた空間内での自己本位。だから危ない。私たちはそういう危うさのなかでやっているんです。しかし同時に、そこは自分に任された自由な空間であり、自由に創造することのできる場所でもある。だから共に切磋琢磨し、自分たちのやっている教育について議論できる教職員集団をつくらにゃあならんのです」

「万太郎さん、カムバックせよ」

「これからも、一緒にやろう」
「ぼくは旅に出る。自分を取り戻す旅に」
夕方、ゲバコンドル氏に挨拶して、みんなでくちなわ坂を上った。万太郎はもうこの道を歩くこともないだろう。四月の風が吹いている。

西山知洋さんという、一人の教員の記録に万太郎は出会った。彼は、ニイル研究会に学び、一九八〇年に教師を辞めてイギリスのサマーヒルや新しい教育を実践する共同体「新しい村」を訪ねていた。彼は手記に書いていた。

「イギリスへの旅に出る前、私は権威主義的で体罰容認の日本の公立学校のなかで、サマーヒルの精神を生かしたいと願ってきましたが、事実はその反対に譲歩と妥協の連続でしかありませんでした。そして二十年近く絶望の淵に追い込まれていました。校内暴力に走る生徒、登校拒否におちいる生徒、陰湿ないじめ、万引き、シンナー遊びなどが日常茶飯事でした。それらに対して学校は権威と体罰を背景に管理と規則の強化で対処しました。私も子どもの側に立つというよりも、学校側の一員として行動せざるを得ませんでした。私は次第に息苦しくなり、身心の健康を害し、自己を失いそうでした。イギリス訪問は自己回復にどうしても必要でした」

教員を退職した彼は四十二歳だったが、ケンブリッジの英語学校で八週間の英語研修を受けてサマーヒルに入った。放し飼いのニワトリ、アヒル、ネコたちが遊んでいる学校は彼の心に、日本につくる新しい自由学校のイメージを芽生えさせた。次に彼はニイルの思想を生かしたスコットランドのキルクハニティ・ハウス学園にも滞在した。そこは、緑の田園と森に囲まれ、三十人の子どもたちと十一人の大人たちがつくるコミュニティだった。朝食前の清掃や薪割り、豚や牛の世話、園芸の仕事、食事準備、労働が大切な教育活動になっていた。創造活動が重視され、学習のカリキュラムは子どもたち自身によって自由につくられていた。週一回の全校集会では、大人も子どもも同等の立場で参加し、生活全般について話し合いが行われ、自治・自律の伝統がしっかりと根づいていた。

次に彼は、移民の子どもら、貧しい家庭の子どもの通うロンドンのフリースクールを見学した。そこも自由と平等を基本にした生活空間で、情熱的なスタッフが、子どもたちを受け入れ、地域に密着した教育を行っていた。年間予算の三分の二は市が負担し、三分の一は寄付で賄い、子どもたちの負担は無料だった。学校運営に関することは、子ども、スタッフ、親が参加して全校集会で決めていた。スタッフの給料は平等で、校長はいない、体罰は禁止、暴力を振るったスタッフは自ら辞職する。乏しい環境条件のなかで情熱を絶やさず、人間としての資質を高めようと努力するスタッフの姿に彼は敬服の念を覚えた。

西山さんはこのような自己変革の体験を重ねていた。

ヒルダ・シムズは、「ライフ・スパン」という「新しい村」を中部イングランドの丘につくり、鉄道員宿舎を手に入れて共同体の宿舎にした。シムズは言う。「民主主義国家において、子どもたちに学校運営にあたって発言させ、それを通じて市民精神を養うことをしないのはいったいなぜだろう。自由社会だと言いながら、どうして子どもたちは自分たちの意志や適性に反して、教室に閉じ込められているのか。どういうわけで体が大きくて力の強い人間が、小さくて弱いものをムチでぶったり、いじめたり、脅したりするのだろうか。明らかにこれは、賃金奴隷にするための訓練であり、隷属への序曲である」

ライフ・スパンは、ミーティングで意見を論じ合うことに力をそそいだ。自由と平和を求め、幸福で仲良い社会をどうすれば実現できるか。子どもの育て方、労働の仕組み、人間関係の在り方などをみんなで考えた。

世界の各地で、仲間を求め、本当の学び、幸福を求めて実践している人がいる。

さねとうあきらが言っていた。

「管理し抑圧する側に回ってしまったら、子どもは路傍の石のように黙りこくってしまうだろう。今、学校を拒否することによって自分史を書き始めた子どもたちは、歴史の審判者の役割を担っているのだ。たぶん子どもたちは母なる地球の名で下される『最後の審判』

となるであろう」

ルソーは言ってくれていた。

「人間よ、人間としての愛を持ちなさい。人間愛以外のどんな知恵があるというのか。子どもを愛しなさい。絶えず唇に微笑を浮かべ、いつくしんでやりなさい」

それこそが究極の教育なのだ。生き甲斐もそこにあるのではなかったか。

万太郎の二人の息子は仲間と共に、自分たちの理想の学校をつくるのだと、すでに親元を離れて出発していった。彼らは彼らの道を歩んでいる。

教育とは、生き方なのだ。共に生きること、生きる世界をつくることなのだ。

再出発を考えよう。

教員になる前、学生自治会が卒業していく学生に配ったチラシの詩を万太郎は思い出す。ルイ・アラゴンの「ストラスブール大学の歌」。

ストラスブールはフランスとドイツの国境近く、アルザス地方にある。歴史的に戦いが絶えず、仏領になったり独領になったりした。大学は一五三八年に創立された古い大学。ナチスによって占領されたストラスブール大学の教授や学生たちは、銃殺され、数百名が逮捕された。

長い別れ
汝がバラ窓の思い出を詰め込んだリュックを肩に
アルザスの空飛ぶコウノトリと
学生たちは別れを告げて　逃れ出た

教えるとは　希望を語ること
学ぶとは　誠実を胸に刻むこと
彼らはなおも　苦難のなかで
大学を再び開いた
フランスの真ん中の　クレルモンに

イーハトーブの旅

万太郎は陽子と相談し、これからを考えるために、「イーハトーブの旅」に出ることにした。陽子は詳細を聞かず、だが一切を理解してくれた。どう生きるか、かぐわしい緑のなかで考えよう。イーハトーブ、まずは石川啄木の故郷を訪ねる。元渋民村は、今は盛岡市玉山になっている。二人は地域遺産の渋民尋常小学校と記念館を見学した。

一人で見学に来ている初老の男性がいた。声をかけると、

「この教室、この木の机、椅子、何もかも懐かしいですねえ。啄木は子どもの頃神童と言われたんですねえ」

男性も教員だったが、定年退職をして長年の夢である盛岡に来た、と言う。三人は古色蒼然とした教室の椅子に座って、親しく話を交わした。彼は啄木が教員だったときのことを、いろいろ調べていた。

「啄木は、渋民尋常小学校から盛岡の旧制中学に進学し、中学三年生のとき、生徒らが校内刷新のストライキを起こしているんです。この闘いでは県知事が裁定に出て、教員の大異動が行われたそうです。生徒側は要求を貫徹したんですね。改革に向かって動く若いエネルギーを、明治、大正の生徒たちは持っていたんですよ。現代の生徒よりもはるかに抑圧体制が強い時代であったと思うんですが、彼らは理と情熱に基づいて仲間と共に行動力を発揮したんですね。

啄木は二十歳で渋民小学校の代用教員になりますね。そこでぶつかったのが教員の体質でした。校長は、教育勅語を口に、忠信孝悌の語を繰返す平凡、無能、無気力な人物で、啄木はその形式主義と権威主義に抵抗したんです。啄木は、高等科の生徒に校長排斥のストライキを指示し、即興の革命歌を高唱しました。これが元で啄木は免職となり、北海道に渡ったんです」

「生徒が学校や教員の問題に対してストライキをするということが、戦前にあったということは驚きですね」

「啄木は、藤村の『破戒』を読んで、この丑松は革命の精神を持っていないと思ったんですね。そこで、権威に真っ向から対決する主人公を設定して『雲は天才である』を書いた。『破戒』では、丑松が部落出身を隠していたということで、生徒に謝って教師を辞めるでしょう。なぜ、辞めないで闘わないのか。これでは敗北主義ではないか、そう啄木は考えたんです」

「しかし、結局、『石をもて追はるるごとく出でしふるさと』ということになりますね」

話は、その後の啄木になっていった。啄木は、北海道に渡り、函館で代用教員や新聞記者をしながら創作活動に取り組んだが、またしても災難が襲う。函館に大火があり、学校も新聞社も焼失してしまった。

一九一〇年（明治四十三年）五月、全国の社会主義者の検挙があり、二十六名が大逆罪で起訴された。幸徳秋水ら無政府主義者を抹殺するために、国家権力は天皇暗殺という冤罪をでっち上げる。すなわち大逆事件。幸徳秋水は処刑前に獄中で無政府主義の立場を弁明する「陳弁書」を書き、弁護人に送った。新聞記者の啄木はそれをひそかに写し取り、感想を書き加えた文章を発表し、秋水らを擁護した。それが監獄からの手紙「A LETTER FROM PRISON」であった。そこに次のような一文があった。

「一般大衆は無論のこと、警察官、裁判官、新聞記者、国会議員、一人として、社会主義と無政府主義との区別を知らず、事件の性質も理解することができなかった」

大逆事件が起きてその三か月後、日本は韓国を併合した。日本の国は、日清日露の勝利を経て、専制国家、軍国主義国家へと進み始めていた。韓国では併合に抵抗する義兵闘争が次々と勃発した。啄木は歌に詠んだ。

地図の上朝鮮国にくろぐろと墨をぬりつつ秋風を聴く

翌年、大逆事件の裁判は非公開で行われ、二十四人に死刑判決、十二人が処刑された。大逆事件に連座して処刑された大石誠之助は、詩人佐藤春夫の同郷、紀州新宮の医師だった。佐藤春夫は国家権力への批判を反語的表現にくるんで詩に詠んだ。

千九百十一年一月二十三日
大石誠之助は殺されたり。
……
「偽より出でし真実《まこと》なり」と

絞首台上の一語その愚を極む。

いた。

徳富蘆花は、「秘密裁判による集団死刑である」と憤り、永井荷風は「ゾラはドレフューズ事件に正義を叫び国外に亡命したではないか。私は世の文学者と共に何も言わなかった。良心の呵責に耐えられぬ」と書いた。

啄木は、二十六歳、肺結核のためにこの世を去った。あまりにも短い生涯だった。

万太郎と陽子は一人旅の元教員と別れ、花巻郊外の高村光太郎山荘に向かった。

光太郎は、昭和二十年四月の東京大空襲によってアトリエと多くの彫刻やデッサンを失い、急遽花巻に住む賢治の弟、宮沢清六方に疎開した。賢治はすでに亡く、光太郎は宮沢家の離れに住んだが、八月に花巻にも空襲があり、宮沢家は焼失、光太郎はまたも焼け出された。賢治のレコードは大半焼けてしまった。かろうじて防空壕に運ばれて助かったレコードは、賢治がいちばん初めに求めた『田園交響曲』と『未完成交響曲』、それにシュトラウス、ドビッシーなど十二枚だけだった。

そして八月十五日がやってきた。

すっかりきれいにアトリエが焼けて、
私は奥州花巻に来た。
そこであのラヂオをきいた。
私は端座してふるへてゐた……
私の眼からは梁《うつばり》が取れ
いつのまにか六十年の重荷は消えた……

戦時期、光太郎は聖戦を信じて、国民の戦意を鼓舞する詩を書いた。

つひに太平洋で戦ふのだ。
詔勅をきいて身ぶるひした。
この容易ならぬ瞬間に
私の頭脳はランビキにかけられ、
昨日は遠い昔となり、

遠い昔が今となった。
天皇あやふし。
ただこの一語が
私の一切を決定した。

しかし敗戦。光太郎は、自分は戦争協力の旗振りだった、暗愚だったと、己《おのれ》を規定した。万太郎は花巻郊外の山口村に小屋を建て、一人土を耕した。村人達が一本一本持ち寄ってくれた木で建てられた小屋だった。
万太郎と陽子が訪れた光太郎の小屋は小高い丘の林の影にあり、今は小屋を覆う建物がつくられて保護されている。

戦時中、積極的に戦意高揚の詩をつくってきた光太郎は、一人自己批判の時を過ごした。
「小屋にいるのは一つの典型、かなしいおのれの真実、愚劣の典型、小屋を埋めるのは愚直な雪、雪は降りに降る……」
自己否定の感情に耐えながら、光太郎は生きた。光太郎の死後、発見された詩の断片がある。

爆弾は私のうちの前後左右に落ちた。
電線に女の大腿がぶらさがった。
死はいつでもそこにあった。
死の恐怖から私自身を救うために
「必死の時」を必死に書いた。
その詩を戦地の同胞がよんだ。
人はそれをよんで死に立ち向かった。
詩を毎日よみかえす、と家郷へ書き送った。
潜航艇の艦長はやがて艦と共に死んだ。
（「わが詩をよみて人死に就けり」）

吉本隆明はかく論じた。
「動乱期には、個人の自我はけし粒ほどに軽く思われてくる。自我に執着し、暗い内部的な闘いを続けることがバカらしく、みじめな無意味なことに思われてくる。動乱期の現実の大きな圧力、恐ろしさを正面から受け止め、正しく克服しえたものは、内部を現実の動きと激しく相わたらせ、たたかわせながら、時代の動向を凝視して離さない至難の持続力を持つものだけだった。高村が反抗を失って、日本の庶民的な意識へと屈服していったとき、おそらく日本における近代的自我のもっともすぐれた典型が崩れ去った……。

同胞の隊伍がアジアの各地にもたらした残虐行為と、現代詩人が日本の現代詩に、美辞と麗句を武器としてもたらした言葉の残虐行為とは、絶対に同じものである」

高村光太郎に対置するのは、詩人、金子光晴だった。光晴の息子にも召集令状が来た。光晴は、「富士」という詩を書いた。

　　重箱のように
　　せまっくるしいこの日本。
　　すみからすみまで　みみっちく
　　俺たちは数えあげられているのだ。
　　そして、失礼千万にも
　　俺たちを召集しやがるんだ。

　　戸籍簿よ。早く焼けてしまえ。
　　誰も　俺の息子をおぼえてるな。

　　息子よ。
　　この手のひらにもみこまれていろ。
　　帽子のうらへ一時、消えていろ。

　　父と母とは、裾野の宿で
　　一晩じゅう、そのことを話した。
　　裾野の枯林をぬらして
　　小枝をピシピシ折るような音を立てて
　　夜どおし、雨がふっていた。

　　息子よ。ずぶぬれになったお前が
　　重たい銃をひきずりながら、あえぎながら
　　自失したようにあるいている。それはどこだ？
　　どこだかわからない。が、そのお前を
　　父と母とがあてどなくさがしに出る
　　そんな夢ばかりのいやな一夜が

長い、不安な夜がやっと明ける。
雨はやんでいる。

光晴の息子に、召集令状は二度来た。いかにしてその厳重な網をくぐり抜けるか。母親が医師の診断書を持参して集合所へ行き、なんとかその場をくぐり抜けた。そして身体を痛めつけて軍務に応じられぬようにするために、子どもを部屋に閉じ込めて松葉でいぶしたり、本をいっぱい詰めたリュックサックを背負わせて走らせたり、雨中に立たせたりして、気管支カタルの発作を誘発させようとした。

金子光晴は、なんとしても息子を戦場に出さない抵抗を、敗戦まで貫き通した。

戦時の時代精神の拘束から解かれた光太郎は、一人クリの古木に囲まれた小屋に住み、畑を耕し、新たな詩を書いた。

強烈な土の魅力は私をとらえ
撃壌《げきじょう》の民のこころを今は知った。
美は天然にみちみちて
人を養い人を救う
こんなに心安らかな日のあることを
私はかつて思わなかった。
おのれの暗愚をいやほど見たので
自分の業績のどんな評価をも快く容れ、
自分に鞭する千の非難も素直にきく。
それが社会の約束ならば
よし極刑とても甘受しよう。
（「山林」）

バッハの曲『ブランデンブルグ』を、光太郎は愛聴した。

夜明けの霜から夕もや青くよどむまで
おれは三間四方の小屋にいて
伐木丁々《ちょうちょう》の音をきく
山の水を井戸に汲み
屋根に落ちる栗を焼いて

朝は一ぱいの茶をたてる
三畝のはたけに草は生えても
大根はいびきをかいて育ち
ねぎ白菜に日はけむり
権現《ごげ》南蛮の実が赤い
きつつきは柱をたたき
山うさぎはくりやをのぞく
……
バッハの蒼《あお》の立ちこめる
岩手の山がとっぷりくれた
おれはこれから稗飯《ひえめし》だ

山小屋の秋の夕方は青い霧が山々を埋め尽くして美しく、それを「バッハの蒼」と称した。

山口山の三角山は雑木山
雑木のみどりはみどりのうんげん。
ブナ、ナラ、カツラ、クリ、トチ、イタヤ。
山越しの弥陀がほんとに出そうな
ぎょっとする北方の霊験地帯だ。
山のみどりに埋もれて
下に小さな部落の屋根。
炭焼き渡世の部落の人はけらを着て、
自給自足の田地を耕し、
酸性土壌を掘りかへして
石ころまじりの畑も作りタバコも植ゑる。
部落の畑の尽きるあたり、
狐とマムシの巣だといはれる草葉の中に
クリの古木にかこまれて
さういふおれの小屋がある。……
（「山口部落」）

光太郎のこの暮らし、精神の安らぎ。

万太郎と陽子は、小屋に入り、小屋回りを散策して日を浴び、しばし光太郎の晩年を想像する。小屋の外からやってくる新緑の香がむんむん立ち込めていた。

プロレタリア文学運動に加わり、検挙されたこともある詩人の伊藤信吉は、戦後次のようなことを書いている。
「程度の差こそあれ、ほとんどの詩人が戦争の渦に巻き込まれ、戦争の詩人に化したのであるが、問題は、光太郎はヒューマニズムの詩人として自己の真実を追求したのに、なぜ全的に戦争詩に没入したのかというところにある。問題はこの一点に集約されるけれども、精神的、思想的転向ともいうべきこの種の問題はむしろ混沌としていて、断定的に説明できないような昏迷があり、漠然とした素因が葛藤していることがある。私どもの生涯にはしばしば予期せぬ陥没や挫折がある」

光太郎の小屋に別れを告げた二人は、賢治に会いに行く。花巻の丘にりっぱな宮沢賢治記念館が建っている。

館に入った万太郎の目に飛び込んできたのは、中央に置いてある賢治のチェロだった。艶やかなダークブラウン、楽器はそれだけでも芸術品だ。賢治が愛したチェロの存在感、チェロは人間の声を発する。

「これが、セロ弾きのゴーシュのセロなのね」
「そうそう、ゴーシュは夜な夜なチェロを弾いたら、いろんな動物がやってきた」

賢治は花巻農学校の教員になり、生徒たちと共に野山、田園を歩き、毎日、鳥のように歌って暮らした。賢治の教員生活は楽しく、強い影響を生徒に与えた。だが、賢治は四年間で学校を辞め、羅須地人協会をつくって土地を耕し、青年たちに農と芸術を指導した。

賢治は、夢を追った。農村に、芸術を取り入れようとした。農民楽団をつくり、労農芸術学校をつくる。岩手は旱魃、冷害、水害、おびただしい飢饉が続いた地域だから、芸術の余裕はないと思える。けれど、だからこそ芸術を取り入れようとした。だがやはり惨憺たる結果に遭遇した。

もうはたらくな
レーキを投げろ
この半月の曇天と
今朝のはげしい雷雨のために

おれが肥料を設計した
責任あるみんなの稲が
次から次と倒れたのだ
働くことの卑怯なときが
工場ばかりにあるのではない
ことにむちゃむちゃはたらいて
不安をまぎらかそうとする
卑しいことだ
……
さあ一ぺん帰って
測候所へ電話をかけ
すっかり濡れる支度をし
頭を堅く縛って出て
青ざめてこわばったたくさんの顔に
一人ずつぶつかって
火のついたようにはげまして行け
どんな手段を用いても
弁償すると答えてあるけ
（「もうはたらくな」）

「農民芸術概論綱要」には、賢治の理想が込められている。

かつてわれらの師父たちは　とぼしいながらかなり楽しく生きていた　そこには芸術も宗教もあった
今われらにはただ労働が、生存があるばかりである。
芸術を持てあの灰色の労働を燃やせ……。

賢治は自らを修羅と規定した。阿修羅はペルシアの最高神に源を持つ。インド、イランはアーリア人、アーリアの主神がアシュラ。ペルシアも日本とつながっている。修羅は、怒り、争い、殺すことによって自己を保とうとする。

仏教のなかで「アシュラ」は復活した。奈良興福寺の阿修羅は仏法の守護神。賢治は詠う。

いかりのにがさ　また青さ
四月の気層のひかりの底を

唾《つばき》し　はぎしり　ゆききする
おれはひとりの修羅なのだ……
まことのことばはうしなはれ
雲はちぎれて　そらをとぶ
ああかがやきの四月の底を
はぎしり　燃えて　ゆききする
おれはひとりの修羅なのだ

修羅の世界に賢治はもだえ、仏の世界、慈悲の世界、愛の世界を希う。

ああたれか来てわたしに言え
「愛の巨匠が並んでうまれ
しかも互いに相犯さない
明るい世界はかならず来る」と

梅原猛は賢治の生きざまに触れ、「詩人は本来深い神の告知者である」と言った。人間の魂の最奥の深みに沈潜し、そこから現実の人間の魂の腐敗と、魂の新生を詠う。詩人はここにおいて、人間の魂の在り方を問い直す使命に直面すると。

賢治は、花巻農学校教諭のときに、岩手国民高等学校の教師にもなっている。国民高等学校というのは、県の教育会と農会連合会との共催で、冬期一月から三月まで農閑期に開かれる季節学校だった。ここで賢治は「農民芸術概論」を講義している。未来の農はどうあるべきか。

国民高等学校の思想と実践はデンマークから伝わった。

一八六四年、小国デンマークはドイツ、オーストリアから圧迫され、戦争になった。デンマークは敗れ、賠償として最良の二州の割譲を余儀なくされて困窮の極に達した。

明治末の一九一一年、内村鑑三はデンマークを訪れ、フォルケ・ホイスコーレを視察して帰国すると「デンマルク国の話」を講演した。フォルケ・ホイスコーレというのは、勤労青年を対象にした全寮制の社会教育であり、日本にそれが取り入れられて「国民高等学校」

とか「成人大学」とかになった。

鑑三は説いた。

「デンマルク国は小さく、民は少なく、残りし土地は荒漠状態でありました。かかるときに国民の真の価値は判明するのであります。

一人の工兵士官がいました。名はダルガス、年は三十六歳、彼は剣を持って失ったものを、鋤《すき》を持って取り返さんとしました」

内村鑑三の話は人々を惹きつけた。ダルガスは、敵国に復讐戦をするのではなく、鋤と鍬を持って領土の荒漠と闘い、これを田園と化して、奪われた土地を補わんとした。ダルガスの武器は二つ、荒漠を森と田園にするための水と樹だった。

「人間の無謀と怠慢によりなりしユトランドの荒れ地は、八百年前には繁茂せる良き林でありました。しかるに文明の進むと同時に人の欲心は増進し、土地より取ること急にして、これに酬《むく》ゆるに緩《かん》でありましたゆえ、土地は痩せ衰えたのであります」

ダルガスは、ノルウェー産のモミの木を試しに植えた。が、モミは枯れた。研究を重ねた彼は、アルプスの小モミを移植することを思いつき、ノルウェーのモミの間に、アルプスの小モミを植えた。するとモミは枯れず、小モミは大モミの成長を助けた。ところがある程度まで成長すると、モミは成長を止め、緑の森はなかなかできない。

ダルガスに息子がいた。息子は成長して植物学者となり、父の研究を引き継いだ。そして大モミが成長するある時期に、小モミを取り除くと、大モミは大きく成長するという発見をする。

鑑三は熱弁を振るった。

「ユトランドの荒れ地はうっそうたるモミの森になりました。するとユトランドの気候が変わりました。植林以前は、夏は非常に暑く、夜はときに霜を見るために、収穫できるのは少数でしたが、一変しました。北欧産の穀類、野菜で成熟しないものはなくなりました。ユトランドは良き田園になったのです。植えるべきはまことに樹であります。さらに森は海岸から吹き来る砂塵の荒廃を止めました。そして洪水の害を除いたのです。

デンマルクの国民の精神は一変しました。希望が復活しました。国を削られて、新たな良き国を得たのであります。他人の国を奪ったのではありません。デンマルクの話は私どもに何を教えていますか。

第一に、国は戦争に負けても、亡びないことを教えています。戦争に勝って亡びた国は歴史上少なくないのです。善き宗教、善き道徳、善き精神ありて、不幸の民を起こします。

第二に、天然の無限の生産力です。エネルギーは太陽光線にあります。海の波涛にあります。吹く風にあります。噴火する火山にあります。これらすべて富です。

第三に、信仰の力が教えています。国の実力は軍隊ではありません。金ではありません。デンマルク自主の自由信仰があって、この偉業が成ったのです。

デンマルクの富は土地にあります。牧場と、家畜と、モミと白樺の森と、沿海の漁業にあります。誇りとする乳産にあります。柔和なる牝牛の産をもって立つ、小にして静かなる国であります。……」


内村鑑三の「デンマルク国の話」は大きな反響をもたらした。

東北地方の山林所有者は、数百万本の植樹をし、文部省は「植林の日」を定め、全国の小学校児童に、一人一本の苗木を植えるように呼びかけた。

日露戦争に反対した内村鑑三は、韓国併合にも反対だった。併合の翌年、内村鑑三が『デンマルク国の話』を発表すると、朝鮮の人々は一億六千万本もの苗木を祖国の地に植えた。鑑三には、韓国併合によって国を奪われた人々への強い思いがあり、それを感じた朝鮮の人たちの思いが植林に現れたのだった。

だが大日本帝国は軍備を増強し、アジア太平洋への侵略を展開し、敗北へと突き進む。

一九四六年、敗戦の翌年、荒廃と絶望のなかにある敗戦日本に、デンマークの理念は一つの希望をもたらした。

俳優の内田朝雄は賢治の研究者だった。賢治との出会いは内田自身の生い立ちが関係している。

内田は一九二〇年、朝鮮のピョンヤンで生まれ、大人になって満州の炭鉱で働き、戦後は北海道や長野県の開拓と酪農に従事した。そのとき、デンマーク農法を知った。内田は考えた。デンマーク農法の思想が賢治に影響を与えたのだと。

昭和八年に創設された北海道酪農義塾は、キリスト教を建学の理念の一つとしていた。神を愛し、隣人を愛し、土を愛する、三愛精神を掲げて、健やかな大地が健康な人々を育むという「健土健民」を理念にした。建学の父は黒澤酉蔵で、彼は内村鑑三や田中正造の影響を受け、共に足尾鉱毒事件を闘った人だった。黒澤は、デンマークの復興に力を注いだ哲学者にして教育者の、ニコライ・グルンドヴィのデンマーク農法を学んだ。

グルントヴィは、国家は資本家ではなく農民が主体的に担うべきだと考え、各地にフォルケ・ホイスコーレを設立し、農閑期に校長も生徒も寝食を共にした。世界史、デンマーク史、文学、農学、農業演習などの学科を学び、討論しながら人生観、社会観を育てる。学びたい者が自由に学ぶ寄宿制のこの学校は、農民解放運動に支持されてデンマーク中に広まり、意識に目覚めた卒業生たちは世界最初の農民協同組合をつくり、農民政党を組織した。こうした実践と思想によって、デンマーク国民は農業を主体とする自立した民主国家をつくった。

デンマークは小さく、戦争で国土が荒廃していた。民はみんなで木を植え、土を改良し、牧場をつくり、三愛精神を農民の精神的な母体にして、搾取の無い社会をつくろうとした。デンマークは世界有数の酪農国になった。国民高等学校で教育を受けた卒業生の努力と活躍は大きかった。

デンマーク農法の思想は日本に伝わり、大正デモクラシーの時代、国民高等学校は主に二、三か月間を一期として、農村の中堅指導者を育てた。

デンマーク農法の思想と共に、農奴解放を目指しながら没したトルストイの思想も、間違いなく賢治に影響を与えた。

賢治は、一九二四年に、『ポラーノの広場』の初期形である『ポランの広場』を書き、その脚本は劇として農学校の生徒たちが上演した。『ポラーノの広場』は、農と芸術を一体化させた学びと実践のユートピアを自分たちでつくり出そうと模索する物語だ。みんなは野原のなかの昔話のポラーノの広場をさがしに行くが、なかなか見つからない。見つけたのは選挙のための県会議員の酒盛りだった。あんな卑怯な、人をごまかすような偽のポラーノの広場でなく、そこで歌えば、そこの風を吸えば、元気になって勢いがつく、そんなポラーノの広場をぼくらでつくろう。互いに尊敬し合いながらそれぞれの特技を活かすのだ。夏は畑や野原で働いて食べ物をつくり、冬はみんなで勉強して生活に要るものをつくり、それを互いに交換しよう。産業組合もつくり、農産物、工芸品をモリーオ(盛岡)市、センダード(仙台)市に出していくのだ。

『ポラーノの広場』は、デンマーク農法の理念に通じている。賢治は、花巻農学校の生徒たちに、「学校を出たら百姓をやれ」と言った。東北の農業は厳しく、三陸大津波、陸羽大地震、東北大凶作、大雨、洪水、干ばつ、冷害、絶えることなく自然災害が続いていた。

そこで賢治は農学校を辞めて「羅須地人協会」を立ち上げ、二十人ほどの青年たちと生活を共にしながら、学問と農業と芸術の実践を始めたのだ。その年、賢治は、東京でフィンランド公使の講演を聴いた。内容は、物質文明を排して、新しい農民文化をつくろうというものだった。

賢治は、労農党の主催する「啄木会」の秘密会員になっていた。賢治は農民を芸術によって解放しようと考えた。

「おれたちはみな農民である。ずいぶん忙しくて仕事もつらい。もっと明るく生き生きと生活をする道を見つけたい。世界がぜんたい幸福にならないうちは個人の幸福はあり得ない。新たな時代は世界が一つの意識となり生物となる方向にある。正しく強く生きるとは銀河系を自らのなかに意識してこれに応じて行くことである。世界のまことの幸福をたずねよう」(「農民芸術概論綱要」)

万太郎は不思議な論に出会った。

戦時中、信州に疎開し、少年時代を小諸の水車小屋で暮らした賢治の研究者、畑山博は、「物語考古学の立場から見た賢治」という論を書いている。

賢治に「午《ひる》」という詩がある。神代と接する時間を持っていた頃、先住民のナガスネヒコは神武軍に敗れ、大和盆地から北の津軽まで逃れた。そして北の大地を開拓し、福祉国家をつくり上げた。しかしヤマトタケル、坂上田村麻呂の侵略軍に滅ぼされてしまった。

それから長い年月が経ち、徳川幕府は倒され、東北諸藩の武士たちは北へ北へと逃れて、冷たい凍土の開墾者となった。この詩の老農夫はその歴史なのだと。


黒澤酉蔵の創設した北海道酪農義塾は、一九四九年、北海道酪農学園大学になった。

万太郎は、淀川中学校最初の登山部員であったニックネーム「牛」の昇を思い出す。彼は、北海道酪農学園大学に学んだ。

昇の家は酪農、牧場は淀川堤防の下にあり、毎日牛乳をたっぷり飲んでいた。まったく牛のように純朴で強健、中学生にして特大のキスリングザックを担ぎ、黙々と粘り強かった。昇は大学を出て農業協同組合に就職し、酪農の指導者となった。

万太郎と陽子は花巻の小さな宿に泊まり、イーハトーブの夜空を仰いだ。全天降る星、天の川が流れている。銀河鉄道だ。

翌日二人は、羅須地人協会のあったところへ向かう。そこは北上川が流れ、はるかに連なる北上山地が見張らせる。賢治はここで月夜にチェロを弾き、ふらっと野原で一夜を過ごし、透き通った空気を食べた。今、羅須地人協会の建物は、花巻農業高等学校地内に移築復元されている。花巻農業高校の生徒たちは、賢治の作詩した『精神歌』を今も歌う。野球部の生徒たちは練習の初めに、整列して歌っていた。

日ハ君臨シ　カガヤキハ
白金ノアメ　ソソギタリ
ワレラハ黒キ　ツチニ俯シ
マコトノクサノ　タネマケリ

屋久島に住み、コミューン「部族」に参加していた山尾三省の随想「自己への旅」のなかに、三省が仙台で出会った農民、菅田重利の興味深い話がある。

——賢治が羅須地人協会をつくり、若者たちを集めて近在の農家の米づくりを指導したのは、当時東北地方に大凶作が続いていたからだった。賢治は、岩手の寒冷な気候に強い、陸羽百三十二号という改良品種を推奨し、農家一軒一軒を指導した。だが、その後賢治は高熱を発して倒れた。

その陸羽百三十二号という稲、それはどんな稲だったのか、今はもう残っていないのか。菅田は捜しに捜し、ついにそれを発見する。見つけたその種もみを、彼は自分の田んぼに蒔いた。そして苗が育った。菅田重利はその奇跡を詩に詠っていた。

かつて作土のさらなる基層を心土といった
馬踏《ばふ》みともいい　人はここに水をため、
オリザ　いのちの富草を育てる
そしてそれは生《せい》の糧《かて》を土の糧に
生涯この心土めがけて田を打つというスタイル
ゆうゆう三千年も風土や水土と呼ぶ
僕らの様式を育んだ
僕はこの存在様式がこの国の
最たる美しさなのだと思う
神々のすむ山に向き合い
労働と祈りがひとつであるような
生命の河床　心土を伝承《つた》へ
僕らは僕らの死が自然浄土のように
生かされているトポス、
僕らのすむ心の所在をすでに
持っていたのだ

（「心土」）

作土とは作物が根を張るところ、心土とは、その下にある作土を支えている基層、そこはすなわち浄土なのだ。「心土」という言葉を残していった祖先の霊を祀るのでなければ、僕らは決して子孫の夢を見ることはできないであろうと。

三省はインドからネパールへ巡礼の旅に出た。カトマンドゥの近く、パタンという町の小高い丘に、日本山妙法寺がある。日本山妙法寺の僧侶は、非暴力、反核を唱えて世界中を行脚していた。

三省はパタンの日本山妙法寺の寺院を訪れた。ネパールはヒンドゥ教が国教だが、パタンは古い仏教の町。三省は僧侶と共に托鉢に出る。白いヒマラヤがくっきりと夜明けの空に浮かんでいた。

「私たちは、力によって核の廃絶、永久世界平和を獲得することはできない。核兵器という全生物を滅亡させる力に対抗できるものは、私たち一人ひとりの、人類最後の一人までの、核を廃絶せねばならぬとする強い意志の集積である」

万太郎は学生時代、反戦、反核のデモの隊列の背後について、うちわ太鼓を打ち鳴らし、経文を唱えて世界平和を祈りながら歩いていた日本山妙法寺の僧侶の姿を覚えている。

イーハトーブの旅、最後は柳田国男『遠野物語』、遠野郷だ。遠野はなだらかな山に囲まれた盆地、東に六角牛山《ろっこうし》が立つ。

『遠野物語』の序文、

「花巻の停車場から北上川を渡り、その川の支流猿ヶ石川の渓を伝ひて東のほうへ入ること十三里、遠野の町に至る」

遠野郷を二人はあてもなくぶらぶら歩いた。

柳田国男は、遠野郷の佐々木鏡石からたくさんの伝説や体験談を聞き、それを『遠野物語』にまとめた。遠野のトオはもとアイヌ語であると、柳田は書く。

達曽部という村がある。タツソベはアイヌ語。来内という村がある。ライナイもアイヌ語。ナイは沢のことで、北海道にはナイのつく地名がいくつかある。大《おお》谷地《やち》というところがある。ヤチもアイヌ語で、湿地のこと。「オシラサマは双神なり。アイヌのなかにもこの神あり」という註がある。似田貝という部落があり、そこは湿地が多かった。ニタカヒはアイヌ語のニタト、すなわち湿地。西国ではニタともヌタとも言う。

「蓮台野の四方はすべて沢なり。東はダンノハナとの間の低地、南の方を星谷といふ。ここには蝦夷屋敷といふ四角にへこみたるところ多くあり。あまた石器を出だす。石器土器の出るところ、山口に二か所あり。他の一はホウリョウといふ。ここの土器と、蓮台野の土器とは様式全然異なり、後者は技巧いささかもなく、ホウリョウの土器は模様なども巧みなり。埴輪、石斧、石刀も出づ」とある。

遠野物語は、「オシラサマ」の由来を語る。貧しき農夫に娘がいた。その娘が馬と夫婦になった。父は怒って馬を桑の木に吊り下げて殺した。嘆く娘は首を切り落とされた馬の首に乗って天に昇った。

「オシラサマといふはこのときより成りたる神なり」「遠野物語拾遺」には、地区によって異なるオシラサマ伝説が書かれている。オシラサマは養蚕の神として、目の神、女の神、子どもの神としても信仰されていた。「遠野物語拾遺」には、馬頭観音とか，阿修羅とか、いろんな仏像を引っ張り出して、転ばしたり沼に浮かべたりして遊んでいる子どもたちに罰が当たらず、それをとがめ叱った大人のほうに祟りがあった話がある。「拾遺」の第五十一から五十五まで五話が、叱った大人たちに罰が当たったという不思議な話。天真爛漫に遊び、いたずらをしている子どもたちに寛容で、妙な規範や信仰心で取り締まる大人を戒めている。

岩手はもとアイヌの故郷であった。

「拾遺」の第一六話。土淵村の栃内に石神があった。それは一本の石棒で畑のなかに立っており、女の腰の痛みを治すと言われていた。畑の持ち主がその石棒を抜いて捨てようと土を掘っていくと、おびただしい人骨が出た。このような人骨が出たところはほかにもある。小友村は蝦夷塚と呼ばれているところだった。

陽子と万太郎がぶらぶらと歩いていくと、語り部が民話を聞かせてくれる民家があった。また行くと、河童が住んでいたという小川があった。浅い小川だ。キウリを糸に括りつけて川水にたらすと河童が食べに来るというが、小川のどこにも河童が身をひそめそうな淵はない。ざしきわらし、おしらさま、おくないさま、山うば……、かつて生きていた無数の精霊たちの気配はもうない。

「実は河童は、遠野の歴史のなかの、餓死したり、間引かれたりして、川に流され、この世から消え去った子どもの生まれ変わりだという伝承が残っているそうだよ。柳田は十三歳の頃、赤ん坊の口を母親が抑えつけている『間引き絵馬』を見て衝撃を受け、その記憶は大人になっても消えることがなかったらしい」

「昔はそういうことが行われていたのよねえ。子どもがどんどん生まれて、食べ物がなけりゃ、家族全員が生きていくことができなくなるから、間引きした。間引かれた子が河童になった」

「柳田が農商務省の官僚となった動機も、この『間引き絵馬』にあったそうや。飢饉を絶滅させなければならない、その強い思いが柳田を駆り立て、日本に産業組合を普及させる施策となった」

内村鑑三、黒澤酉蔵、柳田国男、石川啄木、武者小路実篤、宮沢賢治、この人たちはつながっている。

柳田国男は「海上の道」という説を出した。日本人の祖先は「海上の道」を通って、この列島に来た。地図を眺めれば、サハリン、北海道、本州、九州、南西諸島、琉球列島、台湾、ルソンと、島々は連なっている。日本人の祖先は潮流に乗って、この列島の帯を南から北へと移動し、日本に渡ってきたのだと。

「おもしろい話があるよ。島崎藤村の『椰子の実』という詩。大中寅二の作曲で、ぼくは好きでよく歌った名曲だね。その二番の歌詞なんや。

もとの樹は　生ひや茂れる
枝はなほ　影をやなせる
われもまたなぎさをまくら
ひとり身のうきねの旅ぞ

……

この詩はねえ、柳田が東京で、近所に住んでいた島崎藤村に、伊良子岬によく椰子の実が流れつく話をしたことから生まれたんだって。

柳田が二十一の頃、渥美半島の伊良子の海岸を散歩すると、椰子の実が流れてくるのを見つけることがあった。暴風のあった翌朝はことに多い。

その話を聞いた藤村は、『その話、ぼくにくれたまえ、誰にも言わずにくれたまえ』と言って、あの詩になった。藤村は、椰子の樹を見たことないから、どんな樹か知らなかった。それで、『もとの樹は　生ひや茂れる　枝はなほ影をやなせる』と詠った。椰子の樹には枝は無いよ。一本の幹の上に葉が茂る」

「そうなんや。それでも藤村は伊良子岬で見つけた椰子の実の話から遠い南国に思いを馳せたんやね」

「木曽の馬籠から出てきた藤村には、流離の思いが強かったから、遠い故郷を離れて日本に来た椰子の実に思いを掻き立てられたんやな。

　日本人の祖先は、どこから来たのか。椰子の実のように、南からの潮流に乗って渡ってきたのか。柳田は考えた。中国の秦の時代まで通貨として使用されたタカラガイを求めて、南から北へ移動した人がいた。タカラガイは、太平洋岸は福島・茨城県辺りが北限、日本海側は富山県辺りを北限。その辺りまで南からタカラガイを求めて渡来した人がいた。その人たちが稲の種子も携えてきた。これが柳田国男の説だよ。

　島尾敏雄という人がいる。海軍予備学生に志願し第十八震洋特攻隊隊長として、奄美群島加計呂麻島に赴任した。いよいよ出撃となったとき敗戦になり、命は助かって戦後は作家になった。彼は『琉球弧の視点から』という随想を著している。奄美群島、沖縄群島、宮古、八重山群島は、長大な島嶼群を形成している。島尾はそれを琉球弧と呼んだ。琉球弧の生活文化は似通っている。琉球弧は、日本の歴史の中心的な渦から少し離れて、別な渦を巻きながら日本総体の渦を形づくっていったと考えた島尾は、その琉球弧のもつ強いエネルギーを随想に著した。

　先古、縄文時代以前から、黒潮に乗って南の島々を伝ってこの列島に来た人々がいた。また朝鮮半島から日本海を渡ってきた人々がいた。中国大陸から東シナ海を越えてきた人々がいた。シベリアからサハリンを経て南下してきた北方系民族蝦夷《えぞ》は、北部に住んだ。琉球弧を渡ってきた熊襲とか隼人と呼ばれた民族は南部に住んだ。朝鮮半島、中国大陸から日本海を渡って渡来した人たちは九州、本州に多く住んだ。アイヌの祖先になる蝦夷はエミシとも呼ばれ、本州の越の国や武蔵の国辺りまで住んでいた。が、南から北上する倭によって北へと追われていった」

イーハトーブの旅、最後の夕べ、遠野の空は西から中天まで紅く染まる大夕焼けだった。二人で宿の外に立ち、夕映えに見惚《みと》れた。万太郎は、幼児の頃、モトチカ君と見上げたあの夕焼けを思い出す。同僚と共に薬師岳頂上で見惚れた全天の夕映えを思い出す。

そのとき、シューベルト作曲、カール・ラッペ作詩の「夕映えの中に」を空に聞く。神の恩寵を歌う、静かな静かな独唱。フィッシャーディースカウの「夕映えの中に」。

おお、「父よ」、
なんと美しい御身の輝きよ。
世界は黄金の光に包まれ、
わが誇りを光で染めあげる。
私は何を嘆き、何をためらうのか。……

詩人、立原道造の詠った「夕映えの中に」という詩がある。

私は今夕映えの中に立って
新しい希望だけを持って
おまえのまわりをめぐっている
不思議な　遠い　人生よ

だがしかし
それはやがて
私らの上に花咲くだろう
私は身を震わせて
あちらのほうを見ている
静かだった　それゆえ力なかった
昨日の　そして今日の　私の一日よ
……
夜が火花を身の回りに散らすとき
私は　夢を忘れるだろう　しかし

夢は私を抱くだろう

ああ、オレはこれから、どんな一歩を踏み出すのか。

「ある日、聖フランチェスコは庭に出て、ニンジンの種を蒔いていました。そこへ旅人が通りかかって、『かりに来週にも世界が滅び、そのニンジンを食べることができなくなるとします。そのことをご存じだとしたら、聖フランチェスコ様、何をなさいますか』。聖フランチェスコはしばらく考えてから、こう言いました。『このまま種を蒔き続けるさ』」

―完―

吉田道昌（よしだ・みちまさ）
1937年生まれ、大阪で中学校教員を30年つとめた後、中国での日本語教師など。
著書に『循環農業の村から』、『架け橋を作る日本語―中国・武漢の学生たち』。

夕《ゆう》映《ば》えのなかに（下）
Im Abendrot

二〇二二年五月十四日　初版第1刷発行

著　者　吉田　道昌
発行者　新船　海三郎
発行所　株式会社 本の泉社
〒一一二−〇〇〇五
東京都文京区水道二−一〇−九
板倉ビル２F
電話〇三−五八一〇−一五八一

印刷・製本　新日本印刷 株式会社
DTP　木椋　隆夫

ISBN978-4-7807-1845-4 C0093